Take Me Away

LORRAINE JOY

TAKE ME AWAY

ROMAN

HARPERCOLLINS FRANCE
83-85, boulevard Vincent-Auriol, 75646 PARIS CEDEX 13.

www.harlequin.fr

ISBN 978-2-2804-2905-4 — ISSN 2271-0256

Pour Emma,
Un ange parti trop tôt.
Tu nous manques tellement.

Prologue

Impossible de garder son calme. À chaque blouse blanche qui passait devant la salle d'attente, il sursautait. Était-ce pour lui ? Non, pas encore. Attentif aux portes qui battaient à toute volée, il s'était habitué au reste : au fourmillement de l'hôpital, aux rires heureux et aux cris des femmes courageuses qui donnaient la vie.

Un couple passa devant lui. La jeune femme, au ventre rebondi, avançait difficilement. Son compagnon fit signe à une infirmière qui se précipita pour la faire asseoir dans un fauteuil roulant. Les futurs parents échangeaient des sourires rayonnants, heureux du tournant que prenait leur existence. Quelques heures plus tôt, lui aussi était arrivé main dans la main avec Louise. Impatient, heureux, il s'attendait à vivre le plus beau jour de sa vie. Mais l'accouchement ne se déroulait pas comme prévu.

Peu après le début du travail, le médecin et les infirmières s'étaient mis à s'agiter, évitant de croiser son regard. Louise souffrait de plus en plus, et personne ne répondait à ses questions. À bout de nerfs, il avait exigé de savoir ce qui se passait. On lui avait répondu que le bébé était mal positionné, que le cordon ombilical menaçait de l'étrangler. Dans l'urgence, les médecins avaient tenté de le repositionner, provoquant une hémorragie interne. Ils n'avaient plus le choix, il fallait opérer Louise immédiatement s'ils voulaient sauver le bébé. On l'avait prié de quitter la pièce.

Cela faisait une heure que Dan attendait dans la salle d'attente lorsque le médecin s'approcha enfin et lui demanda gentiment de le suivre. Le cœur cognant dans sa poitrine, Dan entra à sa suite dans un petit bureau, inconscient de ce qui l'entourait. Le médecin posa sur lui un regard lourd de compassion, puis se racla la gorge, gêné.

— Je suis vraiment désolé, monsieur Teissi.

Dan cessa aussitôt de respirer. Il avait compris.

— Nous avons fait tout ce qui était en notre pouvoir pour sauver votre femme, mais l'hémorragie a eu raison d'elle.

Un épais brouillard envahit son esprit. Louise, morte ? C'était impossible. Ce matin encore, elle évoquait sereinement leurs projets, ses yeux brillaient…

— Seul l'enfant a pu être réanimé. Je suis navré, mes sincères condoléances.

Le médecin commença à détailler les causes du décès, mais Dan ne l'écoutait plus. Il refusait d'y croire. Sa Louise ne l'aurait jamais abandonné ainsi. Ils allaient avoir un enfant, ils venaient d'acheter la maison de leur rêve, ils avaient toute la vie devant eux. Comment sa femme, l'amour de sa vie, pouvait-elle mourir aujourd'hui ? Désormais, des larmes coulaient le long de son visage, mais il les sentait à peine. La main du médecin se posa sur son épaule.

Monsieur Teissi, laissez-moi vous montrer votre petite fille.

Quand Dan entra dans la salle de néonat où avait été placé le bébé, il se sentit agressé par le bruit répétitif des machines. Son enfant reposait là, devant lui, minuscule. Il était relié à plusieurs fils, visiblement incapable de respirer par lui-même. Mais cela ne l'inquiéta pas. Il ne ressentait absolument rien devant ce petit être qu'il avait pourtant longtemps espéré. Tout lui était égal, désormais. Une infirmière s'approcha et lui parla avec douceur.

— Félicitations, monsieur Teissi. Comment allez-vous appeler votre fille ?

Sans réfléchir, il donna le prénom que sa femme aurait voulu pour une fille.

— Angelia. Angelia Teissi.

Elle lui sourit et partit remplir les papiers de naissance. Dan s'approcha alors de sa fille. Il éprouvait quelque chose, à présent. Mais ce n'était pas de l'amour. C'était de la haine. La seule émotion capable d'étouffer sa tristesse. Une haine envers la vie, envers le destin injuste qui lui ôtait prématurément sa femme. Une haine qui venait justement de trouver sur qui s'exercer…

— Tu étais censée combler notre vie… au lieu de quoi, tu l'as détruite, chuchota-t-il à l'enfant.

Il se pencha encore plus près, puis murmura les mots qui allaient changer sa vie.

— Maintenant, à moi de te détruire. Petit démon.

Angelia ouvrit ses petits yeux ensommeillés et fixa son père. Celui-ci sursauta. Ses yeux, aussi bleus que la mer des Caraïbes, étaient ceux de sa défunte épouse. Il se recula, pris de soudains remords, et partit précipitamment de la chambre. Venait-il vraiment de menacer sa fille ? Son propre sang ?

Il alla prendre l'air quelques minutes, s'obligeant à respirer profondément, à éclaircir son esprit embrumé de confusion et de chagrin. Mais la rage qu'il ressentait envers Angelia ne le quittait pas. Et ne le quitterait jamais.

Chapitre 1

Dix-sept ans plus tard
(Zachary)

— Zachary, dépêche-toi ! Elle arrive bientôt ! hurle ma mère du bas des escaliers.

Je finis d'enfiler mon T-shirt et fais mon lit à la va-vite pour qu'il soit présentable. On ne sait jamais.

— J'arrive ! je crie, avant d'ajouter, plus bas : comme si j'en avais quelque chose à foutre…

— Pardon ?

Oups. Apparemment pas assez bas. Je descends les escaliers en traînant des pieds. Dire que je pourrais tranquillement continuer à buller dans ma chambre. Mais non, il faut que je joue au bon garçon.

— J'ai rien dit.

— Je préfère.

Ma mère n'est pas dupe, mais elle laisse couler. Ses traits sont tirés, son front inquiet. Comme toujours, elle se met à angoisser dès qu'on accueille quelqu'un.

— Écoute, Zac, dit-elle en me regardant droit dans les yeux. Je sais que ça ne s'est pas très bien passé avec les autres enfants…

— C'est un euphémisme.

— … mais cette jeune fille vient pour des raisons particulières, poursuit-elle.

— Lesquelles ?

Elle cherche ses mots, visiblement mal à l'aise. Mon père surgit alors de la cuisine, lui donnant un moment de répit.

Les placards sont pleins, dit-il. Elle devrait trouver son bonheur, si elle a des fringales…

— Pour quelle raison vient-elle chez nous ? j'insiste.

Mon père jette un regard hésitant à ma mère. Ça sent la conversation sérieuse, c'est mauvais signe.

— C'est… compliqué, lâche-t-elle. Cette fille a été battue par son père pendant des années, le juge vient seulement de lui en retirer la garde. Elle n'a rien connu d'autre que la maltraitance et la peur.

— Sérieusement ?

Je m'attendais à du drame, mais là…

— Ce qu'il lui a fait subir est ignoble, poursuit ma mère. Quand elle a été admise à l'hôpital, les médecins ont relevé de nombreuses blessures, toutes plus atroces les unes que les autres.

— Le genre de choses que tu ne vois qu'une seule fois dans ta vie, murmure mon père. Heureusement, d'ailleurs.

Ma mère hoche gravement la tête, avant d'ajouter :

— Elle n'a jamais répondu aux questions de la police ou des services sociaux. Personne, excepté son père, ne sait réellement ce qui s'est passé durant ces dix-sept années. Alors tu seras aimable avec elle, c'est compris ?

Je hausse les épaules, mais ces révélations me remuent plus que je ne le laisse paraître. D'habitude, les gamins que mes parents hébergent atterrissent chez nous parce qu'ils n'ont pas supporté le divorce de leurs parents, ou parce qu'ils se rebellent. Rares sont ceux qui ont été physiquement maltraités. Avec cette fille, il va falloir que je me contrôle. J'ai un tempérament…

disons, colérique. Au lycée et à la maison, je suis connu pour mes crises de rage. Je deviens littéralement fou, je n'arrive plus à me contrôler. Comme si un tourbillon d'émotions venait se fondre en une seule, la plus puissante : la colère. Et les psys n'ont jamais réussi à endiguer la vague. Dans ces moments-là, il faut partir en courant, car je suis capable d'absolument tout. C'est pour ça que ça n'a pas marché longtemps avec les autres enfants. Je finissais toujours par les faire fuir.

Enfin, la sonnette retentit. Ma petite sœur nous rejoint dans l'entrée, ses grands yeux avides de découvrir la nouvelle venue, et je la prends dans mes bras. Je crains toujours qu'elle s'attache à nos invités et souffre de leur départ, elle qui est constamment prête à ouvrir son cœur aux autres. Elle apprendra assez tôt que la trahison fait partie de la vie.

Avant d'ouvrir la porte, ma mère nous mime un grand sourire. Tout le monde l'imite, sauf moi, bien sûr. Hors de question que je fasse semblant. C'est aux autres de s'adapter, point.

La porte s'ouvre sur Mme Talier, rayonnante.

— Comment va la petite famille ? lance-t-elle avec son entrain habituel. Je vous amène la nouvelle venue.

J'adore cette femme. La soixantaine, et toujours une pêche d'enfer. Je ne sais pas comment elle fait pour supporter tous les cas dont elle s'occupe. Assistante sociale doit être un métier pénible et fatigant. Je n'aurais pas assez de patience avec les gamins. Je finirais par claquer leur tête contre un mur.

— Madame Talier, quel plaisir de vous revoir ! dit chaleureusement mon père. Entrez, je vous en prie.

Alors qu'elle passe la porte, je l'aperçois enfin, elle. La « nouvelle venue ». Quel choc. Ses yeux… Leur couleur me frappe immédiatement. Ils sont d'un bleu hypnotique, je n'en ai jamais vu de semblables. Ceux d'Emma Stone doivent paraître fades, en comparaison. Elle porte un bonnet noir, usé, d'où s'échappe une cascade de cheveux bruns qui tombent jusqu'à sa poitrine. Mais ce qui me choque le plus, c'est l'énorme coquard qui borde son œil droit, et sa lèvre gonflée et fendue. Comment peut-on abîmer une bouche si fine et délicate ? Son père doit vraiment être un monstre.

La jeune fille entre à son tour dans la maison et nous regarde droit dans les yeux l'un après l'autre. Quand son attention se fixe sur moi, je retiens mon souffle. Son regard me transperce avec une telle intensité que j'en perds mes moyens. C'est comme si elle essayait de me dire des millions de choses en un regard.

— Je vous présente Angelia Teissi, déclare Mme Talier. Angelia, dis bonjour à ta nouvelle famille d'accueil !

Chapitre 2

(Zachary)

Elle me fixe depuis une bonne minute, sans rire ! Et une minute c'est long, croyez-moi. Ma petite sœur s'agite dans mes bras, alors je la repose. Ma mère s'approche d'Angelia en lui tendant la main, mais celle-ci la regarde sans la toucher. Mme Talier rit nerveusement et prend la parole :

— Angelia, je te présente Quentin et Rachel Prims, leur fille Lily et leur fils Zachary.

Chacun salue la jeune fille, qui reste impassible.

— Tu peux aller installer tes affaires à l'étage, suggère ma mère pour mettre fin au malaise. La première chambre à gauche. Surtout, fais comme chez toi.

Sans demander son reste, Angelia part vers les escaliers, son sac jeté sur une épaule.

— Parfait, dit Mme Talier. Il faut que vous sachiez deux ou trois choses. Angelia est… introvertie. Lors de son hospitalisation, il y a deux semaines, les médecins ont diagnostiqué un trouble du comportement.

— Un trouble du comportement ? répète ma mère.

— Elle parle très peu, chaque contact avec les autres est une épreuve. C'est quasiment impossible d'avoir une conversation avec elle. Les médecins parlent de mutisme. Son traumatisme l'a complètement renfermée dans son monde. Elle serait comme ça depuis longtemps, alors il va lui falloir beaucoup de temps pour s'adapter à une vie normale, à un quotidien tranquille. Vous l'aurez remarqué, elle n'est pas tactile. Ça a été un enfer de l'examiner, la semaine dernière : elle hurle dès qu'on la touche.

— Je vois, dit mon père. A-t-elle des penchants suicidaires ?

— Pas que je sache. J'ai conscience que ce n'est pas un cas facile. Bien sûr, vous pouvez toujours refuser, c'est votre droit. Mais je vous demande au moins d'essayer, pensez au bien-être de cette jeune fille. Si cela devient trop difficile, nous la changerons de famille.

— Nous allons faire tout notre possible, s'engage ma mère, en nous jetant un regard pour s'assurer de notre soutien. Comptez sur nous.

— Pas sur moi, je marmonne.

Ma mère me fusille du regard.

— Zachary ! Cette fille est très fragile. Si tu n'es pas fichu d'être convenable avec elle, nous t'enverrons au pensionnat.

— C'est une blague ? je proteste. Si cette fille n'arrive pas à s'adapter, elle changera de famille, et voilà !

— Ce n'est pas à toi de décider ! rétorque ma mère. Elle a besoin de tout notre soutien.

— Elle n'a pas besoin de soutien, elle a besoin d'un psy, putain !

Ça y est, je me suis mis à hurler. Ça finit toujours comme ça. Mme Talier jette un coup d'œil vers l'escalier, puis s'approche de moi :

— Baisse d'un ton, jeune homme. Je te conseille de ne pas l'énerver. Crois-moi, tu ne *veux pas* la voir en colère.

— Avec ses douze kilos et son 2 de tension, elle ne peut pas être si terrible !

Oui, je suis un emmerdeur de première. Un salaud, d'après

certains. Mais je n'en ai rien à foutre. Je suis comme je suis, et personne n'a intérêt à me provoquer. J'ai déjà eu l'occasion de le prouver.

— Ne parle pas trop vite, mon garçon. Face à elle, même toi ne ferais pas le poids.

Je ricane à cette menace inutile, puis m'approche de son oreille :

— Je ne faiblis devant personne, madame Talier. Et encore moins devant une pauvre traumatisée de la vie, qui s'impose dans ma propre maison.

Je sais bien que je vais dire la phrase de trop, mais je ne peux pas m'en empêcher :

— Si elle est si redoutable que ça, pourquoi a-t-elle laissé son père la battre ?

À ma grande surprise, personne ne réplique. Ma mère ne m'envoie même pas une claque. Leurs regards sont dirigés derrière moi. Je me retourne à contrecœur, sachant d'avance ce qui m'attend. Je croise alors les yeux d'acier, qui me tétanisent une fois de plus.

… Et merde. Elle a tout entendu, je suppose.

J'attends qu'elle éclate en sanglots et monte se réfugier dans sa chambre, comme tous les gosses que j'ai pu vexer dans cette foutue maison. Mais rien ne se passe. Elle continue de m'observer. Puis elle sort ses écouteurs de sa poche avant de se les enfoncer dans les oreilles et va s'installer sur le canapé du salon. Rien de plus. *Nada*. Pas une ride de colère. Juste un visage neutre, inexpressif. Vide.

En revanche celui de ma mère, lui, est expressif. Elle me foudroie du regard, et je vois bien qu'elle se retient de me gifler seulement à cause d'Angelia. Je tente de m'expliquer en chuchotant :

— Je ne savais pas qu'elle pouvait m'entendre.

— Oh vraiment ? Tu pensais qu'elle était sourde ! répond-elle, les dents serrées par la colère.

— Allons, tout va bien, ne vous disputez pas devant elle, dit Mme Talier. Zachary, tu devras faire plus attention à tes paroles. Elle ne le montre pas, mais ça l'atteint tout de même. Évitez autant que possible les éclats de voix, dans cette maison. Montrez-lui un foyer chaleureux et accueillant. Tout cela lui est inconnu…

Elle nous regarde les uns après les autres, dans l'attente d'une réponse. Nous finissons par opiner de la tête, et elle sourit, satisfaite.

— Il est temps pour moi de vous quitter. Si vous avez le moindre souci, appelez-moi. La petite a un rendez-vous toutes les semaines chez la psychiatre. Toutes les informations dont vous avez besoin sont dans son dossier.

— Nous l'y emmènerons, assure ma mère avec un sourire.

Sur ce, Mme Talier se dirige vers Angelia et s'agenouille devant elle. Celle-ci enlève ses écouteurs pour lui offrir son attention.

— Je m'en vais, ma chérie. Tu as mon numéro en cas de besoin. Je te laisse avec ta nouvelle famille. Ils vont bien s'occuper de toi. À bientôt, mon ange, tu vas me manquer.

Angelia la regarde toujours du même air neutre. Mais comment fait-elle ? Ce n'est pas possible d'être insensible à ce point-là. Mme Talier se relève sans attendre de réponse, puis se fige soudainement. La main d'Angelia s'est refermée sur ses doigts. Elle ne les serre qu'une seconde, mais ce geste suffit à émouvoir sa protectrice et mes parents.

Je vais paraître sans cœur, mais pour ma part je m'en contrefous. Elle a pris sa main ? La belle affaire.

Néanmoins, Mme Talier lui offre un large sourire, le visage rayonnant d'émotion.

— Je reviens très vite te voir ! promet-elle.

Elle se dirige vers la porte d'entrée d'un pas incertain. On voit bien qu'elle rechigne à laisser sa petite protégée. Personnellement, si elle pouvait la garder avec elle, ça m'arrangerait. Une fois arrivée à sa voiture, elle fait un geste de la main dans ma direction. Est-ce à moi qu'elle s'adresse ? Je tourne la tête et sursaute. Angelia est à mes côtés. Je ne l'ai pas entendue s'approcher, cette fille est un ninja ! Il va falloir que je me méfie…

Chapitre 3

(Angelia)

Une heure, trente-trois minutes et douze secondes. C'est le temps que j'ai déjà passé dans cette maison, à observer ces gens. Ma « nouvelle famille », d'après Mme Talier. Elle, je l'aime bien. Ça faisait longtemps que personne ne s'était montré aussi aimable avec moi. Avant qu'elle parte, j'ai eu envie de la remercier de s'être occupée de moi durant ces deux semaines éprouvantes. À l'hôpital, elle m'apportait toujours un muffin à la vanille. Je n'en avais jamais mangé avant. Papa me l'a toujours interdit.

J'étais un peu attristée qu'elle s'en aille, mais je n'ai pas réussi à l'exprimer. Cela fait un bout de temps que je n'exprime plus grand-chose. J'ai appris à camoufler mes émotions. Pour ma sécurité, ma survie. À force de ne rien laisser paraître, je ressens aussi de moins en moins de choses. Par exemple, j'étais peinée par le départ de Mme Talier, mais ça n'a duré qu'une minute. C'est mieux comme ça.

Papa. Il est le seul à me faire ressentir quelque chose, des émotions. Les pires qu'il soit. La peur. La douleur. La colère. La tristesse. La culpabilité. La honte. Il m'a fait oublier toutes les autres. Je ne sais plus ce que sont l'amour, la joie et le bonheur.

À vrai dire, je ne m'en souviens même pas du tout, ces mots me sont inconnus.

Je m'habitue à présent à ma nouvelle chambre. J'écoute le bruit de l'horloge, tout en me balançant sur ma chaise, en rythme. Ça me calme. Cette pièce est très différente de ce que j'ai connu. Elle est chaleureuse et lumineuse. Dans la mienne, il y avait du sang séché, des fissures et de la moisissure sur les murs. Je n'avais pas de fenêtre, papa craignait que je m'enfuie. Il n'avait pas tort : je l'aurais fait depuis bien longtemps.

Des images me viennent en continu. Des fragments du passé, qui m'arrivent par rafales. Depuis l'hôpital, ces flash-back surgissent à tout moment, comme un film de ma misérable vie. Je ferme très fort les yeux pour tenter de les chasser, en vain.

Quelqu'un frappe à la porte, me tirant de mes rêveries. Je me lève et ouvre lentement celle-ci. C'est lui, ce garçon. Zachary. Celui que j'ai surpris en train de dire du mal à mon propos. Très honnêtement, ça ne m'a rien fait. Je vous l'ai dit, je bloque toute émotion, pour ma sécurité. Pour éviter d'être blessée. Et puis, à quoi servirait de m'ouvrir aux autres ? Je sais déjà ce que tout le monde pense de moi. Les autres me haïssent. Papa me le répétait tous les soirs avant que je m'endorme, ou m'évanouisse de douleur.

« N'oublie jamais ça, Angelia, tu es un horrible démon. La terre entière te déteste pour le crime que tu as commis. »

Je ne l'oublie pas, papa, rassure-toi. Tu me l'as tellement répété que jamais ça ne sortira de mes pensées.

— Angelia ! Tu m'entends ?

Face à moi, Zachary approche sa main pour la passer devant mes yeux. C'est sans doute pour s'assurer de mon attention, mais c'est plus fort que moi, j'esquisse un mouvement de recul horrifié. Un vieux réflexe. Il a l'air stupéfait de ma réaction. Comme je le suis de la sienne. Pourquoi les gens ont-ils cet étrange besoin de s'approcher, de se toucher ? Ce genre de familiarité est au-dessus de mes forces. Peut-être qu'avant entrer en contact avec les autres m'était plus naturel, qui sait ? Ça a bien changé, depuis.

Ne sachant que lui dire, je le détaille de la tête aux pieds. Grand, des épaules et un buste larges, qui en disent long sur sa musculature. Une carrure imposante. Quelques mèches de cheveux noirs tombent sur son front, juste au-dessus de ses yeux ébène. Une bouche légèrement charnue, rehaussée de fossettes lorsqu'il parle. Le prototype du séducteur, dans les romans que j'ai pu lire. Le garçon arrogant, qui profite de sa beauté naturelle. Celui qui fait souffrir les filles, qui joue avec elles pour satisfaire son ego. En tout cas, c'est ce qu'il m'évoque.

— Je ne suis pas venu m'excuser, précise-t-il. Je voulais simplement te dire que ma politique, avec les invités, c'est de faire comme s'ils n'existaient pas. Je te conseille de faire la même chose avec moi. Moins nous aurons d'interactions, mieux ça vaudra.

Apparemment, il n'est pas loin de l'égoïste que j'imaginais. Autant l'ignorer.

— Tu m'écoutes au moins ? s'emporte-t-il.

— Non.

Sa mère m'appelle alors au rez-de-chaussée. Sans ajouter un mot, je passe devant lui en prenant bien soin de ne pas le toucher. Il ne veut pas me connaître ? Ça me va très bien. Sa suffisance ne m'inspire que du mépris. J'ai l'habitude d'être seule, je le resterai.

Chapitre 4

(Zachary)

J'entre dans la cuisine à la suite d'Angelia. Son attitude me laisse perplexe. Je n'avais pas prévu qu'elle soit si… Comment dire ? Peu coopérative ? Impénétrable ? Oui, ça doit être ça. Elle me fixait d'une façon tellement perçante et opaque à la fois. Rien à voir avec le regard absent de ce matin. Il est clair que cette fille vit dans un monde à part et n'en sort que très rarement. Au moins, nous avons mis les choses au clair, elle et moi.

— Angelia, approche-toi, dit ma mère. Il faut que je te parle de cette année.

Cette année ? Elle veut parler du lycée ? J'écoute sans en avoir l'air, intrigué malgré moi.

— Je sais que tu as été scolarisée, malgré les difficultés que tu as traversées, commence-t-elle, en la regardant bien en face. Il est vraiment important que tu ne décroches pas, car un diplôme te permettra toujours de t'en sortir. Comme Mme Talier te l'a expliqué, nous t'avons inscrite au lycée de notre ville, celui que fréquente Zac. Vous irez ensemble, d'autant que vous serez dans la même classe. Les cours commencent demain.

C'est une blague ? Dans la même classe ? Avant qu'Angelia puisse répondre, j'explose :

— Attendez, je vais devoir la supporter vingt-quatre heures sur vingt-quatre, sept jours sur sept ? Tu plaisantes, j'espère ! J'ai autre chose à foutre, figure-toi…

— Ça suffit, Zac ! me coupe ma mère. Tu l'aideras à s'adapter, je compte sur toi.

— Ouais, tu peux toujours rêver…

— Je suis extrêmement sérieuse, insiste-t-elle. Tu as intérêt à y mettre du tien, cette fois. Sinon on t'envoie à l'autre bout du pays, tu le sais.

Je serre les poings, sentant la colère pulser dans mes veines. Bordel ! Je venais juste de poser les limites avec cette fille, et voilà que je dois me la coltiner au lycée. Et je n'ai pas le choix, si je veux finir mon année ici, avec mon meilleur ami.

Après tout, autant dire à ma mère ce qu'elle veut entendre. J'imagine qu'Angelia n'ira pas me balancer si je l'ignore au lycée. D'ailleurs, depuis que j'ai pris la parole, elle nous observe sans rien dire, installée sur un tabouret du bar. Comme si la conversation ne portait pas précisément sur elle. Sérieusement, elle me fait flipper… Quand mon regard croise le sien, elle se lève aussitôt pour aller se chercher un verre d'eau. Vas-y, fais comme chez toi surtout ! Bon, techniquement, elle est chez elle. D'ailleurs, ma mère sourit de cette initiative. Moi, je ne vois rien d'extraordinaire à ce qu'elle boive. Va falloir que je m'habitue de vivre avec une tarée.

Pour mettre un terme à cette scène, je vais m'asseoir sur le canapé et allume la télévision. C'est le dernier jour des vacances, je devrais le passer à me détendre, au lieu de me prendre la tête. Malgré moi, mon regard est attiré vers cette fille. Je me rends compte qu'elle est vraiment jolie. Pas très grande, je la dépasse d'au moins une tête. Elle a toujours son bonnet, et ses cheveux chocolat ondulent légèrement. Son œil au beurre noir contraste avec ses yeux clairs et sa peau très pâle. Elle est vraiment mince, presque maigre. Peut-être que son père ne la nourrissait pas à sa faim, vu ce qu'on m'a raconté sur lui… Ce mec est vraiment un malade, il n'y a pas d'autre mot. Comment peut-on maltraiter sa propre fille ? J'espère qu'il pourrit en prison.

Angelia porte son verre à ses lèvres, qui rougissent au contact de l'eau froide. Cette vision est hypnotisante, je dois l'avouer… Du moins jusqu'à ce qu'elle se crispe et recrache brusquement l'eau devant elle. Ma parole, mais elle s'étouffe ! Je jette un œil autour de nous. Personne. Ma mère est montée à l'étage. Que dois-je faire ? Comment aider quelqu'un qui refuse tout contact ? Face à moi, elle est prise d'une quinte de toux qui la plie en deux. Paniqué, je fonce vers elle.

— Angelia ! je hurle sans oser la toucher. Angelia, écoute-moi ! Inspire, expire, encore !

Je sais, c'est un peu léger pour sauver quelqu'un qui s'étouffe. Mais j'ai l'impression qu'elle a surtout besoin de se calmer ; après tout, ce n'est que de l'eau. Son visage est rouge et affolé, montrant pour la première fois une forme d'émotion. Elle a l'air de souffrir horriblement.

C'est alors qu'elle relève sa tête et me fixe. Nos yeux ne se quittent plus, et un lien étrange s'installe entre nous. Des larmes coulent dans ses iris si bleus. Elle a le même regard que ce matin, un regard… bouleversant. Sauf qu'à présent je vois toutes les émotions qu'il contient. Je vois la peur, l'angoisse, la vulnérabilité, toutes les forces qui luttent en elle. Alors c'est ici ? C'est dans ses yeux qu'elle cache ses émotions, pour éviter qu'elles ne s'expriment sur son visage ?

Elle commence enfin à reprendre une respiration régulière, sans cesser de me scruter.

— Tout va bien ? s'écrie ma mère, probablement alertée par mes cris.

Je détourne les yeux, brisant ce lien intense que je n'avais jamais ressenti jusque-là.

—... Oui, rassure-toi. Angelia s'est étouffée avec de l'eau, dis-je calmement.

— Je ne pense pas que ça soit l'eau.

Elle s'empare d'un petit sachet qui contient plusieurs boîtes de médicaments et sort un cachet qu'elle tend à Angelia. Celle-ci l'attrape sans poser de question puis l'avale comme si de rien n'était.

— Qu'est-ce que c'est ?

— Un médicament contre ses crampes d'estomac, répond ma mère.

Elle se penche vers moi et me chuchote discrètement :

— Son estomac a été fragilisé. Il a besoin de temps pour s'en remettre.

C'est seulement à ce moment-là que je prends toute la mesure de ce qu'elle a dû endurer. Mon cœur se serre lorsque je l'imagine sous les coups de son père. Comment ne pas éprouver de la pitié, quand on sait ce qu'elle a vécu ? Avec un soupir discret, je retourne m'asseoir sur le canapé et la surprends qui m'observe avec curiosité.

— Quoi ?

J'ai demandé ça sur un ton plus sec que je ne le voulais. Elle ignore cependant mon impolitesse pour incliner légèrement la tête, avant de partir d'un pas léger à l'étage. Viendrait-elle de me remercier ? D'avoir tenté de la calmer ? Possible. Après tout, tout espoir de communication n'est peut-être pas perdu.

Chapitre 5

(Angelia)

— Mon petit démon, où es-tu ? ricane papa.

Je retiens un sanglot et couvre ma bouche de la main. Il faut faire le moins de bruit possible avec lui. Je l'entends enfin s'éloigner du placard. Après quelques minutes, je décide de sortir discrètement pour tenter d'atteindre la porte d'entrée. Mais, alors que je m'élance hors de ma cachette, un bras surgi de nulle part interrompt ma course. Il s'abat sur ma figure, heurtant violemment mon nez au passage, ce qui m'arrache un cri de douleur.

— Tu croyais t'échapper, Angelia ? gronde-t-il, ses yeux fous fixés sur moi.

— Non ! Je te le jure, papa…, je sanglote, le visage ensanglanté. Je t'en prie !

— Ferme-la ! hurle-t-il en m'assenant un coup de genou dans les côtes.

L'impact est si violent que j'en perds mon souffle. Je crache du sang par terre et, dans un réflexe de survie, cours jusqu'à ma chambre. J'essaie de refermer ma porte, priant pour être plus rapide que lui, mais, d'un geste rageur, il l'ouvre à la volée. Je bondis sur le lit pour tenter de lui échapper. Peine perdue. Il attrape ma cheville, la tire vers lui, et je m'effondre sur le matelas, cognant ma tête sur le mur. Sonnée, je le sens à peine me relever par les cheveux pour me mettre à sa hauteur.

— Où vas-tu, petit démon ? Je n'en ai pas fini avec toi !

Son souffle tiède sur mon visage me fait grimacer. Il a encore bu, comme le parfait alcoolique qu'il est.

— Tu as essayé de t'enfuir, non ? Tu connais le prix à payer !

À ces mots, mes tripes se tordent de peur.

— Non ! je hurle, désespérée. Pitié, papa, je suis désolée ! Je t'en prie, je t'en supplie…

La pire des punitions m'attend. Je savais que je prenais ce risque, mais j'étais à bout. Hier, il m'a battue jusqu'à l'évanouissement. Ce matin, j'étais toujours à la même place, mon corps encore endolori. J'ai mis plusieurs minutes avant de pouvoir me relever, tant la douleur était atroce.

— La ferme, pétasse ! s'écrie-t-il. Tu l'as amplement mérité !

J'ai beau pleurer, prétendre que ce n'est pas vrai, je ne peux me voiler la face. Si, c'est bien ma faute. Je n'aurais jamais dû tenter cette fuite. C'était du suicide, de la pure folie.

Il m'entraîne dans la cuisine et sort la chose qui me terrifie, et me poursuit dans mes pires cauchemars.

Le chalumeau.

Il l'allume sous mes yeux, puis s'avance vers moi, un sourire malsain au visage. D'une main, il soulève mon T-shirt troué et plante sur moi son regard glacial, dégageant une telle cruauté que j'en perds mon souffle. Puis il approche l'instrument de ma peau marquée d'ecchymoses et s'amuse à la frôler avec la flamme. J'ai mal, mais je sais que le pire est à venir. Soudain, sans crier gare, il le pose sur mon ventre…

Le monde s'arrête. La douleur est insupportable. Je hurle, encore et encore. Mon père. Mon propre père me fait subir ça. Je hurle jusqu'à m'en briser les cordes vocales.

Je sens quelque chose tomber sur ma tête. Quelque chose de

doux, de mou. J'ouvre les yeux entre deux hurlements, incapable de me calmer.

— Un cauchemar ! me dit une voix. Ce n'est qu'un cauchemar. Calme-toi, Angelia, je t'en prie.

Je suis dans mon lit. J'essaie de reprendre mon souffle et essuie mes joues trempées de larmes. Puis, par réflexe, je relève légèrement mon T-shirt pour aérer ma peau et calmer la douleur. Je la sens, ma cicatrice. Elle me fait encore mal lorsque je la frôle de mes doigts moites. Je reçois à nouveau quelque chose sur la tête.

— Des peluches ? je m'étonne, constatant que le lit en est rempli.

Planté au milieu de ma chambre, Zachary me fixe avec inquiétude. Un sourire en coin apparaît sur ses lèvres pleines.

— Tu parles pendant ton sommeil, me signale-t-il.

— Ça arrive à tout le monde, je murmure, l'esprit encore embrumé. Retourne te coucher.

— Alors quoi ? Même pas un merci ? s'exclame-t-il. Je viens de te réveiller d'un horrible cauchemar !

— J'aurais aimé qu'on me réveille lorsque ça m'est réellement arrivé, je réplique.

Je sais qu'il n'y est pour rien, mais je ne peux m'empêcher d'être cassante. Il baisse les yeux, compatissant, mais je ne veux pas de sa pitié. N'est-il pas censé faire comme si je n'existais pas ? Il se reprend vite et m'adresse un regard mauvais.

— Pas besoin de faire ta harpie.

Je ne lui réponds pas et attends qu'il sorte de ma chambre, avant de fondre en larmes. C'est déjà éprouvant de revoir ces images, quand je suis éveillée. Mais c'est encore pire lorsque je les revis pendant mes rêves, avec la douleur, la peur, et l'impression que tout est réel.

Je me lève après quelques minutes et me dirige vers la salle de bains. La chambre de Zachary est fermée. Je suppose qu'il s'est rendormi. J'ouvre le robinet et passe de l'eau glacée sur ma cicatrice. La douleur n'est plus la même après toutes ces années, mais elle est toujours aussi vivace, dans ma tête. Je pense qu'elle le sera éternellement.

En me regardant dans le miroir, je grimace devant le spectacle qui s'offre à moi. Mes yeux sont profondément cernés, et mon coquard commence à virer au jaune. Ma lèvre, quant à elle, se met à dégonfler. Enfin.

Demain, je vais découvrir ma nouvelle école. Les cours ne m'angoissent pas vraiment, ce ne sont que des cours. Ce qui m'inquiète, c'est ce que je ferai après le lycée. Pour moi, l'avenir est devenu très flou. Qu'est-ce que je vais devenir ? Je n'ai plus mon père, je n'ai plus personne. Et pourrai-je vraiment m'adapter à la vie étudiante ou au monde du travail, avec mes crises d'angoisse à répétition ?

Pour s'intégrer, il faut être un minimum sociable. Or je ne le suis absolument pas. Ce n'est pas que j'aie peur de ne pas me faire d'amis, non. C'est que je n'en veux pas. J'ai toujours préféré être seule. Heureusement, Zachary m'a bien fait comprendre qu'il ne m'imposerait pas sa compagnie. Voilà au moins une perspective qui me soulage. Si seulement je pouvais aussi éviter de le croiser à la maison…

Chapitre 6

(Zachary)

Le réveil me tire cruellement de mon sommeil. J'écrase le bouton et pousse un soupir. À cause de l'autre tarée, j'ai passé une nuit horrible. Je n'ai presque pas dormi.

À 2 heures du matin, elle s'est mise à hurler. Mon père travaille de nuit à la pharmacie de garde, il n'y avait que ma mère. Mais Angelia a réveillé toute la maison, y compris ma sœur, que les cris ont terrorisée, au point que ma mère a dû rester avec elle pour la rassurer. Et c'est moi qu'on a chargé de calmer l'autre folle…

Quand je me suis approché du lit d'Angelia pour la réveiller, je me suis souvenu que je ne devais pas la toucher. Alors j'ai commencé à paniquer, ne sachant comment la faire sortir de son sommeil pour le moins agité. Ses cris étaient insupportables, chargés de peur, de souffrance, il fallait absolument que je la tire de là.

Alors j'ai décidé de lui jeter des peluches. Sur le moment, je me suis senti idiot, mais finalement ça a fonctionné. Lorsqu'elle s'est réveillée, elle a discrètement soulevé son T-shirt avant de grimacer de douleur. C'est là que je l'ai vue. Sa cicatrice. Merde… Elle était énorme. Une horrible brûlure, sur toute la longueur de ses côtes gauches. Mais qu'est-ce qui a bien pu lui arriver ?

J'ai été surpris par le son de sa voix. Comme je l'avais à peine entendu jusque-là, j'étais persuadé qu'elle était plus ou moins muette. En réalité, elle a une voix très douce. Et pourtant brisée. Dès qu'elle parle, on ressent sa souffrance.

Mais qu'est-ce qu'il m'arrive ? Depuis quand je suis un sentimental, moi ?

Bref, après cet épisode, je n'ai plus fermé l'œil. J'étais trop agité par le souvenir de ses cris. De quoi a-t-elle bien pu rêver, pour hurler comme ça ? Sûrement des sévices que lui infligeait son père. Je préfère ne pas y penser.

Je me lève en traînant des pieds. Bon sang, je sens que ce lundi va être dur. Je regarde mon portable. Trois messages non lus, ça commence…

Coucou, bébé ! Je voulais savoir si tu voulais passer chez moi.

Pourquoi tu ne réponds pas ? Allez, viens ! Mes parents ne sont pas là.

Bon, très bien, j'ai compris. Si tu veux te faire pardonner, passe me prendre demain matin chez moi. ;-)

Tous de Carla, bien sûr. Ma « petite amie ». Du moins, c'est ainsi qu'elle se considère. Pour ma part, je la vois surtout pour nos parties de jambes en l'air. Faut dire qu'elle assure de ce côté-là ! C'est d'ailleurs la seule chose pour laquelle elle est douée. Je ne l'aime pas, je ne l'ai jamais aimée. Mais, rassurez-vous, c'est la même chose de son côté. Elle se sert de ma popularité pour parfaire sa réputation. De plus, c'est une vraie garce avec les autres filles au lycée. Mais bon, j'ai toujours fermé les yeux là-dessus, du moment qu'on s'entend bien au lit.

Je lui réponds que je passerai la chercher. Mes parents m'ont offert une voiture pour mes dix-huit ans. En contrepartie, je me suis engagé à réussir ma dernière année de lycée. Ce qui n'est pas une mince affaire, croyez-moi. Pas que je sois limité, loin de là, simplement je n'ai aucune envie d'étudier. J'ai des choses bien plus importantes à faire, je m'arrange juste pour assurer le minimum pour passer.

Je descends les escaliers en bâillant, puis je vais chercher de quoi grignoter à la cuisine. Ma sœur Lily y est déjà installée, dans son adorable pyjama rose. Je lui fais un bisou sonore sur la joue, qu'elle fait semblant d'essuyer en riant. Notre rituel du matin.

— Dis, Zac, demande-t-elle. Pourquoi Angelia a crié cette nuit ?

— Elle a fait un mauvais rêve, je lui réponds en me servant un verre de jus d'orange. Ça arrive, ne t'inquiète pas.

Elle acquiesce et sourit en regardant derrière moi. Je me retourne et me retrouve nez à nez avec la concernée. De grands cernes violets sous les yeux. On dirait que je ne suis pas le seul à ne pas avoir réussi à me rendormir.

— Angelia ! s'écrie Lily. C'est pas grave pour ton mauvais rêve, tu sais. Moi aussi j'en fais, des fois.

Angelia pose ses yeux fatigués sur elle, puis s'installe à table sans prendre la peine de répondre. Face à son indifférence, ma petite sœur se décompose.

— Ne t'inquiète pas, Lily, tu n'as rien fait de mal, je m'empresse de lui dire. On te l'a expliqué, Angelia ne parle pas beaucoup.

Ma petite sœur retrouve le sourire et finit sa tartine. Puis elle file à l'étage, nous laissant tous les deux dans le silence. Tout en mangeant, j'observe Angelia. Chacun de ses gestes est discret et prudent, comme si elle craignait de faire une bêtise.

— Tu as décidé de ne plus me parler ? je lui demande. Ou seulement la nuit ?

Elle ne m'adresse même pas un regard et continue de manger son petit déjeuner. Qui se résume à une pomme.

— C'est tout ce que tu vas manger ? Tu vas avoir faim avant ce midi. Tu devrais au moins prendre quelque chose dans ton sac.

Encore une fois, elle m'ignore. Bon, je m'y attendais un peu. Mais, après cette nuit, j'espérais quand même qu'on partirait sur de nouvelles bases.

— Bref. C'est moi qui t'amène au lycée. Sois prête dans vingt minutes, dis-je en me levant. En chemin, on passera prendre… quelqu'un.

Je n'ai pas envie de dire « ma copine » devant elle. Je sais, c'est puéril, mais je ne considère pas Carla comme telle, donc c'est réglé.

Avant de monter l'escalier, je jette un dernier coup d'œil à Angelia qui mange tranquillement sa pomme. Si elle ne veut pas me parler, très bien. D'ailleurs, quel genre de conversations je pourrais bien avoir avec cette fille ? Rien d'intéressant. Pourtant, si je suis honnête avec moi-même, je sais ce qui me dérange vraiment. Je ne supporte pas d'avoir été blessé dans mon ego. Ça n'était pas arrivé depuis très longtemps.

À l'heure dite, je monte dans ma voiture, côté conducteur, pendant qu'Angelia prend place sur le siège avant. Elle se dandine à côté de moi, ayant visiblement du mal à trouver une position confortable. Avec les séquelles que j'ai aperçues sur son corps la nuit dernière, elle doit souffrir au moindre mouvement. Je me demande bien quelles autres blessures se cachent sous ses vêtements.

Je conduis en silence, sans chercher à forcer la conversation. Au bout de quelques minutes, j'aperçois Carla devant chez elle. Elle me fait un signe de la main, avant d'ouvrir la portière avant. Vu l'expression de surprise que prennent ses yeux verts, j'en conclus qu'elle ne s'attendait pas à trouver Angelia à la place qu'elle occupe habituellement. C'est vache de ma part de ne rien lui avoir dit, mais je n'aurais manqué ce moment pour rien au monde…

— C'est qui, elle ? demande-t-elle sèchement, secouant sa crinière rousse.

— Ma nouvelle « sœur », je réponds.

Elle regarde Angelia de travers, tandis que celle-ci l'ignore superbement.

— Bouge de là, c'est ma place ! lance-t-elle.

Aucune réaction. Je dois avouer que ça me fait bien marrer, de voir Carla enrager. Vexée par mon attitude, elle devient rouge de colère. C'est alors qu'elle tend la main vers Angelia… mais je suis plus rapide. Je l'intercepte aussitôt et la repousse violemment.

— Ne la touche pas ! je grogne.

— Ça va pas, t'es malade ! s'écrie-t-elle. Je peux savoir pourquoi tu la défends ?

Et voilà, dès le matin elle me prend la tête, celle-là ! Quelle idée d'être venu la chercher, sérieusement.

— Je ne la défends pas, je fais ça pour ta sécurité autant que pour la sienne, je soupire.

Carla serre ses lèvres pleines de gloss et plisse les yeux. Puis, sans ajouter un mot, elle finit par s'installer sur la banquette arrière. Cette fille me gonfle plus qu'autre chose. Je ne sais même pas pourquoi je reste avec elle. Des filles, je peux en avoir autant que je veux dans mon lit. Faudrait que je lui dise bientôt que c'est fini entre nous, parce que là je ne la supporte vraiment plus.

À ma droite, je m'aperçois qu'Angelia tremble légèrement. Dans un mouvement précipité, elle sort ses écouteurs et s'isole dans sa musique.

— Tarée…, ricane Carla à l'arrière.

Je l'ignore et jette un dernier regard à Angelia. Qu'est-ce qui l'a mise dans cet état ? L'hostilité de Carla, ou moi qui l'ai frôlée en voulant repousser l'autre folle ? Ce qui est sûr, c'est que je n'en saurai pas plus, pour l'instant…

Chapitre 7

(Zachary)

— Salut mec !

Je me retourne. Kayn, mon meilleur ami, m'adresse un grand sourire et me rejoint en courant. Décidément, ses cheveux blonds qui se balancent sur son front lui donnent l'air d'un gamin. Je l'attends, en lançant un regard inquiet à Angelia, déjà loin devant moi. Elle est sortie de la voiture dès que j'ai arrêté le moteur, partant vers l'entrée du lycée sans m'attendre. Je n'avais même pas encore enlevé ma ceinture.

Ça a fait rire Carla, naturellement. Le mépris qu'Angelia lui inspire est manifeste. À en juger par le petit air supérieur qu'elle arbore, je devine le flot d'insultes qui doit lui traverser l'esprit. Et maintenant elle est bien partie pour me coller aux basques toute la journée…

— Comment ça va, mon pote ? je demande à Kayn, désireux d'esquiver Carla.

— Au top. Dis-moi, c'est qui la jolie fille qui est sortie de ta voiture ?

Ah, celui-là ! Il les repère toutes. Heureusement qu'Angelia est trop loin pour l'entendre.

— Oh ! merci, Kayn ! s'exclame Carla.

— Je ne parlais pas de toi, la rouquine, dit-il en riant.

Celle-ci fronce les sourcils tandis que j'éclate de rire, tapant la main que me tend mon ami.

— C'est la nouvelle que mes parents ont accueillie, je lui explique.

— Qu'est-ce qu'elle a ? demande-t-il. Des parents divorcés ?

— Non… c'est plus compliqué. Mais elle est complètement asociale, alors laisse tomber.

— Peut-être, mais elle est canon, s'écrie-t-il. Je suis sûr que je peux la rendre plus sociable !

Je rigole à nouveau, ce qui fait enrager Carla.

— Je ne vois pas ce que vous lui trouvez, dit-elle, amère.

Je lève les yeux au ciel. Sa mauvaise foi est ridicule. La beauté d'Angelia ne passe pas inaperçue, il faudrait être aveugle pour ne pas la voir.

— Tu veux que je te fasse une liste ? propose Kayn. Tu as vu son visage de poupée ? Et puis ses yeux, je n'en parle même pas…

— Tu parles de son coquard ? rétorque Carla en ricanant.

Je serre les dents à sa remarque, mais ne dis rien. Bon sang, ce qu'elle m'agace ! Une vraie garce.

— Elle a dû s'en prendre une en faisant la pute, poursuit-elle.

C'en est trop. Je ne peux pas laisser passer ça. Ce n'est pas que je veuille particulièrement défendre Angelia, mais sa vie a déjà été assez traumatisante comme ça. Inutile que cette conne en rajoute ! Je lui attrape le bras et le serre pour lui faire comprendre que je ne plaisante pas.

— Ferme-la, Carla, je lui souffle dans l'oreille. Si t'avais vécu le quart de ce qu'elle a subi, tu serais déjà à l'asile. La seule pute ici, c'est toi.

Les yeux verts de Carla expriment à présent sa peur. Elle rit nerveusement tout en tentant de se dégager. C'est ça, rigole Carla, rigole.

— T'énerve pas, bébé ! dit-elle. C'était pour rire. Depuis quand tu prends ce que je dis au sérieux ?

— Je te rappelle juste quand tu dois la fermer, je réponds en lâchant son bras.

Sur ce, je la plante là et pars avec Kayn.

— Tu l'a bien refroidie, dit-il, hilare. Sérieusement, pourquoi restes-tu avec elle ? Elle te pourrit la vie plus qu'autre chose.

— C'est une déesse au lit, je réponds en haussant les épaules.

Mais au fond je n'en sais rien moi-même.

— Si tu le dis. Loin de moi l'idée de donner raison à Carla, mais pourquoi tu t'es énervé quand elle a insulté cette fille ? Tu ne défends jamais personne d'habitude.

— Angelia a déjà assez souffert, Kayn. Si je peux lui éviter les critiques de Carla, ce sera déjà ça.

Je ne cherche pas à jouer aux justiciers, disons que je la protège à ma manière. Ce n'est pas parce qu'elle est étrange et ingrate que je dois la laisser se faire maltraiter. Et puis, imaginez la réaction de ma mère si Angelia revenait en pleurs ! Je serais envoyé tout droit au pensionnat.

Je me presse vers ma salle de cours et m'assois à ma place habituelle. Tout au fond, à gauche, collé à la fenêtre. Je regarde autour de moi. Pas d'Angelia. Ma mère n'avait-elle pas dit qu'elle était dans ma classe ? Oh ! puis après tout je m'en fous. Puisqu'elle ne veut pas de mon aide, qu'elle se débrouille. J'ai mes amis, mes emmerdes, alors qu'elle fasse sa vie.

Le premier cours passe, toujours pas de nouvelles d'Angelia. Je commence tout de même à m'inquiéter. Si elle a disparu, comment vais-je expliquer ça à ma mère ? J'étais censé veiller sur elle.

Le deuxième cours commence et, grâce au ciel, on toque à la porte. La CPE entre dans la classe, suivie d'Angelia. Voilà où elle était depuis tout ce temps. Avant que je puisse me retenir, un soupir de soulagement m'échappe. Quelques têtes se retournent vers moi.

— Bonjour à tous, commence la CPE. Je vous présente Angelia Teissi, une nouvelle arrivante dans votre classe. Je compte sur vous pour lui faire un accueil des plus chaleureux.

J'entends déjà les autres élèves s'interroger sur son coquard et sa lèvre fendue. Des garçons se mettent à la siffler discrètement, tandis que les filles lui jettent des regards mauvais. Je n'ai jamais compris pourquoi elles ne sont jamais sympas avec les nouvelles. Dans le cas d'Angelia, c'est sans doute à cause de sa beauté. Il faut dire qu'avec son bonnet posé sur des cheveux longs et ondulés, son jean moulant et son large pull noir, elle est éblouissante. Malgré ses blessures.

Je ne peux m'empêcher de sourire devant son attitude qui en déconcerte plus d'un. Elle dévisage les élèves les uns après les autres, ce qui ne manque pas de les mettre mal à l'aise. Sous son regard perçant, ils gigotent sur leur chaise, ou détournent les yeux. On peut dire qu'elle a un sacré charisme. Puis, son regard se pose sur moi. Elle me fixe quelques secondes et finit par se diriger vers ma table. Sans me demander quoi que ce soit, elle s'installe à côté de moi, droite comme un piquet. Merde, pourquoi s'est-elle mise là ? Je lui ai pourtant dit que je ne voulais avoir aucun contact au lycée. Je soupire bruyamment. Si elle ne parle pas et empêche les autres de venir me faire chier, j'imagine qu'elle ne me gênera pas tant que ça.

Le cours reprend, mais notre prof, Mme Doug, semble perturbée. Elle ne cesse de lorgner dans notre direction.

— Angelia, s'il te plaît, nous n'acceptons pas les bonnets en classe. Peux-tu enlever le tien ?

Ma voisine ne bouge pas d'un pouce, les yeux toujours dans le vague. Les autres élèves ricanent discrètement, et je dois avouer que je suis tenté de les imiter. Après tout, j'ai une réputation d'emmerdeur à tenir.

Mais Mme Doug ne semble pas vouloir laisser passer ça. Elle s'approche d'Angelia et s'apprête à lui ôter elle-même son bonnet. Mais ma voisine se recule brusquement, faisant sursauter la moitié de la classe. La prof fait une nouvelle tentative, mais, comme par réflexe, je me lève et écarte sans ménagement sa main.

— Il me semble qu'elle n'en a pas envie, je lui dis. Fichez-lui donc la paix, madame Doug.

— Ce n'est pas à toi de me dire quoi faire, insolent !

Je serre les poings et sens la colère qui commence à monter. Elle a beau être professeur, personne n'a le droit de m'insulter. Son visage commence à perdre en assurance, et elle recule de quelques pas. C'est une jeune prof, elle n'a probablement pas l'habitude de la rébellion. En revanche, elle doit savoir que lorsque je m'y mets je ne fais pas de cadeau. D'autant que je la dépasse d'au moins une tête.

— Je… Je laisse passer pour cette fois, déclare-t-elle avec un semblant d'assurance. Vous avez de la chance, Zachary.

— C'est vous qui avez de la chance, je murmure en la menaçant du regard.

Elle ignore ma remarque et reprend son cours tant bien que mal. Je me rassois et jette un rapide coup d'œil à Angelia qui comme d'habitude, regarde dans le vide. Je m'aperçois qu'elle tripote un bracelet et le fait claquer contre sa peau. J'ai déjà entendu dire que ça pouvait apaiser l'angoisse et permettre de rester en contact avec la réalité. Elle continue jusqu'à ce que sa peau rougisse, puis s'arrête d'un coup.

— Merci, chuchote-t-elle si bas que je me demande si je n'ai pas rêvé.

Je ne sais même pas pourquoi je suis intervenu, mais je ne

peux m'empêcher d'afficher un petit sourire de satisfaction. Elle m'a enfin adressé la parole.

— Je t'en prie.

Je détourne le regard et remarque Carla au troisième rang qui me fusille du regard. Ou, plutôt, qui fusille Angelia. Mais celle-ci ne semble pas s'en soucier puisqu'elle reprend son élastique entre ses doigts, comme si cette conversation n'avait jamais eu lieu.

De mon côté, impossible d'oublier ses remerciements. Cette fille est peut-être tarée, mais elle a la plus jolie voix qu'il m'ait été donné d'entendre.

Chapitre 8

(Angelia)

Bruyant. C'est l'adjectif que j'utiliserais pour décrire ce lycée. Ces élèves sont pour moi incompréhensibles. Je les observe et me demande comment ils peuvent supporter cette routine. Les filles qui parlent des garçons comme si elles vivaient dans un conte de fées. Les garçons qui regardent les filles comme s'ils rêvaient de les déshabiller. Ces amis qui se tapent sur l'épaule. Cette fille qui sourit à une autre. Ce garçon qui marche dans le couloir en cherchant ses clés de casier. Ce groupe de copines qui rigolent à en pleurer. Ces amoureux qui s'enlacent.

Tous, sans exception, sont étranges. Pour eux, c'est sûrement moi qui semble anormale. C'est peut-être vrai, puisque je suis incapable de les comprendre. Pourquoi tous ces contacts physiques ? Pourquoi tant se parler ? Le font-ils par réflexe ? Mes réflexes à moi sont tout autres. Je me sens complètement perdue parmi ces personnes pour qui sourire fait partie du quotidien.

J'ai loupé la première heure à cause de la CPE. Elle a appris pourquoi j'étais ici et a voulu en savoir plus. Mais je n'ai pas développé. À quoi ça sert ? Tout est écrit sur mon dossier, et ils savent que je ne communique pas. Du moins rarement. En vérité, Zachary est la personne à qui j'ai le plus parlé dernièrement.

Lorsque je m'adressais à papa, ce n'était que des « excuse-moi » ou des « je t'en supplie, non ! » Il n'aimait pas ça. Il me disait tout le temps de la fermer.

Pourquoi ai-je dit merci à ce garçon ? Je l'ignore. Le simple fait qu'il me protège de la professeure m'a… réchauffé le cœur. Ça faisait longtemps que je n'avais plus ressenti ça. Même Mme Talier ne m'avait pas défendue aussi directement, en intimidant un gêneur. Elle m'a au contraire obligée à me mettre au contact des médecins, pour me faire soigner. J'ai détesté ça, je me sentais si mal. Toutes ces mains sur moi, mes cicatrices, mes blessures… Je ne l'ai pas supporté.

Zachary, lui, a tout de suite compris qu'il ne fallait pas me toucher. Après, s'il insiste pour me parler… Eh bien, je ne peux l'en empêcher, mais je ne garantis pas de répondre.

La matinée étant terminée, je me dirige à présent vers le self, tout en songeant que je n'ai pas faim. Papa m'a habituée à manger très peu. Il disait toujours que, comme ça, s'il voulait me vendre un jour, j'aurais un corps parfait. Je ne saurais dire s'il l'est, j'ai toujours été en « sous-alimentation », comme m'ont expliqué les médecins. Il utilisait rarement le mot « parfait » pour me décrire ; pour lui, je n'étais qu'un monstre, un démon… une meurtrière. J'ai tué ma mère à ma naissance, m'a-t-il dit. Je n'ai jamais su si je devais le croire ou non. À vrai dire, je n'ai jamais vraiment pensé à ma mère. La seule chose que je sais d'elle, c'est que j'ai ses yeux. À chaque fois que papa me frappait, que je savais que le prochain coup pouvait m'être fatal, je le regardais dans les yeux. Cela l'a toujours arrêté net. Il me fixait, une étrange expression sur le visage, puis le nom de ma mère s'échappait de ses lèvres. Ce sont les seuls moments où je le voyais faiblir. Ensuite il remontait la tête, séchait ses larmes puis s'en allait dignement en me fusillant du regard.

Après m'être servi un repas léger, je soulève mon plateau et inspecte le self à la recherche d'un endroit où m'installer. Je sais immédiatement que jamais je ne pourrai manger ici. Il y a trop de monde, c'est bruyant, et puis aucune table n'est libre, alors que je veux être seule. Je sors par la porte de derrière, toujours munie de mon plateau, et me dirige vers le terrain de verdure, à l'extérieur du bâtiment. Là, je respire mieux. Je m'installe dans l'herbe et commence à manger en écoutant ma musique. Pour la première fois depuis le début de cette rentrée, je me sens apaisée. Ça fait vraiment du bien d'être au calme, seule. Malheureusement, la journée est encore loin d'être terminée…

Chapitre 9

(Zachary)

— Bon alors, tu m'expliques ? s'obstine Carla, devant son plateau.

Je soupire. Sa voix aiguë me fait mal au crâne, surtout dans ce self bondé. Je le jure, je ne la supporte plus !

— T'expliquer quoi ?

— Pourquoi tu l'as protégée à nouveau ? insiste-t-elle.

— C'est pas vrai ! T'es encore là-dessus ?

— Oui ! Parce que, normalement, il n'y a que moi que tu dois protéger. Et pourtant tu ne le fais pas. Alors pourquoi elle, hein ?

Elle m'énerve ! Je n'ai aucun contrôle sur mes nerfs, ce n'est pas nouveau, alors pourquoi me provoquer ? D'autant qu'elle et moi savons très bien qu'il n'y a aucun sentiment entre nous. Elle proteste simplement pour la forme, parce que nous sommes en public.

— Carla…, je grogne entre mes dents, en guise d'avertissement.

— Quoi ? J'en ai assez ! Ça ne fait même pas un jour qu'elle est là, et elle me pourrit déjà la vie, cette pétasse. Et toi, tu ne…

— La ferme ! je l'interromps en hurlant.

Le silence tombe instantanément dans le self. Tous les élèves ont tourné la tête vers nous, à l'affût. Ils savent comment je suis lorsque je cède à la colère, ils attendent le spectacle. Carla comprend qu'elle a fait une connerie et se fait toute petite. Peine perdue, car j'explose aussitôt :

— Tu me fais chier avec tes crises de jalousie ! Tu sais très bien que je déteste ça ! Je fais ma vie de mon côté et je me fous de ce que tu penses ! Va te faire foutre, Carla !

À peine ai-je fini de vociférer que je balance mon plateau à travers le self. Il ne touche personne, mais la nourriture se répand par terre. De toute manière, Carla m'a coupé l'appétit. Je me lève et pars rageusement vers la sortie. La violence que je sens bouillonner dans mes veines est plus forte que tout. Il faut que je sorte pour évacuer. Un pion tente de m'arrêter en me demandant de le suivre chez la CPE, mais je l'ignore et continue mon chemin. Je sais que je vais avoir des ennuis, mais ça ne va pas me changer beaucoup de d'habitude.

Une fois dehors, j'expire bruyamment. Mais la colère ne descend pas. Il n'y a qu'un moyen pour qu'elle redescende. Alors je frappe dans le mur en béton. Une fois.

Deux fois.

Trois fois.

J'ignore la douleur et ne m'arrête que lorsque j'aperçois un bonnet posé dans l'herbe, sur le côté du mur. Je remarque alors seulement Angelia, endormie à quelques pas de là, son plateau à moitié vide posé sur le gazon. Il faut l'admettre, elle est plutôt mignonne quand elle dort. Son visage est bien plus serein que cette nuit, en plein cauchemar. Une mèche de cheveux retombe sur sa petite bouche qui forme un « o ». J'ai envie de la lui enlever, délicatement. D'effleurer son visage. Mais je ne peux pas. Ce ne serait bon ni pour elle ni pour moi.

En soi, aucun interdit ne m'empêche de l'approcher. Mais c'est une règle que je me suis fixée : ne rien avoir à faire, de près ou de loin, avec les enfants qu'accueillent mes parents. Et, même sans cette règle, Angelia est tellement particulière que je n'irai pas chercher le contact. C'est débile, je me le répète sans cesse, mais c'est ainsi. Elle est étrange, atypique, et cette différence m'effraie autant qu'elle me touche. Voilà le paradoxe. Dans le doute, je préfère prendre la voie la plus simple : rester loin d'elle. Je pense que la véritable raison, que je tente de refouler, c'est qu'elle touche un point sensible. Elle me rappelle des souvenirs que j'aimerais oublier… C'est pourquoi nous ne devons pas nous côtoyer, nous serions toxiques l'un pour l'autre.

Je décide alors de partir. Il faut que j'évite cette fille, désormais. Certes, elle habite chez moi, mais rien ne m'oblige à lui parler. Et puis, elle me l'a bien fait comprendre, elle ne veut aucune relation, aucune communication. Et c'est exactement ce que je compte faire. La fuir, éviter toute tentation. Car il faut dire qu'avec son physique elle en est une à elle seule.

Chapitre 10

(Angelia)

Deux semaines ont passé depuis mon arrivée. Je n'arrive pas à dire si le temps passe vite ou lentement. Mon esprit s'embrouille. Des heures peuvent paraître des secondes, comme des secondes des heures. Tout dépend de ce à quoi je pense, de ce que je fais. Étrangement, quand je me concentre sur le monde réel, le temps passe un peu plus vite. Mais je n'y arrive pas très longtemps.

Le dernier cours de la journée vient de prendre fin, et je range mes affaires. J'arrive un peu mieux à comprendre les cours quand je m'y mets. Les professeurs sont au courant de mes difficultés de concentration, alors ils sont tolérants. Il y en a même certains qui me soutiennent et me donnent des conseils pour faciliter mon cursus.

Dans ce nouvel environnement, tout semble si serein. Je ne vis plus dans la peur constante de mon père qui, sans crier gare, pouvait laisser sa colère déferler sur moi. Il y a Carla, bien sûr, mais comparée à papa, c'est quantité négligeable. Pourtant, cette sérénité ne suffit pas à faire taire mes angoisses. À tout moment, je peux me mettre à paniquer en me remémorant un souvenir pénible. Dans ces cas-là, je préfère m'enfermer dans ma chambre et me calmer en me balançant sur le rythme d'une musique. En revanche si je suis en cours, je dois aussitôt quitter la classe et je m'enferme dans les toilettes, où je finis par retrouver mes esprits. Personne ne m'en tient rigueur. Simplement, le prof prévient la CPE. Parfois, elle me rejoint aux toilettes et me couve d'un regard rassurant, le temps que je m'apaise. Mais, la plupart du temps, elle attend dehors et me raccompagne en silence jusqu'à ma classe dès que je sors.

Auprès des élèves, je dois dire que j'ai évolué : je suis passée du statut de nouvelle à celui de fille bizarre. Cette réputation me laisse indifférente. Les autres me regardent d'un drôle d'œil parce que je mange seule et que je ne parle à personne, mais c'est tout. Ça ne me dérange pas. Isolée dans ma bulle, je m'en rends à peine compte.

Seule l'hostilité de Carla me frappe, mais que peut-elle bien me reprocher ? Peut-être est-elle juste méchante. Dans les rares livres que j'ai pu lire, la fille populaire s'attaque toujours à la fille innocente. Plusieurs fois déjà, elle est venue me voir, m'insultant à propos de mon passé. Mais comme elle ne le connaît pas vraiment, cela ne m'atteint pas. Quand elle a vu que je me fichais de ses insultes, elle est passée au niveau supérieur. Désormais, elle essaie de me toucher, parfois même de m'agripper méchamment. Des tonnes de flash-back me reviennent régulièrement, à cause d'elle.

Je devrais en parler à Mme Trempline, ma psychiatre, je le sais bien. Mais je n'y arrive pas. J'ai déjà eu deux rendez-vous avec elle, elle est gentille et très patiente. Apparemment, ça ne la dérange pas de parler toute seule durant une heure. Parfois, je lui réponds, mais seulement quand il s'agit d'un sujet neutre : le déroulement de ma journée, ce que j'ai mangé la veille… En revanche, je n'aime pas parler de papa. Quand j'habitais encore avec lui, je savais ce qui m'attendait si j'avais le malheur de dire quoi que ce soit à quelqu'un. Même si peu de personnes s'intéressaient à nous, dans l'immeuble. Les voisins préféraient leur petit quotidien tranquille à la réalité d'une enfant battue. Car, oui, c'est ce que j'étais. J'ai encore du mal à l'accepter. Depuis ces trois semaines, on me l'a beaucoup répété, mais mon quotidien semblait tellement… normal. Oui, c'était ma vie. Je ne m'en suis jamais plainte, puisque je n'ai jamais connu une autre vie jusqu'à aujourd'hui. Désormais, je sais ce que ça fait de vivre sans être constamment dans la peur.

La seule manière que j'ai d'extérioriser mon mal-être, puisque je ne le fais pas en séance, c'est de pleurer. Bien sûr, jamais en public. C'est le soir que je pleure, au souvenir de certaines scènes atroces de ma vie. La nuit, je ne dors pas, ou très peu, sinon les cauchemars reviennent.

Mais les larmes ne font pas disparaître la haine qui gronde au fond de moi. Je me connais, je sais que si elle s'échappe elle sera destructrice. C'est pour ça que je vais tout faire pour la garder enfouie. C'est mieux pour tout le monde. Moi-même, je me déteste quand je suis dans cet état de rage. Je sais ce que vous vous dites. Si je suis si terrible, alors pourquoi me suis-je laissé faire face à mon père ? Eh bien, papa a toujours eu sur moi un ascendant absolu, et ma peur envers lui est bien plus forte que ma haine, aujourd'hui encore. Je n'ai jamais osé me rebeller, les conséquences en auraient été terribles, peut-être même fatales. Rien à voir avec Carla : il est fort et robuste, mes coups l'auraient à peine effleuré. Il m'effraie, terriblement, et jamais, au grand jamais, je pourrai porter la main sur lui, même dans mes excès de colère.

J'ai appris que Zachary était sujet aux mêmes crises. La dernière est survenue au self, à cause de Carla. La rumeur veut que je serais la cause de leur dispute. Ce n'est pas que je prête attention aux ragots, mais, quand je passe près des autres élèves, ils ne font pas l'effort d'être discrets. Pourquoi se seraient-ils disputés par ma faute ? Je n'ai rien fait. J'habite seulement dans la même maison que lui. Ah, et je suis assise à côté de lui en classe, mais c'est tout. Il fait comme si je n'existais pas. Je crois que je suis blessée de son comportement, même si j'ai toujours été plus ou moins traitée ainsi. Je n'ai aucun doute sur le fait qu'il me déteste, comme l'avait prédit papa. Il ne fait que me conduire au lycée et me ramener ensuite. Là-bas, il ne me parle pas, ce qui est bien, dans un sens. Reste que je me sens seule. C'est vrai que je l'ai toujours été, alors pourquoi me plaindre ? J'ai déjà une chance incroyable de vivre avec des personnes qui veulent mon bien.

Cette famille ne me met pas mal à l'aise. Les Prims savent que je ne suis pas sociable et ne cherchent pas à me faire parler à tout prix. Ils font comme si tout était normal, comme si j'étais… leur fille. Et j'aime beaucoup ça. Rachel vient de temps en temps me parler, pour être sûre que tout va bien. La plupart du temps, je ne réponds pas. Quand je veux la remercier de s'occuper de moi, je hoche simplement la tête. Ça a l'air de lui faire plaisir.

Je traverse les couloirs pour me rendre au parking, quand des cris me sortent brutalement de mes pensées. D'abord, je n'y fais pas attention. Après tout, ça crie toujours ici. Jusqu'à ce qu'une fille se mette à hurler le prénom de Zachary. Je ne devrais pas y prêter attention, mais malgré moi je me dirige vers le boucan, attirée par les cris qui résonnent toujours. Dans le hall d'entrée, un grand cercle s'est formé autour de deux personnes. Zachary – naturellement – et un autre garçon que je ne connais pas. Qu'a-t-il encore fait ?

Soudain, l'inconnu se met à frapper Zachary au visage et le fait tomber au sol. Mais celui-ci lui envoie bientôt son poing dans l'estomac. L'inconnu se met à cracher du sang. Des images de mon père me frappant s'enchaînent dans ma tête. *N'y pense pas, Angelia, n'y pense pas.*

Mais devant moi les deux garçons continuent de se bagarrer, et le public ne semble pas décidé à réagir. Zachary prend l'avantage et commence à défigurer son adversaire.

Les visages deviennent bientôt celui de mon père et le mien. Je panique, j'étouffe, je veux juste que tout ça s'arrête. Je ferme les yeux et couvre mes oreilles. Sans même que je puisse le retenir, un cri strident sort de ma bouche :

— ZACHARY !

Tout le monde se tait et se tourne vers moi. Ça me gêne, je n'aime pas attirer l'attention, mais je me concentre sur Zachary et fais abstraction des autres. Il s'arrête immédiatement, surpris de me voir. Puis il lâche le garçon, qui s'éloigne de lui en rampant le plus rapidement possible. Zachary se redresse et fixe son regard sur moi. Sa haine est si puissante que son visage conserve son air sévère. Est-ce là une de ses fameuses crises de colère ? Sans doute, car il est vraiment effrayant. Mais ses yeux tranchent avec son expression. Les autres ne le voient peut-être pas, mais moi, si. Je suis comme hypnotisée par ses iris noirs qui me scrutent intensément.

Doucement, je m'approche de lui, frayant mon chemin au milieu de la foule qui s'écarte. Je ne le lâche pas du regard. Son visage se détend peu à peu. Quand j'arrive à sa hauteur, je vois ses mains qui tremblent encore. Je veux les arrêter, ces tremblements, par tous les moyens. Alors je fais l'impensable. Je ne sais pas ce qu'il me prend, une pulsion. Je ne réfléchis pas, c'est… naturel. Et c'est bien ce qui m'effraie.

Sans crier gare, je prends sa main dans la mienne et effleure très légèrement ses blessures. À force de frapper, ses phalanges sont ensanglantées. Je relève les yeux vers lui et effleure du pouce son visage. Je frôle son œil, qui vire déjà au bleu, son sourcil entaillé, sa joue égratignée. Je finis mon voyage sur sa lèvre fendue. Ces blessures me sont si familières. La douleur qu'il ressent, je l'ai ressentie des millions de fois. Lorsque je pose mes doigts sur ses lèvres chaudes, il retient sa respiration. Est-ce moi qui lui fais cet effet ? Ou bien la douleur ?

Au bout d'un moment, il embrasse imperceptiblement mes doigts, mais les autres ne le voient pas. Les autres n'existent pas. Je ne vois que lui. Il est si beau. Ses cheveux sombres, couleur corbeau, tombent avec grâce sur son front. Même les bleus sur son visage ne peuvent réduire sa beauté.

— Pourquoi te bats-tu ? je demande.

— Pour te protéger, répond-il sur un ton doux, que je ne lui connaissais pas.

Je me perds dans ses yeux ébène et je ne sais combien de temps nous restons ainsi. Ma main a retrouvé sa place le long de mon corps, seuls nos regards ne se quittent pas. Tout est clair et incompréhensible à la fois. Je ressens comme une chaleur au creux de mon ventre. C'est si étrange, et agréable. Qu'a-t-il a bien pu me faire en si peu de temps ?

Chapitre 11

(Zachary)

— Qu'est-ce qu'il se passe ici ! s'écrie la CPE.

Je vois Angelia cligner légèrement des yeux, comme si elle se réveillait brutalement. Elle recule alors de deux pas. Revoilà la Angelia d'avant.

Je n'ai pas la moindre idée de ce qu'il s'est passé. Je frappais ce connard encore et encore, déversant toute ma haine sur lui et, soudain, j'ai entendu sa voix. Sa voix inoubliable. Et la manière dont elle a prononcé mon prénom… Avec force et autorité, mais aussi avec désespoir. J'ai réalisé que cette bagarre avait dû lui rappeler de mauvais souvenirs.

Mais ce qu'elle a fait ensuite, je ne l'aurais jamais cru possible. Mon premier contact avec elle. Jamais je ne l'oublierai. Ses doigts froids et doux touchant ma main… Mon visage… Mes lèvres. J'ai ressenti des millions de frissons. Croyez-moi, j'en ai touché des filles. Mais c'est de loin la chose la plus sensuelle que j'ai vécue jusqu'à maintenant. Je ne sentais même plus la douleur, comme si j'étais anesthésié. Cette conne de CPE a tout gâché, comme d'habitude !

Je me ressaisis et me place devant Angelia.

— Rien…, je lui réponds. Un attroupement, comme d'habitude, madame.

— Et vos blessures, vous vous les êtes infligées tout seul, je présume ? persifle-t-elle.

— Vous présumez bien.

Je me tourne vers les autres et leur lance un regard assassin, en guise de mise en garde.

— Vous avez vu quelque chose, vous ? je m'écrie.

Ils font tous « non » de la tête, et je vérifie discrètement que l'autre con soit bien parti. Pas de danger qu'il soit encore là, lâche comme il est.

— Vous voyez, rien de plus qu'un attroupement, je répète plus durement, pour qu'elle me foute la paix.

— Oui, c'est ça ! réplique-t-elle. Vous avez intérêt à vous faire discret dans les prochains jours, monsieur Prims.

— Mais toujours, madame Medonno. Vous me connaissez, je dis en souriant innocemment.

Elle fait demi-tour. Aussitôt, je cherche Angelia des yeux. Elle est restée derrière moi et me regarde, un peu inquiète. On voit qu'elle n'a pas l'habitude d'être le centre d'attention. Je lui souris et lui fais signe de me suivre.

Nous marchons jusqu'au parking et nous nous installons dans la voiture. Avant de démarrer, je me tourne vers elle et lui demande :

— Ça va ?

Timidement, elle hoche la tête. Durant tout le trajet, elle me fixe encore et encore. C'est sa manière à elle d'observer le monde. Ça mettrait la plupart des gens mal à l'aise, mais pas moi. Étrangement, j'aime savoir qu'elle me regarde, qu'elle s'intéresse à moi. Ça sonne peut-être égocentrique, mais qu'est-ce que j'en ai à foutre ? Ça me plaît, c'est tout.

Oui, je sais. J'avais dit que je devais l'oublier. Mais ces deux semaines sans lui parler ont été étrangement vides. Ennuyeuses. Ma vie normale, en fait, avant qu'elle vienne tout chambouler.

Même si elle ne me répond pas, je sais qu'elle m'écoute. Et je dois bien l'avouer, ses petits gestes qui servent à communiquer m'ont manqué. Je n'y ai goûté que très peu, mais… C'est comme une dépendance. Je veux toujours qu'elle en fasse plus, qu'elle s'ouvre encore davantage, grâce à moi. Jusque-là, je ne me sentais pas vraiment spécial à ses yeux, puisqu'elle m'ignorait. Mais aujourd'hui tout a changé.

Je coupe le moteur de la voiture et ouvre la portière, lorsque sa douce voix m'arrête.

— Me protéger… de quoi ? murmure-t-elle.

— Des mauvaises personnes, je lui réponds.

Elle opine du chef et sort de la voiture. Je la regarde marcher jusqu'à la porte d'entrée, son corps si menu se déplaçant très vite, bien qu'elle boîte encore très légèrement. Encore une blessure de son connard de père.

C'est à ce moment que je prends une décision. Il est désormais hors de question que je la laisse tomber. L'ignorer était stupide. Elle ne m'a rien fait. Elle est simplement différente de toutes ces autres filles et j'ai été bêtement effrayé. Elle est la seule à avoir réussi à m'arrêter en pleine bagarre. Personne n'avait pu me calmer jusqu'à maintenant, même pas Kayn. Je lui en serai éternellement reconnaissant.

Aujourd'hui, Angelia est devenue mon petit ange. Et il faut en prendre soin. On en a qu'un.

En rentrant dans la maison, ma mère retient un petit hoquet d'horreur face à mon visage tuméfié.

— Qu'est-ce que tu as encore fait ? me gronde-t-elle. Tu as des bleus partout !

Elle râle tout en essayant de regarder mes blessures. Mais je me défile, je ne suis plus un putain de gamin, je peux supporter quelques bleus ! Je jette un regard à Angelia, partie s'installer sur le canapé du salon, et, bien sûr, ma mère le remarque immédiatement.

— C'est à cause d'elle ? chuchote-t-elle.

Je vérifie que la concernée n'a pas entendu.

— Bien sûr que non.

— Alors qu'est-ce qu'il s'est passé ? insiste-t-elle, me poursuivant dans la cuisine.

— OK, tu as raison ! je réponds, pour qu'elle me lâche la grappe. Tu m'as demandé de la protéger, c'est ce que j'ai fait.

— Toi ? réplique-t-elle. Tu l'ignores totalement. Je ne suis pas idiote, Zac, je l'ai bien remarqué. L'école me fournit des rapports sur le comportement d'Angelia. Crois-moi, tu es inexistant dedans.

La honte me gagne à nouveau. Je n'aurais pas dû faire ça. Mais, au fond, Angelia me perturbe. Avec elle, on ne peut pas savoir comment ça va se terminer.

— Je regrette, d'accord ? J'ai agi bêtement. Aujourd'hui, on voulait lui faire du mal.

— Qui lui voulait du mal ?

Je repense à ce connard de Dylan. J'ai vraiment cru que j'allais le tuer. Son jeu préféré, c'est de charmer les filles pour ensuite coucher avec elles et les laisser tomber. Il l'a fait des centaines de fois. Ça ne m'étonnerait pas que toutes les filles du lycée y soient passées. Honnêtement, je n'en avais rien à foutre jusque-là. Ça m'amusait même un peu, qu'il nous raconte ses conquêtes. Mais, quand il a annoncé que sa prochaine cible serait Angelia, je ne l'ai pas supporté. Sans même m'en rendre compte, j'ai crié qu'il ne la toucherait pas. Évidemment, il a pris ça à la rigolade.

« Eh ! Calme-toi, Zac ! Si tu veux je t'en laisserai un peu. Elle aura besoin de quelqu'un quand j'en aurai fini avec elle », avait-il rétorqué.

Bon sang, mais qu'il est con ! Ça a été la phrase de trop, je me suis aussitôt jeté sur lui. Il avait réussi à me mettre dans une colère noire. Même Kayn n'a pu me calmer. Il a bien essayé de nous arrêter, mais il a renoncé avant de se prendre un coup perdu. Si Dylan s'approche d'Angelia après ça, c'est qu'il est suicidaire.

Ma mère attend toujours une explication. Je ne peux pas lui raconter l'histoire, elle en ferait tout un plat et ça remonterait jusqu'au lycée.

— Je m'en suis occupé. Ne t'inquiète pas, je prends soin d'elle, maintenant.

Elle me sourit, satisfaite de cette réponse, et finit par abandonner l'idée de nettoyer mes plaies. Je le ferai tout seul. Angelia, quant à elle, part avec mon père à son rendez-vous hebdomadaire chez sa psychiatre. Je ne sais pas si ça marche réellement, elle ne doit sans doute pas prononcer un mot. À cette pensée, un petit sourire s'affiche sur mes lèvres. Il s'agit d'Angelia. C'est une tarée, mais c'est ma tarée.

Chapitre 12

(Angelia)

— Bonjour, Angelia, me lance Mme Trempline. Comment vas-tu depuis la dernière fois ?

Je la regarde et ne réponds pas. À quoi bon ? Elle connaît déjà la réponse. Sa petite bouche teintée de rouge s'étire en un timide sourire, et elle se lève de sa chaise pour venir s'asseoir à mes côtés. C'est une personne très douce, sa voix est calme et posée, tout comme les traits de son visage. Elle inspire la confiance. Peut-être un jour me laisserais-je aller à m'ouvrir à elle.

— As-tu des choses à me raconter ? Des événements particuliers ?

Encore une fois, je ne prononce pas un seul mot. Mais je ne peux m'empêcher de me remémorer cet après-midi.

— Moi, je pense que oui. Et je vois bien que ça te perturbe.

Comment le sait-elle ? Elle est vraiment très observatrice, et je dois avouer que ça m'effraie un peu. Après un petit silence, elle reprend la parole :

— Ça a un rapport avec ta famille ? Ou bien le lycée ? Parle-moi, Angelia, je peux t'aider à tout surmonter.

Je ne relève pas les yeux, pour me sentir moins exposée. Je n'aime pas quand elle lit en moi, comme cela. J'ai peur qu'elle puisse voir mes secrets, mes pensées et mes blessures encore vibrantes, marquées au fer rouge dans mon esprit. Il en est hors de question. Elle soupire, puis lisse sa jupe déjà impeccable.

— Très bien, alors peut-être pouvons-nous aborder le sujet de ton père. Cela va faire un mois que tu…

— Je l'ai touché, je murmure, la voix serrée.

Quand elle a commencé à parler de papa, j'ai paniqué. Je ne peux pas parler de lui, pas encore. C'est trop tôt, tout est encore bien trop douloureux. Il faut que je change de sujet, je n'ai pas le choix. Mes paroles ne la laissent pas indifférente, elle se redresse, aux aguets.

— Qui as-tu touché, Angelia ? demande-t-elle avec un sourire encourageant.

— Zachary…

— Pourquoi l'as-tu fait ?

— Je ne sais pas, dois-je avouer. Il se battait et… était blessé, alors…

Ma voix s'éteint dans ma gorge, je suis incapable de prononcer un mot de plus.

— Alors, tu t'es reconnue en lui, n'est-ce pas ? Les blessures qu'il avait, tu les as vues et tu les as ressenties comme devant un miroir.

À ces propos, les larmes me montent aux yeux et quelques-unes s'en échappent sans que je puisse les contrôler. J'ai tellement de souvenirs horribles. Des milliers de fois j'ai vu mon visage tuméfié ; tous les jours une nouvelle colère, des nouveaux coups. Incapable de réagir, j'étais spectatrice de mon propre malheur.

Je hoche lentement la tête, pour lui signifier qu'elle a raison, encore une fois.

— Et qu'as-tu ressenti à son contact ?

— Rien.

— Rien ?

— Tout s'est éteint. C'était… formidable.

Elle semble réfléchir à ce que je viens de dire, puis son visage s'éclaire. À vrai dire je ne sais pas comment expliquer ce que j'avais ressenti à ce moment-là, c'est complexe à exprimer.

— Tu veux parler de tes émotions qui font rage au fond de toi, tes flash-back et tes démons. C'est ça qui s'est éteint ?

J'opine du chef et lève mon regard pour le planter dans le sien.

— Oui. Un soulagement intense, j'étais enfin en paix, chuchoté-je, la voix brisée par l'émotion.

— Tu étais concentrée sur lui, et tout le reste, durant un bref instant, a été camouflé par cette nouvelle émotion, dit-elle comme si elle pensait à voix haute, ses yeux bougeant au rythme de ses idées. Tu n'avais jamais ressenti une telle chose, n'est-ce pas ?

J'acquiesce à tout ce qu'elle vient de dire. Ça n'a duré que quelques secondes, mais c'était… incroyable. Le monde n'existait plus, ma rage et ma peur, qui ne me quittent habituellement jamais, avaient disparu. Et cette chaleur, qui avait parcouru mon corps, m'avait donné envie de retrouver ce sourire que j'ai perdu depuis bien longtemps. Tout était calme en moi, apaisé et silencieux. Son contact était agréable, mais j'ai dû y mettre un terme. J'avance petit à petit. Pour l'instant, c'est tout ce dont je suis capable.

— Es-tu proche de Zachary, Angelia ? Est-il devenu quelqu'un d'important pour toi ?

En voilà une bonne question ! À laquelle je n'ai aucune réponse. Suis-je proche de lui ? Dans un sens, oui, puisque je l'ai touché, je lui ai parlé. Ce que je ne fais avec personne. Mais, d'un autre côté, il m'ignore la plupart du temps. Il ne m'aime pas, je le sais. Il me supporte, mais ce n'est pas de l'affection. Alors non, je ne sais quoi répondre.

Mme Trempline doit voir mon trouble, puisqu'elle décide de se lever pour rejoindre son bureau.

— Tu n'es pas obligée de répondre, Angelia, nous avons déjà beaucoup avancé. Je suis très heureuse que tu m'aies parlé aujourd'hui, c'est un grand pas. Tu es sûrement fatiguée, rentre chez toi, nous nous reverrons dans quelques jours, conclut-elle.

Je me lève, et elle me raccompagne en dehors de la pièce, où m'attend Quentin.

— Ça s'est bien passé ? demande-t-il en se levant de son siège.

— Très bien, répond la psychiatre. Je vous revois bientôt.

Elle serre la main de Quentin puis se tourne vers moi, une toute nouvelle lueur dans les yeux.

— Je suis très satisfaite de cette séance, Angelia. Je te remercie. À la semaine prochaine !

Dans la voiture, sur le chemin du retour, je ne peux m'empêcher d'essayer de me remémorer ce ressenti, lorsque mes doigts glacés ont touché la peau de Zachary. Un grand émoi, et en même temps un tel apaisement. Pourquoi tout est toujours si compliqué ?

— On a commandé des pizzas pour ce soir. J'espère que tu aimes ça, me dit gentiment Quentin.

Je ne réponds pas et me recroqueville un peu plus du côté de la fenêtre. Parmi toutes les nouvelles personnes que j'ai rencontrées, c'est avec lui que je suis le moins à l'aise. Pourtant il est très gentil. Lily est son portrait craché avec ses cheveux châtains et ses yeux bleus perçants. Tout le contraire de Zac qui, lui, ressemble à sa mère.

Le problème, c'est que c'est un homme, et qu'il me rappelle mon père. Pas au niveau de sa personnalité, loin de là, mais par son physique. Son sourire est le même, bien que je n'y discerne pas la cruauté de papa. Quand il pose son regard ferme sur moi, je me retrouve quelques semaines en arrière, devant papa, sa main prête à s'abattre sur moi. Heureusement qu'il travaille de nuit, sinon je ne sais pas si j'aurais pu supporter sa présence constamment.

— Avec Zachary, tout va bien ? demande-t-il.

C'est fou, qu'est-ce qu'ils ont tous à me parler de lui ? Je suis déjà assez perturbée comme ça ! Je fronce les sourcils, contenant au maximum mon agacement.

Nous arrivons devant la maison, et je me dépêche de rentrer pour fuir ses questions. Je veux juste être seule, je ne suis pas habituée à voir autant de monde en une journée. Il me faut m'isoler quelques heures dans la journée, sinon je ne peux pas tenir. Vous n'imaginez pas le travail que c'est, pour moi, de devoir sortir dehors chaque jour, au milieu des gens. Une vraie torture, je n'ai pas d'autres mots. Et pourtant personne ne le remarque. Personne ne voit à quel point je suis à bout. Combien de temps vais-je réussir à tenir dans ce monde qui n'est pas le mien ?

Chapitre 13

(Zachary)

J'étais dans mon lit quand j'ai eu une brillante idée !

— Ce que tu es intelligent, Zac ! Je t'adore !

Oui, je me complimente tout seul – il faut bien que quelqu'un le fasse.

Je vous explique. Alors que je réfléchissais au fait qu'Angelia ne voulait pas parler, je me suis demandé comment communiquer sans prononcer un mot. Et, là, j'ai trouvé la solution : son portable. Qui dit portable, dit SMS ! J'étais tellement fier de moi que j'ai sautillé partout comme un gamin. Je vous jure que quand il s'agit d'Angelia je ne contrôle pas mes réactions. Bien sûr, je me suis repris, retournant à mes habitudes : appeler Carla pour m'engueuler avec elle. Je suppose que ça fait de moi un connard fini, mais bon, rien de nouveau.

Cependant, l'idée ne me quittait pas. Alors je me suis décidé : j'ai attendu qu'Angelia aille dans la salle de bains et fasse couler l'eau de la douche pour enter dans sa chambre. J'avoue que je n'étais pas très à l'aise à la perspective de fouiller dans son intimité, mais l'excitation d'enfreindre les foutues règles qu'elle s'est fixées a pris le dessus.

Une fois à l'intérieur, surprise : il n'y a aucune affaire personnelle en vue. Même ses vêtements sont encore dans la valise, posée sur le sol. Compte-t-elle repartir d'un moment à l'autre ? Cette possibilité me dérange. Même si je l'ai ignorée la plupart du temps, sa présence est pour moi devenue une habitude.

Je repousse ces pensées et me dirige vers sa table de nuit. J'ouvre un tiroir et… bingo ! Son portable ! En le prenant, je m'aperçois qu'il cachait une photo, dissimulée dans un recoin. Dessus, une femme au joli visage sourit chaleureusement à l'objectif. Elle a des yeux à couper le souffle. Les mêmes qu'Angelia. De longs cheveux noirs, qui descendent en cascade jusqu'à sa taille. Et un ventre bombé de femme enceinte. Sa mère, aucun doute là-dessus. La ressemblance est frappante. D'elle, je sais seulement qu'elle est décédée et que, depuis, le père d'Angelia a pété un câble.

Je suis fasciné par ce visage si semblable à mon petit ange. Angelia a-t-elle le même sourire ? Je ne l'ai jamais vue sourire, ni arborer une expression aussi sereine. Sa mère semble la plus heureuse du monde, sur ce cliché. Elle porte son enfant, sa petite Angelia, et on voit bien, à sa façon de toucher son ventre, qu'elle la protégerait quoi qu'il en coûte. C'est d'ailleurs ce qu'elle a fait en accouchant, plaçant la vie de sa fille avant la sienne. J'avoue être ému de sa vie si triste. Je n'aime pas du tout ce genre d'histoires, celles sur lesquelles on se morfond alors qu'on ne peut rien y faire. Pas fait pour moi. Soudain, un bruit me fait sursauter.

— Qu'est-ce que tu fais ici ? souffle durement une voix dans mon dos.

Je me retourne en reposant aussitôt la photo dans le tiroir, dans un geste coupable. C'est pas vrai ! Je ne l'ai même pas entendue arriver ! Elle me fixe avec intensité, le visage contracté, comme si elle allait exploser d'une seconde à l'autre. Je me sens penaud, intimidé. Attendez… moi, intimidé ? Par une fille ? Qu'est-ce qui m'arrive ! On dirait qu'Angelia a réellement pris de l'ascendant sur moi.

— T'es sourd ? lance-t-elle sèchement.

La dureté de son ton me frappe comme une gifle en pleine tronche. Bordel, pour qui elle se prend !

— Baisse d'un ton, je grogne. Je suis chez moi ici, ne l'oublie pas.

Elle plisse les yeux, seul signe de son agacement, et je soutiens son regard. Nous voilà engagés dans un véritable bras de fer oculaire, qui dure un temps infini. Au bout d'un moment, son regard finit par changer. Il devient moins agressif que curieux, comme si elle m'observait.

— Qu'est-ce que tu veux ? bredouille-t-elle enfin d'une petite voix, comme fatiguée de s'être confrontée à moi.

J'hésite à répondre sincèrement. Après tout, elle n'a pas l'air ravie de me voir. Mais rien ne s'arrangera si je ne fais pas un minimum d'efforts, et Dieu sait à quel point ça me coûte.

— Ton numéro, je lâche. Je veux ton numéro.

Je lui offre un sourire charmeur, celui auquel aucune fille ne peut résister. Enfin, aucune avant l'énergumène devant moi.

— Pourquoi ?

Wouah. Alors là j'avoue que c'est une première. D'habitude, quand je demande leur numéro aux filles, elles sautent de joie et me le donnent immédiatement. Mais Angelia, elle, veut savoir pourquoi. Le pire, c'est que sa curiosité a l'air sincère. Mais de quoi je m'étonne, après tout ? Merde, c'est Angelia.

— Pour… tu sais, communiquer, dis-je en faisant des signes comme si je parlais à une demeurée. C'est ce que font les gens, en général.

— Je ne suis pas de ces gens-là, réplique-t-elle.

— Oh ! ça, je le sais, ne t'en fais pas. Bref, je veux juste te connaître mieux, Angelia. Alors accepte, s'il te plaît.

Elle ne réagit pas. Comme toujours. Expression neutre. Elle se contente de me fixer.

— Sors de ma chambre, s'il te plaît.

Son ton n'est pas agressif, c'est une simple requête. Mais je ne peux m'empêcher de le prendre mal. Je viens de lui demander son numéro, et elle m'éjecte comme un malpropre.

— Non ! je réponds, avant de me reprendre. Je veux dire… comme ça, on pourra parler sans que tu aies besoin d'ouvrir la bouche.

Elle fronce les sourcils, visiblement perturbée par ce que je viens de dire. Tu m'étonnes. Ma phrase n'avait aucun sens.

— Sors d'ici, Zachary.

Je sens la colère m'envahir, mais me contiens. *Ce n'est pas le moment, Zac, pas avec elle. Elle a refusé, très bien. Alors va-t'en. Des centaines de filles veulent ton numéro. Si Angelia ne le veut pas, ce n'est pas grave. Elle ne sait pas ce qu'elle rate.*

Je relève la tête et sors sans lui adresser un regard. Elle veut jouer à ça ? Très bien, on va jouer. Je suis un pro, je vais rester calme pour ne pas gâcher ma deuxième chance. Mais bordel, ce que c'est dur !

Je rejoins ma chambre et claque ma porte. Merde, pourquoi suis-je dans cet état ? Pour une simple fille ? OK, ce n'est pas n'importe quelle fille. C'était peut-être mon premier râteau, mais je ne vais pas me morfondre pour autant. Carla en serait ravie.

Je me jette sur mon lit et me mets à le boxer avant de m'affaler sur mon oreiller. Un peu détendu par l'exercice, je vérifie mon portable. J'ai reçu un SMS. Sans doute Carla qui va encore me faire chier. Non, il s'agit d'un numéro inconnu.

La prochaine fois, viens me demander directement. Ne rentre plus jamais dans ma chambre sans ma permission.

Je reste bouche bée. Ça ne peut être qu'une personne. Une jolie fille aux cheveux chocolat. Finalement, c'est elle qui avait mon numéro. La cachottière.

C'est noté. Comment as-tu eu mon numéro ?

J'ai mes sources, Zachary.

Tu peux m'appeler Zac, je préfère.

Très bien. Alors à demain. Bonne nuit, Zac.

Bonne nuit, Angelia.

Je souris tout seul dans mon lit. Comme un idiot. C'est d'ailleurs ce que je suis, à ce moment-là. J'ai perdu toute particule d'intelligence. Je suis juste heureux. Angelia m'a appelé Zac. Angelia m'a dit bonne nuit. Et, surtout, Angelia ne m'a pas rejeté.

Chapitre 14

(Angelia)

Le week-end est passé vite. Samedi, Zac avait une compétition de handball. Car, oui, monsieur est un joueur renommé. Le meilleur de son équipe. Il voulait que je l'accompagne avec sa famille, et pour lui faire plaisir j'y suis allée. Je ne savais pas à quoi ça ressemblait. Papa ne regardait que le foot, une bière à la main ; ma vision du sport était donc limitée. Eh bien, je peux dire que ça a changé. Je n'ai pensé à rien d'autre que le match, tant j'étais captivée par ce qu'il se passait sur le terrain. Et, bon Dieu, ce que ça fait du bien de s'aérer l'esprit !

Zac est un très bon joueur. Même si, parfois, il avait du mal à se contrôler lorsqu'un joueur adversaire le provoquait. Étrangement, il regardait dans ma direction, me souriait, et sa colère passait. Sans que je bouge d'un millimètre. Un simple coup d'œil, et tout revenait à la normale.

Carla, elle, bouillonnait sur place. Il faut vraiment que cette fille se détende. À un moment, elle n'a plus supporté les regards de Zachary et s'est presque jetée sur moi, me hurlant des insultes. Immédiatement, Rachel et Quentin l'ont repoussée et lui ont ordonné de se calmer. Ils savent être convaincants, quand ils le veulent. Ça me fait bizarre d'être défendue comme ça, c'est nouveau pour moi. Si seulement ils savaient que ça dure depuis des semaines… Moi, je prends le parti de l'ignorer. Cette fille est aussi colérique que Zac ; de ce point de vue, ils vont bien ensemble.

Dimanche, je suis restée dans le salon, à regarder Lily jouer. Elle est si mignonne. Elle me parle beaucoup, même si elle sait que je ne répondrai pas. Elle me raconte ce qu'il se passe dans son école, invente une histoire sur la vie de ses poupées. Dans ces moments-là, j'aimerais être une poupée. Inventer ma propre histoire, heureuse. Mais la réalité nous rattrape vite.

Il me semble que Zac, lui, était chez Carla. Elle lui aurait fait une crise de jalousie après le match, lui ordonnant de venir chez elle, d'après sa mère. Je ne supporte vraiment pas cette fille. Les êtres humains ne sont pas des objets. C'est exactement ce que j'étais pour papa. Il me voyait comme sa possession, et je devais lui obéir, c'était la règle.

Je sors du dernier cours de la matinée et me dirige vers mon casier. Rachel veut que je déjeune avec Zac désormais, pour me surveiller. Ils ont peur que je ne mange pas assez. Je n'en ai pas envie, mais alors vraiment pas. Je veux manger toute seule comme d'habitude, sur ce terrain d'herbe. Je m'y sens bien ; une fois, je m'y suis même endormie. Mais je n'ai pas vraiment le choix. Si jamais je ne supporte pas le brouhaha des élèves, je dirai à Zac que je dois partir.

Alors que je fouille dans mon casier, j'entends des ricanements. Je n'y fais pas attention jusqu'à ce que la porte de celui-ci se referme brutalement, laissant apparaître Carla. Encore elle.

— Salut, pétasse, lance-t-elle. Je voulais te dire une chose, écoute bien. Ne t'approche plus jamais de Zac. Je me fous que tu vives chez lui, je ne veux plus que tu l'approches, ni que tu lui parles. Si jamais je te surprends en train de…

Je n'entends plus ce qu'elle dit, je suis déjà partie en direction du self. Honnêtement, je n'ai rien à faire de ses avertissements.

Qu'elle les garde pour elle. J'en ai assez. Tous les jours, c'est la même chose. Je ne veux plus être sous la menace de qui que ce soit.

Mais à peine ai-je fait quelques pas que je sens sa main m'empoigner le bras. Ses ongles s'enfoncent douloureusement dans ma peau. À ce contact, le monde s'arrête. Je ne pense à rien d'autre qu'à cette poigne sur ma peau. Il faut qu'elle me lâche. Immédiatement. Sinon, je ne tiendrai pas. Je ne veux pas me remettre en colère, je me fais tellement peur…

Mais Carla en a décidé autrement. De son autre main, elle attrape mes cheveux et se met à tirer, faisant tomber mon bonnet. Non, pas mon bonnet ! Elle continue de tirer mes cheveux pour me faire tomber. Je ne ressens plus la douleur, je reste stoïque. Je ne peux pas me laisser emporter. Pas encore. À l'hôpital, ils ont dû m'attacher. Je me sentais si misérable, si faible. Exactement comme avec papa, soumise. *Contrôle-toi, Angelia, contrôle-toi !* C'est à ce moment que Carla prononce la phrase de trop.

— Tu mérites de retourner te faire violer par ton père, sale pute ! vocifère-t-elle.

Je sens la colère prendre le dessus, incontrôlable. La haine contenue depuis ces deux semaines et, au-delà, celle de toutes ces années de pur enfer se répand dans mes veines, raidissant mes muscles. J'essaie de me calmer, en vain. La fureur me gagne, la folie que papa m'a transmise. Elle n'aurait jamais dû me parler de mon père. Jamais…

Sans crier gare, je lui lance un coup de pied dans le ventre pour qu'elle me lâche, ce qui a l'effet attendu. Mais elle se rétablit vite et me donne une claque. Je ris intérieurement de son manque de force. *Oh ! si tu savais le nombre de coups que j'ai pris, Carla. Je ne sens même pas le tien, en comparaison.*

Je lui donne un coup de poing dans le visage lorsqu'elle enfonce ses ongles dans ma joue, me griffant violemment. Le sang coule jusqu'à ma bouche, et j'humecte mes lèvres. Je connais ce goût par cœur.

Elle se relève et tente de me donner un coup de pied, mais je n'ai aucun mal à esquiver ses bottines à talons. J'en ai plus qu'assez. Je veux juste me débarrasser d'elle, de tous ces jours où elle se moquait de moi, où elle m'humiliait. Je ne réfléchis plus, une seule pensée tourne en boucle dans mon esprit. Je veux la détruire…

Chapitre 15

(Zachary)

Je suis au self, guettant la foule qui se dirige vers les plats. J'attends Angelia. Et depuis un bon bout de temps, déjà. En sortant de son cours, que j'ai séché, bien sûr, elle m'a envoyé un message en me disant qu'elle arrivait. Il y a de ça quinze minutes… En général, elle arrive dans la seconde. Déjà qu'elle ne mangeait pas beaucoup, si maintenant elle ne vient plus au self, elle ne va pas tenir longtemps.

Je m'assieds à une table. J'espère vraiment qu'elle ne va pas tarder, je crève la dalle.

— Zac ! Zac, grouille-toi, c'est super important ! hurle Kayn à travers la salle.

Je me lève et rejoins aussitôt mon meilleur ami.

— Je ne peux pas, Kayn, j'attends Angelia. Je dois manger avec elle, pas le choix.

— Justement, ça la concerne ! Tu te rappelles que tu m'as demandé de garder un œil sur Carla, juste au cas où elle lui tomberait dessus ? Eh bien c'est exactement ce qui est en train de se produire, et c'est plutôt violent. Je n'ai pas osé intervenir, je ne sais pas comment me comporter avec Angelia. Faut que tu viennes la calmer, mec, et tout de suite !

Avant qu'il ait fini sa phrase, je cours déjà à travers les couloirs pour la retrouver. Je dois calmer Angelia ? Si c'est Carla qui s'énerve, n'est-ce pas plutôt d'elle dont je devrais m'occuper ?

J'entends les cris à travers les couloirs. Quand j'arrive sur le lieu du carnage, je n'en crois pas mes yeux. Carla gît à terre pendant qu'Angelia lui assène des coups de pied dans le ventre. Les yeux de celle-ci, si bleus d'ordinaire, sont assombris par la colère. Je ne l'avais jamais vue comme ça. Son visage est fermé, dénué de compassion. Elle reproduit ce que lui a fait son père. Elle semble complètement déconnectée de la réalité, enfermée dans son souvenir, dans sa douleur.

Désormais, je sais ce qu'elle a ressenti lorsqu'elle m'a interrompu avec Dylan. Je suis à sa place.

Angelia s'arrête après lui avoir envoyé un coup de pied si violent que Carla se cogne le dos contre les casiers. À son cri de douleur, je reprends mes esprits et me décide à intervenir. Si Angelia continue, elle va la tuer.

— Bordel, Angelia ! je hurle. Arrête ça tout de suite !

Je m'approche à grands pas de Carla et la tire vers moi, afin de l'éloigner. Celle-ci se serre aussitôt contre moi, mais je la tiens à distance. Elle croit vraiment que c'est le moment approprié pour un câlin ? Si elle a mis Angelia dans cet état, c'est qu'elle a encore dépassé les bornes.

Je m'approche d'Angelia, lentement, mes mains devant moi en signe d'apaisement. Celle-ci cligne plusieurs fois des yeux, et je retrouve ce bleu si profond. Elle est de retour.

Elle regarde autour d'elle et observe ses poings blessés à force d'avoir frappé. Puis elle s'entoure de ses bras, comme pour se protéger. Je la rattrape de justesse alors qu'elle tombe à terre. Elle tremble tellement que je préfère ne pas risquer de la perturber en la touchant. Alors je me recule, après l'avoir soutenue à peine plus d'une seconde. Je vois bien qu'Angelia est mal à l'aise, à cause du monde qui nous encercle. Elle ne se calmera jamais si on la jauge comme ça !

— Cassez-vous ! je crie en les menaçant du doigt. Tout de suite ! Il n'y a rien à voir !

Dissuadés par mon ton, ils s'en vont tous, et des amies de Carla l'emmènent vers l'infirmerie. Elle est dans un sale état, elle peut à peine marcher.

Je me retrouve seul avec Angelia qui, appuyée contre les casiers, se balance d'avant en arrière en essayant de se calmer. Quand je me rapproche, je remarque qu'elle chantonne dans un simple murmure.

— Je voudrais qu'on arrête de m'parler d'avenir. Il fait si peur, il fait si froid dans ma tête la nuit. Je m'ennuie, je voudrais quitter mon corps, enfin être libre. Mes sourires sont les esclaves de mon savoir-vivre.

Je me penche un peu plus afin d'écouter sa douce voix qui poursuit :

— J'ai ouvert la cage à mon corbeau noir sur le clair de lune. Il m'a chuchoté des mirages et m'a prêté sa plume. Je voudrais partir d'ici si personne ne me comprend. Car j'ai moins peur du vide que de faire semblant.

Cette chanson, je la connais. *Autre Part* de Bigflo & Oli. Un groupe de rappeurs français que j'apprécie. Mais cela m'inquiète qu'elle ait l'air absorbée par une chanson qui parle de suicide. J'espère qu'elle ne pense pas ce qu'elle chante, ça me toucherait bien plus que je ne l'avouerais.

Je suis un peu perdu, je la regarde continuer et je ne sais absolument pas quoi faire. Faut-il que je la touche ? Ou bien que je lui parle ? Que je reste simplement debout, près d'elle ? Je suis complètement paumé. Lorsqu'elle finit la chanson, elle la recommence, toujours dans un murmure des plus doux. Je dois avouer que, même basse, sa voix est magnifique.

Enfin je me décide, je me place à côté d'elle, à une distance raisonnable, et m'assieds contre les casiers. Je sors mon téléphone et lance la chanson. La voix du célèbre rappeur s'élève, et Angelia cesse aussitôt de chanter. Elle se tourne vers moi et penche légèrement la tête, comme pour mieux entendre la mélodie.

J'ai des aiguilles dans le cœur, s'il s'arrêtait de battre, ça ferait moins mal. La tête dans la baignoire j'entends une voix qui chuchote : « Rejoins-moi. » Les jours sont amers, mon visage en atteste. Les minutes sont acides, elles me lassent, elles me blessent. Comme un lâche, qu'on me laisse pour quelques milliers d'années. Je voudrais prendre la pause, qui ne finit jamais. On est tous en sursis, la fin est la même pour tout le monde, je prendrai juste un raccourci.

Lorsque le rappeur se tait pour laisser place au refrain, Angelia se rapproche un petit peu de moi. Chaque seconde un peu plus, jusqu'à ce que la chanson reprenne toute son attention. À présent, elle est tout près, mon épaule frôle la sienne. J'essaie de ne pas bouger, de ne pas l'effrayer, je n'ai pas envie qu'elle fasse un bond de quinze mètres juste parce que j'ai toussé.

La chanson continue, et Angelia se calme. Je suis vraiment soulagé qu'elle aille mieux, ses moments de crise, comme ses cauchemars, me font toujours paniquer. Je ne sais pas comment réagir. Et le fait qu'elle écoute des chansons qui parlent de suicide est franchement alarmant. Pour les autres, ce n'est qu'une chanson parmi mille, mais j'ai peur que pour elle ce soit bien plus que ça.

Elle ne se balance plus, ne chante plus. Elle est simplement là, avec moi, épaule contre épaule, fixant le vide en face d'elle. En fait, on a plutôt l'air cons. Si quelqu'un passe et nous voit ainsi, immobiles, avec nos tronches d'enterrement, sans prononcer un seul mot, je ne lui en voudrai pas s'il part en courant. Quant à moi, j'aimerais que ce moment ne s'arrête jamais.

Évidemment, c'était trop beau pour durer. C'est une petite

emmerdeuse répondant au nom de Mme Medonno qui vient tout gâcher.

— Mademoiselle Teissi, monsieur Prims ! Dans mon bureau, immédiatement, s'écrie-t-elle d'un ton autoritaire.

Je pousse un long soupir, tapant ma tête contre le casier de derrière, puis me lève pour la suivre, m'assurant qu'Angelia m'accompagne. Je sens qu'on va passer un joli quart d'heure.

Chapitre 16

(Zachary)

— Mais enfin qu'est-ce qui vous a pris, Angelia ! Carla est dans un état pitoyable !

Ça va faire dix minutes que la CPE lui hurle dessus. Angelia ne répond pas. Elle se contente de la fixer. C'est devenu presque normal, pour moi. Mais pas pour Medonno, apparemment.

— Je vous parle ! Oh !

Elle s'approche à grandes enjambées et, durant un instant, je crains qu'elle ne fasse un pas de trop. Mais elle s'arrête à temps, ma mère a dû bien l'informer.

— Elle ne vous répondra pas, vous le savez bien, déclaré-je calmement.

Elle soupire longuement et acquiesce.

— Oui, je suis au courant. Vous pouvez peut-être m'expliquer pourquoi Mlle Teissi, qui est si réfractaire à tout contact, ne s'est pas gênée pour tabasser cette pauvre fille.

On ne peut pas dire qu'elle soit la personne la plus psychologue. Peut-être qu'elle n'en sait pas tant que ça à propos d'Angelia.

— Les pulsions de colère ne se contrôlent pas, dis-je. Je suis bien placé pour le savoir.

— En effet, rétorque-t-elle en souriant.

Elle se tourne alors vers Angelia, qui n'a pas bougé d'un pouce, trop occupée à fixer le mouvement des bulles d'air dans un bibelot posé sur le bureau de la CPE.

— Écoutez, mademoiselle Teissi, reprend-elle. Je sais que vous avez des problèmes, et un lourd passé. Simplement, ce n'est pas une raison pour vous en prendre violemment à votre camarade.

— Je connais Angelia, et encore mieux Carla, j'interviens. S'il y a eu une crise, c'est Carla qui l'a cherchée. Cette fille peut être une vraie peste, quand elle s'y met, je vous jure.

— Une peste que vous fréquentez, d'après ce que j'en sais.

— En effet, et vous devinez sans doute pourquoi, je réponds avec un petit sourire en coin.

La CPE s'empourpre. Visiblement, elle n'a pas l'habitude de parler sexualité avec ses élèves. C'est à se demander ce que fait le panier « Protégez-vous » rempli de préservatifs, à l'entrée de son bureau.

— Vos conquêtes ne me regardent pas, jeune homme. Ce qui compte, c'est que ce genre d'incident ne peut se passer au lycée. Nulle part, d'ailleurs. J'ai donc appelé vos parents.

— Sérieusement ? je proteste. Allons, nous pouvions très bien régler ceci entre nous !

— Vous, peut-être. Mais sûrement pas elle, répond-elle en désignant Angelia.

— Je peux très bien régler ses problèmes aussi.

— Et comment ? En frappant des gens ? Vous ne savez faire que ça. Non, cette fois-ci, vos parents doivent en parler directement avec Angelia. Elle est fragile, nous devons comprendre quel est le problème.

Le problème, c'est que les connes comme elle ne comprennent strictement rien au fonctionnement d'Angelia. Je ne suis pas un expert non plus, mais je sais au moins me débrouiller. Au bout de quelques minutes, des pas pressés retentissent dans le couloir. C'est parti pour le scandale…

— Madame et monsieur Prims, entrez, intime Mme Medonno en allant accueillir mes parents à la porte.

— Nous sommes venus aussi vite que possible, assure ma mère d'une voix paniquée.

Elle s'avance alors vers Angelia.

— Bon sang, Angelia ! Toi qui es si calme, d'ordinaire, que t'est-il arrivé ?

La CPE résume en quelques mots l'incident, déplorant le changement d'attitude soudain d'Angelia. On dirait qu'elle n'a aucun problème pour parler d'elle comme si elle n'était pas là !

— Elle n'a pas prononcé un mot depuis, conclut-elle. Je l'ai trouvée avec votre fils, assise par terre, immobile.

— Alors, personne ne sait pourquoi elle a agi comme ça ? demande mon père.

— Personne, même pas Zachary. Il n'était pas présent lorsque la bagarre a commencé. Carla, elle, prétend qu'Angelia s'est jetée sur elle, sans raison.

— Cela m'étonnerait beaucoup, intervient ma mère.

— Je suis d'accord avec vous. Cela ne lui ressemble pas, renchérit la CPE, mais le mal est fait. Je vais devoir sévir, je suis désolée…

— Elle est méchante, murmure soudain Angelia, les yeux toujours fixés sur le bibelot.

Tout le monde se tourne vers elle en silence, attendant la suite. C'est bien la première fois que je l'entends parler devant des adultes.

— Comment ça, elle est méchante ? interroge mon père.

— Violente, poursuit-elle à voix basse.

— Enfin, tu aurais dû venir me voir, Angelia ! s'écrie la CPE.

La concernée secoue légèrement la tête, comme si c'était impossible, et que tout le monde le savait.

— Pourquoi l'avoir attaquée d'un coup, ma belle ? demande doucement ma mère.

— Elle m'a fait mal, répond-elle en relevant sa manche, révélant des traces d'ongles sur son poignet ainsi qu'une griffure sur sa joue. Elle a dit des choses sur mon père… Des choses horribles…

Sa voix tremblote lors de cette dernière phrase, et je comprends tout. Carla l'a profondément blessée. Putain, comment j'ai pu ne rien remarquer ? Je savais que Carla n'appréciait pas Angelia, mais pas au point de lui faire subir ça. Je sens la colère monter en moi. Comment a-t-elle osé s'en prendre à cette fille ? Elle a déjà vécu tellement d'horreurs, et malgré ça elle ne trouve rien de mieux que de la harceler !

— Bordel ! Je vais la tuer ! je laisse échapper.

— Calme-toi, Zac ! me gronde ma mère. Maintenant que nous sommes au courant, nous pouvons au moins réagir comme il se doit.

— Oui ! En l'assassinant ! dis-je en serrant les poings.

— Tais-toi, enfin !

Je dois prendre sur moi pour ne pas me précipiter à l'infirmerie et tuer cette garce sur-le-champ. La CPE doit le remarquer, car elle intervient précipitamment :

— Je vais m'occuper de Carla, mais Angelia doit être punie. Sinon, les autres élèves pourraient croire que la violence est tolérée.

— Bien sûr, nous le comprenons, déclare mon père. Qu'est-ce que vous envisagez ?

— Eh bien… Il est vrai qu'Angelia est également une victime. Mais ce qui s'est passé est grave, et les heures de colle ne suffiront pas à marquer le coup. Angelia devra être renvoyée plusieurs jours. Cela serait d'ailleurs bénéfique pour elle de s'éloigner, le temps que les choses se calment. Je compte sur Zachary pour qu'elle rattrape les cours. Cela vous semble raisonnable ?

— Oui, approuve ma mère. Merci de ne pas la renvoyer définitivement. Elle est jeune, elle apprend encore, vous savez.

L'affaire semble réglée. Angelia ne s'en tire pas si mal, en fin de compte. À la fin de l'entretien, les parents la ramènent à la maison, tandis que je dois rester ici. Malheureusement, les cours ne sont pas terminés. C'est injuste. Depuis quand je vais en cours, moi ?

Lorsque Kayn me rejoint, je lui résume toute l'histoire.

— Merde alors ! s'exclame-t-il, impressionné. On ne dirait pas, mais c'est une vraie tigresse, ta nouvelle sœur.

— C'est pas ma sœur, arrête ! m'esclaffé-je.

— Et pour Carla, qu'est-ce que tu comptes faire ?

Je perds immédiatement mon sourire. Rien que de penser à elle, ça me met dans une rage folle.

— La vache, tu fais peur à voir, mec.

— Je la hais, lâché-je, les dents serrées. Je te jure que je vais l'étriper.

— Il paraît qu'elle est à l'hôpital. Le SAMU est venu tout à l'heure. Angelia lui en a fait baver, crois-moi.

— C'est la seule chose qui me réconforte dans cette histoire.

Mon meilleur ami esquisse un petit sourire et me regarde droit dans les yeux.

— Je suppose que tu ne vas pas en rester là…

— Qui serais-je, si je ne me vengeais pas ?

— Sûrement pas Zachary Prims, dit-il en riant. Mais ne t'abaisse pas à frapper une fille. Sois plus intelligent, touche le point sensible.

— J'ai déjà une idée en tête. Cette peste s'en est prise à la mauvaise personne…

Elle s'en est prise à mon ange et, pour ça, je vais lui en faire voir de toutes les couleurs.

Chapitre 17

(Angelia)

Je suis rentrée depuis une heure. Je n'ai aucune envie de parler de ce qui s'est passé à Rachel. Des centaines de pensées et de souvenirs tournent en boucle dans mon esprit. Je vais devoir m'occuper si je veux tenir.

— Angelia ! m'appelle Rachel. Descend, s'il te plaît, il y a une surprise pour toi !

Je m'habitue de plus en plus à sa présence, et à sa gentillesse. Elle m'a fait comprendre qu'elle me protégerait et me soutiendrait quoi qu'il arrive, ce sont ses propres mots. Mais ma paranoïa me rattrape parfois, m'empêchant d'accorder tout à fait ma confiance. Malgré moi, j'ai la conviction qu'on peut m'abandonner à tout moment. Que les Prims, lassés de moi, me laissent à nouveau seule.

Curieuse autant que méfiante, je descends lentement l'escalier.

— Te voilà, ma belle ! s'écrie alors une voix familière.

Depuis l'entrée, Mme Talier m'offre un large sourire. Un sourire qui me réchauffe le cœur. Je vais à sa rencontre, sans lui parler pour autant, mais cela n'a pas l'air de la vexer. C'est fou. C'est la première fois que je ressens ça. De la joie ! La sensation est fugace, mais… c'est la plus agréable que j'aie jamais ressentie. Après le contact de Zachary, peut-être.

— J'ai appris qu'il y avait eu une altercation, au lycée, dit-elle avec prudence. Tu vas bien ?

Je hoche la tête mais reste en retrait, laissant à Rachel le soin de lui répondre. Tous les efforts fournis pour être un peu plus sociable ont été réduits à néant par Carla. Ses griffures me hantent encore, ses coups aussi. Ça m'encourage à me renfermer dans ma bulle, bien que ce ne soit pas mon désir. Mais il en va de ma santé mentale. J'ai besoin de m'isoler, sinon je ne pourrai pas m'en sortir, c'est certain.

Rachel doit partir régler un problème avec un enfant qu'elle a accueilli avant moi, me laissant seule tout l'après-midi avec Mme Talier. Celle-ci m'entraîne dans une promenade au parc, sans me donner réellement le choix.

— Tu es toute pâle, ma puce, remarque-t-elle en marchant sur le chemin d'herbe. Encore plus que d'habitude.

C'est vrai que je ne me sens pas très bien. J'ai de violents maux de ventre, mais ne laisse rien paraître. Si je montrais ma souffrance, papa se faisait une joie d'en rajouter, encore et encore. Alors j'ai appris à masquer ma douleur. Nous nous asseyons sur un petit banc en pierre, en face du lac. Tout est si paisible ici. Il y a peu de passants en pleine journée, ce qui me convient très bien, car le monde m'angoisse ; comme au lycée. Je regarde Mme Talier, et celle-ci me sourit. J'aimerais lui rendre son sourire, mais je n'y arrive pas. Ma bouche refuse d'obéir, et je n'ai pas le cœur à me forcer. J'ai perdu mon sourire il y a bien longtemps.

— J'ai un cadeau pour toi ! dit-elle avec entrain.

Elle fouille dans son sac, ses cheveux blonds cendrés remuant à chacun de ses mouvements. À soixante ans, c'est vraiment une belle femme. Elle porte une alliance, son mari doit se sentir chanceux. Je ne connais absolument rien au mariage, mais c'est censé rendre les gens heureux. J'espère qu'elle l'est, elle le mérite. Elle se tourne alors vers moi, me tendant un paquet joliment emballé.

— C'est pour toi.

Je reste abasourdie devant le cadeau. Je n'ose pas le saisir.

— Pour moi ? je répète, stupéfaite.

Ma réaction doit être comique, puisqu'elle se met à rire, avant de placer avec délicatesse le paquet entre mes mains.

— Ouvre-le, dit-elle en souriant.

J'observe ce que je tiens entre mes mains. Puis, lentement, je l'ouvre, en essayant de faire le moins de bruit possible. Un réflexe. Lorsque l'emballage est bien plié dans ma main, je découvre ce qu'il contient.

— Un livre…

Je retiens immédiatement mes larmes. Ne montrer aucun sentiment, aucune émotion. C'est la règle.

— Quand je suis allée chez toi pour prendre tes affaires, j'ai découvert trois livres cachés sous ton matelas. Je les ai donnés à Rachel, elle te les rendra, ne t'en fais pas. J'ai compris que tu aimais lire, alors… J'espère que celui-ci te plaira : c'est une histoire d'amour, ça te fera rêver et penser à autre chose !

Je me tourne vers elle, toujours le visage neutre. Mais la petite chaleur que je ressens furtivement dans mon cœur, elle, ne passe pas inaperçue.

— Merci, murmuré-je timidement.

Son visage s'illumine.

— Je t'en prie, ma belle. Tu en auras beaucoup d'autres, tu verras.

Elle n'aurait pas pu me faire plus plaisir, et c'est la sensation la plus exquise qui soit.

— Je me demandais, ajoute-t-elle, où sont les autres livres dont tu as parlé à l'hôpital ?

Je baisse la tête, me remémorant ce souvenir douloureux.

— Il les a brûlés, dis-je d'une voix serrée.

Il l'a fait sachant très bien qu'il s'agissait du seul plaisir qui me gardait en vie. C'était comme s'il avait brûlé mon cœur avec. Je n'ai réussi à cacher que trois malheureux livres. C'est grâce à eux que je suis encore là, même si, à l'intérieur, tout est vide. Il n'y a plus rien.

— Je suis désolée, ma puce, déclare Mme Talier avec empathie. À partir d'aujourd'hui, tu pourras t'acheter tous les livres que tu souhaites. Tu n'as qu'a demander !

J'acquiesce en guise de remerciement et serre le roman contre ma poitrine. Une des multiples fissures à l'intérieur de moi se referme alors.

Le reste de l'après-midi se passe bien. Surtout pour Mme Talier, qui ne fait que parler. Elle sait que je l'écoute, du moins je l'espère. De mon côté, j'ai de plus en plus de mal à cacher ma douleur. Plus les heures passent, plus mon ventre me fait souffrir, au point d'en devenir insupportable. Mais je n'ai rien dit, rien laissé paraître.

À présent, je suis en face du miroir de la salle de bains. Je relève légèrement mon T-shirt et retiens un hoquet de stupeur quand j'aperçois un énorme bleu sur mon ventre. Mon esprit s'emballe alors et repasse tous les souvenirs liés à ce genre d'hématome. Toutes les scènes où il m'a frappée. J'ai pourtant l'habitude, mais c'est particulièrement douloureux. Carla ne m'a pas loupée. Je frôle le bleu avec mes doigts, et une onde de douleur parcourt immédiatement mes veines, me faisant grimacer.

— Angelia ? À table, lance Rachel derrière la porte.

J'abaisse immédiatement mon T-shirt, soulagée de ne plus voir le mélange de bleu et violet sur mon ventre. Lorsque je descends l'escalier, ma vue se trouble et je suis obligée de m'arrêter. Que m'arrive-t-il ? Tout tourne autour de moi à mesure que la douleur s'accentue. Désormais, il me faut faire un effort considérable pour que ma souffrance ne transparaisse pas.

J'arrive dans la cuisine et m'installe aux côtés de Lily. Cette dernière me sourit, et je remarque qu'elle a une dent en moins. Elle est si mignonne.

— Zac ne va pas tarder, dit Rachel. Il a un entraînement de handball.

Elle me sert des lasagnes qui m'ont l'air très appétissantes. Pourtant, ce n'est pas de la faim que je ressens. Je commence à manger lentement, très lentement, mais la douleur augmente.

— La CPE a appelé et nous a confirmé ta date de retour. Tu vas devoir rester ici durant quatre jours. Tu pourras ensuite…

Je ne l'écoute plus. Ma souffrance est intolérable, je ne peux plus la supporter. Je recrache ma bouchée, incapable de me contrôler. C'est ensuite du sang qui sort de ma bouche. Mme Prims se met à hurler, Lily à pleurer. Mais je n'y fais pas attention. Ma tête me tourne et je m'écroule par terre, après avoir essayé en vain d'atteindre la salle de bains.

Je ne sais combien de temps s'est écoulé lorsque j'entrevois, à travers mes paupières qui papillonnent, des lumières rouges et bleus balayer le salon. La douleur est toujours aussi intense, m'empêchant de faire le moindre geste. Je sens des mains me palper, mais je ne peux réagir. Des voix coupées par un bruit assourdissant me parviennent. Mes oreilles bourdonnent, et j'ai l'impression de m'être pris un coup sur la tête.

J'ai envie de me débattre, de leur hurler de ne pas me toucher. Mais je ne peux pas bouger. Je n'ai plus de force. La seule chose que je fais c'est vomir du sang. Je ne peux même plus tourner la tête pour le cracher, je ne vais pas tarder à m'étouffer.

J'ai déjà ressenti ça après les coups de papa. Mais jamais à un tel degré. Aujourd'hui c'est différent. Je me sens partir.

Il n'y a qu'une chose que je ne cesse de faire, c'est de hurler, au fond de moi. Je suis la seule à m'entendre. Une dernière pensée me parvient avant que je ne sois aspirée par un trou noir. Félicitations, papa, tu as fini par avoir ce que tu voulais. Je vais enfin mourir.

Chapitre 18

(Zachary)

Je gare ma voiture à côté de la maison. Ma place de parking est déjà prise… par une ambulance ! Bon sang, c'est quoi ce délire ? Une grande inquiétude monte en moi, et je me précipite à l'intérieur. Dans l'entrée, deux hommes s'affairent autour d'une personne étendue sur le sol, dont la vue m'est cachée. Lorsque l'un d'eux se décale, c'est la douche froide. Je suis paralysé par ce que je vois.

Angelia, mon petit ange, est allongée par terre, un filet de sang s'échappant du coin de la bouche. Elle suffoque, recrachant ce liquide écœurant sur sa peau d'ivoire. Les ambulanciers se déplacent et, là, je le vois. Son ventre. L'immense cicatrice d'une brûlure, cernée par une multitude d'autres plus petites. Mais ce que je remarque surtout, c'est la couleur de sa peau. Un mélange de bleu et rouge s'étend de ses côtes droites, jusqu'à la limite de son pantalon. Cette tache s'élargit de plus en plus, et je perçois alors l'urgence de la situation.

Bon sang. En la voyant fermer les yeux, j'ai l'impression de m'évanouir avec elle. Les ambulanciers la soulèvent sur le brancard et passent devant moi pour l'embarquer dans l'ambulance. Je ne bouge pas, ne parle pas, je suis sous le choc. Ma mère monte à son tour, et je vois mon père attraper les clés de la voiture.

— Lily, tu restes ici avec Zachary, dit-il avant de s'élancer vers le garage.

— Hors de question ! je m'exclame avec colère. Je viens avec toi. Tu as vraiment cru que j'allais la laisser toute seule ?

— Moi aussi, je veux venir, renchérit ma sœur.

Mon père soupire et nous fait signe de le suivre.

— Que s'est-il passé ? je demande, alors qu'un silence pesant s'installe dans la voiture.

— Je ne sais pas. Elle mangeait avec nous,et d'un coup elle s'est mise à cracher du sang. Quand elle s'est levée, elle s'est écroulée. Je ne comprends rien.

— C'est quoi ce qu'elle a au ventre ? Cet énorme bleu ?

— Je n'en sais pas plus que toi, Zac, assure mon père, les yeux fixant l'ambulance qui nous précède sur la route. Je ne suis pas médecin, mais les coups ont dû provoquer une hémorragie. On en saura plus à l'hôpital.

Je me tourne vers Lily qui continue de sangloter silencieusement.

— T'inquiète pas, Lily, ça va bien se passer.

— Arrête de dire ça, Zac, crie ma sœur. Je ne suis pas bête, je sais que c'est grave.

Je l'entoure de mon bras, étonné de sa maturité. Elle a vraiment dû s'attacher à Angelia.

Ça va faire bientôt deux heures que nous attendons dans la salle d'attente. Je n'en peux plus. Quand nous sommes arrivés, une infirmière nous a indiqué où rejoindre ma mère. Elle nous a dit qu'Angelia était au bloc opératoire et que le médecin viendrait nous voir quand l'intervention serait terminée. Résultat : on attend toujours ce foutu toubib.

Lily et ma mère ont fini par s'endormir. Je ne sais pas comment elles font, je suis mort d'inquiétude. Depuis tout à l'heure, j'imagine les pires scénarios. Et si elle était paralysée ? Et si elle était dans le coma ? Et si… elle mourait ? Bon sang ! Comment ferais-je pour m'en remettre ? Je ne la connais pas depuis longtemps, c'est vrai, mais j'ai tissé un lien profond avec elle. Quelque chose d'inexplicable. Peut-être que la culpabilité est pour beaucoup dans mon angoisse, d'ailleurs. C'est même très probable, autrement pourquoi vivrais-je un tel supplice pour une fille ?

— Monsieur Prims ?

Je me lève d'un coup et réveille tout le monde d'une pression sur le bras. L'homme en blouse blanche en face de moi a l'air épuisé, mais serein. Son regard direct inspire la confiance.

— Je suis le Dr Ivanoch. Je viens d'opérer la jeune fille que vous accueillez…

— Comment va-t-elle ?

— Elle est hors de danger, assure-t-il. Nous avons pu arrêter l'hémorragie, mais son intestin est mal en point. J'ignore ce qui a pu provoquer un tel choc, car hormis la multitude de plaies cicatrisées, je n'ai trouvé que quelques griffures sur son visage et son poignet. Rien d'autre.

Je prends seulement conscience que je connais la cause du traumatisme. Comment j'ai fait pour passer à côté ?

— Elle s'est bagarrée ce matin, dis-je tout bas. Elle a dû recevoir un mauvais coup.

Bon sang, je vais trucider Carla…

— Elle est en salle de réveil. Vous pourrez la voir dès qu'elle sera dans sa chambre.

Mes parents le remercient. La colère me reprend, aussi intense que ce matin.

— Je vais la tuer ! affirmé-je en articulant chaque syllabe.

— Zachary, arrête ! intime ma mère. Carla aussi est à l'hôpital, je te rappelle. Elles sont aussi coupables l'une que l'autre.

— NON !

Mes parents sursautent, et Lily se remet à sangloter. D'autres personnes dans le couloir me regardent étrangement. Qu'ils aillent tous se faire foutre. Je sais que ma petite sœur ne m'aime pas dans cet état, mais je ne peux plus me contenir.

— C'est Carla qui a commencé ! j'explose. C'est elle qui a frappé la première ! Si Angelia ne s'était pas défendue, elle serait peut-être morte à l'heure qu'il est ! Si cette pouffiasse est à l'hôpital, c'est uniquement sa faute !

Et j'espère sincèrement qu'elle a bien morflé, c'est la seule chose qui me console un minimum. Sans leur laisser le temps de réagir, je me précipite vers la sortie. J'ai besoin de prendre l'air. Il faut que je me calme, que je fasse redescendre ma rage. Je trouve un mur solide et frappe dedans, encore et encore, comme à mon habitude.

Je ne m'arrête que quand je sens l'adrénaline diminuer. Un gars qui a assisté à la scène me regarde bizarrement. Putain, il ne va pas s'y mettre aussi !

— T'as un problème ? je gueule, incapable de me retenir.

Il lève les yeux au ciel puis jette sa clope, avant de rentrer dans le bâtiment. J'attends quelques instants pour reprendre mes esprits et je le suis. Quand je reviens dans la salle d'attente, on m'informe qu'Angelia s'est réveillée.

Je me dirige vers sa chambre ; c'est presque si je ne cours pas. Il faut que je la voie, que je me rassure. Je ne peux pas la perdre. C'est impossible. Mais, une fois devant la porte, je m'arrête. J'ai peur de ce que je vais trouver derrière. Et si elle avait totalement changé ? Et si elle ne voulait plus m'adresser la parole ? De toute façon, il n'y a qu'une manière de le savoir. Je souffle un grand coup, puis baisse la poignée…

Chapitre 19

(Angelia)

— Choisis-en un, murmure-t-il contre mon oreille, menaçant. Et dépêche-toi.

Je frissonne de peur quand je sens son souffle chaud dans mon cou.

— D'accord, papa.

Depuis ce matin, je n'en crois pas ma chance. Papa a décidé de m'acheter un cadeau. Je ne sais pas pourquoi. Peut-être pour se faire pardonner de la veille. Il m'a frappé la tête avec une bouteille de bière et, depuis, j'ai une plaie dans le crâne, qui ne s'est arrêtée de saigner que durant la nuit.

— Plus vite, Angelia. On n'a pas toute la journée !

Il commence à s'impatienter, alors je regarde tous les bonnets qui sont devant moi. L'un d'entre eux attire mon attention. Il est noir, simplement. C'est toute sa particularité. Il est vide de sens, comme moi, comme ma vie. Je tends la main et l'enfile pour l'essayer, faisant attention de ne pas le frotter contre ma blessure

— Il est encore un peu grand. Tu n'as que dix ans, intervient mon père.

Déçue, je m'apprête à le reposer lorsque sa main intercepte la mienne. Surprise, je recule légèrement à ce contact.

— Tu sais quoi ? Garde-le. Comme ça, tu pourras le mettre pendant plusieurs années.

Mon sourire revient immédiatement. C'est la première fois qu'il m'offre un vêtement. Je suis vraiment heureuse. Pourvu que ça continue ! Jusqu'à présent, je n'avais droit qu'à de vieux vêtements que papa récupérait par-ci, par-là, venant d'associations. Parfois, il me donne des vêtements à lui, mais seulement lorsqu'ils ne lui vont plus ou sont abîmés.

— Et puis, il va protéger ta plaie au crâne.

Par protéger, il voulait dire cacher. Hier, il s'est énervé parce que j'avais fait tomber un verre, qui s'était brisé bruyamment. Papa n'a pas apprécié. En voulant fuir, j'ai fait tomber une bouteille de bière qui s'est cassée à son tour. Il l'a attrapée au goulot et l'a abattue sur ma tête. Le verre s'est enfoncé dans ma peau, faisant jaillir mon sang. Un frisson de terreur me parcourt tandis que je me remémore cette scène.

Nous nous dirigeons vers la caisse et, à ma grande surprise, papa met un bras autour de mes épaules. Il sourit à une jeune femme qui semble attendrie. Un père et sa fille, n'est-ce pas touchant ? Oh ! si seulement tu savais à quel point il est hypocrite. Délicatement, j'essaie de m'écarter de lui. Son contact m'angoisse, il m'est presque impossible de le supporter.

— Merci, papa, je murmure timidement, espérant que ça le fasse reculer.

— De rien, ma puce.

Je sursaute de surprise. Vient-il de m'appeler « ma puce » ? Que lui arrive-t-il ? La femme continue de nous sourire et fait un signe aguicheur à mon père. Celui-ci me rapproche de lui malgré mes protestations.

— Ferme-la, me chuchote-t-il d'un ton plus dur que la pierre, avant d'entamer la conversation avec la jolie brune.

Une fois son numéro en poche, nous sortons du magasin. J'ai espoir que mon père garde sa bonne humeur, mais je me trompe lourdement. Il restera mon père, cet homme violent, cruel et détruit par la vie. Nous nous installons dans la voiture, et, avant même que j'aie le temps d'enfiler mon bonnet, je sens une main m'agripper les cheveux et me projeter la tête en avant. Mon front s'écrase violemment sur le tableau de bord. Un cri de douleur m'échappe, et des larmes commencent à couler.

— Mais, papa…, je sanglote, la peur me serrant la gorge.

— Ta gueule ! Tu m'as ridiculisé devant elle !

— Je suis désolée…

Il frappe plusieurs fois contre le volant, en jurant pour évacuer sa colère. Face à sa violence, je ne peux empêcher des petits gémissements de peur de sortir de ma bouche. Je me recroqueville le plus loin possible de lui, contre la fenêtre. Pour une fois, il ne s'est pas défoulé entièrement sur moi.

Au bout d'un moment, il inspire profondément, le temps de se calmer, puis se tourne vers moi. Il me prend le bonnet des mains et me l'écrase sur la tête. Je sens un peu de sang couler de mon front, et le frottement du tissu sur ma nouvelle blessure me fait grimacer.

— Avec ça, tu pourras aussi cacher ton front, crache-t-il.

Je ne réponds rien et baisse la tête. Il démarre, et nous rentrons chez nous. Oui, il m'a à nouveau frappée, et pourtant ça ne me surprend plus. Il est comme ça, c'est mon père et je n'ai que lui dans ma vie. Plus tard, je pourrai m'en aller, mais pour l'instant je dois serrer les dents et continuer à vivre, du moins à survivre.

Je regarde mon reflet dans le rétroviseur et souris une dernière fois. Mon père m'a acheté ce bonnet pour cacher mes blessures, certes, mais c'est le seul cadeau qu'il m'ait jamais fait.

J'ouvre les yeux avec difficulté, mais une lumière vive m'oblige à les refermer aussitôt. Une douleur à l'abdomen m'accueille froidement. Bon sang, mais où suis-je ?

— Salut.

Je tourne lentement la tête et aperçois ces yeux plus noirs que le charbon. Ses lèvres pleines forment un petit sourire faisant ressortir une jolie fossette, et je le vois se rapprocher de moi.

Zachary.

Chapitre 20

(Zachary)

Je la vois ouvrir petit à petit les yeux. La lumière a l'air de l'agresser, alors je patiente, priant pour qu'elle ne se rendorme pas. Mais elle finit par s'habituer et pose son regard sur moi. Ce bleu intense m'avait manqué !

— Salut, je répète en souriant.

Elle m'observe longuement sans parler. Je la vois légèrement perdue, il lui faut sûrement du temps pour reprendre ses esprits. Je décide de lui donner un coup de pouce.

— Tu es à l'hôpital. Tu as fait une hémorragie hier, après ta bagarre avec Carla. Tu… t'en souviens ?

Lentement, elle hoche la tête. Elle a l'air de souffrir horriblement. Je déteste cette vision, je donnerais tout pour enlever cette crispation de douleur de son visage. Je détourne le regard et me dirige vers la porte.

— Je vais chercher le médecin, dis-je sans me retourner.

— Zac…, souffle-t-elle, à bout de forces.

Je me retourne et plonge mes yeux dans les siens. Elle se met à paniquer, je dois la calmer, par tous les moyens. Elle ne doit pas vraiment aimer les hôpitaux, et je la comprends.

— Je reviendrai, c'est promis.

Puis, à nouveau, je lui tourne le dos et ouvre la porte pour m'engouffrer dans le couloir. J'ai besoin de respirer un grand bol d'air, d'évacuer la pression. Et je n'ai pas envie qu'Angelia voie mes poings abîmés. Je préviens un médecin qu'elle s'est réveillée et semble souffrir, avant de retrouver mes parents.

— Vous pouvez y aller, je rentre me coucher.

— Tu es sûr, Zac ? Il y a cinq minutes tu ne voulais même pas dormir, me rétorque ma mère.

— Oui, je l'ai vue, maintenant ça va mieux. Restez avec elle, bonne nuit.

— Bonne nuit, mon chéri, répond-elle, une lueur dans les yeux.

Durant tout le trajet de retour, je ne cesse de réfléchir. Pourquoi suis-je parti ? Je n'en sais foutrement rien. Je rentre chez moi et me couche dans mon lit dans la minute qui suit. À bout.

— Bordel de merde ! je crie en frappant mon oreiller.

Elle a failli mourir. Mourir ! Et moi, je me casse quand elle a besoin de moi ! Mais c'est quoi mon problème ?

D'un autre côté, je ne pouvais pas rester. Je ne comprends pas ce qui m'arrive, je suis perdu. Depuis quand je m'inquiète autant pour une fille ? Tout a changé depuis qu'elle est ici. Ça me fait peur. En plus, idiot comme je suis, je ne peux même pas lui dire. Je préfère la fuite, c'est tellement plus simple. Je ne suis qu'un lâche, et pourtant, si quelqu'un ose m'insulter, je le détruis. Bordel, j'en ai assez de mon comportement !

Je m'allonge face au plafond et soupire. De longues minutes passent avant que je décide de bouger.

— Ça suffit !

Ne parvenant pas à trouver le sommeil, je me lève et décide de marcher un peu. Je laisse mes pieds me guider, perdu dans mes pensées, pour finalement m'arrêter devant la chambre. Sa chambre. Un long moment de doute s'ensuit. Dois-je rentrer, ou non ? Elle m'a bien fait comprendre que je ne devais plus y mettre les pieds sans sa permission. Mais qui le saura ? Elle ne se rendra même pas compte de ma visite.

D'un geste impulsif, je tourne la poignée et pénètre dans la pièce plongée dans le noir. Mes yeux s'y habituent peu à peu et, à la lueur de la lune, j'arrive à entrevoir chaque détail de sa chambre.

— Oh merde !

Je reste bouche bée devant le bordel qui s'étale sous mes yeux. Il y a quelques jours, tout était méticuleusement rangé, ses vêtements bien alignés dans sa valise, ses draps tirés. À présent, je suis devant un véritable champ de bataille. Que s'est-il passé ? Est-ce dû à l'une de ses crises ? Son lit est défait, ses vêtements en désordre, les peluches au sol, son portable aussi… Seule la photo de sa mère est toujours à sa place, dans la table de nuit entrouverte.

Je m'assois sur le bord du lit pour réfléchir. N'ayant aucune idée de ce que j'attends, je finis par m'allonger sur le matelas. Sans rien bouger, bien sûr. On ne sait jamais, elle est tellement observatrice. C'est seulement à ce moment que je remarque l'état de l'oreiller, maculé de taches diluées. Des larmes.

Elle a pleuré. Peut-être toutes les nuits depuis qu'elle est ici. C'est donc la nuit qu'elle laisse tout échapper. Qu'elle laisse ses émotions s'exprimer.

Je ne comprends rien. Pourquoi ce désordre, pourquoi les larmes la nuit, et non le jour ? À quoi ça sert de se cacher ? Enfin, je suis mal placé pour parler. Je fais le dur, le mec qui se fout de tout, qui fait souffrir les filles sans aucun remords. Alors que, au fond, j'ai une vraie sensibilité. Parfois, la culpabilité pointe le bout de son nez, mais je la dégage vite fait. Disons que j'ai appris à le faire. Je n'ai pas eu une vie rose, il ne faut pas croire. Les apparences sont parfois trompeuses.

Je reste allongé sur ce lit imprégné de son odeur. Bon sang, ce qu'elle sent bon. Son parfum naturel, avec un mélange de savon.

Je pourrais le respirer toute la nuit. Et c'est d'ailleurs ce que j'ai envie de faire ce soir. J'arrête de réfléchir et me laisse emporter par le sommeil. Mes yeux se ferment peu à peu, et je l'imagine à mes côtés.

Chapitre 21

(Angelia)

Bientôt deux semaines que je suis ici. Je ne les supporte plus, tous ces médecins qui viennent me voir, m'interrogent, palpent mon ventre. Les premiers jours, je n'ai fait que dormir, incapable de lutter contre l'état d'épuisement qui suit l'anesthésie. Mais, depuis quelque temps, je ne fais que tourner en rond. Je veux sortir d'ici. Je déteste les hôpitaux. Ils n'ont rien fait pour m'aider, rien ! Les rares fois où papa m'y a emmenée, quand mes blessures étaient trop graves, ils ne se sont posé aucune question. Ce n'est pas aujourd'hui qu'il fallait me garder, c'était bien avant.

J'ai toujours mal, mais la douleur est supportable, je ne suis plus focalisée dessus. Mon moral est bien plus mal en point. Dire que j'ai failli mourir. J'aurais enfin pu quitter ce monde stupide où je n'ai pas ma place. Mais non, il a fallu qu'on me sauve.

Cet après-midi est interminable. Il faut que je bouge de cette maudite chambre ! J'essaie de me lever, mais une pointe de douleur me fait grimacer. Je l'ignore et me mets sur pied en serrant les dents. J'attrape la perche qui soutient mes perfusions et avance lentement vers la porte. Les infirmiers passent toutes les deux heures. Sachant que ma dernière visite date de vingt-trois minutes, il me reste une heure et trente-sept minutes pour mon petit tour. J'ouvre la porte et mets un pied dehors, puis le deuxième. Je marche discrètement dans le couloir et atteins l'ascenseur. Les portes automatiques se referment, et je soupire de soulagement. Enfin libre !

Quand j'arrive au rez-de-chaussée, je me dirige immédiatement vers la cafétéria. Mon ventre crie famine et ne veut plus de cette espèce de bouillie qu'ils me donnent à chacun de mes repas. Même avec mon père je mangeais de la nourriture plus décente. Sans doute parce que c'est moi qui cuisinais, puisqu'il était souvent bien trop ivre pour ne serait-ce qu'ouvrir une boîte de conserve.

Je m'approche des vitrines qui proposent diverses pâtisseries et remarque alors les prix. Mince, de l'argent ! Je ne peux pas remonter, je me ferais attraper, c'est sûr. Tant pis. Je ne suis pas descendue pour rien. Je m'installe à une des tables, bavant devant le comptoir. Je donnerais tout pour avoir quelque chose à manger !

— Salut.

Je sursaute en reconnaissant cette voix. C'est impossible ! Pas elle…

— Carla…

Instinctivement, je me lève et recule de quelques pas. Ses coups, ses cris, notre bagarre me reviennent en mémoire. Tant de violence. Je me dégoûte, surtout quand j'aperçois son énorme œil au beurre noir. J'ai l'impression d'être mon père, quelqu'un d'atroce, un monstre qui ne mérite aucune pitié !

— Je dois être la dernière personne que tu as envie de voir, dit-elle, penaude. Enfin, à part ton père.

À ces mots, je sens un frisson d'horreur me traverser. De quel droit se permet-elle de parler de lui ? Voyant ma réaction, elle se reprend :

— Ce que je veux dire, c'est que… J'ai appris ton hospitalisation, et il fallait absolument que je te parle.

La situation a beau être tendue, je ne peux m'empêcher de

loucher sur le cupcake à la vanille. Qu'est-ce que j'aime ça, et qu'il a l'air délicieux ! Et puis, ça me permet de ne pas me confronter entièrement à la présence de Carla.

Soudain, celle-ci se dirige vers la caisse. Je constate alors qu'elle aussi a une blouse d'hôpital, mais pas de perfusion. Elle n'est donc pas sortie ? Elle revient vers moi avec… un cupcake à la vanille !

— Tiens, pour toi, dit-elle en le posant devant moi. Comme ça, j'aurai toute ton attention désormais.

Je ne laisse aucune émotion traverser mon visage. Même pas l'étonnement. Ne jamais montrer ce qu'on ressent, surtout devant l'ennemi.

— Écoute, Angelia, poursuit-elle. Mme Medonno est venue me voir pour m'expliquer ce qu'il t'est arrivé… et pour me punir de t'avoir harcelée. Je ne me rendais pas compte de l'ampleur de mes actes. Alors voilà, je… m'excuse. Je suis sincèrement désolée pour ce que je t'ai fait subir.

Je suis estomaquée. Vient-elle de me demander pardon ? Elle, Carla, la pire des garces du lycée, s'excuserait de son comportement envers moi ? Mais pourquoi ? Je ne comprends pas pourquoi tout le monde s'excuse toujours auprès de moi. Pourtant, je sais que je ne suis pas appréciée. Je suis une meurtrière, et une jeune fille différente. Personne n'aime la différence.

— Angelia ? Tu m'as entendue au moins ?

Je hoche lentement la tête. Il ne faudrait pas qu'elle se répète, son ego en prendrait un coup.

— J'ai appris qu'un de mes coups t'avait conduite ici, reprend-elle. Tu vas mieux ? Je me suis inquiétée.

Elle s'est inquiétée ? Mon Dieu, mais c'est quoi son problème ? Je lui ai tapé trop fort sur la tête ?

À nouveau, je hoche la tête. Un silence s'installe, au cours duquel je mange mon cupcake. Je dois y aller lentement, sous peine de provoquer une douleur aiguë au ventre. Pourquoi ne s'en va-t-elle pas, à présent ? Je ne lui demande pas de rester, au contraire. Peut-être attend-elle une réaction de ma part.

Si c'est le cas, elle peut attendre longtemps. Pour être honnête, je lui en veux autant qu'à moi. Nous ne sommes pas de bonnes personnes, toutes les deux.

— Bon… Je vais te laisser, finit-elle par dire.

Elle se lève, et je la vois grimacer légèrement. Elle aussi doit être encore bien amochée. Je serre les dents, gardant pour moi le sentiment que ça me procure : du pur dégoût à mon égard.

— Mais sache une chose, ajoute-t-elle en se retournant. Je vais essayer de changer, de devenir meilleure. Alors, encore une fois, je suis désolée.

Là-dessus, elle quitte la cafétéria, ses cheveux roux se balançant à chacun de ses mouvements. Je reste un moment à attendre, droite sur ma chaise. De ma table, on aperçoit l'entrée principale de l'hôpital et, inconsciemment, j'espère y voir apparaître quelqu'un.

Zachary.

Il m'a promis qu'il reviendrait, alors je l'ai attendu. Ça fait déjà deux semaines. J'ai bien demandé une fois à Rachel pourquoi il ne l'accompagnait pas, mais elle m'a répondu avec un air gêné qu'il avait beaucoup de travail. Alors j'ai espéré en silence. Mais j'ai fini par comprendre qu'il ne viendrait pas.

— Savais-tu qu'un crayon moyen pouvait écrire environ quarante-cinq mille mots ? me demande une petite voix, à côté de moi.

Je tourne la tête et vois une petite fille en chemise d'hôpital. Des perfusions sont reliées à son avant-bras, et son crâne est entièrement dépourvu de cheveux. Elle est si menue et petite que, assise, ses pieds ne touchent même pas le sol.

— Et que la troisième langue officielle en Nouvelle-Zélande est la langue des signes ? Bien que ce soit l'une des plus compliquées au monde, ajoute-t-elle en souriant.

Ses grands yeux brillants, couleur chocolat, contrastent avec sa peau pâle. Son sourire est éclatant de vitalité. Après Carla, c'est agréable de voir une personne aussi pétillante. Pour une fois, je décide de ne pas l'ignorer, même si je ne la connais pas. Étrangement, elle m'inspire confiance. Comme moi, elle est différente, je le sens.

Elle saute de sa chaise et vient s'asseoir en face de moi. Je remarque alors son nez et ses pommettes parsemés d'adorables taches de rousseur. Puis, elle me tend sa main.

— Je suis Charley, quatorze ans, atteinte d'un lymphome de Hodgkin, et Carla est une vilaine fille, récite-t-elle.

J'aurais presque envie de sourire face à cette petite boule d'énergie. Mais je regarde sa main, incapable de la toucher. Elle finit par s'en apercevoir.

— Oh ! Pas de poignée de main, c'est noté, déclare-t-elle en retirant sa main.

Mais comment connaît-elle Carla ? Je fronce les sourcils, et elle rit, comme si elle lisait dans mes pensées.

— Je n'ai pas pu m'empêcher d'écouter, désolée, explique-t-elle. Toi, tu es Angelia, et tu lui as mis une sacrée dérouillée à ce que j'ai compris.

Je baisse la tête, honteuse que même les autres puissent le deviner.

— Tu viens de lui rendre un grand service, poursuit-elle, balançant ses pieds sous la table avec nonchalance.

— Pourquoi ? je demande, interloquée.

— Elle m'a l'air d'être une sacrée peste. Du genre insupportable. Quelqu'un aurait fini par l'assassiner un jour, c'est évident. Tu lui as remis les idées en place, tu devrais être fière de toi !

La fierté n'est pas mon fort. À vrai dire je n'ai jamais éprouvé ce sentiment. Je n'ai rien qu'on puisse envier.

Charley secoue sa tête, comme pour remettre ses idées en place, puis se concentre sur moi.

— Mona Lisa, surnommée la Joconde, peinte par Leonardo Da Vinci entre 1503 et 1506, ne possède ni sourcils ni cils, dit-elle avec exaltation. Ces derniers semblent présents, mais ce n'est en réalité que l'ombre des paupières.

Je la regarde, déroutée. Elle m'a l'air très cultivée, mais je suis bluffée par le naturel avec lequel elle a changé de sujet, comme si tout était sur le même plan.

— Je ne sais pas qui c'est, je réponds, perdue.

J'ai vaguement entendu parler de la Joconde, cependant je n'y connais strictement rien en peinture. Mais Charley ne semble pas rebutée pour autant : son regard s'illumine et elle rapproche son visage du mien, m'offrant l'occasion de contempler ses grands yeux bruns.

— Je sens qu'on va bien s'entendre, toi et moi ! s'exclame-t-elle avec une joie sincère.

Chapitre 22

(Zachary)

Est-ce qu'elle m'en veut ? Probablement. Quoiqu'avec elle on n'est jamais sûr de rien. Cela va faire deux semaines qu'elle est dans ce foutu hôpital, et je n'y suis pas retourné une seule fois. Je l'avais promis, mais je ne l'ai pas fait. Pourquoi ? Honnêtement je ne sais pas moi-même. Peut-être que j'avais peur ? Peur de la revoir dans cet état déplorable, peur qu'après Carla, elle ait changé.

Dans tous les cas je m'en fous. Il faut que je me ressaisisse et que j'arrête de penser à elle. Ce n'est qu'une fille, Zac ! Une fille parmi tant d'autres. Bon, certes, elle est assez spéciale, mais ça ne change rien. S'il lui arrive des choses au lycée, je serai là pour la protéger, bien sûr. Mais rien de plus. Pour mon bien autant que le sien.

— Eh, mec ! Tu m'écoutes ? me lance Kayn.

Mon meilleur ami se tient devant moi, appuyé contre le mur de sa chambre, attendant visiblement une réponse. Mais le bruit des voitures à travers la fenêtre ouverte a dû couvrir ses paroles. À moins que ce ne soient mes pensées.

— Excuse-moi, tu disais ?

— Carla et Angelia reviennent demain, répète-t-il.

Ce n'est pas vrai, si même Kayn me parle d'elle, comment je vais pouvoir passer à autre chose !

— Je le sais déjà, je te rappelle qu'elle habite chez moi.

— Oui, mais Carla sort en même temps. Du même hôpital. Pour aller dans le même lycée. Dans la même classe…

— Ça va, j'ai compris ! je le coupe. Je ferai attention à Angelia, ne t'inquiète pas.

— J'espère bien. J'aime bien ton nouveau côté protecteur.

Il ricane, content de sa remarque.

— Je le fais pour ma mère, ne va rien t'imaginer, dis-je en le menaçant du regard.

— Bien sûr… Et quand elle crie ton prénom lors d'une bagarre, et que ça suffit à te calmer, c'est aussi pour ta mère ?

— Elle m'a surpris, c'est tout. Elle est muette d'habitude, voilà pourquoi ça m'a stoppé. C'est une tarée, tu le sais.

— Arrête de te mentir à toi-même, Zac, dit-il en plongeant ses yeux dans les miens.

— Et toi, arrête de te mêler de mes affaires.

— Je t'aurai prévenu…

Je ris à son avertissement, pour le moins inutile. C'est bien ma mère qui m'a demandé de veiller sur elle, non ? Même si, au fond de moi, je sais que ce n'est pas la seule raison. Non, ce n'est pas uniquement par devoir que je la protège. C'est parce que je ne peux pas m'en empêcher. Kayn a raison, je me voile la face, comme d'habitude. Je préfère ignorer mes sentiments, c'est bien plus simple de vivre comme ça, ça évite d'avoir mauvaise conscience. Et, pour l'instant, je compte bien continuer à le faire. Je soupire longuement. Il faut vraiment que je cesse de penser à elle. Je me lève du fauteuil où j'étais assis et me dirige vers la fenêtre ouverte. J'ai besoin d'air.

Kayn rigole.

— Quoi ? Ça sent mauvais dans ma chambre ?

— Je ne te le fais pas dire. Faudrait penser à prendre une douche de temps en temps, ça devient urgent !

Un fou rire nous saisit. J'aime être avec lui, c'est le seul vrai ami que j'ai, et je sais qu'il ne me laissera jamais tomber.

— Tu n'aurais pas une clope ? je lui demande. Je ne peux plus fumer chez moi depuis qu'elle est là.

Ce n'est pas que je fume comme un pompier, mais parfois, ça m'aide à me détendre. Je commence à fouiller dans ses tiroirs et, dans l'un d'eux, un sachet attire mon attention.

— Non, attend, Zac ! crie Kayn. Je vais le faire !

Trop tard. Je prends le sachet entre mes mains, reconnaissant immédiatement le contenu. La rage me serre les tripes.

— Tu peux m'expliquer ?

— Je… savais pas comment te le dire, bafouille-t-il. J'étais sûr que tu t'énerverais.

— Tu m'étonnes ! C'est de la drogue, Kayn ! De la putain de drogue !

Heureusement qu'il n'y a personne chez lui, car à ce moment-là je ne contrôle plus rien. Ni ma voix ni ma colère.

— Mais je ne consomme pas, je te jure !

— Ça veut dire que tu vends ?

— Putain, Zac, baisse d'un ton ! s'énerve-t-il. J'ai besoin de cet argent, OK ? Avec ma mère, on ne s'en sortait plus avec les factures. Il me fallait trouver de quoi les payer et très vite.

Je me calme un peu devant ses explications.

— Mais comment t'en es arrivé là ?

— J'ai tout essayé. Les petits boulots, les jobs, mais ça n'a été que des échecs. Alors j'ai demandé au petit dealer du coin. Il m'a mis en relation avec son fournisseur et depuis j'en vends. Si j'avais eu le choix, jamais je n'aurais fait ça et tu le sais.

Je respire pour faire descendre un peu l'adrénaline et prends appui contre le bureau. Kayn qui vend de la drogue ? C'est la putain de goutte de trop. Mais qu'est– ce qu'il lui est passé par la tête ?

— Je te rappelle qu'avec cette merde tu vas direct en prison, lui dis-je, menaçant.

— Seulement si je me fais choper. Je suis super prudent, je t'assure.

— Tu n'en vends pas au lycée, j'espère.

Il ne répond rien, et je me retourne vers lui. Devant son expression coupable, je devine que si.

— Putain, Kayn, tu déconnes ? Mais est-ce que tu réfléchis deux secondes ? Le bahut, c'est là où tu as le plus de chances de te faire prendre, je m'emporte de nouveau.

— J'ai que deux ou trois clients là-bas, le reste vient de la rue. Et puis Greg m'a dit que je pouvais arrêter quand je voulais.

— C'est qui ça, Greg ?

— Mon fournisseur, un mec sympa.

— Et tu l'as cru ?

— Au début, j'étais méfiant, mais il est réellement gentil avec moi, affirme-t-il. Il comprend ma situation et veut simplement m'aider.

— Que tu es naïf, mon pauvre.

Je me prends la tête dans les mains. Kayn dealer, il ne manquait plus que ça !

— Qu'est-ce que ça veut dire ? demande-t-il, sur la défensive.

Je croise les bras contre mon torse et m'appuie contre le bureau, en face de lui. Il n'y connaît rien. Il ne sait rien du monde dans lequel il est entré.

— Il t'a dit ça pour te rassurer, pour que tu ne te défiles pas. Si ton commerce marche bien, il ne te laissera pas partir comme ça. Combien tu lui rapportes par mois ?

— Un peu plus de mille cinq cents euros. Et il m'en file le

quart à chaque fois, de quoi m'en sortir pour les factures et avoir un peu de bénéfice.

— Et merde. Tu lui rapportes beaucoup, Kayn. Il ne te laissera jamais arrêter.

— Il faudra bien un jour, quand je partirai d'ici, il ne pourra pas m'en empêcher.

— Si, il le pourra, dis-je gravement. Ces gars-là, ils ne plaisantent pas et ils sont prêts à tout pour vendre leur came.

— De quoi tu parles ?

Je soupire et regarde mon meilleur ami dans les yeux.

— Ils pourront s'en prendre à toi ou à ta mère pour t'obliger à rester.

— Non… Greg ne ferait jamais ça. Tu ne le connais pas, Zac ! Il veut vraiment m'aider.

À la manière dont il panique, je comprends qu'il s'est réellement attaché à ce Greg. Kayn a toujours été très influençable. Je l'ai connu alors qu'il se faisait embobiner par des crétins au collège, je suis intervenu pour l'en libérer ; et, depuis, on ne se quitte plus. Il est tout l'inverse de moi, voilà peut-être pourquoi on s'entend si bien. Enfin, d'habitude. Il faut aussi savoir lui ouvrir les yeux.

— Pour l'instant, peut-être, mais attends un peu…

— Arrête ! hurle-t-il. Tu n'y connais rien !

Je gronde de rage et en une seconde je me retrouve devant lui, le défiant yeux dans les yeux. Je me retiens difficilement de le prendre par le col de son pull, simplement parce qu'il est mon ami.

— Je n'y connais rien ? j'explose. T'es sûr ? T'oublie où j'ai grandi, Kayn, ce que j'ai dû faire !

Il se reprend et baisse la tête. Je m'écarte de lui et fais les cent pas dans sa chambre. Une fois calmé, je finis par soupirer en me passant une main dans les cheveux.

— Écoute-moi, Kayn, tu vas aller dire à ton Greg que tu arrêtes la vente. Que tu retournes à ta vie de lycéen sans histoire.

— Mais tu viens de dire qu'il ne me laisserait pas partir, répondit-il, perplexe.

— Il est peut-être encore temps. Avec de la chance, il sera assez bien disposé envers toi pour te laisser en paix.

— Je ne peux pas faire ça, Zac. J'ai besoin de cet argent.

— Dès que tu en as besoin, que ce soit pour tes factures ou autre, tu me le dis et je t'en passe. Ça ne me pose aucun problème. Mais je refuse que tu vendes de la drogue, annoncé-je.

— Non, je refuse que tu me donnes de l'argent.

— Je ne te laisse pas le choix, Kayn. C'est comme ça, et tu n'as pas ton mot à dire.

Il s'apprête à me contredire, mais je le devance :

— Ça ne sert à rien de protester. T'es mon meilleur ami, et je ne te laisserai pas dans cette merde.

Il soupire et prend le sachet rempli d'une fine poudre blanche. Celle-ci me donne la nausée, je lui voue une haine incomparable. Il finit par la ranger dans son tiroir, hors de ma vue.

— Très bien, concède-t-il. Mais s'il refuse qu'est-ce que je fais ?

— Tu m'appelles, et j'irai lui parler moi-même.

— C'est trop risqué ! Greg est peut-être cool mais, une chose est sûre, il n'aime pas les étrangers qui viennent le faire chier.

— J'en ai rien à faire. Il a intérêt à te foutre la paix, sinon je me charge de lui.

Kayn hoche la tête et se rassoit sur son lit. Aucun de nous ne parle, chacun plongé dans ses pensées.

— Bon, il est tard, je vais y aller, finis-je par dire.

Je prends mes affaires et longe le couloir du petit appartement. Lorsque je m'apprête à ouvrir la porte d'entrée, sa voix m'interrompt :

— Hey, Zac ! Merci.

Je lui souris et réponds par un signe de tête. Je ferai tout pour mon meilleur ami. Absolument tout. Quitte à dévoiler mon plus grand secret.

Chapitre 23

(Angelia)

— Oh ! n'oublie pas ta brosse à dents ! s'exclame Charley en souriant jusqu'aux oreilles.

J'acquiesce et me dirige vers la salle de bains.

— D'ailleurs, tu savais que celle-ci contenait en moyenne dix millions de bactéries, voire plus ! C'est incroyable comment une si petite chose peut être si dégoûtante, continue-t-elle.

Je l'écoute tout en finissant ma valise. Depuis notre rencontre, il y a une semaine, nous ne nous quittons plus. À force, les infirmiers ne disent plus rien. Peu importe le nombre de fois où ils nous renvoyaient dans nos chambres, nous trouvions toujours un moyen de nous revoir.

C'est une fille formidable, très mature pour son âge. Elle dit que la maladie fait vieillir de plusieurs années, qu'on prend soudainement conscience de la dureté de la vie. Je pense savoir de quoi elle parle.

Cela fait plusieurs minutes qu'elle s'était arrêtée de parler, ce qui est inhabituel. Je me tourne vers elle, intriguée. Ses yeux magnifiques sont remplis de larmes, et son visage a perdu toute sa joie. Que lui arrive-t-il ? Je ne sais pas comment réagir, mais je sens l'inquiétude m'envahir. C'est nouveau, et je n'aime pas cette sensation. Elle finit par lever la tête vers moi et me fait un triste sourire.

— Tu vas tellement me manquer, sanglote-t-elle. Je n'ai pas envie que tu t'en ailles, Angelia. Tu es ma seule amie ici, la seule qui me supporte…

Sa voix se brise, et mon cœur avec. Depuis que je la connais, mes émotions reviennent petit à petit. Il fallait simplement un peu de gaieté dans ma vie. Mais c'est parfois difficile à supporter. Je m'approche d'elle, doucement, et tends la main vers sa joue pour sécher une larme qui coule.

— Pleure pas, je murmure. Je ne t'abandonnerai pas.

— Promis ? renifle-t-elle.

— Promis.

Et je compte bien tenir cette promesse, contrairement à Zachary. Ses yeux se sèchent rapidement, et son visage si adorable reprend vie. Même sans cheveux, elle est magnifique. Je me rappelle avoir entendu qu'avant sa maladie, elle était blonde, comme sa mère, que j'ai rencontrée une fois. Ses amies étaient jalouses de sa longue chevelure et, quand elle s'est mise à perdre ses cheveux à cause de sa chimiothérapie, elles n'ont même pas essayé de la plaindre. Les enfants sont si méchants entre eux !

— Oh ! et il faudra que tu m'appelles ! Je veux des nouvelles de Zachary, moi !

J'ai fait l'erreur, dans un moment de fatigue extrême, de parler de lui. Et j'ai bien insisté sur sa beauté à couper le souffle. Depuis, elle ne me lâche plus et veut absolument le rencontrer. Elle en aurait eu l'occasion s'il s'était montré. Je ferme ma valise lorsqu'elle secoue à nouveau sa petite tête. Un tic qu'elle fait souvent, avant de me sortir une information apprise je ne sais où.

— En moyenne l'homme va manger environ cinquante kilos de poussière dans sa vie. Ça donne envie de faire le ménage, d'un coup.

Je souris, amusée par son savoir. Elle aussi va terriblement me manquer.

— Tu es prête, Angelia ? demande Rachel en entrant dans la chambre. Oh ! bonjour, Charley, tu vas bien ?

— En réalité aller bien n'est qu'une expression, c'est totalement impossible, répond Charley, fidèle à elle-même. On peut se sentir bien, mais nous aurons toujours un quelconque problème. Parfois il est là, mais nous ne le savons même pas encore.

— Je prends ça pour un oui, réplique Rachel en souriant. Il est l'heure, ma puce.

Elle attrape ma valise et l'emmène dans le couloir. Je sors à mon tour, Charley sur mes talons. Arrivée à l'entrée de l'hôpital, je me tourne tristement vers ma jeune amie qui ne peut pas aller plus loin. Elle est à nouveau au bord des larmes, ce qui rend difficile notre séparation. Je n'aime pas la voir comme ça, elle qui m'a apporté tant de bonheur ces derniers jours. Je ne peux la laisser dans cet état.

Alors, sans réfléchir, je place mes deux mains autour de son beau visage et essuie ses larmes de mes pouces. C'est un pas énorme pour moi. Jusque-là, seul Zac avait réussi à me faire sortir de ma solitude. Aujourd'hui, c'est au tour de ma Charley. Elle éclate en sanglots, sans chercher à se blottir dans mes bras. Elle a compris dès notre première rencontre qu'il ne le fallait pas. Je crois que je l'aime réellement, je ressens une joie et un amour incroyable quand je suis avec elle. Serait-ce ça, l'amitié ? Je l'espère, car c'est délicieux. Au bout de quelques secondes, je m'écarte d'elle et lui fais un signe de la main.

— Je t'appellerai tous les jours, dis-je doucement.

— J'espère bien ! À qui vais-je réciter mes infos inutiles, autrement ? plaisante-t-elle, les yeux baignés de larmes.

Je me détourne et rejoins Rachel qui nous avait laissé un peu d'intimité. Lorsque nous partons en direction de la maison, je ressens comme un déchirement à l'idée de laisser ma petite Charley toute seule dans cet hôpital de malheur. Mais je n'ai guère le choix.

Une fois arrivées chez les Prims, la porte s'ouvre d'elle-même sur une petite tête blonde. Lily ! Elle veut foncer vers moi, mais s'arrête, timide, avant de s'écrier :

— Angelia ! Tu m'as trop manqué !

Le bonheur qu'exprime le visage souriant de Lily m'atteint en plein cœur. Cette petite est toujours heureuse, elle est vraiment adorable. Je lui fais un signe de tête et tente d'adoucir les traits de mon visage, n'étant toujours pas capable de sourire. Ce n'est pas faute d'avoir essayé. Elle comprend le message, puisque son sourire s'élargit.

— J'ai plein de choses à te raconter ! ajoute-t-elle.

— Doucement, chérie, laisse-la respirer, dit Rachel. Demain, elle reprend les cours, elle a besoin de se reposer.

— Oh ! d'accord.

Elle semble un peu déçue, mais, quand sa mère lui présente un paquet cadeau, son visage rayonne à nouveau. Étais-je aussi heureuse, à son âge ? Peut-être. Après tout, un jeune enfant est innocent, et sa bonne humeur revient constamment. Même lorsqu'un homme cruel et violent nous détruit un peu plus chaque jour.

Lorsque je monte à l'étage, la porte de Zachary s'ouvre à mon passage.

— Oh… Angelia.

Sous le coup de la surprise, je m'arrête et l'observe quelques secondes. Je ne m'attendais pas à le voir si rapidement. Il est hélas toujours aussi sublime, Charley serait aux anges. Mais, malgré son regard de braise braqué sur moi, c'est de la colère que je ressens pour lui. Il n'est pas venu me voir une seule fois durant mon séjour. Sa mère, son père et même Lily sont venus.

Suivis de Mme Talier et de ma psychiatre, Mme Trempline. Tous, sauf lui. Apparemment, il ne s'est pas rappelé sa promesse, alors je préfère continuer mon chemin. Je l'ignore et entre dans ma chambre. Mais, au moment de fermer la porte, un pied m'en empêche.

— Écoute, Angelia, commence-t-il. J'étais occupé, je suis désolé. J'ai voulu venir, mais je n'ai pas pu.

Je continue de pousser la porte, même s'il a bien plus de force que moi. Je ne veux pas entendre ses explications, je n'en ai rien à faire.

— Je sais que tu es en colère. S'il te plaît…

— Dégage ton pied, immédiatement, dis-je d'une voix glaciale.

Mais, avec lui, je ne contrôle rien, ni mon corps ni mes sentiments. Et ça me fait terriblement peur. Il paraît choqué de mon ton mais refuse toujours d'enlever son pied.

— Je ne sais pas pourquoi, d'accord ? Je n'ai pas pu c'est tout ! s'exclame-t-il avec colère, retirant enfin son pied.

— Tu m'avais promis, Zachary, je murmure, avant de voir une lueur de compréhension dans son regard.

Ça y est, il se souvient. Avant de claquer la porte, je croise une dernière fois ses yeux noirs qui semblent meurtris. Oui, j'ai encore fait du mal à quelqu'un. Je ne me supporte plus, je blesse les gens les uns après les autres, et ce n'est qu'une question de temps avant qu'ils m'abandonnent tous. Tout comme mon père l'a fait. Il a abandonné l'amour qu'il avait pour moi. D'ailleurs, je ne suis même pas sûre qu'il m'ait seulement aimée un jour.

Je suis un démon. Et les démons détruisent les gens. C'est comme ça et ça ne changera jamais.

Je regarde ma chambre, c'est un véritable capharnaüm. Il faut que je range, vite. J'avais tout mis en désordre après Carla, j'étais à bout. Je commence à ranger, mais Rachel m'appelle pour le dîner. Cependant je ne peux pas descendre, ça m'est impossible. Je n'ai pas faim et, surtout, je ne veux pas croiser à nouveau le regard brisé de Zachary. Je ne le supporterai pas.

Chapitre 24

(Zachary)

Ce matin, comme tous les matins, je me lève, déjeune et pars au lycée. Angelia est dans la voiture, enfermée dans son mutisme. Depuis hier, elle ne m'adresse plus un regard. Je peux le comprendre, j'ai vraiment foiré sur ce coup-là. Impossible de m'ôter de l'esprit le ton qu'elle a employé hier, si glacial, si indifférent. Désormais, je ne suis à ses yeux qu'un moustique écrasé contre sa bulle de protection. Elle m'a rejeté.

Mais ce matin je vais enfin pouvoir agir. Je compte bien la venger de cette conne de Carla…

À peine la voiture garée, Angelia descend pour se précipiter seule en direction du lycée. Pourquoi est-elle aussi pressée ? Je me persuade que ce n'est pas uniquement pour me fuir, mais, au fond, je sais bien que c'est le cas. J'ai hâte qu'elle voie le sort que je réserve à Carla. Peut-être me pardonnera-t-elle alors de ne pas être revenu la voir à l'hôpital. Ces trois semaines ont été longues, sans elle, mais pour rien au monde je l'avouerais. J'aperçois alors Kayn, qui s'avance vers moi, tout sourire. Je le salue d'une tape dans le dos et le prends par les épaules, comme un père avec son fils.

— Dis-moi, que sens-tu aujourd'hui, cher ami ? demandé-je avec un enthousiasme suspect.

— Toi qui as l'air complètement défoncé…, dit-il, méfiant.

— Pas du tout ! Moi, je sens le parfum de la vengeance.

Il éclate de rire avant de se diriger vers le lycée.

— Alors ? Qu'as-tu prévu pour elle ?

— Eh bien figure-toi que j'ai réfléchi, et…

— Tu as réfléchi ? me coupe-t-il. Mon Dieu, mais que t'arrive-t-il ? Tu es malade ?

Il rit à nouveau, lorsque je lui donne une bourrade à l'épaule.

— C'est ça, moque-toi ! Mais en attendant écoute ça. Quelle est la pire chose que Carla craint ?

— Hum… je dirais toi, dit-il.

— Possible. Mais elle craint plus encore de perdre sa réputation. Si elle se fait humilier en public, elle ne le supportera pas.

— Mon Dieu. J'ai hâte de voir ça.

— Patience, mon ami, patience…

La matinée s'éternise. Angelia ne m'a pas adressé un seul regard. Elle m'ignore totalement. J'espère vraiment que quand elle verra mes efforts pour la venger, j'aurai enfin son attention. Elle m'a manqué.

Mais qu'est-ce que je dis ? Je suis vraiment contradictoire, putain ! Hier encore, je ne voulais plus lui parler et maintenant je trouve qu'elle m'a manqué ? C'est quoi, mon problème ? J'en ai marre de ces saletés d'émotions qui me contrôlent.

Je dois rester concentré, car l'heure de la vengeance a sonné. On approche de la pause déjeuner, et les filles doivent se changer dans les vestiaires après le cours de sport. Je me dirige vers ceux-ci et aperçois de loin ma victime, occupée à parler avec ses « amies ». Ça n'a vraiment pas été difficile de les convaincre de m'aider. Elles n'ont pas l'air de tenir tant que ça à Carla. Je les devance en pressant le pas, il faut que j'arrive avant elles. Elles doivent l'occuper le plus longtemps possible, pour me laisser le champ libre.

Je toque à la porte, et une fille, quinze ans, pas plus, m'ouvre. Quand elle me voit, elle pâlit. Je suis assez intimidant pour les plus jeunes et j'en profite. Elles sont beaucoup plus influençables et n'osent pas protester.

— Tu peux me rendre un service ? dis-je en souriant.

Elle hoche timidement la tête.

— Bien. Est-ce que tu peux me rapporter les habits de Carla Frosa, s'il te plaît ?

— Euh… Je ne suis pas sûre que…

— Ne t'inquiète pas, elle ne saura pas que c'est toi. Je te le promets, j'ajoute en me penchant vers elle.

Elle rougit, puis baisse les yeux. C'est super simple, je vous dis.

— … d'accord. Je vais les chercher tout de suite.

Elle revient, les vêtements de Carla dans les mains. D'ailleurs, celles-ci tremblent, elle ne doit pas avoir l'habitude de faire des conneries. Ou alors, les probables représailles de Carla l'effraient. Elle s'en remettra.

— Super, merci. Quand elle te demandera où sont ses affaires, tu lui diras que c'est moi qui lui ai prises.

À nouveau elle hoche la tête, déstabilisée. J'ai encore besoin d'elle, pour son plus grand malheur.

— J'ai un autre petit service à te demander, dis-je en me rapprochant de son visage.

Ses yeux noisette s'écarquillent légèrement, et elle remonte ses petites lunettes dans un réflexe amusant. Je ne peux pas dire qu'elle n'est pas attirante, au contraire, mais j'ai connu mieux.

— Ou-Oui ? bégaie-t-elle.

— Une fois qu'elle aura enlevé ses vêtements de sport, j'ai besoin que tu les lui caches.

Soudain elle perd toutes ses couleurs et fait non de la tête, déterminée.

— C'est hors de question, elle va me tuer, panique-t-elle.

Bon, il va falloir être plus convaincant, sinon mon plan tombe à l'eau.

— Elle ne te touchera pas, crois-moi.

Elle hésite, mais finit par se reprendre et refuse. Je soupire intérieurement, elle est vraiment chiante ! En même temps, je comprends sa peur. Quand Carla s'y met, elle peut être terrifiante. Mais sûrement pas autant qu'une certaine tarée nommée Angelia. Très bien, je vais la jouer sentimental, c'est ma dernière chance avant que Carla ne revienne. Je sais que les filles ne pourront pas la retenir indéfiniment.

— Tu as entendu parler d'Angelia Teissi, je suppose. Et de ce qu'elle a fait.

Elle acquiesce puis me regarde, méfiante. Évidemment tout le lycée est au courant, une bagarre qui finit aussi mal est rarissime.

— C'est Carla qui l'a harcelée jusqu'à la pousser à bout. Il faut que tu m'aides à la venger. Crois-moi, après aujourd'hui, elle n'embêtera plus personne.

J'attends un petit temps, voyant qu'elle pèse le pour et le contre. Quand elle finit par accepter, je soupire de soulagement Il s'en est fallu de peu. Puis je reviens vers Kayn, un sourire triomphant sur le visage.

— Voler ses vêtements ? Sérieux ? s'exclame-t-il. J'ai connu mieux venant de ta part, Zac.

— Ce n'est qu'un début. Que le spectacle commence !

Je patiente quelques minutes, posté dans le couloir qui fait face aux vestiaires, quand retentissent des râles à travers la porte. Carla en sort, furieuse. En sous-vêtements. Faut admettre qu'elle a un sacré corps. Voilà au moins une chose qui va me manquer. Visiblement, elle n'a pas l'air mal à l'aise d'être dénudée comme ça, cette narcissique.

— Salut, toi, je lance innocemment. Un problème ?

— Rends-moi immédiatement mes vêtements, idiot ! s'écrie-t-elle.

— Quoi, tu penses que c'est moi ? dis-je en prenant un air stupéfait.

— Arrête ça, Zac, je ne vais pas attendre longtemps.

— Pourtant, ça n'a pas l'air de te déranger tant que ça.

Elle esquisse un petit sourire, visiblement contente d'avoir de l'attention, mais se reprend. Elle pose une main sur sa hanche en faisant rouler ses yeux verts et pousse un soupir de star du cinéma. Mais quelle caricature, comment ai-je pu être attiré par elle, sérieusement ?

— J'attends…, insiste-t-elle, pleine de reproches.

Je finis par rire, puis la regarde sans rien dire, exactement comme avant. Moins elle se doute de ce qui l'attend, meilleur ça sera. Mais, quand j'aperçois une magnifique chevelure brune coiffée d'un bonnet parmi la foule, je comprends qu'il est temps.

— C'est demandé si gentiment, répliqué-je.

Je me retourne, faisant mine d'attraper ses habits. Mais à la place je saisis le seau que j'avais préparé à son attention.

— Et voilà, dis-je tout en renversant le contenu sur sa tête.

Le liquide noir coule tout le long de son corps, jusqu'à finir par s'étaler au sol. Une forte odeur entêtante s'en dégage, et je grimace. C'est parfait. Elle pousse un cri, puis… silence. Plus personne ne parle dans l'immense foule. Un cercle se forme peu à peu autour de nous. C'est toujours la même chose de toute manière, avec ces curieux.

— Ça va pas !… Qu'est-ce que c'est…, bégaie-t-elle

— De la peinture. Pour cacher ta sale face ! j'assène avec éclat, satisfait de mon effet.

Des exclamations s'élèvent de la foule constituée autour de nous. Des élèves rient, dont certaines de ses amies, ou plutôt ses fausses amies. D'autres la pointent du doigt, ou filment la scène avec leur smartphone. Mais personne ne lui vient en aide. Parce qu'elle ne suscite que la haine. Et aujourd'hui elle va enfin assumer les conséquences de son comportement ignoble.

— Tu vois ce que ça fait d'être humiliée ? C'est ce que tu as fait subir à Angelia, je chuchote, afin qu'elle seule m'entende.

Je recule de quelques pas, la fusillant du regard. Je fais tout pour me contrôler, ne surtout pas user de la violence. Frapper une fille, j'en serais incapable, mais Carla m'inspire tant de haine.

— On ne récolte que ce que l'on sème, ne l'oublie jamais, Carla, j'ajoute d'une voix haineuse.

Je me recule pour rejoindre la foule, la laissant seule, humiliée. Kayn me rejoint, surexcité.

— La vache, mec, t'y es allé fort…

— Elle n'a que ce qu'elle mérite, dis-je tranquillement. Et tout le monde est de mon avis.

Je jubile devant mon œuvre. J'espère sincèrement qu'Angelia a tout vu. Justement, je l'aperçois dans la foule des élèves : elle fixe Carla avec une expression horrifiée. Ce qui m'inquiète un peu. Au moins, elle n'a rien loupé du spectacle.

À la surprise générale, elle s'avance vers Carla, bousculant les gens devant elle. Elle paraît si déterminée que le contact des autres ne semble, pour une fois, pas la déranger. À nouveau, le silence se fait. Tout le monde sait ce qu'il s'est passé la dernière fois qu'elles se sont retrouvées face à face. Craignant une nouvelle bagarre, je me prépare à intervenir. Elles se fixent longuement, Carla avec ses yeux emplis de larmes. Puis, Angelia pose son sac par terre et retire sa grande veste. Mais, au lieu d'abattre sa colère sur Carla, elle pose délicatement le vêtement sur ses épaules. Bon sang, qu'est-ce qu'elle fout ?

Autour de moi, j'entends des exclamations de surprise. Et je crois bien que j'y participe. Pourquoi ne se moque-t-elle pas d'elle ? Pourquoi ne l'abandonne-t-elle pas à sa honte, tout simplement ?

Non, au lieu de ça, elle remonte la fermeture de sa veste pour couvrir le corps trempé et noirci de Carla. Puis elle ramasse son sac et dévisage une dernière fois Carla.

— Merci, sanglote celle-ci.

Angelia se contente d'incliner la tête, avant de s'en aller dans le couloir. Au bout de quelques pas, elle se retourne vers moi et me regarde. Ou, plutôt, elle m'assassine du regard. Il contient tellement de rage que j'en reste comme foudroyé sur place.

Carla s'en va chialer dans son coin et le cercle se dissipe peu à peu, chacun reprenant le cours de sa journée. Moi, j'en suis incapable. Je reste paralysé par l'empreinte de ses yeux haineux sur moi. Pourquoi a-t-elle pris son parti ? Je pensais qu'elle ressentirait au moins un peu de satisfaction, après ce qu'elle lui a fait vivre. Mais non, elle semble… furieuse. C'est pourtant rare de voir de l'émotion sur son visage. Je peux dire que celle-ci, je vais m'en souvenir.

Bordel de merde, mais qu'est-ce que j'ai fait !

Chapitre 25

(Angelia)

Je me suis enfermée dans les toilettes. Mon élastique claque encore et encore contre mon poignet. Je fais tout pour me calmer, essayer de penser à autre chose. Mais c'est impossible. La manière dont il l'a humiliée, sans une once de culpabilité. J'ai cru voir mon père, son regard froid et sans pitié. Et ça m'exaspère de ne pas pouvoir me contrôler ; je suis autant en colère contre lui que contre moi. Perdue dans mes pensées, je sursaute en entendant la porte d'entrée s'ouvrir. C'est étrange, normalement, c'est vide à cette heure-ci, ils sont tous au self. J'entends des reniflements puis quelques sanglots. Carla. Elle aussi a dû attendre qu'il n'y ait personne. Quand je comprends qu'elle ne compte pas partir tout de suite, je décide de sortir de ma cachette. La porte s'ouvre en grinçant, et Carla se retourne immédiatement vers moi. Dans son regard je reconnais la peur, et aussi l'embarras d'être surprise dans cet état. Elle est toujours en sous-vêtements, ma veste posée sur les lavabos, à côté d'habits propres. L'odeur de peinture est toujours très forte, et le haut de son corps est complètement noir. Mais je n'y fais pas attention, je me contente de fixer ses yeux verts, qui ressortent désormais sur sa peau foncée.

— Angelia…, soupire-t-elle, soulagée. Tu m'as fait peur.

Je ne réponds rien. En réalité, je ne sais pas ce que j'attends. Qu'elle s'en aille ? Mais alors pourquoi suis-je sortie ?

— Je venais récupérer du savon, pour pouvoir prendre une douche dans les vestiaires, explique-t-elle.

Après avoir rempli un petit pot de ce liquide moussant, elle se tourne vers moi, hésitante.

— Tu pourrais… m'accompagner ? demande-t-elle en baissant la voix.

Après un temps de réflexion, je finis par hocher la tête. Ne me demandez pas pourquoi, il m'est tout simplement impossible de la laisser dans cet état. Elle vient de mettre sa fierté de côté pour me tendre une main, et je la saisis sans aucune hésitation. De toute manière, que peut-elle me faire ? J'ai déjà tout subi.

Nous marchons silencieusement dans les couloirs. Les rares élèves nous dévisagent sans aucune discrétion. Lorsque nous arrivons aux douches, je la laisse entrer et m'installe sur un banc près des casiers. Je me perds dans mes songes le temps qu'elle se lave.

Je ne sais réellement pas ce que je fais là, ni pourquoi je l'ai suivie. Nous sommes censées être ennemies, et pourtant nous voilà en train de nous entraider. Qui l'aurait cru ? Sûrement pas moi. Ni Charley. Elle va être sacrément étonnée en l'apprenant, quoique très contente. Elle est persuadée que j'ai une bonne influence sur Carla. Allez comprendre ce qu'il se passe dans sa petite tête si adorable. Elle croit dur comme fer que tout le monde peut changer. Alors pourquoi pas Carla ?

— Elles ont ri. Elles n'ont rien fait d'autre que rire et me filmer. Et ça se dit des amies, peste-t-elle en revenant fraîchement lavée, enroulée dans une serviette.

Je ne réponds rien et la laisse se décharger du poids qu'elle a sur le cœur.

— J'étais comme elles. Maintenant, je m'en rends compte,

Angelia. Je me rends compte de ce que je t'ai fait subir, à toi et à d'autres. Si tu savais comme je regrette !

Sa voix se brise, prouvant combien elle est elle-même brisée de l'intérieur. Ça me fait mal de la voir comme ça. Elle s'est peut-être mal comportée, mais je vois bien qu'elle est en train de changer. Sa prise de conscience en est la preuve.

— Je suis un monstre. Et je le resterai, poursuit-elle en s'habillant.

Je secoue la tête, choquée par ses propos. Elle ne doit pas dire ça. Il n'y a qu'un seul monstre ici, et ce n'est sûrement pas elle. Tel père telle fille, n'est-ce pas ? Il m'a transmis toute sa haine et son dégoût envers moi-même. Carla n'est rien, comparée à moi.

— Pourquoi es-tu venue m'aider, après tout ce que je t'ai fait subir ? murmure-t-elle, plantant son regard d'émeraude dans le mien.

— Personne n'a à subir ça, je réponds d'un ton timide.

Elle me regarde et sourit avec tendresse et sincérité. Un sourire que je n'avais encore jamais vu sur ses magnifiques lèvres. Ça change de la Carla prétentieuse, je préfère.

— Peut-être que moi, si.

Je ne réponds rien, je ne suis pas d'accord. J'espère qu'un jour elle se pardonnera à elle-même, sinon elle ne pourra jamais passer à autre chose. Je sais de quoi je parle, j'en suis au même stade. Elle met de l'ordre dans ses longs cheveux roux encore mouillés, essuie le mascara qui a coulé de ses yeux, puis remet une couche de gloss. Elle est vraiment belle, même au naturel.

Une fois qu'elle est prête, nous nous apprêtons à sortir, tout en ressentant la même gêne. Doit-on se montrer… ensemble ? Ou bien nos chemins se séparent-ils ? Je n'en ai aucune idée, mais heureusement elle prend les devants.

— Merci, me souffle-t-elle. Oublie mes insultes et mes moqueries, tu es la personne la plus honnête que je connaisse.

J'incline légèrement la tête. Elle n'a pas à me remercier, ce qu'elle a subi n'est pas normal. Ça l'était peut-être pour moi avec mon père, mais c'était un contexte très différent. Ce que papa m'a fait ne doit pas être reproduit, voilà ce que j'ai retenu de mes séances avec Mme Trempline.

— Tu as faim ? demande-t-elle.

J'acquiesce, mon ventre commençant à se réveiller.

— Alors viens, on va se prendre une table.

— Non ! dis-je précipitamment.

Elle m'interroge du regard. Je ne peux pas déjeuner à l'intérieur, avec tout ce bruit, toutes ces personnes. J'étais d'accord lorsqu'il y avait Zac, mais désormais c'est hors de question. Je ne peux tout simplement pas.

— Dehors, je murmure, baissant les yeux.

— Tu as raison, c'est bien mieux, conclut-elle en souriant.

Je suis soulagée qu'elle soit aussi compréhensive. Oui, ce n'est déjà plus la même Carla.

Une fois au self, mon plateau en main, je sens tous les regards tournés vers nous. C'est compréhensible : nous nous sommes envoyées mutuellement à l'hôpital, et nous voilà ensemble. Moi-même, j'ai du mal à comprendre la situation. Mais, pour une fois, je me lance et arrête de réfléchir. Je verrai bien où ça me mènera.

Tout en me dirigeant vers la sortie, je croise un regard.

Son regard.

Je n'ai pas de mot pour décrire la haine qu'il m'inspire. Le pire, c'est qu'avant de m'apercevoir il riait avec ses amis, fier de son acte. Quand j'ai l'ai vu verser ce seau sur la tête de Carla, j'étais… plus que choquée. Comment a-t-il osé faire une chose pareille ? Lui qui sait combien ce genre d'humiliation pouvait me blesser, il l'a reproduit. Sans remords.

Je détourne rapidement les yeux et passe mon chemin. Une

fois dehors, sur les pas de Carla, j'entends sa voix qui retentit derrière moi :

— Angelia ! Angelia, attends !

Bon sang, voilà qu'il me court après ! Je ne m'arrête pas pour autant. Hors de question de lui parler. Il me faut du temps, pitié, juste du temps.

Mais il me rattrape et me barre la route, m'obligeant à m'arrêter. Stupide Zachary.

— Écoute, j'ai merdé ! Je ne suis pas venu te voir durant ces trois semaines et aujourd'hui je vois bien que je t'ai blessée. Mais explique-moi !

Je tente de le contourner, mais il m'en empêche. Je veux juste qu'il me laisse tranquille, bon sang !

— Pourquoi restes-tu avec elle ? Ce n'est qu'une idiote, elle t'a fait tellement de mal ! s'écrie-t-il.

— Non, celui qui m'a fait du mal, c'est mon père. Et tu l'as imité, je réplique, la voix serrée.

Il ne répond rien, se contentant de m'observer, une lueur étrange dans le regard. Il a compris.

J'en profite pour passer et rejoindre Carla. Mais je ne peux me retenir de jeter un coup d'œil en arrière. Il est toujours planté au même endroit. La main dans les cheveux. Un geste qu'il fait lorsqu'il est mal à l'aise ou sur les nerfs. À contrecœur, mais toujours énervée et attristée, je me détourne

Il l'a cherché. Il n'aurait jamais dû faire cet affront à Carla et il le sait. Il a voulu jouer, mais il a perdu. Alors, pour la première fois, à moi de prendre le contrôle de la partie.

Chapitre 26

(Zachary)

Je suis vraiment qu'un pauvre con. Je m'en rends compte, maintenant. Asperger Carla avec de la peinture, mais qu'est-ce qui m'a pris ? Le pire, c'est que si l'école s'en mêle je vais avoir de sérieux problèmes. Ma mère sera au courant et, si je n'arrange pas très vite la situation avec Angelia, c'est direction la pension pour moi.

Je retourne au self, plus qu'abattu. Pour la première fois, j'ai terriblement honte de moi, de mon comportement. D'habitude, je n'en ai rien à foutre de l'avis des autres ; mais Angelia n'est pas n'importe qui. Des élèves me dévisagent, se demandant ce qu'il s'est passé dehors. Un regard de ma part les fait changer d'attitude. Je déteste cette curiosité qu'ils ne peuvent pas contenir. C'est à cause d'eux que les rumeurs se propagent et prennent une ampleur exagérée. Je rejoins ma table, le moral en berne. Bon sang ! Je ne m'imaginais pas que cette vengeance puisse être si douloureuse. Je viens de perdre la seule fille qui comptait pour moi. Quel con !

— Il s'est passé quoi ? T'as une tête d'enterrement, mec, me lance Adrien, un ami.

— Rien, je grogne.

— Attends, laisse-moi deviner…, rajoute Enzo. Elle t'a rejeté, pas vrai ? Alors, ça fait quoi de se prendre un râteau, don Juan ?

Je ne réponds rien à ces abrutis. Ils n'y connaissent rien, alors qu'ils se taisent. Quand ils s'aperçoivent que je ne suis pas d'humeur à plaisanter, ils changent de tactique.

— Ne te prends pas la tête, Zac, cette fille c'est qu'une putain de tarée. Tout le monde le sait ici.

— C'est clair, renchérit Adrien. Elle est peut-être canon, mais c'est tout. Je ne sais même pas comment tu fais pour vivre avec elle. Moi, elle me fait flipper…

Bordel, mais ils vont la fermer ! Une insulte de plus, et je ne réponds plus de rien… Ils n'ont aucun droit de la juger comme ça, ils ne la connaissent pas. Depuis quand je traîne avec ce genre de débiles, moi ? Kayn m'observe depuis tout à l'heure. Il n'a pas prononcé un seul mot, il craint ma réaction. Et il raison, je suis en train de perdre patience.

Je me lève de table. Impossible de rester une seconde de plus avec ces abrutis.

— En y réfléchissant, elle n'est bonne qu'à se faire baiser, s'écrie Enzo, hilare.

Toi, tu n'aurais jamais dû.

Je repose brutalement mon plateau et l'attrape par le col pour le plaquer contre un mur. Il retient son souffle, visiblement surpris.

— Ferme-la, Enzo ! j'éructe, menaçant. Si tu parles d'elle encore une fois, je te fais avaler tes dents.

— Laisse tomber, Zac, dit Kayn en posant une main sur mon épaule. Ils ne valent pas la peine que tu t'énerves.

Après l'avoir défié du regard pendant quelques secondes, je lâche ma proie sans délicatesse et me casse.

— C'est pas possible d'être aussi cons, putain, je murmure en me dirigeant vers la sortie, ignorant tous les regards braqués sur moi.

Mais qu'est-ce qu'ils ont tous, à me dévisager ! Ils devraient être habitués à mes éclats, non ? Je ressens une telle rage que je ne suis même plus capable de raisonner calmement. Il faut que je sorte, et vite. Heureusement, Kayn me rejoint.

Nous marchons en silence, mes poings si serrés que mes jointures blanchissent. Je rêve de leur enfoncer mon poing dans la gueule, à ces débiles. Je m'adosse contre les casiers, exactement là où s'est produite la bagarre d'Angelia et Carla. Ça fera bientôt un mois qu'elle a eu lieu, mais j'ai la sensation que c'était hier.

— Tu regrettes ? me demande Kayn.

— Je crois, oui…

Un silence s'installe, et je vois mon ami s'agiter, signe qu'il se retient de dire ce qu'il pense.

— Dis-le, Kayn, je soupire.

— T'énerve pas, mais… Tu es peut-être allé trop loin. Pas avec Carla, non, elle l'a bien mérité. Mais vis-à-vis d'Angelia. Je pense savoir ce qu'elle t'a dit tout à l'heure. C'est en rapport avec son père, n'est-ce pas ?

Étonné qu'il l'ait deviné, je hoche la tête, attendant la suite.

— Réfléchis-y deux secondes. Crois-tu réellement que même si elle n'avait pas été traumatisée elle aurait approuvé ton acte ? Après l'exemple que lui a donné son père ? Non, Zac, il s'agit d'Angelia…

Je reste silencieux. Il a raison, j'aurais dû penser à ce que l'humiliation évoquait pour elle. Mais la haine contre cette abrutie de Carla était bien trop forte, et l'est encore.

— Je sais que tu tiens à elle, Zac, plus que tu veux bien l'avouer. Et ne me dis pas le contraire ! Elle est la seule qui est capable de te canaliser. J'ai bien remarqué que tes crises ont diminué, depuis qu'elle est entrée dans ta vie.

Je baisse la tête, plus touché que je ne le voudrais par ses propos. Et merde ! Il a raison, elle compte pour moi. Je ne sais pas encore comment ni pourquoi, mais une chose est sûre, c'est horriblement douloureux d'avoir perdu notre complicité. J'ai fait le con et, aujourd'hui, je dois en assumer les conséquences. Encore une preuve qu'elle me change. Mais jusqu'où ?

— Qu'est-ce que tu veux que je fasse ? dis-je plaintivement. Elle ne veut plus de moi.

— C'est faux, s'écrie-t-il. Je suis persuadée qu'elle a autant besoin de toi que moi de ma mère !

Je ris devant sa comparaison des plus pertinentes. Kayn et sa mamounette d'amour, c'est plus qu'une histoire d'amour, c'est une passion. Depuis que son père est mort dans un accident de voiture, il y a huit ans, ils sont comme deux doigts de la main. Je l'ai rencontré à cette période, la mort de son père l'avait totalement bouleversé. Il avait perdu ses repères, c'est ce qui l'a rendu si influençable.

— Est-ce que tu as parlé à Greg ? je demande, pour changer de sujet.

— Pas encore, mais je l'ai appelé. Il devrait venir me voir dans la semaine.

— Tu lui as dit pourquoi ?

— Vaguement. J'ai simplement dit que je devais lui parler, et que ça n'allait plus.

— J'espère qu'il sera compréhensif, dis-je, pensif.

— Il n'y a pas de raison.

Je hausse les épaules. Apparemment, il le croit toujours inoffensif. J'espère qu'il ne se fourvoie pas, sinon, ça ajoutera un gros problème à ma liste. Et je n'arrête pas de les empiler, en ce moment. Alors, si son Greg pouvait me faciliter la vie… La sonnerie nous interrompt dans un grésillement strident. Un jour, je le jure, je détruirai ces maudites enceintes. Découragé à l'idée de retourner en cours, je me laisse tomber sur le sol en gémissant.

Kayn éclate de rire face à ma piètre performance, tandis que je me roule par terre.

C'est alors que je le vois.

Sous les casiers, bien caché. Le bonnet d'Angelia. Je glisse ma main à peine assez petite pour passer et l'attrape d'un geste vif, sous les yeux ébahis de Kayn.

— Ça, mec, c'est le début du pardon, dit-il d'un ton encourageant.

Un immense soulagement me saisit. Pitié, faites qu'il ait raison.

Chapitre 27

(Angelia)

Je l'attends près de la voiture, soucieuse à l'idée de la confrontation qui s'annonce. Mais je n'ai pas le temps de m'y préparer car déjà je le vois arriver d'un pas hésitant.

— Salut… Ça va ? me demande Zac en s'approchant.

Je l'ignore et attends qu'il déverrouille la portière. Malheureusement, je n'ai pas le choix, c'est lui qui doit me ramener. Une fois installée, je garde le silence. Je ne veux ni lui parler ni le regarder. Il a fait ressortir tellement de sentiments enfouis, de haine, de peur… Aucun n'est dirigé contre lui. Non, c'est à mon cher papa que je les dois, c'est lui qui les a gravés au plus profond de mon âme.

Le trajet se passe dans un silence pesant jusqu'à ce qu'il s'arrête à un feu rouge, puis se tourne vers moi.

— Angelia, dit-il gravement. Je suis désolé, d'accord ? Je ne savais pas que tu t'étais réconciliée avec Carla. Je pensais réellement te venger.

Mensonges, mensonges, mensonges… Il n'est pas plus désolé que mon père.

— Si j'avais su que je ne ferais que ranimer de mauvais souvenirs, crois-moi, jamais je ne l'aurais fait. Ça ne se reproduira plus. Mais parle-moi, Angelia, s'il te plaît !

Je ne réponds rien, je ne peux pas. Il soupire de déception, et je dois avouer que ça me fend un peu le cœur. Mais un tout petit peu seulement, la colère reprend vite le dessus. Je vois du coin de l'œil un sourire dangereux se former sur ses lèvres. Des petites fossettes se creusent sur ses joues. Je détourne le regard. Il est d'une beauté ravageuse, je dois l'avouer. Et il manigance quelque chose, c'est sûr.

— Très bien, ajoute-t-il. Je vais attendre, ce n'est pas grave.

Attendre quoi ? Que je lui adresse la parole ? Eh bien il va attendre longtemps. Les secondes s'écoulent, et le feu passe au vert. Mais il ne démarre pas. J'attends un peu, il lui faut peut-être du temps pour démarrer. Mais non. Toujours rien. Bientôt, une symphonie de klaxons retentit derrière nous, et je me tourne vers lui. Il m'observe, amusé.

— Je t'ai dit que j'allais attendre, précise-t-il d'un ton enjoué. Moi, ça me pose aucun problème !

Ce n'est pas vrai ! Il est sérieux ? On va se faire massacrer par des conducteurs enragés, à cause de lui !

Il va craquer c'est sûr. Quand il verra que je ne suis pas prête à dire quoi que ce soit, il va redémarrer.

Mais les voitures nous dépassent les une après les autres tout en nous lançant des obscénités. Ce à quoi Zac répond par des doigts d'honneur. Le feu repasse au rouge, et notre voiture n'a pas avancé d'un centimètre. Lorsqu'il repasse au vert, le bruit assourdissant des klaxons me détruit à nouveau les tympans. Je m'étais promis de tenir, mais à la énième insulte je cède.

— Bon sang, Zac ! Arrête ça ! m'écrié-je, paniquée en voyant la longue file se former derrière nous.

Une seconde plus tard, je sens mon dos plaqué contre le siège et soupire de soulagement. Enfin, nous sommes sauvés.

— Il suffisait de demander, dit-il.

Je me tourne vers lui, prête à le fusiller du regard, et remarque son sourire espiègle. Je le jure, un jour je le tuerai. La situation me fait un instant oublier la haine qui bouillonne au fond de moi. Si seulement je pouvais me contrôler… Mais très vite mes sentiments me rattrapent, et je détourne le regard, préférant fuir le sien. Tout est si intense à l'intérieur de moi, j'en pleurerais presque.

Nous arrivons devant la maison, et je me dépêche de descendre. En passant devant la cuisine, Rachel me salue. Je l'ignore et monte jusqu'à ma chambre. Je l'entends, il me suit. *Ne te retourne pas, Angelia, surtout pas.* Je ferme rapidement la porte et soupire, soulagée de me retrouver seule.

Pitié, ne toque pas à ma porte, je t'en supplie.

Après quelques secondes, je m'effondre contre celle-ci, et mes larmes commencent à couler. Sans m'en rendre compte, je les retenais depuis que je suis montée dans cette maudite voiture. Je les essuie à l'aide des manches trop longues de mon sweat.

Regardons les choses en face. Même s'il ne s'en est pas pris à moi, il m'a blessée. Cette sensation n'est pas nouvelle, je l'ai ressentie toute ma vie, mais, aujourd'hui, c'est différent. Comme si… Eh bien… Comme si mon cœur s'était brisé.

— Mais qu'est-ce que tu m'as fait, Zachary Prims ? je murmure en redoublant mes pleurs.

Ma crise de larmes cesse, et je m'allonge sur mon lit. Je fixe le plafond quelques secondes avant de pivoter et attraper la photo dans ma table de nuit.

— Maman…

On dit qu'elle me ressemble énormément. Moi, je ne vois qu'une seule chose. Son bonheur.

Était-ce à cause de moi qu'elle était si heureuse ? Lorsque papa m'a donné cette photo, il m'a forcée à la regarder, encore et encore. En me répétant que je n'étais qu'une meurtrière qui avait pris sa vie. J'ai tué ma maman, elle qui m'aimait tant, je l'ai privée de cet espoir d'une vie heureuse, qu'exprimaient ses yeux bleus. Mes yeux bleus.

Je caresse du bout du doigt son visage. Je ne l'ai jamais connue, mais j'ai toujours le cœur qui se serre en pensant à elle. Non parce qu'elle me manque, je n'ai pas eu l'occasion de m'attacher, mais parce que je ne peux m'empêcher de me dire que, si elle avait survécu, ma vie aurait été si différente. J'aurais pu avoir des frères et sœurs, des amis, un véritable foyer… Je suis la seule fautive de mon malheur. Si je ne l'avais pas tuée, j'aurais pu accéder à tous mes rêves. Mais voilà, ce ne sont que des rêves, il faut que j'arrête d'y penser.

Je sors de mes songes en voyant Rachel entrer dans ma chambre.

— Ma belle, pour fêter ton retour, on t'emmène au restaurant ! m'annonce-t-elle avec un sourire. Je pense que ça va te faire du bien et te changer les idées, m'explique-t-elle.

Au restaurant ? Je n'y suis jamais allée. J'acquiesce et range avec précaution la photo de ma maman. Lorsque je descends, je trouve Quentin qui aide Lily à enfiler son manteau. Comme d'habitude, la petite a le sourire aux lèvres. Je ne sais pas comment elle fait pour être si heureuse, tous les jours.

— Tu vas voir, ça va être trop bon ! s'exclame-t-elle, se léchant déjà les babines.

Nous nous dirigeons vers la voiture, et je m'arrête d'un coup. Zac se tient dans l'entrée. Son regard me transperce. Pensant sans doute que je panique à l'idée de sortir dans un lieu public, Rachel s'approche de moi.

— Ne t'en fais pas, tout va bien se passer, affirme-t-elle en souriant, encourageante.

Je n'en suis pas si sûre, Rachel.

Chapitre 27

(Zachary)

— Suivez-moi, je vous prie. Votre table est juste ici, nous dit une serveuse plutôt bien foutue.

Mais mon regard revient toujours au petit morceau de femme, devant moi. Elle est tellement belle, bordel. Ses joues ont repris un peu de couleur. En trois semaines, elle a bien changé. Elle a pris un peu de poids, ce qui lui va très bien, et semble plus… vivante.

Depuis qu'on est sortis de la voiture, elle se retourne toutes les vingt secondes, et, à chaque fois, nos regards se croisent. Normal, je ne la quitte pas des yeux. Je sais à quel point ce genre d'endroit peut être intimidant pour elle : il y a du monde, du bruit, tout ce qu'elle déteste. Je ne peux pas la laisser livrée à elle-même, je dois la protéger, c'est comme ça.

— Je vous laisse choisir ! dit la petite blonde, après m'avoir lancé un regard plein de sous-entendus.

D'ordinaire, j'aurais sauté sur l'occasion. Nous aurions flirté pendant tout le dîner, elle serait venue me proposer de l'eau inutilement. Puis, j'aurais fini par récupérer son numéro et je l'aurais gardé dans mon répertoire de plans cul. Voilà ce qui aurait dû se passer.

Mais pas ce soir. Ce soir, je me concentre sur le petit ange assis en face de moi. Il mérite toute mon attention, après ce que je lui ai fait subir.

— Tu as faim ? je demande, la voyant effarouchée au milieu du monde.

Elle se tourne vers moi, comme surprise, puis baisse la tête sur son menu sans répondre. Je ne me vexe pas. Je suis immunisé, désormais. Au contraire, je souris, content de l'avoir distraite un instant de son angoisse.

— Parce que moi, je crève la dalle ! j'ajoute.

Mes parents discutent entre eux, et Lily se plonge dans son livre. Aucun d'eux ne nous écoute, alors j'en profite :

— Tu sais… Tu peux me faire la gueule autant que tu veux. Je compte bien te prouver que je tiens à toi, peu importe ce que tu penses.

Je vois ses mains se crisper légèrement sur la table, mais son visage demeure stoïque. C'est impressionnant. Comment arrive-t-elle à rester aussi neutre ? Ça pourrait en devenir flippant, comme l'a si bien dit ce con d'Adrien. Rien qu'en repensant à cet abruti, mes dents se serrent de rage. Mais je dois garder mon calme, ce soir, pour son bien à elle.

— Qu'avez-vous choisi ? demande la serveuse, de retour.

Un par un, nous commandons. Au tour d'Angelia, celle-ci relève la tête et remarque que tout le monde l'observe. Elle s'empourpre aussitôt et se met à trembler. Merde, elle panique !

La serveuse s'impatiente et la regarde avec insistance.

— Je m'en occupe, dis-je, coupant court à l'attente.

Je m'accroupis à côté de sa chaise, pour faire face à sa tête baissée. Ses yeux se tournent vers moi, remplis de peur. Je savais que c'était une mauvaise idée de l'emmener ici. Mais elle doit tout de même faire ses propres expériences. Était-ce trop tôt ?

— Angelia ? je murmure en lui souriant. Qu'est-ce que tu veux manger, ce soir ?

Au bout que quelques secondes, elle se résigne à poser son doigt sur la carte. Je jette un œil et ris devant son choix.

— C'est un muffin à la vanille, ça. Il te faut un plat, avant.

Légèrement détendue, elle relève un peu son menton et parcourt du regard les différents choix. Elle finit par m'indiquer le sien.

— Une soupe à la tomate pour elle, je réponds à sa place.

— Alors, on a perdu sa langue ? commente la serveuse, notant la commande sur son carnet avec un sourire moqueur.

Je fronce les sourcils. Angelia détourne le regard, mal à l'aise. Ce n'est pas vrai ! Pris d'une impulsion, j'attrape le poignet de la serveuse qui s'apprêtait à repartir.

— Contentez-vous de nous servir, déclaré-je, furieux.

Elle déglutit puis hoche la tête, avant de filer.

— C'était vraiment nécessaire, Zac ? soupire ma mère.

— Oui, répliqué-je, catégorique.

— Je suis d'accord avec lui, elle n'avait pas à faire de commentaire, renchérit mon père.

Je souris, ravi d'être soutenu, puis me tourne vers Angelia, toujours recroquevillée sur elle-même. Mais quelle conne, cette serveuse ! Je commençais à peine à la récupérer !

— Ne t'en fais pas, lui dis-je, c'est normal que tu prennes ton temps pour choisir.

Elle finit par hocher la tête et promène son regard autour d'elle, fixant tour à tour les autres clients. Son petit train-train habituel. Je m'amuse de la réaction de certains, gênés par cette inspection. Cette fille est complètement tarée, mais incroyable. Nos plats arrivent, et la serveuse ne pipe plus mot. Ça lui apprendra. Devant sa soupe, Angelia reste figée. Après avoir mordu dans mon burger, je le repose et me penche vers elle discrètement :

— Angelia, tu ne manges pas ?

— Je… Je n'ai pas très faim, murmure-t-elle.

Tu m'étonnes. Déjà qu'habituellement elle n'a pas grand appétit, alors comment peut-elle en avoir après cette journée de merde, et dans ce genre d'endroit rempli d'inconnus ?

Ça y est, je tiens une idée ! Je me lève et me dirige vers les cuisines pour intercepter un serveur. Quand je reviens à ma place, Angelia me sonde du regard. Je pose alors le muffin devant elle, et ses yeux s'illuminent. Je ne savais pas qu'on pouvait éprouver autant d'amour pour un gâteau.

— Vanille ? demande-t-elle.

— Bien sûr.

Elle approche sa main de la pâtisserie, mais je la recule aussitôt.

— Si tu manges d'abord ta soupe.

Je sais, on dirait un père avec son gosse. Son visage s'assombrit légèrement, puis elle plonge en pleine réflexion. Enfin, elle me donne ce que j'attendais avec impatience.

— Promis ? dit-elle, les yeux brillants d'espoir.

— Promis, je réponds, plus sérieux que jamais.

Elle m'a pardonné. Du moins, pour mes trois semaines d'absence. Elle me fait à nouveau confiance, me laisse faire des promesses, et je sais à quel point ça compte pour elle. Il ne s'agit pas seulement d'un muffin, c'est bien plus que ça. Elle hoche la tête, puis entame sa soupe. Je reprends mon burger, et nous mangeons en silence. Mais dans un silence tellement agréable.

Lorsqu'elle a fini, elle fixe son regard sur le dessert promis et me l'arrache à moitié lorsque je l'approche d'elle. Puis elle savoure le muffin, morceau par morceau. C'est dingue comme une action si banale peut devenir si sensuelle avec elle. Elle est la tentation incarnée et ne s'en rend même pas compte. Elle a dû rendre beaucoup de filles jalouses, et ce n'est pas près de s'arrêter. Bon sang, il faut que j'arrête de la regarder ainsi.

On va croire que c'est moi qui veux la dévorer.

Chapitre 29

(Zachary)

Tout le monde est monté se coucher, mais je n'ai pas sommeil. Alors je traîne sur le canapé, perdu dans mes pensées. Angelia était plutôt pâle ce soir. Après le repas, elle n'a pas ouvert une seule fois la bouche. Non que ce soit inhabituel, mais… c'était différent. Elle n'avait vraiment pas l'air en forme.

En montant à mon tour à l'étage, je passe devant sa chambre. D'habitude, elle ne dort pas à cette heure. Si j'en juge par ses cernes, elle dort généralement très peu. J'espère qu'un jour elle arrivera à se libérer de ses cauchemars. Chaque nuit, on l'entend gémir et hurler de peur. Parfois, c'est moi qui suis chargé de la réveiller, d'autres fois, c'est ma mère ; le premier réveillé par ses hurlements s'en charge.

Je préfère m'assurer qu'elle va bien. Je toque une fois, puis deux, puis trois. Pas de réponse.

— Angelia ? Ouvre-moi, s'il te plaît.

Mon cœur se serre à l'idée qu'elle m'ignore. Mais la colère remplace vite ma tristesse, comme pour me protéger. Voilà pourquoi je suis si souvent en rogne. Sous le coup de l'impulsion, j'empoigne rageusement la poignée mais me fige une seconde avant de l'ouvrir. Ses paroles me reviennent en mémoire, comme un coup de poing en pleine face. « Ne rentre plus jamais dans ma chambre sans ma permission », avait-elle dit, ou plutôt exigé, par message.

D'ailleurs, j'ai toujours son numéro, en plan B. Mais aujourd'hui, vu ma situation plutôt fragile (je ne suis pas totalement pardonné), je ne devrais pas l'énerver. Non, je ne devrais pas. Lentement, un sourire malicieux se forme sur mes lèvres. Je ne vais sûrement pas me transformer en nounours pour une fille. Je suis comme je suis. Déjà, je me suis excusé, ce qui est un exploit. Je ne vais pas non plus devenir un saint, du jour au lendemain. D'ailleurs, je n'en ai aucune envie. J'adore foutre la merde partout où je vais !

Je respire un coup, puis descends prudemment la poignée et ouvre la porte. Je m'attends presque à recevoir un objet sur la figure. Mais, lorsque je me risque à l'intérieur, c'est ce que je vois qui me frappe de plein fouet. Elle est assise sur son lit, ses genoux ramenés contre elle, tremblant de tous ses membres. Son pyjama, un short et un T-shirt, dévoile des dizaines de cicatrices sur ses bras et ses jambes. Horrifié par ces marques de violence, je scrute son visage. Ses yeux sont emplis d'une pure terreur, qui vous retourne l'estomac et vous glace le sang. Ce qui glace le mien, c'est que cette terreur est dirigée contre moi. Elle me fixe, ou plutôt me supplie du regard, ses larmes coulant silencieusement contre ses joues, plus pâles encore que les draps blancs. Sa respiration saccadée fait trembler son corps frêle, et ses doigts s'acharnent sur ses bras, les griffant de toutes parts. Je vois son élastique autour de son poignet, inutile.

Lorsque je parviens à reprendre mes esprits, je m'approche avec précaution du bord du matelas. À peine ai-je le temps de faire un pas qu'elle se recule brutalement vers la tête du lit, en poussant un petit cri. Elle se recroqueville sur elle-même, plaquée au mur comme si elle voulait s'incruster en lui.

— Zac, tout va bien ? m'interroge ma mère du couloir, sûrement interpellée par le cri d'Angelia.

— Oui, va te recoucher, maman. Je m'en occupe, dis-je sans trop hausser la voix.

Sa présence n'aurait pas été bénéfique. Quand Angelia est dans cet état, il vaut mieux être le moins nombreux possible.

— Angelia… ? je tente désespérément.

Elle sursaute à mes paroles mais ne s'arrête pas pour autant. Depuis quelques secondes, elle se balance d'avant en arrière, chuchotant des mots incompréhensibles. Lorsque je m'approche un peu, elle ferme les yeux si fort que des petites pattes-d'oie se forment autour d'eux. Mais ses doigts ne s'arrêtent pas et continuent d'arracher la fine peau de ses avant-bras. Je pense un instant à m'en aller, à la laisser seule. Principalement parce que je ne peux pas la voir dans cet état une seconde de plus. Après tout, je n'étais même pas censé rentrer dans sa foutue chambre.

Mais ma conscience, qui la ramène de plus en plus depuis que je connais Angelia, me rattrape et me fait aussitôt regretter d'avoir pensé à la fuite. Je ne peux pas la laisser comme ça.

Je m'approche doucement et tends l'oreille pour essayer de comprendre ses chuchotements. Et soudain je l'entends.

— Papa… Arrête… Non, pitié… Non…, sanglote-t-elle.

Chapitre 30

(Angelia)

— Angelia, t'as intérêt à m'ouvrir, prévient papa à travers la porte de ma chambre.

Je suis assise sur mon lit et tremble de peur. J'ai réussi à m'enfuir avant qu'il ne m'attrape. J'ai, accidentellement, taché une de ses chemises en la lavant, ce qui l'a mis en rage. Ma porte est fermée à clé. C'est certain qu'après ça il va me l'enlever.

Je ne réponds pas, et il abaisse une nouvelle fois la poignée, en vain.

— S'il te plaît… Ma puce, ouvre-moi, dit-il d'une voix serrée.

Je vois tout de suite qu'il se retient, que son « ma puce » est forcé. Il n'a qu'une envie, c'est de m'étriper.

Je resserre mes genoux contre moi, laissant mes larmes couler. Au bout de quelques secondes de silence où j'ai espoir qu'il soit parti, je fixe la porte, aux aguets.

Il a l'air d'avoir abandonné, et je laisse un long soupir de soulagement sortir de ma bouche. Je sais que je ne suis pas tirée d'affaire, mais, avec un peu de chance, il va s'endormir en buvant comme un trou et ne se rappellera de rien demain. Je suis au moins tranquille pour…

— Ouvre-moi cette putain de porte, sale petite traînée ! hurle-t-il soudain en tapant comme un dingue sur celle-ci.

Je sursaute de peur et comprends que, non, je ne m'en sortirai pas. Mes larmes se remettent à couler le long de mes joues, et mes tremblements s'intensifient. La peur me serre tellement la gorge que j'en étouffe.

Il hurle de rage, et je prie pour que ma porte tienne bon, c'est ma seule chance. Mais, au bout d'un énième coup, la serrure lâche et la porte s'ouvre à la volée, claquant contre le mur. Quand je l'aperçois, essoufflé, dans l'embrasure de la porte, je hurle de peur et me recule le plus possible contre le mur. Comme si j'avais une chance de lui échapper.

Il s'avance, lentement, avec le regard le plus froid et cruel que je n'ai jamais vu, et un sourire malsain.

— Je… Je suis désolée… Pardonne…, dis-je en sanglotant.

Avant même que je finisse ma phrase, il me gifle violemment, me faisant vaciller sur le côté. Une seconde après, une brûlure se fait ressentir sur ma joue et je la frôle de mes doigts, dans l'espoir de calmer la douleur.

— Pourquoi ne m'as-tu pas ouvert ? demande-t-il avec un calme terrifiant.

Ma voix a disparu, vaincue par la terreur qui me traverse.

— Réponds-moi, connasse ! vocifère-t-il.

— J'avais peur que tu me frappes, dis-je précipitamment.

Il m'attrape par la gorge et me soulève sans difficulté pour me coller au mur. Mes pieds touchent à peine le sol, et j'essaie désespérément de respirer, griffant sa grosse main calleuse qui enserre mon cou. Mais c'est inutile et cela le met d'autant plus en colère.

— Et là, tu as toujours peur de moi ? hurle-t-il, ses traits déformés par la haine.

Des larmes m'échappent et s'écrasent sur sa main qui m'a tant frappée. Il n'y fait pas attention et resserre sa prise, ne me permettant plus de respirer une seule goulée d'oxygène. Je suis désormais en apnée et me débats, sachant que je ne tiendrai pas indéfiniment.

Son autre main se lève, prête à s'abattre. Alors je ferme les yeux, attendant l'impact.

Quand son poing percute ma mâchoire, mes dents s'entrechoquent et mordent ma langue. Projetée par le coup, ma tête cogne le mur, et sa main me lâche enfin. Je m'écroule sur le sol, sonnée, et inspire une grande bouffée d'air malgré le sang qui afflue dans ma bouche.

— Je te fais toujours peur ? Réponds !

Je me recroqueville, protégeant mon ventre de mes jambes, et mon visage avec mes bras. Mais ça ne l'arrête pas, et ses coups pleuvent les uns après les autres.

– Angelia ? Réponds-moi, Angelia ! Angelia !

Les voix se mélangent. On m'appelle, on me secoue, et j'ouvre brusquement les yeux. Je ne suis plus dans ma petite chambre aux souvenirs sinistres, mais dans une autre, bien plus chaleureuse. Deux mains chaudes me tiennent fermement les bras, frottant au passage mes cicatrices. Mais je ne m'en offusque pas, car je leur suis redevable de m'avoir sortie de cet enfer.

— Angelia ? m'appelle à nouveau la voix, plus calmement.

Je relève la tête et plante mes yeux dans son regard de braise.

— Zachary…

Un intense soulagement m'envahit. En le voyant ainsi, si beau, si rassurant, en sentant ses mains protectrices sur moi, je lui pardonne immédiatement. Je me fiche de ce qu'il a pu faire, je veux juste qu'il reste avec moi. Pour la première fois depuis… longtemps, je me laisse aller devant quelqu'un. Mes larmes se mettent à couler, et je me remets à suffoquer, toujours sous l'emprise du souvenir.

Je n'attends rien de Zac, simplement je ne pouvais plus me retenir. Ma capacité à masquer toute ma souffrance a atteint sa limite. Lentement, il se rapproche de moi, je sens la chaleur de son corps m'entourer comme une bulle de protection. Cette sensation est incroyable. Ses mains descendent dans mon dos, et il me serre contre son torse. Je me raidis légèrement, mais le laisse faire, mes larmes redoublant d'intensité. J'ai besoin de tout faire sortir, de me soulager de ce poids. D'une main, il me caresse les cheveux avec une délicatesse infinie.

— Chut, calme-toi, Angelia, tout est fini maintenant, murmure-t-il contre mon front. Il ne te touchera plus jamais.

Je secoue la tête pour lui faire comprendre qu'il a tort. Papa me retrouvera, c'est sûr, et à ce moment-là je devrai assumer seule le fait de m'être éloignée de lui. Il m'en voudra terriblement, je le sais, j'ai tellement peur. Mais Zac n'est pas de cet avis et recule la tête pour me regarder droit dans les yeux.

— Tu as confiance en moi, n'est-ce pas ? Tu sais que, désormais, je respecterai toujours nos promesses.

— Oui…, je réponds timidement.

— Alors, crois-moi quand je te dis que plus jamais il ne touchera à un seul de tes cheveux. Jamais, assure-t-il gravement.

Je hoche la tête et reprends ma place si rassurante contre son torse. Je le crois, j'ai décidé de le croire. Mais a-t-il raison ? Je lève mes bras et les pose avec légèreté sur son dos. Il se fige une seconde, puis reprend, sourire aux lèvres, ses mouvements machinaux qui me calment. Je ne sais pas comment il fait, mais son contact me rassure immédiatement. Disons que c'est son super pouvoir.

À mon plus grand soulagement, toutes mes pensées s'éteignent. Mon esprit se met au repos, et je soupire, enfin sereine.

— Merci, dis-je d'une voix minuscule.

Il rit, d'un rire rauque, sensuel, et son large torse se secoue contre ma joue.

— Aucun problème.

J'inspire profondément, et son odeur s'infiltre en moi. Une odeur douce, masculine et délicieuse. Quand je suis avec lui, mes barrières s'abaissent petit à petit. Mais je n'ai pas encore décidé si c'était ou non une bonne chose.

Chapitre 31

(Zachary)

Je chantonne la mélodie qui passe à la radio. Ça va être une belle journée, pour changer. On est samedi matin, et je ramène Angelia de son rendez-vous chez sa psychiatre. Je ne sais pas si c'est très utile, vu son niveau de sociabilité, mais je suppose qu'après ce qu'elle a vécu un tel suivi est plus que nécessaire. Bien que, en ce qui me concerne, les psys peuvent tous aller se faire voir. Ma mère m'a fait suivre dès l'âge de douze ans, et ils ont tous abandonné. J'étais bien trop chiant. Oui, j'ai des problèmes de gestion de ma colère, et alors ? Je le savais déjà, ils ne m'ont rien appris. Leur solution, c'était de m'enfermer avant que je ne fasse une connerie. La seule connerie que j'ai faite, c'est de les avoir consultés.

Ma main tapote le volant au rythme de la chanson, et je vois Angelia, sur le siège passager, préoccupée. Je fronce les sourcils. Elle allait pourtant bien, tout à l'heure.

— Ça va ? je demande, soucieux.

Elle tourne la tête vers moi, ses grands yeux brillant d'appréhension.

— On peut passer à l'hôpital ? s'enquiert-elle.

— Pourquoi ? Tu ne te sens pas bien ?

— Non, non… J'ai quelqu'un à te présenter, murmure-t-elle.

— Oh… Qui ?

— Quelqu'un de formidable, dit-elle, l'air rêveur.

J'avoue ressentir une pointe d'agacement. A-t-elle cette même expression lorsqu'elle pense à moi ? Et moi qui imaginais être un ami privilégié. Surtout depuis la semaine dernière. Le fait d'avoir calmé sa crise nous a rapprochés, nous avons plus de communication. Désormais elle me répond de temps en temps, c'est presque si on arrive à avoir une conversation. Presque. Quant au toucher, eh bien… Disons que je peux la frôler sans craindre qu'elle parte en courant. C'est encore tôt, je le sais bien, mais lorsque je l'ai prise dans mes bras je n'ai pas réfléchi. Elle était mal, je devais l'aider. C'était l'un des câlins les plus agréables que je n'ai jamais faits. En même temps, je n'en compte pas beaucoup à mon actif. Je ne fais pas de câlins aux filles, si je les prends dans mes bras, c'est pour faire autre chose. Et elles ne s'en plaignent pas le moins du monde.

Au lycée, Angelia passe désormais beaucoup de temps avec Carla, bien que je ne comprenne toujours pas pourquoi. Certains midis, nous mangeons ensemble, dehors, bien sûr. Depuis que je la connais, elle n'a pas déjeuné une seule fois à l'intérieur. Ça l'angoisse vraiment, ça se voit. Kayn est toujours avec nous, et parfois Carla nous rejoint, mais la tension est alors palpable. Surtout la mienne, en fait. Je n'arrive pas à rester calme lorsqu'elle est là, avec son petit air innocent à la con. Je me contiens seulement pour Angelia.

Je me gare sur le parking de l'hôpital, et nous nous dirigeons en silence vers l'entrée. Ma bonne humeur vacille de plus en plus. Qu'Angelia ne compte pas sur moi pour être chaleureux et accueillant, elle serait déçue. Je sais bien que si elle veut me présenter quelqu'un, c'est que cette personne compte pour elle. Je suis flatté, d'un côté, mais j'ai du mal à me faire à l'idée qu'un autre ait pu se rapprocher d'elle durant ces trois semaines d'absence. Disons-le tout net, je suis jaloux.

— Suis-moi, lance-t-elle dans ma direction.

Elle traverse plusieurs couloirs, prend l'ascenseur, et je la suis, totalement perdu. Comment fait-elle pour se repérer là-dedans ? Nous arrivons au service de cancérologie. Qu'est-ce qu'on vient foutre là ?

— Euh… T'es sûre que…

— Angelia ! m'interrompt une voix aiguë. Chérie, tu nous as manqué durant la semaine.

Je serre les dents. Déjà parce que je déteste qu'on me coupe la parole, et ensuite parce que cette voix m'a détruit les tympans. Je me tourne vers l'infirmière qui vient de parler. Une petite dame, la cinquantaine, se dandine joyeusement vers nous. Son visage joufflu me fait penser aux mamies gâteau qui sont prêtes à tout pour faire plaisir à leurs petits-enfants. Je n'ai pas eu ce privilège, malheureusement.

— Bonjour, jeune homme ! me dit-elle.

— B'jour.

— Tu viens lui rendre visite ? demande-t-elle à Angelia.

Celle-ci hoche la tête, et son interlocutrice sourit, l'air ravie.

— Ça va lui faire vraiment plaisir ! Ce n'est pas la grande forme, en ce moment, j'espère que tu vas lui remonter le moral, poursuit l'infirmière en nous faisant signe de la suivre.

— Tu connais la chambre. À bientôt, ma chérie, prends soin de toi, déclare-t-elle tout sourire en repartant rapidement.

Je rêve, tout le service connaît Angelia ! Je suis sûr que ce gars l'a draguée sans aucun remords, mettant toutes les infirmières dans le coup. On va voir s'il en aura, après ma visite.

Angelia ouvre la lourde porte. J'entre à sa suite, bombant le torse, prêt à m'imposer. Mais, lorsque j'entrevois la jeune fille malade sur le lit, toutes les appréhensions, ma mauvaise humeur et ma jalousie disparaissent. J'ai même honte de m'être à ce point fait des idées. Angelia, seule avec un garçon ? Qu'est-ce que j'allais imaginer ! Il n'y a que moi qu'elle permet d'approcher.

— Angelia ! s'écrie une voix fluette.

La jeune fille, pour ne pas dire la fillette, est allongée dans le lit, reliée à toutes sortes de machines qui ne cessent de biper. Je regrette immédiatement de m'être méfié d'elle, elle a l'air déjà tellement mal. Son crâne est totalement dépourvu de cheveux, ce qui éclaire sa présence ici. Comment la vie peut-elle être aussi cruelle envers une enfant ? Mais c'est comme demander pourquoi le père d'Angelia est devenu timbré. On ne le saura jamais.

Angelia s'approche du lit et frôle les fils, reliés aux bras de la petite, avec inquiétude.

— Oh ! ne t'en fais pas, affirme celle-ci, visiblement très faible. J'ai juste eu une petite rechute. Ça va aller !

Je m'approche doucement, prenant soin de rester en retrait.

— Angelia, tu savais qu'au cours de ta vie tu marcheras l'équivalent de trois tours du monde ? T'imagine ! On pourrait tous…

Elle s'interrompt quand elle m'aperçoit. Elle me fixe, puis secoue sa petite tête comme un chiot. Lorsqu'elle pose à nouveau les yeux sur moi, elle semble déjà plus vivante.

— Tu dois être Zachary ! Moi, c'est Charley. Angelia m'a beaucoup parlé de toi ! s'exclame-t-elle avec le peu de forces qu'il lui reste.

Je me tourne vers la concernée et je vois ses petites pommettes se colorer d'un rose adorable. Ses yeux s'écarquillent légèrement, et Charley éclate de rire.

— Tu ne m'avais pas menti, son enveloppe charnelle est sublime.

Elle a l'air aussi dingue qu'Angelia, je comprends mieux pourquoi elles sont devenues amies. Elles doivent être les seules à se supporter mutuellement. Je souris face à la gêne de l'une et à l'hilarité de l'autre. Finalement je suis content qu'elle se soit fait une amie, même si j'aurais dû me douter qu'elle ne choisirait pas la plus banale. Cette petite Charley a l'air d'un personnage.

— Salut, Charley, dis-je en lui souriant. Alors, comme ça, Angelia t'a parlé de moi ?

Chapitre 32

(Angelia)

Je fais les gros yeux à Charley. Elle n'a pas intérêt à piper mot. Mais ça n'a pas l'air très efficace puisqu'elle m'ignore, toute son attention portée sur Zachary. Elle rêvait de le rencontrer, mais si j'avais su qu'elle me mettrait mal à l'aise je ne serais peut-être pas venue.

— Oh ! elle m'en a parlé toute une nuit, tu sais ! Elle n'a pas arrêté de s'extasier sur tes « yeux de braise », dit-elle en mimant des guillemets, tes cheveux noirs qui, je le confirme, sont magnifiques…

— Charley…

— Tes petites fossettes lorsque tu souris, et ton corps ! Mon Dieu, c'est limite si elle ne fantasmait pas dessus !

— Charley, stop ! je m'écrie, choquée par ce qu'elle dévoile.

La concernée se tourne vers moi, la mine innocente. Elle est diabolique, mais c'est pour ça que je l'aime tant. Elle me sourit et met sa main sur sa bouche en sortant un petit *oups*. Si elle n'était pas aussi pâle, elle subirait déjà mes représailles. Mais elle a l'air si mal en point, ça m'inquiète. Je me tourne avec appréhension vers Zachary. Je ne sais pas vraiment comment il a réagi, j'avais trop honte pour le regarder dans les yeux.

Mais tous mes doutes s'envolent. Il me fixe d'une manière tellement intense, que je dois baisser les yeux. Lentement, un sourire terriblement séduisant se dessine sur ses lèvres, et il s'approche de moi.

— Un fantasme, hein ? murmure-t-il d'une voix sensuelle.

Je déglutis et me concentre pour présenter un visage neutre. Il ne faut pas qu'il s'aperçoive de mon trouble.

— J'étais fatiguée, dis-je d'une petite voix.

— C'est à ce moment qu'on dévoile nos pensées les plus secrètes, n'est-ce pas ? rétorque-t-il en souriant.

Je hausse les épaules, pressée de clore le sujet. Sentant mes joues chauffer, je lui tourne le dos et lance un regard à Charley. Celle-ci n'a pas loupé un seul mot et tente désormais de se faire pardonner :

— Zachary, savais-tu qu'un testicule fabrique environ dix millions de spermatozoïdes par jour ? Tu imagines le nombre d'enfants potentiels que tu pourrais avoir ? demande-t-elle.

Mais où va-t-elle chercher tout ça ? Heureusement, la diversion a l'air de fonctionner puisque je vois Zachary figé d'horreur. On dirait qu'elle sait y faire, mon petit cœur.

— Mais… je ne voulais pas le savoir ! proteste-t-il.

— Ah… Tant pis, c'est trop tard, réplique-t-elle, adorable.

Je soupire de soulagement et les laisse quelques minutes à leur conversation, le temps de reprendre mes esprits. Je sors de la chambre, le cœur battant à tout rompre, et m'adosse à la porte. Je ferme les yeux et pose mes mains de chaque côté de mon visage. *Allons, reprends-toi, Angelia, ce n'est rien. C'est juste Zachary. Tu es habituée à lui, maintenant*. Mais son regard était si plein de… désir ? Comme s'il voulait me dévorer sur place. Je n'ai pas eu peur, au contraire. Mon ventre s'est contracté bizarrement, laissant une chaleur s'installer. C'est une sensation terriblement agréable.

Je me reprends et souffle un coup avant de retourner à l'intérieur.

Il faut que j'ignore ce qu'il m'arrive. Mais c'est tellement difficile, Zac provoque tant de choses en moi. Des choses nouvelles.

— Écoute, Charley, tu es une fille adorable, hein, et je comprends maintenant pourquoi Angelia t'apprécie. Simplement, il y a des choses qui ne se demandent pas. Surtout quand on a quatorze ans.

— Avec combien de filles t'as couché ? insiste-t-elle.

— C'est exactement de ça que je parle !

Je m'amuse de cette scène et ressens un soudain élan d'amour pour ces deux personnes. On dirait que je retrouve des émotions perdues. Grâce à eux.

Zachary soupire à une énième question de Charley.

— Tiens, et toi alors ? demande-t-il, épuisé. Un amoureux ?

Un blanc s'ensuit, et Charley baisse les yeux, la mine déconfite. Mauvaise question, Zachary. Charley est en effet amoureuse d'un garçon nommé Daniel. Mais, quand son diagnostic a été posé, toute sa vie est tombée en miettes, y compris cette relation. Daniel avait essayé de tenir, venant la voir à l'hôpital. Mais un jour il ne s'est pas présenté, ni le jour d'après. Plus jamais. Il l'a tout simplement abandonnée. Elle a bien essayé de questionner ses parents, mais ils n'avaient aucune nouvelle. En plus de la maladie, elle devait supporter d'avoir le cœur brisé. Malgré ça, c'est la fille la plus admirable que je connaisse.

— Oublie-le, Charley, lui dis-je. Il ne te mérite pas.

Les deux têtes se retournent vers moi. Charley acquiesce et sourit à nouveau. Zachary comprend sa bêtise et s'approche du lit.

— Angelia a raison, c'est qu'un abruti, ce type. Il ne voit pas ce qu'il perd, ajoute-t-il avec gentillesse.

Charley lève son regard vers lui et reçoit un clin d'œil. Elle éclate de rire, c'est le son le plus magnifique que je n'ai jamais entendu. Elle respire le bonheur. Et pour rien au monde elle ne doit perdre ça.

— Charley ? C'est l'heure de ta séance de chimio, dit un infirmier en rentrant dans la chambre. Désolé, mais vous allez devoir revenir plus tard.

— Bien sûr, répond Zachary.

Il se penche vers elle et lui donne un petit bisou sur son front. Charley rit à nouveau, et ses petites pommettes rosissent de plaisir. À mon tour, je m'approche et caresse sa joue en guise d'au revoir. Je ne peux pas faire davantage, mais elle a l'air de s'en satisfaire, puisqu'elle me répond d'un large sourire.

— Vous reviendrez ? Tous les deux ?

— Absolument, soigne-toi bien, lance Zac.

Je lui fais un signe de la main et ses grand yeux noisette, brillants d'espoir, sont la dernière chose que je vois avant de sortir de la chambre.

Une fois dans la voiture, Zachary me livre son sentiment.

— Elle est adorable, quoiqu'un peu curieuse, déclare-t-il en souriant.

Je hoche la tête, en accord avec ce qu'il vient de dire. Aujourd'hui, je peux l'affirmer : Charley est ma meilleure amie. Nous nous appelons tous les soirs, je ne parle pas énormément, mais je sais qu'elle aura toujours un sujet de conversation. Pour ça, on peut compter sur elle ! C'est alors que le téléphone de Zac sonne, et il me demande de regarder.

— Kayn, dis-je en voyant son prénom s'afficher.

— Tu peux décrocher et mettre sur le haut-parleur, s'il te plaît ?

Je m'exécute, et la voix de Kayn retentit dans l'habitacle :

— Zac ? Il faut… que tu viennes, tout de suite.

Zac fronce les sourcils face au volant.

— Que se passe-t-il ?

— C'est Greg, il veut te parler.

Quand je vois le visage de Zac se fermer d'un coup, devenant plus dur que la pierre, je comprends que l'heure est grave.

— J'arrive tout de suite. Où êtes-vous ? dit-il d'une voix serrée.

— Au parc, juste à côté de chez moi, répond Kayn.

— Il faut que je passe deux secondes chez moi, et je te rejoins immédiatement, reprend Zac en me jetant un coup d'œil.

— Sûrement pas ! s'écrie une voix à la place de Kayn.

J'entends quelqu'un arracher le téléphone des mains de Kayn.

— Écoute-moi, petit merdeux, tu ramènes tes fesses dans la seconde ou tu peux dire au revoir à ton ami.

On distingue un cliquetis métallique, et Zac se raidit. Je comprends, c'est une arme. Ce Greg menace Kayn.

— Je suis là dans trois minutes, grogne Zachary.

— Si tu fais un seul détour chez toi, ou si tu t'arrêtes au commissariat, je le saurai, crois-moi. Et c'est Kayn qui en payera le prix. Je t'attends.

La communication se coupe, et la tension s'installe dans la voiture. Savoir Kayn entre les mains d'un criminel me terrifie, même si je le connais encore peu. Je sais que Zac tient à lui.

— Angelia, cache-toi sur les sièges arrière, m'ordonne celui-ci.

Je ne demande rien et m'exécute. Ce n'est pas le moment de poser des questions. Ses traits si doux d'ordinaire, lorsqu'il est avec moi, sont déformés par la rage qu'il ressent. Il ralentit légèrement pour que je puisse passer entre les deux sièges. Avant de me tapir sur le sol de la voiture, je surprends de l'effroi dans son regard, à travers le rétroviseur.

— Tu as peur ? je murmure.

— Pour toi, seulement. Je ne veux pas qu'il t'arrive quelque chose.

C'est plutôt moi qui ai peur pour lui. Je suis cachée, après tout. Et puis, si on me trouve, quelle importance ? Je ne manquerai à personne. La voiture ralentit, nous sommes bientôt arrivés.

— Écoute-moi, Angelia, dit-il gravement. Peu importe ce qu'il se passe, je veux que tu restes cachée ici. Si jamais ils te trouvent, tu hurles de toutes tes forces. C'est compris ?

— Oui.

La voiture s'arrête, et Zac en sort. Mais, avant de descendre, il me jette un dernier regard entre le siège et l'habitacle. Je n'ai jamais vu autant de détermination dans ses yeux. Mais il n'y a pas que ça. Il y a aussi cette lueur, cette tendresse. S'agit-il d'un adieu ? Mon rythme cardiaque s'accélère. Je ne suis plus si sûre de rester sagement cachée ici.

Mon Dieu, faites qu'il ne lui arrive rien.

Chapitre 33

(Zachary)

Je claque rapidement la portière. Il ne faut pas qu'ils l'aperçoivent, on ne sait jamais. Bon sang, si seulement j'avais pu la déposer rapidement quelque part, n'importe où. Mais la vie de Kayn est en jeu.

— Ah, le voilà ! s'écrie un homme derrière moi.

Je me retourne et dévisage le fameux Greg. Taille moyenne, des cheveux grisonnants, la quarantaine. Un adversaire plutôt facile. En revanche, les deux gorilles qui l'entourent sont bien moins commodes.

— Tu voulais qu'on discute, alors je suis venu. À une condition : aucune arme, dis-je fermement en voyant les pistolets accrochés à leur taille.

Greg fait mine de réfléchir, et pendant ce temps j'essaie d'apercevoir Kayn, invisible sur ce parterre de verdure.

— Tu as raison, aucune arme, du moins ici. Après tout, il y a des enfants à côté, rétorque-t-il en regardant de l'autre côté du parc.

Je suis son regard et, en effet, plusieurs bambins s'amusent dans le sable, sous le regard vigilant de leurs parents.

— Suis-moi, ordonne-t-il.

Avant de pouvoir peser le pour et le contre, deux bras de fer m'empoignent de chaque côté. Pas question qu'ils me touchent, ces connards ! Je me débats violemment, et ils finissent par me lâcher.

— Je peux marcher tout seul, dis-je, plus enragé que jamais.

Je suis Greg, les deux cons ne me lâchant pas d'une semelle. Au moins, Angelia sera à l'abri si on s'éloigne d'ici. L'idée de ne plus avoir un œil sur elle m'inquiète, mais c'est mieux ainsi. Nous marchons à peine deux minutes, le temps d'arriver sur un parking désert. Aucun témoin en vue. Derrière un gros 4×4, j'aperçois Kayn, agenouillé, une arme pointée derrière le crâne par un autre mastodonte. C'est pas vrai, ils sont combien ?

— Kayn !

— Si tu fais un pas vers lui, il est mort, me prévient Greg.

Je me retourne vers lui, prêt à lui sauter à la gorge.

— J'vais te tuer

Il ricane, pas le moins du monde impressionné. *On verra si tu rigoles toujours après, connard…*

— Donc, comme ça, c'est toi qui lui as dit d'arrêter mon petit commerce ? demande-t-il en me tournant autour.

S'il savait le nombre de techniques d'interrogatoire qu'on m'a fait apprendre, ce n'est sûrement pas sa question qui va me faire craquer. Mais je décide de jouer le jeu, de jouer le type terrorisé. Le seul moyen de sauver Kayn, c'est l'élément de surprise.

— Il allait finir en prison, s'il continuait, j'explique.

— Je l'aurais protégé.

— Faux, tu l'aurais laissé moisir dans une cellule pour sauver ton sale petit cul !

Bon, jouer le trouillard n'est visiblement pas mon fort. Je peux au moins contenir ma colère jusqu'au bon moment.

— Je prends soin de mes hommes, réplique-t-il.

Je ricane devant l'ironie de la situation.

— Tu appelles ça en prendre soin ? dis-je en pointant du doigt mon meilleur ami.

— Il m'a trahi, voilà ce qui arrive aux traîtres.

— Trahi ? Il a simplement voulu arrêter de bosser pour toi ! je m'emporte.

Le visage de Greg change du tout au tout. De sérieux, il devint malicieux.

— Tu n'es donc pas au courant ? murmure-t-il.

— Au courant de quoi ?

Il s'approche de Kayn et l'attrape par les cheveux pour lui relever violemment la tête. Celui-ci grimace, et je serre mes poings pour me contrôler lorsque j'aperçois son coquard et sa joue abîmée. Quand je vais m'occuper de ce salaud de Greg, il va souffrir !

— Ton cher ami, ici présent, m'a balancé aux flics !

Kayn est allé voir la police ? Putain, mais quel con ! Je lui avais dit de ne rien faire de stupide, bordel ! Il faut que je sauve la mise, que je mette Kayn hors de danger. Je ne laisse aucune émotion transparaître, réfléchissant à toute vitesse à la meilleure stratégie.

— Je suis désolé, Zac, je suis tellement…, commence Kayn.

— La ferme ! le coupe Greg.

Il faut que j'agisse, putain ! Sinon, il ne survivra pas longtemps, et moi non plus.

— C'est moi qui lui ai dit de le faire, lancé-je, déterminé.

— Tu n'étais même pas au courant ! rétorque Greg.

— J'essayais de sauver les apparences, j'explique, au cas où tu ne serais pas encore au courant.

Greg ricane et relâche Kayn, à mon grand soulagement.

— Et je peux savoir pourquoi tu lui as demandé de faire ça ?

— C'était le seul moyen pour le faire sortir de cette merde sans passer par la taule.

Il s'approche de moi, lentement, comme un animal prêt à se jeter sur sa proie. S'il savait que, en réalité, c'est lui la proie. Alors que nos visages se touchent presque, il se penche à mon oreille. *C'est ça, approche-toi, Greg, approche-toi…*

— Tu sais ce que ça veut dire ? Je vais devoir buter non pas un, mais deux traîtres.

— Je n'étais pas à ton service, ne me mets pas dans la même catégorie.

— C'est vrai, mais je n'ai pas le choix, si je veux sauver ma peau, dit-il calmement.

Il se recule, et je comprends que c'est le moment ou jamais. Alors je lui file un coup de boule plutôt violent et attrape son flingue attaché à sa taille avant qu'il ne tombe à terre. J'enlève la sécurité et le pointe sur son crâne. Évidemment, ses putains de chiens de garde font de même dans ma direction.

— Il sera mort avant que vos balles m'atteignent, je préviens.

Ils hésitent, ils ne tireront pas tant que leur chef sera en danger. Bons toutous. Greg se relève, furieux, le nez en sang, et se jette sur moi. Dans notre chute un coup de feu part, et je n'ai pas le temps de voir s'il a touché quelqu'un, car je reçois un poing en pleine face. Je réplique par un coup de genou bien placé et le retourne de façon à inverser les rôles, moi sur lui. Je me déchaîne, ne craignant pas de le défigurer. Les coups s'enchaînent dans des cris de rage.

Un de ses gorilles se mêle à la bagarre et, à deux, ils prennent l'avantage. Je suis alors brutalement plaqué au sol avec un mec énorme sur mon dos ! Je ne peux absolument plus bouger. Il me bloque jusqu'à ce que Greg ramasse son arme tombée dans l'action et la pointe sur moi. Je me retrouve alors sans défense, en grand danger de mort et, surtout, soumis à son bon vouloir. Et, bordel, ce que je déteste ça !

— C'est fini, Zac, lâche-t-il, essoufflé. Maintenant, toi et ton pote, vous allez crever et tout le monde va s'en foutre.

— Non, pas moi ! s'exclame une voix.

Oh… Bordel de merde ! Mais qu'est-ce qu'elle fout là ? Je le jure, si je m'en sors vivant je vais la tuer.

Angelia s'interpose devant l'arme de Greg. Elle vient sans doute de se faufiler entre les voitures, personne ne l'a vue arriver. A-t-elle assisté à la bagarre ? Pitié non, j'espère sincèrement qu'elle ne m'a pas vu avec l'arme. Mais je lui avais pourtant fait comprendre qu'elle ne devait en aucun cas sortir de cette foutue bagnole ! Aussi têtue que moi…

— T'es qui, toi ? demande Greg.

Bien sûr, elle ne répond pas, et il la déshabille du regard. Tout mon corps se raidit immédiatement. S'il la touche, je ne réponds plus de rien. Malheureusement, il faut dire qu'elle est sublime. Et innocente, malgré tout ce qu'elle a vécu. C'est l'être le plus pur que je connaisse. Pas question qu'il lui ôte son innocence !

— Toi, je vais te garder après m'être débarrassé des deux autres, susurre-t-il avec un sourire malsain. Aller, maintenant, dégage de mon chemin.

Mais mon ange ne bouge pas d'un millimètre.

— T'es sourde ou quoi ? Casse-toi avant que je finisse par te tirer dessus.

— Faites-le.

Les chiens-chiens à leur maître s'apprêtent à venir l'aider, mais celui-ci fait un geste de la main, les arrêtant dans leur élan. Greg la dévisage comme si elle était complètement folle. Et j'avoue que je me pose la question. Mais à quoi joue-t-elle ? Il serait capable de l'abattre sans aucun remords.

— Tirez, le provoque-t-elle. Si vous voulez tuer Zac, tirez. Vous ne l'atteindrez pas avant de m'avoir tuée.

— Angelia, arrête ça ! je m'écrie.

Elle m'ignore, comme elle sait si bien le faire, et avance d'un pas vers Greg. Je n'ai jamais ressenti une telle frayeur pour personne.

Si elle est blessée, ou pire… si elle meurt, je ne m'en remettrai pas. Jamais. Et j'achèverai à mains nues ce fils de pute.

— C'est quoi ton problème ! dit-il en reculant d'un pas.

Je reste ébahi devant sa réaction. Il a reculé ? Ça veut dire qu'il la craint, ne serait-ce qu'un peu. J'imagine ses yeux bleus le foudroyer, et je comprends pourquoi. J'étais moi aussi resté choqué devant la haine qu'ils peuvent dégager. Quand elle s'y met, elle ne fait pas semblant !

— Je n'ai pas peur de la mort. Allez-y, tirez. Je n'attends que ça.

— Bordel, Angelia, ferme-la !

Si elle continue comme ça, c'est ce qui va arriver. Greg est complètement déstabilisé par son comportement, tout comme moi. On ne s'attend pas à ce qu'une fille qui débarque de nulle part nous supplie de lui tirer dessus. C'est plutôt… improbable.

Ce que je craignais le plus finit par arriver : Greg se reprend. Il repositionne son arme et s'apprête à tirer sur elle. Sur mon ange. Je suis impuissant, je ne peux strictement rien faire sauf une chose. Ça reviendrait à dévoiler mes secrets, mon passé et toutes mes souffrances intérieures. Mais, à cette seconde-là, je suis prêt à tout pour la sauver.

— Pablo González, dis-je plus déterminé que jamais.

Tout le monde se fige. Même Greg se déplace avec précaution pour me regarder dans le blanc des yeux.

— Pourquoi tu parles de lui ? demande-t-il en chuchotant presque.

Je le fixe dans le blanc des yeux et lâche la bombe, mon secret. La seule chose qui puisse m'atteindre et que je dévoile uniquement pour la sauver, elle.

— C'est mon père.

Un silence s'installe, et je me relève, à nouveau en position d'autorité. Il ne me tirera pas dessus, il a bien trop peur pour ça.

— Tu… Non, c'est faux, tu mens, s'écrie-t-il, apeuré.

— Regarde-moi, Greg, et ose dire que je ne suis pas son fils.

Je ressemble tellement à mon père qu'il ne peut nier le lien.

— Zachary Luis González, dit-il comme pour s'en assurer.

— C'est moi. Et si tu m'élimines, tu sais ce qui t'attend. Il t'en voudra terriblement.

Paniqué et voyant ses propres hommes reculer devant le danger que je représente, Greg attrape Angelia dans un ultime espoir de gagner la partie. Il la retourne contre lui et pointe son arme sur sa tempe. Je serre les dents en voyant le métal froid se coller contre sa peau douce et pâle. Angelia ne bouge pas d'un pouce, son expression reste stoïque, et je me demande même si elle respire. Kayn arrive en trébuchant vers moi, libéré par l'autre imbécile qui a pris peur. Il se place à mes côtés pour me prêter main-forte.

— Va-t'en, dégage, et je ne te causerai pas d'ennuis, dit Greg, pas le moins du monde serein.

Je ricane devant son conseil inutile et m'approche. Trouillard comme il est, il prend peur et recule.

— Pas sans elle.

— Non. Elle n'est rien pour lui, il ne me tuera pas si je la prends avec moi, réplique-t-il, paniqué.

— Réfléchis, Greg. Comment va-t-il réagir en apprenant que tu as kidnappé la petite amie de son fils ?

Il déglutit puis son visage se décompose. Il a compris. Il a compris qu'il n'avait plus le choix.

— Alors c'est toi qui vas te casser, pauvre con. Sinon, crois-moi, tu vas le regretter, je gronde, bouillonnant de colère.

Greg pèse le pour et le contre pendant quelques secondes, puis relâche Angelia avant de se précipiter vers une de ses voitures. Ses hommes l'accompagnent, et ils démarrent immédiatement.

Je me tourne vers Angelia et laisse toute la pression redescendre. Sans crier gare je la prends dans mes bras et respire son odeur. J'ai failli la perdre aujourd'hui ! Bordel, comment j'aurais fait ? J'en ai peut-être payé le prix fort, mais sans ça elle ne serait pas dans mes bras, en vie. Je me détache pour capter son regard.

— Ne me fais plus jamais ça, Angelia. La prochaine fois que je te dis quelque chose, tu obéis.

Je vois une pointe de honte percer dans ses yeux et lui faire baisser la tête. Je finis par soupirer. Je n'arriverai jamais à l'engueuler, c'est clair.

— Viens là, dis-je en la serrant à nouveau contre moi.

Nous restons ainsi quelques instants, le temps que ses tremblements cessent. J'ai bien vu qu'elle était en état de choc. Kayn s'est éloigné pour nous laisser de l'intimité. Je m'approche ensuite de lui, Angelia à mes côtés. Je ne vais plus la lâcher d'une semelle.

— Je suis désolé, mec, commence-t-il. Si j'avais su que ça tournerait comme ça…

— Qu'est-ce qui t'a pris d'aller voir les flics ?

— J'ai paniqué ! Je ne savais pas comment lui parler et je voulais être du bon côté de la loi au cas où ça finirait mal. Excuse-moi, je suis nul.

— Bon, laisse tomber. Maintenant, il va nous foutre la paix, ce connard.

Il acquiesce, et nous partons en direction de ma voiture. Les mêmes personnes sont toujours au parc, apparemment le coup de feu ne les a pas alertées. Après avoir déposé Kayn chez lui et m'être assuré qu'il allait bien, je prends la direction de la maison. Angelia n'a pas prononcé un mot depuis tout à l'heure. Elle reprend peu à peu ses esprits. J'avais presque espéré qu'elle l'ait oublié, mais, évidemment, il faut qu'elle me pose cette fameuse question.

— Qui est Pablo González ?

Et merde.

Chapitre 34

(Angelia)

— C'est mon père, mon véritable père, dit-il en soupirant.

— Alors, Quentin…

— … n'est que mon beau-père, complète-t-il.

Je laisse passer un temps, essayant par tous les moyens de comprendre ce qui, dans cette filiation, a suffi à terroriser Greg. Et pourquoi ne m'en a-t-il jamais parlé avant ? Son père ne peut pas être plus horrible que le mien.

— Zac, qui est-il ? je demande timidement.

Je le vois préoccupé, hésitant. Soudain, il donne un grand coup dans le volant, faisant tourner violemment la voiture. Je m'accroche comme je peux à mon siège et le fixe, interloquée. Mais il est devenu fou ! Que lui arrive-t-il ? Heureusement qu'il n'y a personne sur la route, parce que je ne suis pas sûre que ce demi-tour soit très légal.

— Zac ?

— Il faut que je te montre quelque chose, répond-il simplement.

Je garde le silence, curieuse. Je me demande où il m'emmène. C'est la première fois qu'il prend ce genre d'initiative. Nous roulons environ vingt minutes avant d'arriver dans un quartier très différent de chez lui. Avec des barres d'immeubles à perte de vue et des rues très animées. Il ressemble au mien, enfin, à mon ancien quartier. Autrement dit, un quartier qui craint.

Au passage de la voiture, les passants se retournent vers nous. Je ne pourrais pas me sentir plus observée. Quant à Zac, il ne dit rien, il se contente de conduire. Nous finissons par nous arrêter sur un petit terrain vague. En sortant, Zac se retourne vers moi :

— Tu restes collée à moi, d'accord ? Je ne te quitterai pas des yeux.

Je hoche la tête, de plus en plus inquiète. Que fait-on ici ? Lorsqu'il s'écarte de moi, j'aperçois les gens dans la rue nous dévisager sans aucune gêne. Zachary sourit légèrement.

— Ils ne te feront rien, je les connais. S'ils tentent quoi que ce soit, ils savent ce qui les attend.

Je les fixe à mon tour, les uns après les autres. Je ne peux pas m'en empêcher, c'est mon seul moyen de défense. Mais mon regard dérive, lorsque je vois Zachary tendre sa main vers moi, m'encourageant des yeux. Je sais ce qu'il veut, mais je ne sais pas si j'en suis capable.

— Tu es en sécurité avec moi, affirme-t-il.

Je me perds dans son regard déterminé. Je commence à me sentir bien avec lui, son contact ne m'angoisse plus. J'ai presque… confiance. Alors, lentement, je lève ma main et la pose dans la sienne. Je vois ses yeux briller de joie. Il referme avec précaution ses doigts autour des miens, et sa chaleur m'emplit de cette sensation si particulière que je ne ressens qu'avec lui. C'est délicieux. Sa peau rugueuse contre la mienne, si fragile, est comme une association parfaite. Mes angoisses se taisent petit à petit, et je m'approche de lui, prête à le suivre n'importe où.

Il sourit. À ce moment-là, il est tellement beau. Le soleil fait briller ses cheveux noirs et ressortir des pépites de chocolat dans ses yeux de braise. Nous commençons à marcher à travers les rues, main dans la main. Des passants sourient à Zac, d'autres hochent la tête, d'autres encore préfèrent la baisser, intimidés. Mais tout le monde me dévisage, comme si j'étais la curiosité du jour. Je me pose de plus en plus de questions, tout est si étrange ici. Et en même temps assez familier.

— On y est, dit-il gravement.

Je détourne mon regard des gens pour le porter sur l'immense immeuble devant moi.

— Mon ancien chez-moi, continue-t-il. Suis-moi.

Nous entrons à l'intérieur, et je suis impressionnée par son luxe inattendu. Tout est en parfait état, il y a même du marbre au sol. Nous prenons l'ascenseur, déjà occupé par une personne.

— *¡ Zac, hermano mio !* (mon frère !) s'écrie l'homme en apercevant Zac.

— *¿ Gabriel, cómo estás ?* (comment ça va ?) répond celui-ci, en lui donnant une accolade sans décoller sa main de la mienne.

— *Muy bien.* (Très bien.) Ça fait plusieurs mois qu'on ne t'a pas vu. Maintenant, je comprends pourquoi, lance-t-il tout sourire en me regardant.

J'ai reconnu la langue espagnole, bien que je ne la parle pas très bien. L'homme en face de moi est aussi grand que Zac, mais bien plus baraqué, presque effrayant. Zachary resserre sa main sur la mienne, comme pour me protéger.

— Angelia, je te présente Gabriel, un très bon ami.

Celui-ci me salue chaleureusement. Il a l'air gentil, malgré sa carrure de boxeur.

— Vous ressemblez à une montagne, je murmure, impressionnée.

Tout deux éclatent de rire, et je me demande ce que j'ai dit de drôle. Décidément, je n'arriverai jamais à comprendre les gens normaux.

— Eh bien, merci, dit Gabriel. Vous montez au combien ?

— On va sur le toit, répond Zac.

Sur le toit ? L'ascenseur grimpe, et Gabriel s'arrête à un étage.

J'aperçois brièvement l'entrée de son logement, très différent de tout ce que je connais. Ce ne sont pas des appartements, mais de grandes pièces, parfois séparées par des portes, parfois non. J'ai hâte que Zac m'explique, je n'en peux plus d'attendre. Une fois au dernier étage, nous descendons de l'ascenseur, et il me dirige vers une cage d'escalier qui donne sur une porte plus haute. Il se détache de moi, et je ressens comme un vide. Mais je l'ignore, comme je sais si bien le faire, et passe devant Zac qui m'invite à sortir en me tenant la porte.

Une fois le seuil franchi, la vue me coupe le souffle. Je suis émerveillée. La ville s'étend devant mes yeux, magnifique, plus active que jamais. Une légère brise vient caresser ma peau et soulever mes cheveux. Je ferme les yeux et profite de cette sensation exquise de liberté. Puis, un souffle chaud atteint la peau froide de mon cou. Le contraste est si fort que des petits frissons me traversent. Des frissons tellement agréables.

— Viens, chuchote Zac dans le creux de mon oreille.

Il se dirige vers le bord du toit puis s'assoit contre celui-ci, les pieds dans le vide. Je ne réfléchis pas et l'imite. Je n'ai absolument pas peur de la mort, cette journée l'a bien prouvé. Après un petit instant de silence, à observer la vue, il prend la parole.

— Je venais très souvent ici, ça me permettait d'évacuer la pression.

Je détache mes yeux du soleil qui commence à se coucher, pour regarder son profil.

— C'est quoi, cet endroit ?

— Le QG des *latinos*. Mon ancien chez-moi.

— Les *latinos* ?

Ses cheveux remuent au gré du vent, et son regard dérive vers le mien. Une fois que nos yeux sont soudés, il me répond, le plus sérieusement du monde :

— Le gang dont je fais partie depuis ma naissance.

Chapitre 35

(Zachary)

Nos yeux ne se quittent plus, je guette la moindre réaction. N'importe qui serait bouleversé en apprenant ça. Cependant, Angelia ne dit rien, ne fait rien, elle est simplement prête à m'écouter. Cette fille est stupéfiante.

— Mon… *père*, dis-je en mimant des guillemets, en est le fondateur et le chef. C'est un immigré. En arrivant ici, il a commencé un petit commerce, qui a pris énormément d'ampleur. À tel point qu'aujourd'hui il contrôle… tout.

— Pourquoi tu ne le considères pas comme ton père ? demande-t-elle de sa petite voix adorable.

Je baisse les yeux et détourne ma tête vers les immeubles autour de nous qui s'étendent sur plusieurs kilomètres. Ce QG est le plus grand de toute la ville, mon père voulait dominer le monde, il me le répétait tout le temps.

— Il m'a fait faire des choses monstrueuses. J'ai été élevé dans la violence et la douleur, et je lui en veux terriblement pour ça. Mes crises de colère ne sortent pas de nulle part, tu sais.

Elle hoche la tête, et je vois bien qu'elle hésite à poser cette question. Mais elle finit par se décider :

— Et… où est-il ?

À nouveau, je prends mon temps pour répondre. C'est un sujet qui m'affecte énormément. Un secret que seuls ma mère, Quentin et Kayn connaissent. Je ne peux pas le dire à n'importe qui, mais Angelia le mérite et, surtout, peut le comprendre.

— Il est en prison, dis-je. Il y a huit ans, il s'est fait arrêter, lui et plusieurs de ses hommes. Cela faisait des mois que les flics montaient un dossier contre lui. Ils étaient persuadés que s'ils l'arrêtaient les *latinos* se dissiperaient petit à petit.

— Mais ce n'est pas le cas, conclut-elle.

— Absolument pas. Ils l'ont enfermé, c'est vrai, mais ça ne l'empêche pas de poursuivre ses affaires. Au contraire, il est en sécurité là où il est, et continue de gérer son gang d'une main de fer. Il a fait de sa prison une cellule de luxe en achetant tout le monde, gardiens comme détenus. Ils sont pratiquement tous à son service. Et le clan des *latinos* ne cesse de grossir, en nombre comme en puissance.

Angelia semble en pleine réflexion. C'est sûr que c'est compliqué à accepter.

— Alors, toi… tu es…, commence-t-elle.

— L'associé, la main droite, le sous-chef. Son fils, tout simplement. Le fils du Diable. Dès ma naissance, il m'a présenté comme tel. Personne ne doit me manquer de respect, sous peine d'en payer le prix fort.

— Et tu viens souvent ici ? Ils ont l'air de bien te connaître.

— J'ai passé mes dix premières années ici. Et j'essaie de revenir une à deux fois par mois. Les *latinos* sont une grande famille, et j'en fais partie. Pablo veut même que je m'installe ici pour gérer les affaires avec lui.

— Et tu ne veux pas ? demande-t-elle timidement.

— Ma mère et moi avons quitté tout ça il y a huit ans. Elle a profité de son arrestation pour m'emmener loin d'ici et ne veut plus avoir aucun contact avec le gang. Elle n'est pas au courant que je reviens. Moi, je donne simplement un coup de main, juste pour revoir *mi familia*.

Elle opine du chef, puis garde le silence quelques secondes.

— Je suppose qu'il n'est pas appelé le Diable pour rien, dit-elle.

— En effet ! Il fait vivre un véritable enfer à ses victimes, il est réputé pour ça. Même les membres du misérable petit gang de Greg sont terrifiés par ce qu'ils ont entendu.

Angelia plante alors ses incroyables yeux bleus dans les miens.

— Qu'est-ce qu'il t'a fait faire ?

Je secoue la tête, détournant mon regard pour lui faire comprendre que je ne dirai rien. Elle serait dégoûtée de moi, comme je le suis moi-même.

— Non, il est hors de question que je te le dise. Il faut simplement que tu saches que je ne suis pas une bonne personne, Angelia. Même si j'ai juré de te protéger quoi qu'il advienne, je suis et resterai un monstre.

Elle ne répond pas. Alors je me tourne vers elle, terrifié à l'idée qu'elle me rejette. Bien que je le mérite. Mais, au lieu du dégoût, son visage exprime une telle détermination que j'en reste stupéfait. Lentement, elle vient poser sa main sur ma joue mal rasée.

— Le seul monstre, c'est ton père, dit-elle avec conviction.

Je souris contre sa paume. Si seulement elle savait à quoi ressemblait mon enfance, elle ne dirait pas ça. Mais je me tais, inutile de gâcher ce moment si agréable. Nous gardons le silence, le visage caressé par la brise. Peu à peu, mon regard dérive vers ses lèvres. Elles sont si délicates que je meurs d'envie de les goûter. Alors, sans réfléchir, je me rapproche, très lentement pour lui laisser le choix. Nos lèvres entrouvertes ne sont plus qu'à quelques centimètres. Je n'avais jamais ressenti un tel désir pour personne. Le moment est tout simplement magique.

Du moins jusqu'à ce qu'un puissant grincement retentisse. Nous sursautons en même temps, et Angelia retire rapidement sa main.

— Zac ! *Querido, estas de vuelta* (Chéri, tu es de retour). C'est Gabriel qui me l'a dit.

Bordel, je vais la tuer !

Aisha s'approche à grands pas, ses courts cheveux noirs virevoltant au vent. Je suis persuadé qu'elle l'a fait exprès, cette garce. Dire que j'allais embrasser Angelia ! Et qu'elle allait se laisser faire !

Je me relève et entraîne Angelia avec moi. Avec cette folle dans les parages, mieux vaut qu'elle ne reste pas assise au bord, les pieds dans le vide. Aisha se jette alors dans mes bras. Je tente de m'écarter, mais celle-ci s'accroche à moi pendant plusieurs secondes. Quelle chieuse !

Puis elle sourit d'un air mauvais en apercevant le petit ange qui se cache derrière moi. Elle se rapproche, l'air hautain.

— *¿ Quién es esta puta ?* (Qui est cette pute ?) crache-t-elle.

Je serre les dents et prie pour qu'Angelia n'ait pas compris. Autant continuer dans ma langue maternelle. J'attrape Aisha par le bras et la projette contre le mur du local. Le choc est malgré tout léger.

— *¡ Nunca la insultes de nuevo delante de mí !* (Ne l'insulte plus jamais devant moi !)

Elle se reprend rapidement et fonce sur moi, tentant de m'assener un coup de poing. Je la bloque facilement et l'envoie à terre.

— *¡ No olvides quién soy yo, si quieres vivir !* (N'oublie pas qui je suis si tu tiens à la vie !)

Aisha se relève et me fixe d'un air mauvais. Elle sait que si elle s'en prend à moi, le patron lui fera payer. Malgré moi, mon père continue de me protéger.

— *No dirás eso cuando quieras acostarte conmigo* (Tu ne diras plus ça quand tu voudras coucher avec moi).

Je ricane devant sa remarque. Il est vrai que quand je venais je prenais du bon temps avec elle, mais ce n'était pas sérieux. Elle a du mal à m'oublier, apparemment.

— Ça n'arrivera plus jamais, crois-moi, j'affirme en revenant dans la langue d'Angelia. Maintenant, dégage.

Rageusement elle se dirige vers la porte de sortie, et je l'entends descendre les escaliers. Je me tourne vers Angelia, toujours au même endroit. Elle a assisté à la bagarre dans le plus grand calme.

— Je crois qu'elle t'aime encore, murmure-t-elle.

Je ris et m'approche d'elle. À nouveau, je lui tends ma main, et elle la prend doucement.

— J'ai quelqu'un à te présenter, dis-je. Et elle, elle va t'adorer.

Chapitre 36

(Angelia)

Nous sortons de cet immense immeuble, qui m'effraie plus qu'autre chose, et nous nous dirigeons vers une ruelle pour déboucher, main dans la main, devant une charmante petite maison. Je m'arrête devant, pas très sereine depuis la rencontre avec Aisha. Plutôt sauvage, cette fille. Et très amoureuse de Zac. À mon grand étonnement, je le vis très mal. Je n'ai pas envie d'imaginer une fille proche de Zac. Je sais qu'il a eu beaucoup de conquêtes, mais je n'aime pas ça. Vraiment pas.

— Viens, aie confiance, mon ange, dit-il en tirant légèrement sur ma main.

Je soupire discrètement et finis par rendre les armes. Oui, je lui fais confiance. À lui, et à lui seul. Est-ce mal ? Je n'en ai aucune idée. Ce qui est sûr, c'est qu'il commence à prendre une grande place dans ma vie.

Je le suis jusqu'à la porte, à laquelle il toque, le sourire aux lèvres. J'espère que tout va bien se passer, je ne supporterai pas une seconde bagarre. Je n'ai rien montré tout à l'heure, mais, bon sang, ce que ça m'a fait peur !

La porte finit par s'ouvrir et, à ma grande surprise, une dame d'un âge avancé se trouve derrière. Elle a de longs cheveux gris réunis en une tresse. Ses vêtements sont colorés et respirent la bonne humeur.

— *¡ Dios mio, Zac !* s'exclame-t-elle, toutes dents sorties. Ce que tu m'as manqué !

Son regard se pose sur moi, puis sur nos mains jointes, et son sourire s'élargit encore.

— Qui est cette charmante demoiselle ?

— Mama, je te présente Angelia.

— Angelia, murmure-t-elle en s'approchant de moi. *La cara de un ángel* (Le visage d'un ange).

Elle tend la main vers mon visage, mais je me recule brutalement. Non, non, non, elle ne peut pas me toucher ! Elle n'en a pas le droit. Je ne la connais pas. Zachary remarque mon trouble, puisqu'il me serre la main en me rapprochant de lui.

— Évite simplement de la toucher, Mama, ce n'est pas vraiment son truc, explique-t-il en souriant.

Elle acquiesce, compréhensive, et je soupire de soulagement.

— Entrez, mes enfants !

Je pénètre dans la petite maison avec un peu d'appréhension. Je ne sais pas qui est cette femme, et quel est cet endroit. Je me pose encore tellement de questions. J'ai peur d'avoir eu tort, tort de lui faire confiance. En suivant Zachary, c'est comme si je sortais de ma bulle, m'avançant en terre inconnue, au risque de m'exposer au danger. Mais en le regardant, fort et rassurant, je me dis que ça en vaut la peine.

Notre hôtesse, pétillante de vitalité, nous conduit dans une petite cuisine bien aménagée.

— Il y a des gâteaux sur la table, servez-vous. Je vais nous faire un peu de thé !

— Attends, je vais t'aider, Mama.

Zac lâche alors doucement ma main tout en m'observant. Voyant que je ne résiste pas, il me fait un clin d'œil puis va rejoindre

Mama devant la cuisinière. Tandis qu'ils discutent tranquillement, ma curiosité prend le dessus sur ma peur, et je décide de partir discrètement visiter la charmante maisonnette. Le salon est assez banal, avec une petite télé en face d'un canapé douillet. Mais ce qui m'intéresse plus, ce sont les nombreux cadres qui décorent les étagères et ornent les murs. Je m'approche pour les examiner et, sur la majorité des clichés, je reconnais Zachary, enfant. Il sourit à pleines dents sur toutes les photos, sauf sur une. En y regardant de plus près je comprends pourquoi. À côté de lui se trouve un homme très imposant. Lui ressemblant trait pour trait.

Son père.

Ils ont le même regard noir, celui qui vous fait trembler lorsqu'il s'embrase. Les cheveux de Pablo virent au gris et son visage est marqué par les années, mais sinon ils se ressemblent comme deux gouttes d'eau. Aucun doute sur leurs liens du sang. Sur la photo, Zachary affiche un visage fermé, froid, comme s'il aurait préféré être partout sauf aux côtés de son père. J'enregistre chaque détail dans ma tête, quand je sens un souffle chaud dans mon cou.

— Je suis son portrait craché n'est-ce pas ? dit Zac.

— Tu n'es pas lui, je réponds.

— Non, mais je lui ressemble terriblement. Au physique comme au comportement.

Je secoue la tête. Par pitié, qu'il arrête de penser ça ! Il n'est pas comme son père, il n'est pas un monstre. Mais je n'arrive jamais à trouver les mots justes pour le lui expliquer.

— On dirait qu'on a tous les deux des pères merdiques, conclut-il.

— C'est notre point commun.

— Et pas le meilleur ! plaisante-t-il.

Je détache mes yeux de la photo pour les lever vers son visage détendu. Bon sang, il est magnifique. Son regard rieur est plongé dans le mien.

— Vous êtes adorables, s'exclame Mama derrière nous.

Je me retourne et l'aperçois dans l'embrasure de la porte. Elle n'a probablement rien entendu, puisqu'elle sourit, attendrie par ce qu'elle voit. Je sens mes joues se colorer. Décidément, ça me prend de plus en plus souvent.

— Vous êtes la grand-mère de Zac ? je demande, pour changer de sujet.

— Oh non, mon ange. Enfin, pas réellement. J'habitais ici bien avant que son père ne s'y installe. Quand Zac est né, je me suis occupée de lui et de sa mère.

Je hoche la tête. Voilà pourquoi elle est si importante pour Zac, elle l'a en partie élevé. Avec Rachel, elles lui ont sans doute apporté la chaleur et la tendresse dont il avait besoin. Il n'a pas dû avoir une enfance très sereine, si j'en crois le portrait de son père.

Un vibrement se fait entendre.

— C'est ma mère, dit Zac en s'éloignant pour prendre l'appel.

Pendant ce temps, Mama se rapproche de moi, sa longue tresse grise toujours posée sur son épaule. Elle regarde à son tour les photos au mur, avec une certaine nostalgie.

— Rachel n'est pas au courant qu'il continue à venir ici. Elle pense qu'il a tourné la page, comme elle l'a fait.

— Mais il ne l'a pas fait.

— Il ne peut pas, m'explique-t-elle. Ses racines sont ici, qu'il le veuille ou non. Rachel n'a vécu qu'une petite partie de sa vie ici, avant de se reconstruire ailleurs. C'était plus simple pour elle. Mais mon Zac, lui, est encore hanté par son père et par ses souvenirs.

— Il est si horrible que ça ?

— Tu n'imagines même pas. C'est un homme froid et sans pitié, qui s'amuse qu'en torturant, tuant, et en semant la terreur autour de lui.

— Si… J'imagine bien.

Elle me scrute avec curiosité. Mince, je viens de faire une bourde, je ne dois parler de mon passé à personne ! Surtout qu'en réalité ce passé est encore mon présent, du moins dans mon esprit. En entendant Zachary raccrocher et se diriger vers nous, Mama se rapproche de mon oreille et me chuchote :

— Je ne sais rien de toi, ni qui tu es, ni d'où tu viens. Mais tu le changes, Angelia. Il a l'air plus serein et, surtout, plus heureux. Alors merci !

Je reste sans voix. Moi, je change Zac ? Je le connais depuis peu, c'est vrai, mais j'ai simplement l'impression qu'il est plus gentil avec moi qu'avec les autres, c'est tout. De quoi me remercie-t-elle ? Je n'ai rien fait. Au contraire, je suis un poids pour le reste du monde. Zachary, remarquant mon trouble, me demande :

— Tout va bien ?

— Bien sûr que tout va bien, mon chou, répond la merveilleuse femme à mes côtés. Alors, que voulait ta mère ?

— Elle se demandait où on était, dit-il en me regardant. On était censés rentrer en début d'après-midi, et il est plus de 20 heures.

C'est fou ! Je n'ai pas vu le temps passer. Il faut reconnaître qu'il s'en est passé, des choses. Dire que j'ai failli mourir, aujourd'hui. Difficile d'expliquer pourquoi je me suis interposée comme ça. Simplement, vivre ou mourir, je m'en fiche. Tout m'est égal. Bien qu'en ce moment je pencherais plutôt sur la vie…

— On va y aller, Mama, dit Zac. Merci pour ton accueil.

— Revenez vite me voir, mes choux.

— Dès qu'on pourra, Mama. *¡ Hasta pronto !*

— *Adiós*, répond-elle, émue.

Elle prend tendrement dans ses bras celui qu'elle a élevé comme son petit-fils puis m'offre un adorable regard, suivi d'un geste de la main. Elle ne tente rien de plus, et j'en suis heureuse.

Dans la rue, les petits commerces sont ouverts et projettent leur lumière dans la nuit. Des passants rient, discutent et batifolent, le quartier est très animé. Sur notre passage, chacun adresse un salut poli et chaleureux à Zac, qui y répond dans sa langue maternelle. Nous remontons ensuite en voiture, direction la maison. J'avoue être épuisée par cette journée si riche en émotions.

— Seigneur, mais où étiez-vous ! s'écrie Rachel dès que nous franchissons le pas de la porte.

— Je te l'ai déjà dit, maman, nous sommes partis nous promener et nous n'avons pas fait attention à l'heure, explique calmement Zachary.

Rachel n'en demande pas plus, mais nous fait promettre de ne plus jamais lui faire une telle frayeur. Elle était à deux doigts d'appeler la police. Voilà qui aurait jeté de l'huile sur le feu, à coup sûr !

Je monte à l'étage et, arrivée devant ma chambre, Zachary me souhaite une bonne nuit. Nous sommes tous les deux éreintés.

— Et merci pour… la balade, murmuré-je.

Il sourit, faisant ressortir ses diaboliques fossettes, puis m'adresse un clin d'œil. Je hausse les épaules, puis pars me coucher. Mais une fois dans mon lit, je ne peux m'empêcher de réfléchir à ce qui s'est passé. Une question me trotte dans la tête, depuis que Zachary a prononcé ces mots devant Greg. À force de tourner en rond, je finis par prendre mon portable et lui envoie un message.

Je suis ta petite amie ?

Chapitre 37

(Zachary)

Je suis ta petite amie ?

Je fixe mon portable, abasourdi. Qu'est-ce qu'il lui prend, de me poser une telle question ? Merde, c'est moi qui ai dit ça lors de l'incident avec Greg. Mais je n'avais pas le choix, bon sang ! Autrement, elle se faisait tirer dessus ! Obéissant à une impulsion, je me lève de mon lit et sors de ma chambre à la volée. Une fois devant la porte d'Angelia, je l'ouvre sans hésiter. Je la découvre assise sur son matelas, jambes et bras débarrassés de ses habituelles couches de vêtements. Je me tanne intérieurement pour résister au désir que cette vision provoque en moi. Bordel, ce qu'elle est sublime, avec ses grands yeux bleus innocents fixés sur moi. Je n'ai qu'une seule envie, c'est de lui sauter dessus. Mais je résiste tant bien que mal et reprends mes esprits.

— J'ai dit ça pour te protéger, Angelia, dis-je d'une traite. Pour que tu ne te fasses pas tuer.

Elle ne dit rien et continue de m'observer. Je ne sais pas quoi ajouter, elle ne me facilite pas la tâche.

— Carla était ma petite amie, je poursuis. Et pourtant je ne l'aimais pas, elle n'était rien pour moi. Si j'ai dit ça, c'était seulement pour te sauver la vie, comprends-moi.

Encore une fois, elle garde le silence, mais son expression a changé. Je ne saurais dire en quoi. Avant que je puisse mettre des mots dessus, elle baisse la tête. Je vois bien que je l'ai blessée. Putain ! mais quel con ! Je ne savais pas comment réagir, aussi ! Elle me lance ça comme ça, en pleine tête. Tout le monde sait que je panique lorsqu'on me parle d'amour. Ce n'est pas fait pour moi, je préfère les plans cul, le sans-engagement.

Bien qu'avec le petit ange en face de moi, qui a débarqué dans ma vie sans prévenir, je me pose de plus en plus la question. Mais ce n'est pas le moment. Si je ne me rattrape pas, je n'aurai même plus l'occasion d'y réfléchir, puisque je la perdrai.

Je soupire bruyamment et me rapproche pour m'asseoir au bord du lit. Je dois essayer de lui parler sincèrement. J'ai du mal à dire ce que je ressens, j'ai rarement dévoilé mes sentiments. Mais je sais que, ce soir, je dois le faire.

— Angelia…

Elle ne répond pas et garde sa tête abaissée.

— Angelia, regarde-moi.

Je vois bien qu'elle hésite, mais ne veut toujours pas obtempérer. Je finis par attraper délicatement son menton et le lève vers moi.

— Hé ! Montre-moi ce joli visage.

Elle finit par se laisser faire et relève la tête. Son visage est plus beau que jamais. À moi de jouer, maintenant. Il faut que je fasse tomber mes barrières. Pour elle.

— Angelia, si tu voulais devenir ma petite amie, je refuserais. Parce que tu es bien plus que ça, à mes yeux. Bien plus que ce que Carla a pu représenter pour moi. Et je crois bien… Je crois bien…

Ma voix se serre, et je m'humecte les lèvres. Mes doigts sont toujours sur son menton, et ce simple contact me donne le courage de continuer.

— Je crois bien que c'est déjà le cas…, dis-je en chuchotant, incapable de l'annoncer à haute voix.

Ses prunelles me sondent, puis elle finit par opiner doucement du chef. Je vois bien qu'elle est rassurée par mes paroles. Même si j'ai eu du mal à les sortir, ça en valait la peine. Elle ne l'exprime peut-être pas, mais je le vois, je le ressens, tout simplement. Je souris, heureux d'avoir pu rattraper la situation. Puis je détache à contrecœur mes doigts de son menton et décide de lui laisser un peu d'intimité. Le temps qu'elle digère tout ça. En fait, c'est surtout moi qui ai besoin de digérer. Je me dirige vers la porte, mais sa douce voix m'interrompt.

— Zac ?

Je me retourne et l'interroge du regard.

— Parle-moi de ton père, murmure-t-elle.

— Angelia, il est tard et…

— Un souvenir contre une cicatrice, continue-t-elle.

Je la contemple, stupéfait.

— Tu veux dire… L'histoire de ta cicatrice ?

Elle hoche la tête, plus déterminée que jamais. J'avoue que je ne m'y attendais pas. Je ne savais pas si elle parlerait de ce genre de chose un jour. Mais, en y réfléchissant, je me rends compte de ce qu'elle fait.

Elle nous soigne.

Je parle de mon passé et, en échange, elle livre le sien. Ensemble, on se libère de ces poids qui nous étouffent depuis trop longtemps. Je suis étonné qu'elle soit si intéressée par mon histoire, au point de se forcer à des confidences. Autant jouer le jeu, si ça peut l'aider à se sentir mieux.

— D'accord, je suis partant.

Elle reste inexpressive, mais se décale pour me laisser une place sur le lit. Lentement, je reviens vers elle et m'installe sur le matelas, dos au mur. Je relève un genou contre mon torse, puis tourne la tête vers Angelia. Elle est assise en tailleur, attendant patiemment que je prenne la parole. Ses cheveux chocolat légèrement en bataille tombent sur sa poitrine.

Je détourne le regard avant de faire une connerie. Si je ne parle pas tout de suite, je risque de ne pas sortir de ce lit avant demain matin. Pas de mon plein gré, en tout cas.

— Qu'est-ce que tu veux savoir ? je demande.

— Le pire de tes souvenirs, chuchote-t-elle.

J'opine du chef, mais me braque intérieurement. Le pire souvenir, je ne l'ai jamais oublié, je l'ai simplement refoulé au plus profond de ma mémoire. Mais je n'ai pas le choix. Il faut que je parle, que j'extériorise. Sinon, les souvenirs vont me bouffer jusqu'à la fin de ma vie.

En fermant les yeux, j'autorise ces images, ces sons, ces odeurs à revenir, comme devant un film qui défile. Ça marche, je suis à nouveau pris dans ma rage intérieure. Je rouvre mes paupières, prêt à parler. Pour me donner du courage, je me tourne vers elle. Elle est si belle, si délicate et en même temps si forte, comment lui résister ?

— J'avais neuf ans, je commence. C'était quelques mois avant que les flics ne le chope. Pablo… mon père venait de coincer un traître qui nous volait de la drogue pour la revendre à son bénéfice. Il s'appelait Jean Álvaro, et c'était aussi mon ami. Il n'avait que dix-sept ans et voulait simplement se constituer un pécule pour plus tard. Ce n'était rien de grave, il en avait volé moins d'un kilo et, vu le stock qu'on avait, on aurait pu s'apercevoir de rien.

Je m'interromps une seconde, le temps de reprendre mes esprits. Son regard azur ne me quitte pas, et je me plonge dedans pour continuer.

— C'est un des *latinos* qui l'a dénoncé. Pour ma part, le délateur était aussi traître que lui.

— Et qu'a fait ton père ?

— Il… Il l'a emmené un jour, devant tout le monde. Lorsque

le patron vient te chercher en personne, c'est que ton sort est scellé. Et ce connard l'a fait devant sa famille, sa mère… Sans aucune pitié pour leurs cris désespérés. Puis, nous sommes allés au sous-sol de l'immeuble, c'est là que mon père conduisait ses ennemis… ou plutôt ses victimes.

À nouveau je m'immerge dans mes souvenirs, revoyant en boucle toutes ces images, comme si j'y étais encore.

— J'étais impuissant et j'avais peur. J'étais terrifié de perdre mon ami et je suppliais mon père d'arrêter.

— Mais il ne l'a pas fait.

Je sens la rage me torde les tripes, et ma voix devient plus rauque. À travers mes dents serrées, je continue de parler.

— Non. Non il ne l'a pas fait. Il a commencé par le frapper, violemment. Puis une fois qu'il était bien amoché, il m'a obligé à le faire à mon tour. Si mes coups n'étaient pas assez puissants, c'est moi qui en recevais. Il disait que ça faisait partie de mon « éducation ». Jean pleurait, mais il a été très courageux, il me demandait de le frapper pour que je ne souffre pas. Après un énième coup, je n'en pouvais plus alors j'ai abandonné, et mon père a compris que je ne le frapperais plus. Il a sorti son arme puis me l'a tendue. « Prends-la, mon fils, elle va t'endurcir », m'a-t-il dit. Des conneries. Mais j'étais jeune et je voulais rendre mon père fier. Alors je l'ai prise et, sous ses ordres, je l'ai pointée sur mon ami. Jean sanglotait et m'implorait de ne pas faire ça. De ne pas le… tuer.

Elle m'écoute, toujours aussi calme. À côté, je dois faire peur. Tous mes muscles sont contractés au souvenir de cette horreur. Mon visage est figé dans un rictus plein de haine. Mais elle ne bouge pas, elle se contente de m'écouter, en silence. Et c'est exactement ce dont j'ai besoin.

— Tu sais ce que ça fait de devoir tuer un homme ? Un ami ? Il n'y a pas de mot pour dire ce qu'on ressent. Moi aussi, je pleurais, je n'ai jamais eu aussi peur de ma vie. Ma main tremblait, je n'avais presque jamais touché à une arme à feu. Mais mon père a perdu patience et m'a hurlé de tirer.

Sans pouvoir me contrôler, des larmes me montent aux yeux et je détourne la tête. J'ai tellement honte que je ne peux plus la regarder.

— Tu as tiré ? demande-t-elle.

— Oui, une fois. Mais sans regarder, alors la balle a fini dans le béton, à côté de lui. J'ai ressenti un tel soulagement. Jean m'a regardé et m'a souri. Il allait me remercier, quand Pablo, fou de rage, a mis sa main sur la mienne. Je me rappelle encore son doigt qui m'a forcé à appuyer sur la gâchette.

Une larme m'échappe, puis une deuxième. Bientôt, un flot ininterrompu coule silencieusement.

— Et le tir est parti.

Un silence s'installe, et je me cache le visage dans les mains. Ma voix se serre, et je me mets à sangloter.

— Jean est tombé à terre, les yeux grands ouverts. Son visage me hante encore, à chaque instant de ma vie. Le sang s'est répandu autour de lui, et j'ai lâché l'arme.

Je ramène mes jambes contre moi et y appuie ma tête. Je n'en peux plus, j'ai besoin que ça sorte. Je pleure, encore et encore. Jusqu'à ce que je sente une main se poser sur mon bras, puis son autre main sur ma nuque. Lentement, Angelia se colle contre moi.

— J'ai tué un homme, Angelia. Il n'avait que dix-sept ans, bordel !

— Non, c'est ton père qui l'a tué, réplique-t-elle. Il s'est servi de toi. Tu n'y es pour rien, Zac.

Je secoue la tête mais ne réponds pas, je n'en ai plus la force. J'ai l'impression d'être retourné huit ans en arrière, d'être un gosse naïf et manipulé. Nous restons ainsi de longues minutes puis, difficilement, je relève la tête puis essuie mes joues.

— Je n'avais pas pleuré depuis une éternité, dis-je en riant nerveusement.

— Ça fait toujours du bien, affirme-t-elle.

Je dois avouer que ça fait un bien fou. J'aurais raconté cette histoire plus tôt, si j'avais su que ça me soulagerait autant. Mais il n'y a qu'à Angelia que je pouvais la conter. La seule qui puisse me comprendre sans me juger. Épaule contre épaule, je reprends mon souffle. Puis, je la regarde, un sourire en coin.

— C'est à ton tour, mon ange.

Elle relève la tête, puis acquiesce. Lentement, tout en se mordant nerveusement la lèvre, elle se lève du lit et se met debout à côté de moi.

— Choisis, dit-elle tristement. Tu as l'embarras du choix.

Mes yeux descendent le long de son corps absolument magnifique. Une à une, je fais la liste mentale de ses cicatrices en me promettant, un jour, de connaître l'histoire de chacune. Mon choix se porte sur une longue cicatrice qui lui traverse une cuisse.

— Celle-ci, je réponds en la frôlant de mon doigt.

Angelia opine du chef, puis s'installe à nouveau à mes côtés avant de prendre une grande inspiration. Je sens que la nuit va être longue, mais, ce soir, je ne veux être nulle part ailleurs qu'avec elle.

Chapitre 38

(Angelia)

La jeune fille l'aperçut, aussi sombre et mystérieux qu'on lui avait décrit. Ses yeux s'illuminèrent lorsque de grandes ailes aussi noires que le charbon se déployèrent dans son dos musclé. Lisa n'avait jamais rien vu d'aussi majestueux. Cachée derrière la petite voiture, dans un coin du parking, elle l'observa, hypnotisée par la magie qui se dégageait de lui. Lentement, le garçon se détourna et rencontra les doux yeux de Lisa. Un sourire un coin se forma sur ses lèvres, tandis que la jeune fille se mettait à courir pour lui échapper. Pourvu qu'il n'ait pas vu mon visage, pria-t-elle. Hélas, elle sentit trop tard la bouffée d'air soulever ses cheveux. Le jeune homme atterrit devant elle, dans une grâce infinie. Lisa ne put s'empêcher de laisser promener son regard sur son corps, ses muscles, ses bras puissants et ses cuisses…

— Mademoiselle Teissi ! s'écrie une voix stridente.

Je relève la tête de mon livre et fixe Mme Lemett, ma prof de lettres.

— Vous ne suivez pas le cours !

Je la regarde sans réagir. Personnellement, je ne vois pas de moment plus approprié qu'un cours de lettres pour lire un livre. Mais Mme Lemett ne semble pas de cet avis et m'arrache des mains le seul livre qu'on ne m'ait jamais offert.

— Vous n'avez pas le droit ! je hurle, sous le coup de la colère.

Zachary se redresse sur sa chaise, me signifiant qu'il est à mes côtés. Mais je ne me contrôle déjà plus. Je me lève brusquement, faisant valser ma chaise derrière moi. Bon sang, le peu de sérénité que j'avais gagné vient de disparaître en l'espace d'une seconde !

— Vous n'avez pas le droit ! Non ! je répète, avant de me retourner vers Zac. Elle va le brûler, elle va le détruire !

Exactement comme mon père l'a fait pour tous mes livres ! Mon angoisse vire à la crise, ma vue se trouble, et mes jambes commencent à me lâcher. Heureusement, deux bras puissants me retiennent juste à temps, et je sens l'appui d'un corps massif, qui me serre contre lui.

— Personne va brûler votre livre, enfin ! s'exclame Mme Lemett, effarée.

— Si…, je sanglote. Vous allez me l'enlever, comme tous les autres.

Les vertiges me reprennent, je reconnais cette étrange sensation qui m'exfiltre du monde réel. Comme je m'y attendais, le visage de Mme Lemett est bientôt remplacé bientôt par un autre, cruel et froid. Celui de mon père. Je cligne des yeux pour essayer de le chasser, mais la salle de cours s'efface à son tour pour laisser place à notre appartement miteux. Je ne contrôle plus rien, je suis à la merci de mes souvenirs. Ça semble si réel que j'ai l'impression de tout revivre.

Le sourire effrayant, papa secoue les livres qu'il m'a dérobés. Je suis enfoncée sur le canapé, figée et tremblante après la gifle je viens de recevoir. Ce qu'il me reproche, c'est d'avoir lu en son absence. Pendant les seuls instants où je peux espérer me reposer et… être heureuse. Je n'avais pas prévu qu'il rentrerait si tôt. Je n'avais pas prévu qu'il détruirait la seule chose qui me procurait un peu de plaisir.

— *Je t'en supplie, non…, je murmure, les larmes coulant le long de mes joues.*

Son sourire s'élargit. Un sourire cruel, qui reflète toutes les horreurs qu'il a commises. Et dont j'ai fait les frais. Il approche les livres des flammes de la cheminée, et je le supplie du regard. C'est mon dernier recours. Mais c'est inutile, car il jette les livres dans l'âtre. Non ! Un cri de désespoir se coince dans ma gorge et, au plus profond de mon être, tout meurt. Ces livres, c'était le seul moyen de survie que je possédais. Et il me les a pris, comme toutes les sources de joie que j'ai pu avoir dans ma vie. Je me sens si vide, si…

— Angelia ! s'écrie une voix rauque.

Je sursaute et regarde autour de moi. Je suis de retour dans ma salle de cours. Zac et Carla m'entourent, et leur présence protectrice me rassure. Sans eux, je n'aurais pas tenu. Seuls mes sanglots brisent le silence qui s'est installé dans la classe. Mais je ne m'en préoccupe pas. Je ne veux que mon livre, c'est tout.

— Mon livre…, je chuchote.

— Rendez-lui son livre immédiatement ! renchérit Zac.

Mme Lemett s'approche, le visage horrifié. Qui ne le serait pas, après m'avoir vue dans cet état ? D'une main tremblante, elle me tend mon livre. Je l'attrape si rapidement qu'elle sursaute, puis le colle contre ma poitrine. Jamais plus je ne veux plus m'en séparer. Les autres élèves me regardent comme si j'étais folle, mais je m'en fiche.

— Personne ne te prendra ton livre, mon ange, me murmure Zac. C'est le tien.

Je relève la tête lorsque je sens la main de Zac caresser mes cheveux. J'aimerais tellement le croire. Je me tourne vers Carla, comme pour m'en assurer.

— Ce n'est sûrement pas moi qui vais toucher à un bouquin, ma chérie, il est tout à toi, déclare-t-elle en souriant.

J'opine du chef, encore bouleversée. Je n'en peux plus de ces flash-back. Je suis à bout de forces. Est-ce que j'irai mieux un jour ? Est-ce que je pourrai passer à autre chose ? Mes jambes me lâchent, et je m'appuie sur Zachary pour me tenir debout.

— On va aller faire un petit tour, dit-il, soucieux.

Zac passe son bras autour de ma taille et me soutient tout en marchant à travers la classe, comme si je ne pesais pas plus lourd qu'une plume. Carla rassemble mes affaires. Je tiens toujours mon livre fermement contre moi.

Une fois dehors, je respire un grand bol d'air frais et me laisse guider vers un banc. Zac s'assied à mes côtés, gardant un bras autour de mes épaules pour me soutenir.

— Tu veux bien me prêter ton livre ? demande-t-il. Je te le rends à la maison, c'est promis.

Je baisse les yeux sur mon bien le plus précieux, puis, lentement, le tends à Zac. Je lui fais confiance, depuis un moment déjà.

— Vous feriez mieux de rentrer chez vous, Zac, s'exclame Carla en nous rejoignant.

— Je ne peux pas décider de rentrer comme ça, objecte-t-il.

— J'avertirai la CPE. Regarde-la, Zac, elle a besoin de repos !

Je dois faire peur à voir, puisque les deux paires d'yeux me fixent comme si j'étais un animal sauvage. C'est vrai que je n'arrive plus à parler, tant je manque d'énergie. Mes paupières se ferment toutes seules, et je n'ai qu'une envie, dormir. Zac soupire.

— OK, surveille-la le temps que je récupère mes affaires.

Il m'allonge sur le banc, puis je l'entends courir tandis qu'un ciel bleu m'éblouit. Carla s'agenouille à côté de moi et m'offre un sourire franc, rassurant. Le sourire qu'elle me réserve depuis que nous sommes… amies. Je n'en reviens toujours pas, mais c'est la vérité. L'amitié la plus improbable au monde.

— Ça va aller, ma belle. Tu vas te reposer, et nous nous verrons après les vacances, chuchote-t-elle à mon oreille.

Les vacances ? Ah ! oui, Rachel m'en a parlé. Nous avons quelques jours de repos avant de réviser les examens de fin d'année. Ceux qui me permettront de quitter le lycée. Mais pour aller où ? Pour faire quoi ? Je n'en ai encore aucune idée. Mes yeux se ferment au fil de mes pensées. Je n'ai plus la force de les rouvrir.

— C'est bon, nous pouvons y aller, dit Zac, de retour.

Je sens une main se placer sous mes genoux et une autre sous mon dos. Il me soulève du banc et me plaque contre son torse chaud. Tandis qu'il marche vers la voiture, je suis doucement bercée par ses bras.

— Tu me diras comment elle va, d'accord ? dit la voix lointaine de Carla.

— Ouais…

Apparemment, ces deux-là ne sont toujours pas réconciliés. Bientôt, je sens que Zac me dépose sur le siège de la voiture et m'attache. Puis il glisse quelque chose de croquant et sucré entre mes lèvres.

— Mange ça, murmure-t-il tout près de moi.

Je reconnais un de ses bonbons habituels et l'avale avec difficulté. Mon corps reprend un peu d'énergie, et je réussis à ouvrir les yeux. La première chose que je vois, c'est ce regard noir, me fixant avec une telle intensité que j'en cligne des yeux.

— Ce n'était rien qu'un petit malaise, repose-toi.

J'acquiesce, et mes yeux se referment tout seuls.

Chapitre 39

(Zachary)

— Je ne tiens plus, je vais me coucher, me lance ma mère depuis l'escalier. Ne tarde pas, Zac.

— Oui, bonne nuit.

En réalité, je n'ai aucune intention de me coucher. Il est bientôt minuit, et ça va faire plusieurs heures qu'Angelia dort à poings fermés. Il faut dire qu'elle en a, du sommeil à rattraper. Depuis qu'elle est arrivée ici, c'est cauchemar sur cauchemar, insomnie sur insomnie. Mais elle ne se plaint pas. Elle ne se plaint jamais.

Je regarde à peine la télévision allumée devant moi. Toutes mes pensées sont tournées vers la nuit dernière, celle de toutes les confessions. Je n'en reviens toujours pas d'avoir réussi à m'ouvrir sur mon passé. Son influence est bien plus grande que je ne l'imaginais. Même ma mère n'en sait pas autant sur ce qu'il s'est passé avec Jean. Pablo ne voulait jamais la tenir informée de nos activités, soi-disant pour la protéger. Moi, je pense plutôt que c'était par peur de la perdre. Et il avait raison, puisqu'elle m'a emmené ici dès qu'il a été arrêté.

Je dois avouer que je me sens libéré d'un poids invisible, et c'est un immense soulagement. J'espère qu'Angelia ressent la même chose, bien qu'elle en ait un paquet à faire disparaître.

Quand elle m'a demandé de choisir parmi toutes ses cicatrices, j'ai perçu la détresse dans sa voix. On remarque tout de suite qu'elle a honte de son corps. Si seulement elle savait quelles pensées il m'inspire, ce corps… Peut-être que certains jugeront ses cicatrices effrayantes, mais, pour moi, elles font partie d'elle et la rendent plus remarquable encore. Sans ces traces de vie, elle ne serait pas la Angelia d'aujourd'hui. Ma tarée.

Je l'ai interrogée sur la plus large balafre marquant sa cuisse droite. Je savais qu'il lui avait fait subir des choses inhumaines, mais si je m'étais attendu à ça… Elle s'est assise à côté de moi, avant de prendre une grande inspiration. J'avais pleuré à la fin de ma confession, mais elle, elle avait déjà les larmes aux yeux avant de commencer la sienne. Personne, à ce moment-là, ne pouvait mieux la comprendre que moi. Toute cette douleur que le souvenir ravive, je l'avais sentie aussi. Elle m'avait déchiré de l'intérieur.

— Contrairement aux autres, celle-ci est accidentelle. Enfin, ce qui l'a provoqué ne l'était pas, a-t-elle commencé.

Son regard se perdait dans la pénombre de la chambre, et je voyais déjà ses iris bleus s'embuer à l'évocation de l'atrocité.

— Cela faisait presque deux jours qu'il m'avait interdit de boire. C'était parfois ma punition, quand quelque chose ne lui plaisait pas. Il ne retrouvait pas la télécommande de la télévision, alors c'était forcément ma faute.

Elle prononça la dernière phrase avec tant de haine que j'en fus impressionné.

— J'avais tellement soif que je pouvais sentir chaque cellule de mon corps se dessécher ! C'était l'une des pires choses qu'il pouvait me faire. Un bleu, une entaille, j'arrivais à vivre avec, après avoir supporté la douleur. Mais comment vivre sans eau ? Et un jour mon envie de boire a dépassé ma peur. Alors je me suis dirigée vers la cuisine et, discrètement, je me suis servie un verre d'eau.

Il était censé dormir, avachi sur le canapé. Mais il s'est réveillé. J'ai eu le temps de boire, oui, mais pas de cacher les traces.

Elle changea de position, mal à l'aise d'en venir à cette partie de l'histoire. La plus dure.

— Il était fou de rage que je lui ai désobéi. J'ai eu beau m'excuser, lui répéter que j'étais désolée, que ça ne se reproduirait plus, ça n'a rien changé. Comme d'habitude. Il m'a empoigné les cheveux et traînée jusqu'à la salle de bains. Je hurlais et me débattais.

Elle fit une pause, le temps d'essuyer les larmes qui avaient coulé le long de ses joues. J'avais envie de lui dire qu'elle n'était pas obligée de poursuivre, car je voyais bien que ça la détruisait. Mais elle était si déterminée que je n'aurais pas pu l'arrêter dans son récit. Putain, qu'est-ce que c'était douloureux de la voir ainsi.

— Il m'a laissée dans un coin de la pièce, le temps que la baignoire se remplisse. Je savais que c'était loin d'être fini. Lorsque l'eau a atteint un certain niveau, il… m'a…

Sa bouche s'ouvrit plusieurs fois sans qu'aucun mot n'en sorte. Alors j'ai compris.

— Il t'a plongé la tête dedans, dis-je à sa place.

Elle hocha la tête, tout en évitant mon regard.

— Il… Il a dit : « Tu voulais de l'eau, eh bien en voilà », et il m'a replongé la tête dans l'eau glaciale, ne la sortant que lorsque j'atteignais ma limite. Et ça a duré, encore et encore, jusqu'à ce que je sois presque inconsciente. Alors il m'a jetée au sol et m'a craché dessus.

Ses larmes redoublèrent d'intensité, et je sentis mes muscles se tendre si fort qu'ils en devenaient douloureux. J'étais fou de rage. Comment pouvait-on faire subir tout ça à sa fille ? Ça me dépasse, il faut être complètement fou !

— Il est parti, me laissant sur le sol humide, à moitié noyée. Je me suis rendu compte que j'avais de l'eau dans les poumons.

Alors je me suis mise à tousser encore et encore pour tenter de reprendre mon souffle.

Après son récit, elle se jeta dans mes bras. Ses sanglots étaient si forts qu'elle ne parvenait plus à prononcer un mot. Ce n'était pas grave, car, à cet instant, aucune parole n'aurait pu atténuer la douleur qui nous unissait. Il fallait simplement la laisser s'exprimer. Au bout d'un moment, elle continua courageusement son récit.

— En essayant de me relever, j'ai glissé sur le sol trempé de la salle de bains. Dans ma chute, je me suis cognée contre une armoire bancale, qui s'est effondrée sur moi. Un coin s'est enfoncé dans ma cuisse, et j'ai hurlé. À chacun de mes mouvements, je la sentais s'enfoncer de plus en plus dans ma chair. Mon père n'a pas bougé le petit doigt quand il m'a découverte dans cet état. Il s'est contenté de rire.

Ses sanglots se transformèrent en spasmes, et elle s'arrêta de parler, incapable de poursuivre. Il n'y avait plus rien à dire.

Je suis sorti de mes pensées en entendant un hurlement. Après quoi je soupire. Je savais que ça allait arriver, voilà pourquoi je ne suis pas allé me coucher.

Me sentant un peu plus léger, je monte les escaliers deux par deux et me dirige vers sa chambre. Au milieu du lit, mon petit ange se débat avec ses draps, encore endormie. Comme toutes les nuits depuis qu'elle est revenue, je m'approche d'elle et passe délicatement ma main contre sa joue. En général, je m'en tiens à une caresse, mais pas ce soir. Je la caresse encore et encore, avant de voir ses yeux papillonner. Enfin.

— Angelia, ce n'est qu'un cauchemar. Tout va bien. Tu m'entends ?

— Oui, chuchote-elle, fatiguée.

— Rendors-toi, mon ange, lui dis-je.

Et c'est exactement ce qu'elle fait. Je reste assis à côté d'elle jusqu'à ce que j'entende sa respiration devenir douce et régulière. Puis je me dirige vers la sortie, en espérant ne pas avoir à me relever cette nuit. Je ferme délicatement la porte et me retourne, pour tomber nez à nez avec… ma mère.

— Tu arrives un peu tard, dis-je en riant doucement.

— Je sais que tu t'en occupes, Zac, je voulais te parler.

Mon sourire tombe aussitôt. Pourquoi est-elle aussi sérieuse ?

— Me parler de quoi ?

— Je l'ai appris il y a deux jours, je ne savais pas comment te le dire… ,commence-t-elle.

— Maman, qu'est-ce qu'il se passe ?

— Ta grand-mère Jeanne a fait un AVC.

— Mais… Elle va mieux ? je demande, atterré.

Elle soupire, confirmant mes pires craintes.

— Non, Zac. Elle est morte.

À cette seconde, tout s'écroule en moi. Ma grand-mère maternelle a été un soutien inestimable lorsque j'étais enfant. Jusqu'à ce jour où, à cause de mon père, elle et maman se sont disputées, et se parlaient très peu depuis. J'ai dû suivre ma mère, mais Jeanne m'a terriblement manqué, ne lui rendant visite qu'une fois par an et encore. Et jamais plus je n'aurai l'espoir de la revoir ! Bordel, c'était ma mamie d'amour…

La douleur me lancine, et je suis pris de violentes crampes d'estomac. Ce n'est pas possible ! Heureusement, je parviens à maîtriser cette souffrance et à l'enfouir au plus profond de moi, sous ma carapace. Un réflexe acquis depuis mon enfance. La sensation diminue, jusqu'à devenir supportable. Je ne me fais pas d'illusions, je sais qu'elle ressortira un jour, causant un véritable tsunami. Exactement comme avec Jean. Mais, à cet instant, c'est bien trop dur de faire face à ce que je ressens. Alors mon visage se ferme et mes traits se durcissent. Qui sait quand ils se détendront à nouveau.

— Quand a lieu l'enterrement ? je demande gravement.

— Après-demain. Nous devons partir dès demain dans le Sud, chez elle, répond tristement ma mère.

Elle tente de le cacher, mais je sais qu'elle souffre autant que moi. Voir plus. Les dernières paroles qu'elles ont échangées étaient terribles. Je hoche la tête, puis me dirige vers ma chambre.

— Zac ? m'appelle-t-elle.

Je m'arrête, sans me retourner. Je ne peux pas voir son visage marqué par la douleur, si je veux supporter la mienne.

— Elle t'aimait énormément, tu le sais.

Ce n'est pas sa faute, mais ses paroles déclenchent en moi une rage indescriptible. C'est ma manière de me protéger, et je la dirige contre la seule personne présente. Ma mère. Je serre les dents, ne me rendant même plus compte des paroles qui sortent de ma bouche.

— Si tu n'avais pas été horrible avec elle, je l'aurais bien plus vue ces dernières années. Elle s'est retrouvée toute seule par ta faute ! Jamais elle n'aurait fait cet AVC si tu ne l'avais pas abandonnée, je crie, plus enragé que jamais.

Je sais, c'est horrible à dire, et elle souffre déjà suffisamment sans que j'en rajoute une couche. Mais je n'en ai rien à foutre. La colère m'aveugle, et je préfère la laisser me dominer plutôt que d'affronter cette souffrance. Elle écrase tous mes autres sentiments et me permet d'évacuer en foutant la merde autour de moi. Sans me retourner, pour ne surtout pas voir ses traits se décomposer, je m'enferme dans ma chambre. Là, je fais les cent pas en me tenant fermement la tête. La rage monte, et je ne peux rien y faire ; tant que je suis dans cet état, je suis incontrôlable. Ma mère en a conscience, c'est pourquoi elle craignait de me faire son annonce.

L'avantage de l'habitude, c'est que je sais comment me calmer, si je veux profiter du peu d'heures de sommeil qu'il me reste. Frapper. Il n'y a pas d'autre moyen. Avec une force terrible, mon poing s'écrase contre le mur de ma chambre. En enrobant mes poings dans un vêtement, les coups ne s'entendent pas. Je frappe encore et encore, et un visage finit par m'apparaître à l'endroit de l'impact.

Celui de mon père.

Et les coups redoublent d'intensité. Ce fils de pute a détruit ma vie alors que je n'étais qu'un gosse. Il a fait entrer toute cette haine en moi. Je lui en veux à mort pour ça. Je ne sais pas ce qu'il se passera lorsqu'il sortira de prison, mais une chose est sûre : si l'occasion se présente, je lui démonterai sa sale gueule.

Bientôt, ma force diminue et j'arrête de frapper ce pauvre mur, qui commence déjà à montrer des fissures. Elles s'ajouteront aux dizaines d'autres, cachées à travers ma chambre. Je trouverai un moyen de les camoufler, comme toujours. Temporairement calmé, je ravale ma colère au fond de moi, sachant que lorsqu'elle sortira, associée à ma douleur, elle sera destructrice. Mais, en m'allongeant sur le lit, une peur résonne dans mon être. Faites que je ne gâche pas ma relation avec Angelia ! J'en serais bien capable. Car, parfois, la haine dépasse l'amour. Elle est incontrôlable.

Chapitre 40

(Angelia)

— Angelia, debout ! On doit y aller, annonce une voix.

Mes yeux papillonnent, et j'entrevois le beau visage de Zachary. Aussi fermé qu'une huître, et presque en colère.

— Partir où ? je demande en bâillant.

— Dans le Sud, nous partons en vacances, lance-t-il tout en se dirigeant vers la porte.

Je me lève lentement et regarde l'heure. 8 h 30. C'est la première fois que je dors aussi longtemps. Même si ma nuit n'a pas été dépourvue de cauchemars, j'ai pu dormir plusieurs heures d'affilée. D'ailleurs, je me sens bien plus en forme. Jusqu'à ce que les événements de la veille me reviennent… Ai-je fait un malaise ? Pourtant, j'allais bien, du moins jusqu'à ce que cette prof me prenne… mon livre ! Où est-il ?

Je sors du lit, paniquée, mais un léger tournis m'arrête. C'est alors que je l'aperçois, posé sur un coin de mon bureau, rangé avec mes affaires de cours. Un soupir de soulagement m'échappe, et je saisis le livre.

Angel or Demon.

Voici le titre. Il peut paraître un peu superficiel, mais l'histoire est passionnante. Cela faisait longtemps que je n'avais pas réussi à me plonger avec un tel plaisir dans une lecture. Et, bon Dieu ! ce que ça m'avait manqué ! Avec Zachary, c'est aujourd'hui la seule chose qui arrive à me faire oublier ma pitoyable vie. Zachary… Le sentir me toucher reste une sensation incroyable, aussi forte que la première fois. Lorsque ses doigts entrent en contact avec ma peau, je me sens tellement bien. Tellement sereine.

— On part dans dix minutes, les enfants ! s'écrie Rachel du rez-de-chaussée, me sortant de mes pensées.

Des vacances, m'a dit Zac. Je n'en ai jamais eu. Que fait-on en vacances ? Se reposer et s'amuser, je suppose. Même si voyager dans un nouvel endroit m'angoisse toujours. J'ai trouvé mes repères, ici, et déjà, il faudrait que je parte ? Allons, ce n'est que pour quelques jours, il faut que je reste positive.

Je commence à faire mes bagages, un peu au hasard, car je ne sais pas vraiment où nous allons, ni ce dont j'aurai besoin.

— Je ne pense pas que la doudoune sera nécessaire, ma belle, dit Rachel en rentrant dans la chambre.

— Mais… s'il fait froid ?

— On est en mai, et nous allons à la mer. Enfin, après l'enterrement, ajoute-t-elle tristement.

— Un enterrement ?

— Oui. Ma maman est décédée il y a quelques jours, je pensais que Zac te l'avait dit. Après la cérémonie de demain, nous irons dans sa maison, sur le littoral.

— Oh ! je suis désolée, je murmure timidement.

Je comprends mieux le réveil expéditif de Zac. Il doit être triste d'avoir perdu sa grand-mère. Pourtant, il ne m'en jamais parlé. Il m'a fait rencontrer des personnes qui ont compté pour lui, mais pas elle. Sans doute habitait-elle loin.

— C'est gentil. Tu sais, tu n'es pas obligée de venir à l'enterrement, précise-t-elle. Ça va être triste, et je ne sais pas si…

— Non, je viens ! Je n'ai jamais assisté à un enterrement.

Elle sourit, puis m'aide à finir ma valise. Elle me montre alors le maillot de bain qu'elle m'a acheté. Je suis touchée par son cadeau, même si je ne le porterai pour rien au monde, ayant déjà du mal à me montrer en T-shirt. Une fois les valises bouclées, toute la famille se retrouve dans la voiture. Tous, sauf Zac

— Ça va, Angelia ? me demande gaiement Lily.

J'acquiesce et touche son petit nez. Elle rigole puis attache sa ceinture.

— C'est pas vrai ! Qu'est-ce qu'il fiche ? s'impatiente Quentin.

Cela va faire quelques minutes que nous attendons Zac, déjà installés. N'y tenant plus, Quentin sort de la voiture.

— Bordel, Zac ! Je n'ai pas envie d'arriver en retard !

Quelques secondes après, un Zachary plus furibond que jamais claque la porte de la maison. Il passe devant Quentin sans un regard et ouvre la portière pour s'installer à côté de moi.

— C'est pas trop tôt ! Ça va faire dix minutes qu'on…

— La ferme ! tonne Zac, la voix serrée par la colère.

— Zac ! le gronde Rachel. Je te préviens, ça a intérêt à bien se passer avec la famille !

— Ta famille de merde ne m'a jamais accepté parce que j'ai du sang de mafieux dans les veines.

— S'il te plaît…, soupire sa mère.

Pour toute réponse, Zachary émet un grognement rauque. Eh ben… Je l'ai déjà vu énervé contre ses parents, mais jamais à ce point. J'ai même peur de lui parler, ou de l'effleurer. Qui sait comment il peut réagir, dans cet état ?

Plusieurs heures de trajet s'écoulent, dans un silence mortel. Lily dort, et Zac ne dit pas un mot. Quant à moi, je me plonge dans mon livre, comme à chaque fois que j'ai un moment de libre. Enfin, nous nous garons devant une charmante maison, plutôt grande.

— On est arrivé, les enfants ! s'écrie Quentin, ravi.

Zac augmente le son de son casque et reste fixé sur son téléphone portable. J'ai eu le temps de l'observer, durant le voyage. Il a l'air épuisé, épuisé et enragé. Je ne l'ai jamais vu comme ça. Il ne m'a même pas adressé un regard. Mais bon, j'essaie d'être compréhensive, il vient de perdre sa grand-mère et est obligé d'aller dans une famille qui, à ce qu'il prétend, ne l'apprécie pas. Nous descendons de la voiture, suivant Lily qui court vers la maison. La porte s'ouvre sur quelqu'un qui la soulève et la serre dans ses bras. Je me dirige vers le coffre pour prendre ma valise, mais une main abîmée et plus rapide en saisit la poignée.

— Je m'en occupe, dit simplement Zac.

Il pose sur moi son regard sombre, et, avant qu'il ne se dirige vers la maison, un petit sourire se forme sur ses lèvres. J'ai bien repéré cette lueur étrange, dans ses yeux, mais je ne saurais l'identifier. Je lui emboîte le pas, anxieuse à l'idée de rencontrer de nouvelles personnes ; même si je fais tout pour ne pas le montrer. Ne jamais montrer ses émotions, c'est la règle.

Lorsque je pénètre à l'intérieur de la maison, je prends un instant pour observer les lieux. Tout est décoré dans un style marin, très joli et épuré. L'ambiance de la plage, c'est la première fois que j'y goûte. Je la connais à travers des photos, des écrits, mais pas par expérience. Arrivée dans un salon rempli de monde, je laisse Rachel me présenter.

— David, Marie, voici Angelia. C'est la jeune fille que nous accueillons.

Le couple qui me fait face a un look très chic. La famille est resserrée autour d'eux ; sauf Zac, parti s'affaler sur le canapé.

— Enchantée, jeune fille, dit Marie.

— D'où viens-tu ? demande son mari.

— De l'appartement 6B, au deuxième étage de l'immeuble 518, quartier Melbourt, dans la ville de Brington.

Un silence suit ma réponse, et le couple me regarde comme

si j'étais folle. Soudain, mes angoisses reviennent. Ils ne m'aiment pas, j'en étais sûre. Personne ne m'aime. Mais Zac se lève et se place à mes côtés, sourire aux lèvres.

— Elle est formidable, n'est-ce pas ! lance-t-il avec entrain.

— Oui… Hum… Tes deux cousines vont arriver dans la soirée. James aussi sera là, reprend David, m'ignorant pour parler à Rachel.

Zac se raidit, et je devine qu'il se met à bouillir de colère. Mais il ne dit rien, pas un mot. Son semblant de bonne humeur disparaît comme un courant d'air.

— On va aller poser nos affaires là-haut, lance Quentin pour dissiper la tension qui s'installe.

Rachel aussi s'est fermée à l'annonce de David. Il y a sans doute eu des conflits par le passé, cette famille n'a pas l'air aussi lisse qu'il n'y paraît.

— Bien sûr ! s'exclame Marie. Vous allez devoir partager entre vous les deux chambres du fond. Les autres seront prises par les enfants.

— Eh bien, Lily va dormir avec nous, on va rajouter un matelas, Angelia tu n'as qu'à…

— Elle dort avec moi, interrompt Zac.

— Bien sûr que non, une jeune fille comme elle ne peut pas dormir avec toi. Ne dis pas de bêtises, Zachary, glisse la voix prétentieuse de Marie.

Une jeune fille comme moi ? Qu'est-ce que j'ai de spécial, si ce n'est mon insociabilité ? Mais Zac ne l'entend pas de cette oreille et se rapproche de la femme, plus menaçant que jamais.

— Elle dort avec moi, gronde-t-il terrifiant.

Marie déglutit puis finit par hocher la tête, malgré l'indignation qui transparaît sur son visage.

— Zachary ! Ne commence pas, comporte-toi bien, gronde Quentin. Tu pourrais au moins demander l'avis d'Angelia.

— Angelia ? questionne Zac.

Je hoche timidement la tête, acceptant sa proposition. Satisfait, Quentin monte à l'étage, suivi par une Lily légèrement nerveuse. Rachel toise durement Zac, contrariée par son comportement. Mais celui-ci l'ignore et attrape brusquement nos bagages, avant de se diriger vers l'escalier. Je m'apprête à le suivre, mais un chuchotement me parvient.

— Le portrait de son criminel de père, murmure Marie à son mari.

Je m'arrête, choquée par le jugement contenu dans ses paroles. Malheureusement, elles n'ont pas échappé à Zac. Il pousse un grognement puissant, laisse tomber les valises et s'élance comme une furie vers la coupable. Lorsqu'il passe devant moi, je suis paralysée par la haine qui se dégage de lui. Le temps de reprendre mes esprits, il n'est plus qu'à un mètre de Marie. Heureusement, Rachel s'interpose à temps. David, bien que tremblant, s'empresse de faire de même. C'est vrai qu'à cet instant Zac est terrifiant.

— Répète ce que t'as dit, sale garce ! explose-t-il.

Quentin arrive en courant pour aider Rachel à contenir la rage de son beau-fils, qui semble décidé à frapper Marie. Je crains que leur autorité ne pèse pas lourd, face à la colère de Zac.

— Peut-être que mon père est un criminel, mais je suis fier d'avoir du sang *latino* dans les veines, pour ne pas être totalement infesté par le vôtre, hurle-t-il.

— Le mien n'est pas sali par la drogue et les meurtres de ton gang ! réplique Marie.

— Tante Marie ! s'exclame Rachel, outrée.

— Tu vas trop loin, concède David.

En vain, car Zac réagit immédiatement. Dans un cri rageur et avec une force incroyable, il se dégage de l'emprise de ses parents et de David, et fonce sur sa proie. Il attrape Marie par la gorge et la colle contre le mur.

— Le prochain meurtre sera le tien, éructe-t-il, sa voix rauque résonnant dans toute la maison.

Je reste ébahie devant la scène. Pour une fois, je ne pense même pas à le cacher. Une rage indescriptible me prend aux tripes lorsque je repense aux paroles de Marie. Elle n'a aucun droit de parler comme ça, elle ne connaît rien de la vie de Zac ! Si elle savait ce qu'il a dû traverser ! Ses accusations sont terriblement injustes. D'ailleurs, elle tremble de tous ses membres et sursaute violemment lorsque le poing puissant de Zac s'enfonce dans le mur, à trois centimètres de ses cheveux.

— Zachary ! Ça suffit ! crie Quentin, en tentant de l'arrêter.

Quelques secondes passent, sans un bruit. Tout le monde est sous le choc. La respiration saccadée, Zac pousse un dernier grognement de colère, puis relâche Marie avant de se diriger dehors, à travers la baie vitrée. Celle-ci donne sur un petit chemin entouré d'arbres. Il l'emprunte, et bientôt sa silhouette s'efface dans la forêt.

Rachel pousse un profond soupir et prend dans ses bras Lily, en pleurs. David s'assure que sa femme va bien. Je suis donc l'intruse, celle qui n'a pas de famille, pas d'émotions, qui n'a rien à faire ici. Je comprends soudain le sentiment de rejet de Zac. Alors je fais la seule chose que j'ai à l'esprit en cet instant. Le rattraper.

— Tu ne vas pas le suivre tout de même, tu es suicidaire, ma parole ! s'écrie Marie, alors que je m'avance vers la porte-fenêtre.

Malgré la rage qui gronde dans mon corps, je me contrôle et lui lance un regard glacial.

— J'ai plus d'idées suicidaires en votre présence qu'avec lui, dis-je froidement.

Il est rare que j'utilise ce ton, mais cette femme le mérite. Son visage se décompose, et je quitte cette maison sans regret. Je me dirige vers ce mystérieux chemin où a disparu Zac, ignorant les appels de Rachel.

Je n'ai qu'une envie, être avec lui. Il est le seul à me faire sentir vivante. Le seul à me faire ressentir cette émotion si particulière, et jusque-là inconnue.

L'amour.

Chapitre 41

(Zachary)

Je regarde l'horizon, debout, face à la mer. L'odeur particulière de l'air marin s'infiltre profondément dans mes poumons, et je soupire, plus calme. Mes muscles se tendent à nouveau lorsque je repense à cette pute de Marie. Elle ne fait même pas partie de la famille ! Elle n'est que la femme de David, le frère de ma grand-mère ; cette pièce rapportée n'a aucun droit de juger qui que ce soit. Depuis que je suis né, elle me hait. David, lui, est bien plus gentil, mais totalement soumis à sa femme. Cette connasse a tout fait pour transmettre sa haine à ses deux filles, Malia et Sophie. Heureusement, l'une des deux a pu se détacher de sa mère et s'en sortir ; enfin, si avoir une bouteille de vodka scotchée à la main peut s'appeler « s'en sortir ».

— Zac ? murmure une petite voix derrière moi.

Instantanément, je souris. Elle m'a suivi, elle ne m'a pas abandonné. Bon sang, ce que ça fait du bien d'avoir au moins un soutien ! Je me retourne, le sourire aux lèvres.

— Viens là !

Je le dis sur le ton d'un ordre, mais je n'y peux rien, j'en ai besoin. En cet instant, je suis tellement sur les nerfs que je risque de craquer à tout moment. Et il n'y a qu'elle qui puisse m'empêcher de sombrer.

D'un pas d'abord hésitant, puis plus affirmé, elle s'approche. Je tends ma main vers la sienne, et elle la saisit. J'adore cette sensation, sa peau est terriblement douce.

— Wouah…, chuchote-t-elle, ébahie.

Je remarque alors tout l'émerveillement contenu dans son regard. Le coucher du soleil s'y reflète, c'est la plus belle chose que j'ai jamais vue. Avec ses cheveux volant dans la brise et sa bouche à demi ouverte, elle est splendide. Sa bouche. Elle a l'air délicieuse. Mon regard ne quitte plus ses lèvres, j'en ai tellement envie. Mais je me retiens, au prix d'un immense effort. Je ne peux pas faire ça, je ne peux pas l'embrasser après ma crise. Je dois la dégoûter après les mots que j'ai prononcés. J'ai quand même dit que j'allais commettre un meurtre. Mais quel con ! Déjà que Jean me hante jour et nuit, je n'ai pas besoin d'en rajouter !

Et surtout pas Marie, cette pouffiasse de bourge.

— C'est la première fois que tu vois la mer ?

— Oui. C'est… incroyable, dit-elle.

Détachant mes yeux d'elle avec difficulté, je dirige mon regard vers les vagues qui s'échouent sur le sable mouillé. J'ai toujours aimé venir ici, c'est apaisant, tranquille. Ma grand-mère avait acheté cette maison pour son accès direct à ce bout de plage isolé. Personne ne vient ici. À moins d'habiter à côté, c'est très difficile d'accès.

— Alors, tu ne t'es jamais baignée ?

Elle secoue la tête, puis la tourne vers moi. C'est en voyant mon regard qu'elle comprend.

— Non… Non, non, et non !

— C'est formidable, tu vas voir, je m'exclame. Tu oublies tous tes problèmes et ça fait un bien fou !

— Non, Zac, je ne peux pas, tu ne comprends pas…

— Tu ne sais pas nager ? Aucun problème, je ne te lâcherai pas.

— Non, s'il te plaît, laisse tomber…

Alors sa main se détache de la mienne, et elle recule de quelques pas. Toute l'angoisse qu'elle ressent se peint sur son visage. À ce moment, ça me frappe comme un fouet. Quel abruti ! Ce n'est pas qu'elle ne sait pas nager, c'est qu'elle est traumatisée. Son père a dû la dégoûter de l'eau, avec les tortures qu'il lui a infligées.

— Tu as peur, pas vrai ? je demande doucement, en me rapprochant d'elle.

Ses lèvres se referment en tremblant, et elle hoche la tête, retenant ses larmes. Bordel, mais quel con ! j'ai encore tout gâché.

— Dès que je m'approche trop près de l'eau, une angoisse m'envahit…, susurre-t-elle, la voix serrée par l'émotion.

— Je suis désolé, j'avais oublié pour… la baignoire.

— Ne t'excuse pas. Je ne veux aucune pitié, je n'en mérite pas.

— Bien sûr que si ! je m'écrie, en passant la main sur sa joue. La seule personne qui ne mérite aucune pitié, c'est ton père. Si on peut encore appeler ce monstre comme ça. Toi, tu mérites d'être choyée et protégée jusqu'à la fin de tes jours.

Des larmes coulent le long de ses joues. Je les efface avec mes doigts, les unes après les autres.

— C'est la chose la plus gentille qu'on m'ait jamais dite, chuchote-t-elle si bas que j'ai l'impression de l'avoir imaginé.

Je souris, déterminé à remettre un peu de joie dans son beau regard azur.

— Je suis plutôt doué pour ça ! On ira se baigner quand tu te sentiras prête, d'accord ?

Lentement, elle opine, puis d'une délicatesse infinie, sa main vient rejoindre la mienne sur sa joue. Et nous restons ainsi à nous regarder, les yeux dans les yeux. Le revoilà, ce fameux moment, celui où mon désir reprend le dessus. Je ne réfléchis plus à rien, je ne veux qu'une chose : l'embrasser. Alors je me penche doucement vers ses lèvres. Celles-ci, à demi ouvertes, me donnent la permission. Je vois ses paupières battre plusieurs fois avant de se fermer.

Même si quelqu'un débarque, même si un tsunami déferle, même si je le souhaite, rien ni personne ne pourra interrompre cet instant si intense. J'en ai embrassé, des filles, croyez-moi, mais jamais je n'ai ressenti cette sensation indescriptible dans mon corps, lorsque mes lèvres ont touché les siennes. Elles sont tellement douces… Et un léger goût sucré les rend délicieuses. Avec précaution, je bouge légèrement mes lèvres contre les siennes. Je n'arrive pas encore à réaliser que je suis en train d'embrasser Angelia ! Mon ange, ma tarée à moi…

Je prends son visage entre mes mains et je me colle contre elle. Tout est enflammé chez moi. J'ai tellement envie d'elle, tellement envie de plus. Mais je me recule, ne voulant pas la brusquer. Si elle savait toutes les idées qui me passent par la tête, après ce baiser… Ça n'a duré que quelques secondes, mais ça a déclenché en moi une tornade de désirs. Alors, lorsque mes lèvres se décollent des siennes, je pose mon front contre le sien. Je n'arrive pas à ouvrir les yeux. Et si elle n'avait pas aimé ? Si elle est dégoûtée ? Je ne supporterais pas un rejet, surtout après cette journée de merde. Je l'entends haleter légèrement. Il faut que je sache, que j'assume. Mes paupières s'ouvrent, et son regard rencontre le mien. J'y vois de la surprise, et quelque chose d'incroyable. Cette lueur qu'une seule chose peut produire. Une chose si inattendue de sa part…

Un sourire.

Ses lèvres remontent doucement, dans un sourire absolument magnifique. Et pour la première fois, je vois ses traits se détendre, je la vois heureuse. Des petites pattes-d'oie se forment au coin de ses yeux, et je ne peux m'empêcher de les frôler de mon doigt.

— Bon sang, Angelia ! je m'écrie, fou de joie.

Ses joues se colorent d'un rouge adorable, et un petit rire

lui échappe. C'est le son le plus incroyable que je aie jamais entendu. Je photographie mentalement ce moment, voulant me souvenir à tout prix de son premier sourire. Bon sang, ce qu'elle est belle. Elle est naturellement sublime, mais quand elle sourit elle devient… divine.

Je la prends dans mes bras, ne résistant pas à l'envie de la sentir contre moi. Timidement, elle pose les siens autour de ma nuque, et je sens son souffle chaud caresser mon cou. Le contraste avec la fraîcheur de la brise provoque une série de frissons qui parcourent mon torse. J'inspire profondément, et son odeur imprègne mes poumons. Elle sent tellement bon, son odeur mêlée au savon à la rose. Bordel, ce que j'aime ça.

Mais, avant que je puisse fourrer mon nez dans son cou, une vibration m'interrompt.

— Putain…, dis-je en sortant mon téléphone de ma poche.

Évidemment, il n'y a que ma mère pour m'appeler à ce moment précis.

— Quoi ? je demande sèchement.

— Angelia est avec toi ?

Je jette un regard à la concernée, qui joue distraitement avec ses doigts, les yeux rivés sur l'océan. Je sais qu'elle pense à moi, à notre baiser, car ses joues sont toujours colorées. C'est d'un ton plus adouci que je réponds à ma mère.

— Oui, elle est là.

Je l'entends soupirer de soulagement. Puis elle me demande comment je vais.

— Enchaîne, maman, dis-je, lassé.

Il est hors de question que je fasse la causette avec elle. Ma colère est toujours tapie au fond de moi, même si Angelia l'a étouffée un instant. Et elle va sortir à un moment donné, et je crains ce moment plus que tout au monde.

— Voilà…, commence-t-elle. Tes tantes sont arrivées, ainsi que… James.

— J'arrive.

Je raccroche, et mes poings se serrent en pensant à ce fils de pute. La dernière fois que je l'ai vu, il y a un peu plus d'un an, je lui avais mis la raclée de sa vie. Depuis, nous ne nous sommes pas revus. Et heureusement. Il me hait autant que Marie, je pense. Il m'a fait les pires crasses possibles, m'humiliant à chaque réunion de famille, sauf une. Noël dernier. Il est arrivé avec sa copine, canon d'ailleurs (mais pas autant que mon ange). Ma colère a enfin trouvé un moyen d'action. Ça a été facile de la mettre dans mon lit, « fidélité » ne faisant pas partie de son vocabulaire. Mais ce connard de James était amoureux ; qui l'aurait cru, un sans-cœur comme lui. Ça a fini en bain de sang, dont je suis sorti vainqueur, bien sûr. Il faut bien que mon enfance merdique serve à quelque chose. À cause de ce qu'il s'est passé, je suis persuadé que lorsqu'il verra qu'Angelia compte pour moi il tentera de la séduire à tout prix. Il va falloir que je la protège de ce malade.

— Tout va bien ? demande-t-elle en m'observant.

Je lui souris et prends sa main dans la mienne. J'ai besoin d'elle, besoin de sa présence pour me rassurer. Car, oui, je suis terrifié. Non parce que je pense qu'elle peut tomber dans ses bras – aucun doute, ça n'arrivera pas –, mais parce que James est un vrai psychopathe.

— L'autre partie de la famille est arrivée, j'annonce.

Je sens sa main serrer la mienne. L'angoisse se peint à nouveau sur ses traits. En un rien de temps, ma stupide famille a réussi à faire disparaître le peu de joie de vivre que je lui ai apporté. Lentement, nous nous dirigeons vers la maison. Avant de sortir du sentier, je regarde une dernière fois Angelia pour me donner du courage. Ses yeux rencontrent les miens, se demandant pourquoi on s'arrête.

— Fais attention à James, mon ange. C'est un connard.

Elle me sonde plusieurs secondes avant d'opiner du chef. Légèrement rassuré, je poursuis et entre par la baie vitrée. Ça y est, je l'entends, sa putain de voix insupportable.

— Zac, me lance-t-il froidement.

Comme un réflexe, je me place devant Angelia et dirige mon regard vers ce sale type. Ses cheveux, d'un brun plutôt clair, sont plus courts que la dernière fois, et ses yeux marron toujours aussi dénués de sentiments. Il avance vers nous. Il fait la même taille que moi, mais est bien plus fin.

Les autres sont aux aguets, craignant nos retrouvailles. Ils ne sont pas bêtes, ils doivent saisir que les rôles sont inversés par rapport à l'an dernier. Il est hors de question qu'il approche Angelia. S'il veut la mettre dans son lit, ça ne pourrait être qu'en se passant de son consentement. Je vous l'ai dit, c'est un putain de psychopathe.

— James. Sophie, je les salue d'un ton glacial. Hello, tante Malia.

— Coucou, mon Zac ! s'exclame-t-elle, un verre déjà à la main.

Je la comprends. Comment ne pas devenir alcoolique avec une famille comme celle-là ? C'est le seul recours pour une personne « normale ».

— Tu ne me présentes pas ? s'écrie haut et fort mon cousin.

Lentement, je tire sur la main d'Angelia. Elle se place à mes côtés, et je vois alors le regard de James s'illuminer. Ses yeux marron, assortis à sa chevelure, s'écarquillent légèrement, assez cependant pour que je le remarque, moi, et Angelia aussi, sûrement. Il la désire, je le sens. Bordel ! C'est ce que je voulais éviter à tout prix. Mais avec une beauté comme elle, rien n'aurait pu l'empêcher.

Je sens mon sang bouillir et lui coule un regard menaçant pour le prévenir qu'il n'a pas intérêt à la toucher. Il sait très bien ce qu'il l'attend, s'il ose. Je m'en donnerai à cœur joie. Ma mère intervient immédiatement.

— Angelia est la jeune fille que nous accueillons, James. Elle est sous notre responsabilité, dit-elle tout insistant sur le dernier mot.

— Pour qui prends-tu mon fils ? intervient Sophie. Il ne va pas se jeter sur elle, il sait se tenir.

Entre les deux cousines, c'est loin d'être le grand amour. Il n'y avait que ma grand-mère qui arrivait, chaque année, à nous réunir. Mais, maintenant qu'elle n'est plus là, c'est bien la dernière fois qu'on va se côtoyer. Sauf avec tante Malia, qui reste une femme géniale.

— Je préfère prendre les devants, on sait tous de quoi ton fils est capable, réplique sèchement ma mère.

La bouche de Sophie s'ouvre en grand, et elle détourne la tête, rouge de honte. James ne réagit pas, les yeux toujours fixés sur Angelia. Qui sait quelles idées tordues il est en train de former dans son esprit ? Rien que de penser qu'Angelia en est le personnage principal me met hors de moi. Comme à son habitude, celle-ci ne se gêne pas pour faire de même. Mais, contrairement à elle, James a le regard fou. Il a trouvé une nouvelle victime.

— Tu ne la toucheras pas, je grogne d'une voix rauque, essayant de m'interposer devant Angelia.

Une lueur de défi s'allume dans les yeux de James. Une idée me frappe : s'il arrive quoi que ce soit à mon ange, j'en serai aussi responsable que James. Car c'est moi qui ai nourri cette haine féroce en lui. Un sourire malsain se dessine sur ses lèvres, et il me répond, provocant :

— C'est ce qu'on verra.

Puis il se retourne avant de lancer un clin d'œil à la fille qui se cache derrière moi. C'est le pire scénario que je pouvais imaginer. Une nouvelle bataille entre nous vient de débuter, et Angelia en est le gain. Mais je compte bien la remporter, quitte à y laisser un bras. Car je crois bien que je l'aime.

Chapitre 42

(Angelia)

— Angelia, dépêche-toi, m'ordonne Zac, à cran, dans l'escalier.

Je rentre dans la chambre que nous allons partager, et il ferme à clé. En voyant son visage crispé, je me remémore les quelques instants que l'appel de sa mère a interrompus. Quand ses lèvres se sont posées sur les miennes. Oh ! mon Dieu ! Sans même le savoir, j'avais attendu ce moment depuis le premier jour de notre rencontre. Je me suis sentie sereine, en paix. J'avais cette sensation que je n'ai qu'en sa présence, ces papillons dans le ventre. Alors j'ai souri, c'est venu naturellement. Seul lui a réussi à me donner cette envie, que je croyais disparue à jamais.

Et ses lèvres… Douces, charnues, parfaites… Sur l'instant, j'ai été totalement paralysée, mais j'en avais envie. J'en avais surtout besoin.

— Qu'est-ce qu'il se passe, Zac ? je demande, nerveuse.

Il ne me répond pas et continue à grommeler des insultes à l'égard de son cousin, tout en rangeant frénétiquement ses affaires.

— Zac ?

— Si ce sale pervers ose te toucher, je lui ferai bouffer ses dents, maugrée-t-il, toujours dans ses pensées.

Tandis qu'il fourre en vrac ses affaires dans l'armoire, je commence à m'énerver. Bon sang, il range n'importe comment ! Avec James, j'ai eu ma dose de stress, je n'ai pas besoin que Zac me communique le sien par-dessus le marché. Par pitié, je veux juste qu'il se calme. À la énième insulte marmonnée dans sa barbe, je craque.

— Zachary ! je m'écrie, au bord des larmes.

Alerté par mon ton, il s'arrête enfin et se tourne vers moi. Il soupire, puis pose les habits qu'il tient entre les mains sur le lit.

— Excuse-moi, mais je ne suis pas tranquille, tous mes sens sont en alerte. Bordel, je te jure que s'il s'approche de toi, il est mort !

Je me dirige vers l'armoire et ressors absolument tous les vêtements qu'il a entassés en boule, pour les ranger moi-même.

— Que veut-il ? je murmure, terrifiée.

— Toi, tout simplement. J'avais une minuscule chance pour qu'il te laisse tranquille, mais j'ai été trop impulsif, dit-il en se passant une main dans les cheveux.

Tout en rangeant machinalement nos affaires, j'essaie de camoufler la frayeur qu'il m'inspire. Son regard, tout à l'heure, m'a pétrifiée sur place. Comme si, au moindre mouvement, il allait se jeter sur moi. Mais j'ai besoin de réponses. Pour pouvoir l'éviter, il faut que je comprenne. Alors je pose les derniers vêtements et m'assois en tailleur sur le lit. Zac s'allonge à mes côtés, toujours aussi beau. Je me penche au-dessus de lui et le fixe.

— Qu'est-ce que ta mère voulait dire par « on sait tous de quoi il est capable » ? je demande, en essayant de ne pas l'aveugler avec mes cheveux qui pendent sur son visage.

— James est un putain d'obsédé, soupire-t-il. Et ce n'est pas qu'une insulte, il l'est vraiment. Un jour, en vacances, quand j'avais douze ans et lui dix-sept, la police est venue nous voir. Une fille qu'il avait agressée l'avait dénoncé, et c'était loin d'être la seule. Bien sûr, cette garce de Marie pensait que c'était moi le coupable. Si tu avais vu sa tête et celle de Sophie quand ils ont embarqué l'enfant chéri. Il a été accusé de viol sur mineure. Pour moi, ce n'était pas une surprise. J'ai toujours su que ce mec avait un problème avec les filles. Il ne contrôle pas ses pulsions, ce qui le rend très dangereux. Il a passé quelques mois en détention, puis a repris le cours de sa vie, comme si de rien n'était. Dans la famille, on a étouffé l'affaire. Mais pas moi. Je me rappellerai toujours son regard, lorsqu'il repère sa future victime. Ce même regard qu'il a posé sur toi tout à l'heure…

Je sens l'angoisse monter en flèche. Vite, il faut que je me concentre sur autre chose. Ses yeux. J'observe dans les moindres détails ses pupilles noires aux reflets de braise, qui fixent le plafond. Il n'a pas cillé en racontant son histoire, alors qu'une terreur fulgurante m'a traversée. Et si James s'en prenait à moi ? Je ne le supporterais pas, pas après ces dix-sept années avec… papa. Zac remarque mon silence et se relève doucement.

— Hé, dit-il en posant les doigts sur ma joue, il ne te touchera pas. Je te promets que je ne te lâcherai pas d'une semelle.

Malgré mes craintes, je choisis de lui faire confiance et finis par opiner du chef. Il sourit, avant de se lever, enthousiaste.

— J'ai quelque chose pour toi ! s'écrie-t-il, fouillant dans son sac à dos. Je dois dire que j'ai beaucoup hésité… Enfin, ce n'est pas à moi de décider.

Puis il cache un paquet derrière lui. Malgré son sourire, je sens son incertitude. Qu'est-ce qui peut le faire douter à ce point ? Lentement, il me montre le cadeau et l'ouvre devant moi. Mon bonnet noir. Usé, mais toujours aussi précieux. Quelle joie de le récupérer ! Je m'en saisis aussitôt, comme s'il pouvait s'enfuir.

— Je l'ai repéré sous les casiers au lycée. Tu as dû le perdre au cours de… là-baston avec Carla.

Je pensais l'avoir perdu à tout jamais, et Zac l'a retrouvé. Je serre le tissu contre moi et vérifie qu'elle est toujours là. Oui, la petite bosse y est ! Je soupire de soulagement. Ce bonnet compte énormément pour moi. Il détient la seule chose qui me relie directement à ma mère.

— Merci, dis-je dans un souffle, en levant les yeux vers Zac.

— Remercie-moi en souriant à nouveau.

Alors je sens mes lèvres s'étirer en un sourire, sans que je leur demande. Seul Zac peut produire ce miracle. Un petit coup à la porte me fait sursauter.

— On va passer à table ! prévient Rachel, depuis le couloir.

— On arrive, répond Zac.

Je vais ranger mon bonnet dans mon sac, bien au fond pour être sûre de ne pas le perdre. Puis, avant que je puisse ouvrir la porte, la main de Zac s'enroule autour de mon bras et me fait pivoter.

— Attends…, souffle-t-il contre moi.

Son regard a changé du tout au tout. Je reconnais cette lueur si spéciale qui annonçait son dernier baiser. Là encore, il presse ses lèvres contre les miennes, avec plus d'ardeur. Je ne réagis pas tout de suite, tant je suis surprise. Surprise et… ravie.

— J'en avais besoin, avant de l'affronter, murmure-t-il contre mon front.

Puis il ouvre la porte et me précède. Dans le couloir, il tombe nez à nez avec une silhouette désormais familière.

James.

— Putain ! mais qu'est-ce que tu fous là ? s'écrie Zac.

— Le repas est servi, répond-il simplement.

— On le sait, ma mère est déjà passée.

James se contente de m'adresser un sourire qui me fait froid dans le dos. Il a dans le regard cette même nuance qui m'effrayait tant chez mon père. La cruauté. On le devine sans pitié.

Il tourne ensuite les talons et descend vers le salon. Je relâche l'air qui, sans que je m'en aperçoive, était resté bloqué dans mes poumons. Des frissons me parcourent le corps, mon appétit s'est envolé. Délicatement, Zac passe le bras autour de mes épaules.

— Je suis là, dit-il d'un ton rassurant.

Mais lui aussi est sur les nerfs, je le vois bien. Cette histoire doit même l'angoisser plus que moi. J'ignore les signaux de danger que m'envoie mon esprit et suis Zac dans l'escalier.

Des rires me parviennent de la salle à manger. Une grande table garnie par de nombreux plats est déployée d'un bout à l'autre de la pièce. Toute la famille est déjà à table, dans une discussion animée. Malia et Lily, hilares toutes les deux, nous saluent à notre arrivée. Malgré les incidents de l'après-midi, l'atmosphère est détendue. Marie et Quentin discutent poliment, ainsi que David et Sophie. Seul un visage échappe à la bonne humeur générale. James. Il me fixe, ou plutôt il fixe ma main dans celle de Zac, de son regard fou. Sa mère doit l'avoir remarqué car, tout en continuant sa conversation avec son voisin de table, elle pose une main sur son bras. James finit par détourner le regard pour se concentrer sur son assiette.

— Et voilà, il ne manquait que la salade ! s'écrie gaiement Rachel en arrivant avec un saladier.

Je m'installe à côté de Zac ; malheureusement en face de James. Celui-ci m'observe toujours du coin de l'œil. C'est impossible, je n'arriverai jamais à manger s'il n'arrête pas ! La peur me serre littéralement les tripes. Les conversations continuent autour de la table, mais nous sommes trois à garder le silence. À combattre en silence.

— Il faut que tu manges, mon ange, me dit Zac.

— Je n'ai… pas très faim.

— Je sais, mais on ne peut pas partir avant que le dîner soit fini.

J'opine du chef, mais un soupir s'échappe tout de même des mes lèvres. Même le souvenir de nos baisers ne parvient pas à atténuer l'angoisse que je ressens. Un puissant raclement de gorge se fait entendre, et tout le monde se tourne vers James.

— Et sinon, Angelia, commence-t-il, quelles sont tes passions ?

À court de mots, je le fixe, tétanisée. La main de Zac rejoint ma cuisse, et je la prends dans la mienne pour me donner du courage. Ce dîner va être terriblement long.

Chapitre 43

(Zachary)

Je fusille du regard mon imbécile de cousin tout en serrant la main d'Angelia. Je vois bien qu'elle est terrifiée. Mais c'est l'être le plus courageux que je connaisse. D'ailleurs, elle finit par se reprendre et affiche un air neutre. Je suis peut-être le seul à connaître la vraie Angelia, celle cachée derrière sa carapace, et cela me donne une grande satisfaction.

Personne ne remarque ce que cache la question de James, en apparence innocente. Ils pensent tous que les mois passés en taule ont réussi à le calmer. S'ils savaient… Il ne va pas s'arrêter de nuire, jamais, et sûrement pas après avoir vu Angelia. Pour l'heure, je ne peux rien faire ; pas deux scandales dans le même après-midi.

— J'aime… lire et dessiner, murmure Angelia.

Dessiner ? Je me retiens d'afficher mon étonnement. Ça ferait bien trop plaisir à l'autre con. Mais comment se fait-il que je ne sois pas au courant ?

— C'est formidable, commente gaiement Marie. Où as-tu appris à dessiner ?

— Je n'ai jamais appris. Je le fais, c'est tout.

— Intéressant…, déclare James en souriant. Tu pourrais me faire un dessin, ma belle ?

Ça suffit, j'en ai plus qu'assez de son petit jeu !

— Tu n'auras d'elle ni dessin, ni rien d'autre. Et ne l'appelle plus jamais comme ça, dis-je en grinçant des dents.

Il ricane et lève les yeux au ciel.

— Pourquoi tu t'énerves, Zac ? Je pose une question, c'est tout.

Bordel, ce que mon poing me démange !

— Tu voudras bien me montrer tes œuvres ? poursuit James, tournant les yeux vers Angelia. Un petit moment, rien que tous les deux…

La main d'Angelia s'accroche si fortement à la mienne que je sens ses ongles s'enfoncer dans ma chair. Heureusement, ma mère me prend de vitesse :

— Arrête ça, James. On ne la laissera jamais seule avec toi. Zac est chargé de veiller sur elle, il ne la lâchera pas d'une semelle, n'est-ce pas ?

— Compte sur moi, dis-je en fixant mon cousin droit dans les yeux.

Il perd son petit sourire en coin, laissant voir toute la haine qu'il a à mon égard. Comme ça on est deux. Angelia est d'une pâleur inquiétante, il est temps d'y aller.

— Je vais me coucher, je suis crevé, je déclare en me levant de ma chaise, imité par Angelia.

— Bonne nuit, les enfants, lance David.

Je les salue, et nous nous dirigeons vers l'escalier. Une fois dans la chambre, je ferme la porte à clé. Ce malade est capable de venir la nuit pour nous espionner.

— La salle de bains est à côté, si tu veux te doucher.

Angelia acquiesce et prend quelques affaires avant de s'y enfermer. J'enfile un T-shirt, ne voulant pas la mettre mal à l'aise. Je n'en reviens pas, je vais dormir avec elle… Il y a quelques semaines, alors qu'elle était à l'hôpital, je me suis endormi sur son lit en m'imaginant être à ses côtés ; et aujourd'hui c'est le cas.

Je m'allonge sur le matelas, un bras derrière la tête. Timidement, elle s'approche. Je vois bien qu'elle est gênée, c'est donc à moi de la mettre à l'aise.

— Tu ne m'avais jamais dit que tu dessinais.

— Tu ne me l'a jamais demandé, réplique-t-elle.

J'adore cette repartie spontanée. Elle le fait naturellement, c'est ce que j'aime chez elle.

— Je pourrais voir tes dessins ?

Elle se mord la lèvre, pesant le pour et le contre. Mon Dieu, qu'elle est sexy quand elle fait ça. Elle finit par sortir de son sac un petit carnet de croquis. Puis elle s'installe en tailleur sur le lit et attend quelques secondes avant de me le tendre. Je lui souris et soulève la couverture. Ce que j'y vois me laisse sans voix. Des traits durs, le regard froid, des lèvres pincées…

— Ton père…

Elle acquiesce. Malgré le modèle abject, je ne peux m'empêcher d'admirer le dessin. Elle a du talent, c'est incroyable. Chaque coup de crayon touche à la perfection, il n'y en a pas un de trop.

— Tu dessines incroyablement bien ! je m'exclame en tournant la page.

Le deuxième dessin représente une jeune fille allongée au sol, du sang s'étalant autour d'elle. Au premier plan, un homme de dos lui fait face, un couteau ensanglanté à la main. Je vois bien qu'elle attend ma réaction, guettant mes moindres gestes. Mais je reste calme, je contrôle l'immense colère qui me submerge.

— C'est ma psy, elle pense que c'est un moyen d'extérioriser mes souvenirs, m'explique-t-elle doucement.

— C'en est un, en effet.

Et je continue à feuilleter le carnet, page après page. Chaque nouveau dessin révèle une nouvelle facette de sa souffrance et attise ma haine. Je ne veux pas tuer son père, non. Je veux l'anéantir. Réduire en miettes chaque partie de son être, et le torturer comme il a torturé sa propre fille. Mais je ne fais aucun commentaire, et Angelia en est soulagée. Il n'y a pas besoin de mots.

Lorsque j'arrive à la dernière page, je reste sous le choc. Un jeune homme y est représenté, le bras appuyé contre une porte. Quelques mèches tombent sur ses yeux noirs et son expression est fermée.

— C'est moi…, je souffle, hypnotisé par la ressemblance.

— Le jour de notre rencontre. De toute ta famille, c'est toi qui m'as le plus intriguée.

— Pourquoi ?

— Tu avais ce regard, cette colère qui émanait de toi. La même que je ressentais à l'égard de mon père. Sauf que tu l'assumais, contrairement à moi.

— Tu n'as plus à avoir peur de lui, c'est fini maintenant. Tu as le droit d'être en colère, de le haïr pour tout ce qu'il t'a fait subir. Bon, je ne te dis pas de suivre mon exemple, parce que je m'attire toujours un tas d'emmerdes, ajouté-je pour la détendre un peu.

Par miracle, ça marche. Un timide sourire se forme sur ses lèvres roses. Bordel, ce qu'elle est belle !

— En tout cas c'est très ressemblant, je suis superbe !

Cette fois-ci, un petit éclat de rire lui échappe, et elle vient poser son doigt sur la feuille.

— Oui, murmure-t-elle.

— Qu'ai-je entendu ? Un compliment ? je m'exclame, sourire aux lèvres.

Elle lève les yeux vers moi et, du bout du doigt, m'effleure le visage. Puis elle plante son regard sérieux dans le mien, avec une telle intensité que j'en reste cloué sur place.

— Tu es beau, Zac, chuchote-t-elle.

Je reste stupéfait. Ce n'est peut-être pas le plus original des compliments qu'on m'ait faits, mais c'est de loin le plus puissant. Car cet aveu, dans la bouche d'Angelia, est inespéré.

— Tu es la fille la plus incroyable que je connaisse.

Elle retire sa main, et un sourire d'une tristesse infinie se dessine sur son visage.

— Je ne pense pas, non.

Je fronce les sourcils. Bordel. Elle est courageuse, d'une beauté divine, avec une personnalité singulière (que j'adore plus que tout) ; quand va-t-elle s'en rendre compte ?

— Pourquoi tu dis ça, Angelia ?

Elle secoue la tête et se lève du lit. Je vois bien qu'elle ne veut pas en parler, mais je suis plus têtu qu'elle. Il faut qu'elle comprenne une bonne fois pour toutes qu'elle est extraordinaire !

— Dis-moi, j'insiste.

Elle m'ignore et va ranger son carnet dans son sac. Il est hors de question qu'elle s'en sorte ainsi.

— Angelia !

— Parce que je suis une fille indigne, horrible ! J'ai commis un meurtre ! s'écrie-t-elle soudain.

Je la fixe sans un mot. Le ton de sa voix était glacial. Glacial et désespéré. Je vois bien qu'elle se retient de pleurer et m'en veux de l'avoir poussée à bout. Mais il le fallait, elle doit pouvoir s'exprimer à cœur ouvert. Je calme ma colère en respirant doucement. Ce n'est pas le moment de faire une crise.

— Qui as-tu tué ? je demande, me doutant déjà de la réponse.

— Ma mère. J'ai assassiné ma propre mère…, dit-elle à bout de souffle.

— C'est faux, et tu le sais.

— Non ! C'est papa qui me l'a dit, je l'ai tuée en naissant ! Si je n'étais pas là, tout le monde serait plus heure…

— Arrête ! j'explose, ne contrôlant plus rien. Bien sûr que non ! Pas moi !

Elle me regarde, sous le choc. Oui, je suis en colère. Mais si elle pouvait arrêter de se dénigrer, je le supporterais mieux. Je me lève du lit pour lui faire face, avant de poursuivre.

— Si tu n'étais pas là, Angelia, je continuerais à me taper des nanas superficielles, à provoquer des bagarres pour calmer la rage qui gronde en moi. Je serais sûrement sans doute à nouveau impliqué dans mon gang et, qui sait, je finirais peut-être en taule comme mon connard de père. Si tu n'étais pas là, ma vie serait foutue ! Tu me rends heureux, Angelia, quand est-ce que tu vas le comprendre ?

Pour toute réaction, elle tord ses mains en silence. Toutes les émotions qu'elle me fait ressentir s'agitent dans ma tête et prennent bientôt la forme d'un mot. Si je ne lui dis pas maintenant, ça va me bouffer de l'intérieur.

— Je t'aime, Angelia.

Ses mains se figent, ses yeux s'écarquillent. Je ne saurais dire ce qu'elle pense, mais une chose est sûre : elle est sous le choc. Et moi aussi. Je n'en reviens pas de lui avoir dit ça. Mais, putain ! qu'est-ce que ça fait du bien ! Je me sens libéré d'un poids.

— Tout va bien ici ? s'exclame ma mère en toquant sur la porte.

Angelia sursaute puis détourne les yeux, fuyant mon regard. Et merde.

— Oui, ça va, je réponds, la voix serrée.

Je ne suis ni en colère ni triste. Je suis vide. Elle m'a rejeté, je me doutais que ça allait arriver mais… si tôt ? Sans même dire un mot ? Ne supportant plus son visage fermé, je me couche et me recroqueville dans mon coin. Désormais, je sais ce qu'ont ressenti toutes les filles avec qui j'ai joué. Je viens de me faire battre à mon propre jeu.

L'autre côté du matelas s'enfonce, et la douce odeur d'Angelia me parvient. Je serre les dents pour me retenir. Me retenir de quoi ? Je n'en ai pas la moindre idée, mais je sais que je dois me contrôler.

Elle éteint la lumière et s'allonge. Nous sommes tous les deux sur le dos, et seules nos respirations brisent le silence. Quand, soudain, je sens la fraîcheur de ses doigts sur les miens. Je retiens mon souffle. Qu'est-ce que ça veut dire ? Quelques minutes passent, et j'entends sa respiration s'emballer. Alors que je m'apprête à vérifier si elle va bien, elle me chuchote :

— Prends-moi dans tes bras, Zac.

Un soulagement intense me gagne. Elle ne me rejette pas ! C'est sa manière à elle de me dire qu'elle partage mes sentiments. Je sais qu'un jour elle me le dira explicitement, mais pas aujourd'hui. Pour l'heure, je veux seulement profiter de sa présence, de notre proximité, et oublier toutes ces questions.

Je me retourne sur le côté et entoure doucement son corps de mes bras. Elle se cale contre moi, sa tête contre mon torse. Je plonge mon nez dans ses cheveux, et l'odeur qui s'en dégage m'apaise immédiatement.

Ce soir, je ne voudrais être nulle part ailleurs.

Chapitre 44

(Angelia)

Ma joue me chatouille. Tirée de mon sommeil, je la frotte en grognant, ce qui déclenche un petit rire rauque à côté de moi. Le plus beau son au monde. Lentement, je m'efforce d'ouvrir les yeux, éblouie par la lumière du jour.

— Debout, ma petite marmotte, me lance Zac en ouvrant la fenêtre qui donne sur un charmant balcon. Le p'tit déj nous attend.

Tandis que je me lève, il vient s'asseoir sur le bord du lit, déjà habillé. En le regardant, ses paroles me reviennent en mémoire.

« Je t'aime, Angelia. »

Mes joues rosissent de plaisir. J'avoue que, sur le moment, j'ai paniqué. C'est la première fois qu'on me faisait une telle déclaration, et je ne savais pas comment réagir. Devais-je lui répondre « moi aussi » ? Une chose est sûre, c'est que je ne pouvais pas. Pas tout de suite, pas comme ça. J'ai des sentiments très profonds à son égard, mais c'est si nouveau pour moi… il me faut du temps. Quand j'ai vu à quel point je l'avais blessé, je crois que mon petit cœur, déjà fragile, s'est brisé avec lui. Je ne pouvais pas le laisser comme ça. Cette lueur dans son regard avait disparu, et ses traits s'étaient durcis. J'ai bien compris que je l'avais perdu. À nouveau, j'ai ressenti cette solitude étouffante qui me rongeait, quand je vivais avec mon père.

Voilà pourquoi je lui ai demandé de me prendre dans ses bras. Pour le récupérer. Et pour moi. J'ai été bêtement effrayée par des mots, alors que j'ai besoin de lui, de sa présence et de son affection. Et c'est quand je me suis retrouvée blottie contre lui, son cœur battant contre mon oreille, son souffle chaud dans mes cheveux, que j'ai compris.

J'ai compris que je l'aimais aussi. Et qu'il m'est devenu indispensable. Il est le seul à qui je puisse m'ouvrir, le seul qui me comprenne, le seul qui me fasse ressentir toutes ces choses extraordinaires.

— C'est moi qui te fais rougir comme ça ? plaisante-t-il.

S'il savait... Un petit sourire m'échappe, et je détourne le regard vers le balcon. La vue est magnifique, elle donne sur la mer qui s'échoue sur le sable. Qu'est-ce que j'aime la plage. Je pourrais y passer des heures.

— Quelle heure est-il ?

— Presque midi, répond-il en sortant un costume de l'armoire. Autant passer directement au déjeuner.

J'avais oublié ! C'est le jour des funérailles. Pour l'instant, il a plutôt l'air de bonne humeur ; peut-être grâce à hier soir. Mais ça ne va pas durer, et à ce moment-là il faudra que je sois là pour lui, c'est mon rôle. Il se tourne vers moi.

— Tu... Tu as bien dormi ? me demande-t-il. Je n'ai pas eu à te réveiller, cette nuit.

En réalité j'ai fait un cauchemar, mais je ne me suis pas réveillée en hurlant. Les bras de Zac m'ont apaisée, et j'ai pu me rendormir aussitôt. Je ne pense pas qu'un jour mes cauchemars cesseront, car comment oublier tous ces souvenirs ?

— Oui, c'était... une bonne nuit.

Son sourire s'élargit, et il hoche la tête. Je me lève et file rapidement sous la douche. En sortant, je tombe sur Rachel, très chic, en combinaison. J'oubliais, il faut bien s'habiller pour les enterrements, avec du noir. Mais je n'ai aucun joli vêtement ! Comme si elle lisait dans mes pensées, elle me tend une magnifique robe.

— Elle est pour toi, dit-elle.

— Pour moi ? Mais…

Elle opine du chef et me la montre : toute simple, mais élégante. C'est la première fois que je vais en porter une, ça me fait tout drôle. Avant, j'enviais les mannequins des publicités, toutes les femmes qui portaient de magnifiques robes. Elles avaient tellement l'air féminines, bien dans leur corps. Je n'ai jamais pu bien m'habiller ; au lycée, je m'en tiens au jean-pull-baskets. Aujourd'hui, j'ai enfin l'occasion de me voir autrement. J'ai l'impression de… revivre.

— Zac, laisse-nous une minute, demande Rachel à son fils.

— Maman, tu sais bien que…

— Allez, dehors !

— D'accord, d'accord !

J'observe la scène, amusée. Je peux voir tout l'amour que Rachel a pour Zac, et réciproquement, même si c'est un peu tendu depuis qu'on est partis. Il l'aime très fort, même s'il ne le montre pas. Tout le monde aime sa maman… même moi. Je ne l'ai jamais connue et je sais peu de choses d'elle, mais je ressens tout de même un manque. Discret, mais présent. Ce manque affectif que seul l'amour maternel peut combler. Je pense que si j'avais passé quelques années avec elle, ce manque serait bien plus douloureux. Peut-être suis-je chanceuse, finalement. Il n'empêche que je l'ai tuée. Je ne dois mon mal-être qu'à moi-même.

— Tu es prête ? me demande Rachel.

J'acquiesce et enfile la robe, qui tombe au niveau de mes genoux et laisse mes épaules dénudées. Les manches se terminent en dentelle autour des poignets. Elle me va comme un gant !

— Elle est magnifique, dois-je admettre en me regardant dans le miroir.

— C'est toi qui l'es !

Je souris tandis que je lisse le tissu le long de mon corps. Il est plutôt moulant, mais le résultat est très joli. Rachel m'attache un pendentif autour du cou, une petite pierre colorée, puis s'attaque à mes cheveux. Pendant qu'elle me coiffe, je m'observe à nouveau dans le miroir. Et je les vois. Mes ignobles cicatrices.

— Je ne peux pas mettre cette robe ! je m'écrie, paniquée.

Je ne peux pas les montrer, elles sont partout ! Sur ma poitrine, mes épaules, mes jambes, mon cou. Je vais tous les dégoûter !

— Pourquoi ça ? s'enquiert Rachel, surprise par mon changement d'humeur.

— Non, je ne peux pas, je ne peux pas…

Je pars aussitôt me cacher dans la salle de bains.

— Mais… Angelia ! Ouvre-moi, dit-elle en toquant contre la porte.

Elle pourrait l'ouvrir à tout instant, mais elle ne le fera pas, je le sais. Elle a toujours respecté mon intimité et elle ne forcera pas les barrières.

— Angelia ? lance une voix rauque.

Mais son fils, si. Zac ouvre lentement la porte et la referme derrière lui. Il s'approche de moi alors que j'essaie de retirer cette maudite robe.

— Ne me regarde pas, s'il te plaît, je murmure.

Il fronce les sourcils et n'obéit pas. Au contraire, il me scrute de haut en bas. Je sais qu'il m'a vue en pyjama, mais c'était le soir, tout était différent. Nous allions dormir, et il faisait sombre. Je n'ai pas envie de lui faire pitié, ni de le rebuter. Maintenant qu'il m'a avoué ses sentiments, j'ai tellement peur qu'il les reprenne…

— C'est quoi, le problème ? demande-t-il.

Je ne réponds pas et lui tourne le dos.

— Angelia ! gronde-t-il tout en me faisant pivoter vers lui.

— Arrête…, je sanglote.

— Pas avant que tu me répondes ! Qu'est-ce qui cloche ?

Je me tourne vers mon reflet. Un immense miroir orne le mur, et je lui fais face.

— Ça…, chuchoté-je en désignant mon reflet.

— Tu es sublime !

— Non, pas avec elles.

Au bout de quelques secondes, je vois son visage s'illuminer. Il a compris. Il s'approche alors lentement, comme un prédateur, le regard sombre. Sombre de désir. Il m'attrape par la taille et me colle contre lui. Sa bouche frôle la mienne, une fois, deux fois, avant de s'écraser contre mes lèvres.

Alors, j'oublie mes peurs, mes complexes et mes stupides cicatrices. Je ne pense qu'à lui, à ses lèvres magiques qui s'abreuvent aux miennes. Comme si sa vie en dépendait. De tendre, le baiser devient sensuel lorsqu'il passe sa langue sur mes lèvres. À cet instant, je perds mes repères et me laisse aller dans ses bras.

Puis il se détache doucement de moi, posant son front contre le mien. C'est un geste qu'il aime faire, nous sommes connectés l'un à l'autre. Une fois que nos souffles s'apaisent, il s'écarte de moi et me tourne vers le miroir. Nous observons nos reflets, et il pose son regard toujours aussi brûlant sur mon corps.

— Dis-moi ce que tu vois, me souffle-t-il.

— Je… toi et…

Il secoue la tête avant de relever les yeux vers moi.

— Quand je te contemple, mon ange, je vois une fille magnifique, d'une beauté époustouflante, à côté d'un garçon comblé. Hier, je t'ai dit que je t'aimais. Tu sais ce que ça signifie ?

J'attends la réponse, en le fixant intensément.

— Ça veut dire que je te veux tout entière. Avec tes cicatrices, tes souvenirs et tes angoisses. Et tu sais quoi ? Je les aime, tes cicatrices. Si j'avais le choix de les effacer, je refuserais. Elles racontent ton histoire, une histoire de souffrances, de solitude et de courage. Et si un crétin prétend le contraire, te critique ou te pointe du doigt, lève la tête, insulte-le et reste fière.

Je souris et me tourne vers lui, dos à mon reflet. Lentement, j'enroule mes bras autour de son cou et pose ma tête contre sa poitrine. Son cœur bat contre mon oreille, et je tapote sa nuque en rythme. Ça m'apaise. Il ne dit rien, se contentant de me serrer contre lui, avant de fourrer sa tête dans mes cheveux.

Les soupirs d'impatience de Rachel nous parviennent alors. Riant doucement, Zachary ouvre la porte et nous fait sortir. Lorsque sa mère me voit, elle sourit, rassurée, et revient s'occuper de mes cheveux comme si de rien n'était. Elle finit mon chignon, laissant quelques mèches entourer mon visage, puis s'applaudit elle-même.

— Superbe ! Aujourd'hui, tu es mon œuvre d'art, ma puce ! s'exclame-t-elle.

Zac m'observe d'un coin de la chambre, et je reconnais la lueur intense qui brille dans ses yeux. Le désir, encore. Je ne comprends toujours pas comment je peux provoquer une telle réaction, mais je dois cesser de me poser la question.

Il m'aime, je l'aime, c'est tout ce que j'ai besoin de savoir pour l'instant.

Chapitre 45

(Zachary)

Je descends l'escalier main dans la main avec Angelia. Ma mère lui a donné des chaussures à talons, et je peux vous dire que c'était la pire idée du siècle. Une catastrophe. Elle se tord la cheville tous les deux pas. Au bout de quelques marches, son pied dérape à nouveau et elle manque de tomber. Heureusement, je la retiens contre moi.

— Ça suffit, enlève-moi ça ! je m'écrie, en colère contre ma mère.

Je lui avais dit que c'était une mauvaise idée, mais elle ne m'écoute jamais. Il n'est pas difficile de voir d'où je tiens mon caractère têtu. Cramponnée à moi, Angelia retire ces stupides talons. Sous sa façade polie, j'entends un léger soupir de soulagement. On dirait qu'elle les détestait autant que moi. En arrivant en bas, elle chausse ses Converse. Peut-être pas ce qu'il y a de plus seyant pour une robe, mais largement préférable à une cheville cassée.

— Tout le monde est prêt ? demande Marie en arrivant dans le salon.

Tout la famille y est réunie. Y compris James. Sophie, qui n'en rate pas une, fixe les cicatrices d'Angelia. Bon sang, je sens la question venir…

— Qu'est-ce qu'il t'est arrivé ? demande-t-elle, le rire moqueur. Tu t'es fait attaquer par un tigre, ou quoi ?

Silence général. C'est pas vrai, quelle conne ! Angelia semble terriblement mal à l'aise. Putain, je venais à peine de lui redonner un peu confiance, et l'autre vient tout gâcher avec ses gros sabots. À présent, elle tente de couvrir ses cicatrices de ses bras, croisant discrètement les jambes. Je savais qu'elle n'arriverait pas à supporter une remarque. Je fusille du regard ma tante.

— Mêle-toi de ton cul, marmonné-je.

Elle me fixe, ébahie.

— Non mais, comment tu me parles ! proteste-t-elle.

Elle se tourne vers le reste de la famille pour chercher du soutien, mais chacun détourne les yeux. Désolé, Sophie, mais tu es toute seule. Même son crétin de fils ne vient pas à sa rescousse, comprenant la gaffe de sa mère.

— Ferme-la, tu parles trop, dit tante Malia en agrippant sa sœur pour l'emmener dehors.

J'aperçois la petite gourde accrochée à sa ceinture. On sait tous que ce n'est pas de l'eau qu'elle contient. Malgré ça, elle reste plus fréquentable que sa sœur. Avant de suivre sa mère, James nous lance un dernier coup d'œil. Bordel, ce que je le déteste, ce mec. C'est lui qui mériterait d'être enterré aujourd'hui, pas grand-mère.

— On se met en route, dit Quentin en tenant Lily par la main.

Je hoche la tête et attends que tout le monde sorte de la maison pour saisir la main d'Angelia.

— Tu es ravissante, ne l'oublie pas.

Elle relève ses magnifiques yeux vers moi et affiche un sourire crispé.

— Ce n'est pas simple…, dit-elle.

— Ça je le sais, mon ange, crois-moi.

Nous nous dirigeons vers la voiture et partons en direction de l'église. Nous ne sommes pas particulièrement croyants, ma mère et moi, mais ma grand-mère tenait à avoir une cérémonie religieuse. Lorsque nous arrivons, une foule est déjà rassemblée sur place.

— Ils viennent tous pour grand-mère ?

— Elle était très appréciée, tu sais, me répond ma mère.

La plupart des habitants du village sont présents, c'est impressionnant. Je ne savais pas qu'elle était si populaire. C'est un soulagement de l'apprendre, puisque sa propre fille l'avait abandonnée.

La cérémonie se déroule dans le calme, l'office est très émouvant. Ma mère prend la parole devant l'assemblée, et je découvre qu'elle a préparé un petit discours, assez touchant. Moi, je fais tout pour camoufler mes émotions, pour me protéger, mais les autres ne font que chialer. Angelia et moi sommes les seuls à garder notre sang-froid. Enfin, sans compter James. Ce mec est un psychopathe, il n'a aucune émotion. Il se contente de nous fixer tout le long. Plus flippant, tu meurs.

Arrive le moment où le cercueil est mis en terre, dans le cimetière où toute la procession a suivi. Le prêtre prononce une dernière bénédiction devant la tombe ; s'il pouvait se grouiller un peu, celui-là. C'est alors qu'une petite main s'accroche timidement à la mienne. Je baisse les yeux vers Angelia, et je vois qu'elle reste neutre, le regard droit devant elle. C'est la première fois qu'elle prend une initiative de ce genre, et ça me rend tellement heureux. Ça fait un bien fou de ressentir un peu de joie, dans un jour si triste.

Un par un, nous faisons tomber une rose sur le cercueil. Je reste un instant à contempler le cercueil et le nom gravé sur la pierre tombale. Malgré tous mes efforts, une vague de tristesse monte en moi. Je me retourne en vitesse pour tenter de retenir mes larmes, car je ne peux pas montrer mes faiblesses, pas devant tant de monde. Heureusement, Angelia m'emmène à l'écart, parmi d'autres tombes, pour s'isoler des autres. Elle se retourne vers moi et me fixe, sans dire un mot.

— Que fait-on là ? je demande, la gorge serrée.

— Tu n'es pas obligé de faire semblant avec moi, répond-elle.

— Oui, je le sais…

— Alors arrête de te retenir !

— Mais… je ne me retiens pas, qu'est-ce que…

— Ne me mens pas, Zac.

Je la fixe à mon tour et nous restons ainsi, les yeux dans les yeux. Bon sang, elle a raison. Je n'ai pas à me retenir devant elle. Mais j'ai tellement de difficulté à m'ouvrir, une vieille habitude qui a bien du mal à partir. Angelia patiente, elle attend que je craque. Au bout d'un moment, j'en ai assez. Je m'approche d'une tombe, près d'un arbre et lui tourne le dos, ne supportant plus son regard.

— Qu'est-ce que tu veux que je te dise ? je m'énerve. Qu'à l'intérieur de moi, je m'effondre ? Eh bien oui, c'est le cas !

— Ce que je veux, c'est que tu laisses sortir tes émotions. Je sais que tu les camoufles autant que tu le peux, parce que je fais pareil. Mais il y a un moment où tu risques d'exploser, Zac.

— Et alors ? Si ça arrive, j'exploserai sur ce connard de James.

— Mais ce n'est pas bien, ce n'est pas…

— Ce n'est pas quoi ? Moral ? Mais qu'est-ce que j'en ai à foutre !

Elle referme sa bouche et se contente de me fixer. Son regard est lourd de sens, et son intensité parvient à me faire culpabiliser. Bon Dieu, ce que je déteste ça !

— Ne me regarde pas comme ça.

Mais elle ne bouge pas. Pour me calmer, je respire profondément et ferme un instant les yeux. Quand je les rouvre, je remarque à quel point elle est jolie, dans ce paysage si particulier. Le vent soulève les mèches qui s'échappent de son chignon, et les quelques rayons de soleil qui traversent les feuilles des arbres dansent sur son visage. Ses yeux sont plus clairs que d'habitude, hypnotisants. Elle ressemble à une œuvre d'art, tant sa beauté est irréelle, en cet instant. C'est alors qu'une larme s'échappe de mes cils. Suivie d'une deuxième, puis d'autres. Je pleure en silence, tout en l'observant. Angelia sourit tristement avant de s'approcher doucement et de me prendre dans ses bras. Je pose mon menton sur son crâne et la serre avec force. Je sens alors ma tristesse se calmer petit à petit. Elle avait raison.

— Tu as gagné, dis-je.

— Je gagne toujours.

Je souris de son assurance. Mon Dieu, ce que je l'aime. Nous restons plusieurs minutes dans cette position jusqu'à ce que des voix attirent notre attention. L'enterrement est fini. Nous allons à présent devoir affronter ma famille au restaurant.

Chapitre 46

(Angelia)

— Viens t'installer à côté de moi, ma puce, me dit Rachel en souriant.

Je prends place à ses côtés, bientôt imitée par Zac. Encore une fois, James vient s'asseoir en face de moi.

— Tu veux changer de place ? me chuchote Zac à l'oreille.

Je secoue la tête. Il faudra bien affronter son cousin un jour, sinon il va s'imaginer que je suis aussi fragile que j'en ai déjà l'air.

Les discussions autour de la table commencent, tandis que nous attendons les plats. C'est une étrange coutume d'aller au restaurant après un enterrement, j'ai l'impression qu'on fête la mort de quelqu'un au lieu de le pleurer.

— Nous avons droit seulement au plat du jour, explique Marie. C'était l'accord passé avec le restaurateur, vu que nous avons dû réserver au dernier moment…

— Et si je n'aime pas ? proteste Zac.

— Eh bien, tu te forceras, répond James. Il faut bien se forcer un peu, dans la vie, poursuit-il en me souriant.

Je sens Zac remuer à côté de moi. Un cri échappe alors à son cousin, et je comprends qu'il vient de lui expédier un coup de pied.

— Toi, tu la fermes, commente Zac.

— Les garçons, est-ce que vous pouvez au moins prendre sur vous le temps d'un repas ? maugrée discrètement Sophie.

— Je suis d'accord avec elle, renchérit Rachel. Vous n'avez pas intérêt à nous faire honte !

Les deux cousins ne répondent rien mais ne se quittent pas des yeux. Qu'est-ce que j'ai hâte de rentrer chez nous ! Je comprends mieux pourquoi le verre de Malia n'arrête pas de se vider. Les piques et les commentaires malveillants fusent tout au long du repas. C'est déjà pénible au bout d'un jour, alors je n'imagine pas après une semaine de cohabitation…

Au dessert, le téléphone de Rachel retentit. Son visage devient terriblement sombre lorsqu'elle scrute l'écran. En se levant pour prendre l'appel, elle me jette un regard furtif.

— Excusez-moi, c'est important, marmonne-t-elle.

Je la suis des yeux, anxieuse. Il doit s'agir d'un motif sérieux pour qu'elle change ainsi de comportement.

— Ne t'inquiète pas, me dit Zac. Parfois, les anciens enfants qu'elle a accueillis la rappellent. Rien de grave, j'en suis sûr.

Je sais qu'il tente de me rassurer, mais le coup d'œil que m'a lancé sa mère était tellement intense… Je sens que cet appel me concerne. Je termine néanmoins mon dessert, sous le regard pesant de James. Pendant tout le repas, il m'a fixée avec tant de… perversité. Ce garçon semble affreusement malsain. Rien qu'à m'imaginer ce qui lui passe par la tête, je frissonne de dégoût. Connaissant son passé, je n'ose deviner ce qu'il attend de moi.

— Putain, tu vas la lâcher, oui ? s'exclame Zac, au bord de la crise.

— Je ne t'ai rien demandé, réplique son cousin sans me quitter des yeux.

— Arrête de la regarder comme ça, ou je te jure que tu vas prendre cher !

— Ça suffit vous deux ! Vous ne pouvez pas vous comporter correctement deux secondes ? s'écrie Quentin, furieux.

— Et qu'est-ce que tu vas faire, hein, le mafieux ? s'exclame James en ignorant son oncle.

Zac bondit brusquement, faisant sursauter la table. Les bruits de verres qui s'entrechoquent réduisent au silence la salle tout entière.

— Zachary, gronde Quentin, exaspéré. Ne m'oblige pas à vous mettre dehors le jour de l'enterrement de ta grand-mère !

— Cela ne te concerne pas, dit Zac à son beau-père, avant de se tourner vers son ennemi. Je compte te faire un petit rappel de la dernière fois. Tu t'en souviens, n'est-ce pas ?

James se lève à son tour, les poings serrés. Apparemment, oui, il s'en souvient.

— James ! Rassieds-toi immédiatement, tente sa mère.

— Tu ne voudrais pas que ta petite protégée assiste à une telle scène de violence ? coupe James. Après tout ce qu'elle a déjà vécu, la pauvre chérie torturée par son papa…

Je reste sans voix. Comment peut-on être aussi cruel ? Je la sens à nouveau, cette rage intérieure, si puissante, dévastatrice. Elle ne s'est manifestée qu'une fois, lors de mon altercation avec Carla. Et je le regrette encore aujourd'hui, alors il n'est pas question que je me laisse aller. Il faut que je prenne sur moi, je ne veux pas me revoir dans un état pareil. Surtout que ça m'a conduite tout droit à l'hôpital.

— Comment oses-tu ! s'écrie la boule de rage à côté de moi.

Zac est prêt à exploser. J'avais bien remarqué qu'il gardait au fond de lui une colère intense, mais je pensais qu'il arriverait à l'exprimer, à la faire sortir autrement qu'en se battant en plein restaurant. Pourquoi les adultes n'interviennent-ils pas ? Marie et David n'osent rien dire, et Malia se contente d'afficher un air narquois. On dirait que la situation l'amuse. Zac semble dans un état second. Ce n'est pas la première fois que je le vois s'énerver, lui qui change d'humeur comme de chaussettes. Mais là, il me fait vraiment peur…

Heureusement, Quentin prend la situation en main. Il se lève et se place devant lui pour le calmer et rompre le contact visuel.

— Je vais te massacrer, continue Zac, la voix grave de menace, fixant James comme si son beau-père n'existait pas.

— J'attends que ça, bouffon ! Vas-y, frappe-moi, mais tu perdras ta pauvre petite chose !

— James…, gémit sa mère en se prenant la tête dans les mains.

Une seconde, c'est moi la « pauvre petite chose » ? Mais pour qui se prend-il, celui-là !

— T'es un homme mort ! rugit Zac en tentant de se dégager de la poigne de fer de Quentin.

Tout commence à se mélanger dans ma tête. J'entends en boucle les paroles de James : « Pauvre petite chose. » Comme si je ne valais pas plus… C'en est trop. Guidée par la colère et l'adrénaline, je me lève à mon tour, faisant basculer ma chaise en arrière.

— La ferme ! je hurle, à bout.

Tous se tournent vers moi, abasourdis. Mais je les ignore et me concentre sur James. C'est cette enflure que je veux détruire. Tapant du poing sur la table, je poursuis :

— Zac ne me perdra pas, et si ce n'est pas lui qui s'occupe de toi je prendrai le relais !

— Angelia ! Ne t'y mets pas à ton tour, lâche Quentin, épuisé.

Je lui lance un regard d'excuse. J'avais besoin que ça sorte.

— Je n'attends que ça, ma belle, saute-moi dessus, vas-y ! réplique James avec un sourire diabolique.

Mon Dieu, je crois que je vais me jeter sur lui. ! Mes poings me démangent, je voudrais évacuer toute cette haine, ça me ferait un bien fou. Mais c'est ce que ferait mon père, et je ne suis pas comme lui. À la place, je ferme les yeux et respire longuement. En expirant l'air, je laisse mes émotions envahir tout mon corps. Puis je rouvre les yeux, forte d'une détermination nouvelle.

— Tu vas le regretter, dis-je simplement.

Il retient son souffle, et, malgré le sourire peu naturel qu'il affiche, je sais que je l'ai ébranlé. Il va y réfléchir à deux fois avant de me provoquer à nouveau. Du moins je l'espère, sinon je vais devoir faire appel à la force, et je déteste ça.

— Qu'est-ce qu'il se passe ici ? s'exclame Rachel, en revenant de l'extérieur.

— Dieu merci, soupire Quentin en desserrant sa prise sur Zac, qui se calme peu à peu. Ils ont encore eu une dispute.

— Encore ! Quand saurez-vous vous comporter comme des adultes ? s'écrie Rachel.

Alors qu'elle leur passe un savon, j'essaie de reprendre mes esprits. Je respire calmement, et mes émotions s'apaisent petit à petit. Puis je me rassois lentement et fais profil bas. Je me suis encore laissée aller, je n'aurais jamais dû. À chaque fois que je m'énerve, une catastrophe se produit. Peut-être que celle-ci ne s'est pas produite aujourd'hui, mais je peux vous assurer qu'elle va arriver. Zac a posé les yeux sur moi, et je crois y lire une certaine… fierté. Pourtant, il n'y a aucune raison, je viens de menacer un homme. Même si celui-ci le mérite amplement.

— Angelia, je dois te parler tout de suite, annonce Rachel après son petit sermon.

Je savais que l'appel me concernait. Reste à savoir en quoi.

— Je viens avec elle, intervient Zac.

— Ce n'est pas tes affaires, Zac.

— Elle n'ira nulle part sans moi, répond-il avec une telle détermination que sa mère finit par céder.

— Très bien, soupire-t-elle.

Une fois dehors, Rachel se tourne vers moi.

— Ton avocate a téléphoné pour m'informer d'une chose très importante.

— Mais je n'ai pas d'avocate, dis-je timidement.

— Si. À ton arrivée chez nous, tu n'avais personne pour te défendre, si ce n'est un avocat commis d'office, mais c'était hors de question. Alors nous avons engagé une très bonne avocate pour qu'elle puisse te représenter.

— La représenter pour quoi ? demande Zac, méfiant.

Rachel détourne le regard, et je vois immédiatement qu'elle est mal à l'aise.

— Justement, elle m'a appelée pour m'informer que le procès va bientôt commencer. Le procès contre ton père, Angelia, précise-t-elle en me fixant droit dans les yeux.

Je reste sous le choc. Trop d'émotions pour une journée. Je sens mes jambes me lâcher, et les deux bras de Zac viennent m'entourer pour me soutenir.

— Je suis sincèrement désolée, ma belle, mais tu vas devoir l'affronter à nouveau.

— Angelia, reste avec nous, susurre Zac à mon oreille.

Mais je ne l'écoute plus. Sans même que je m'en rende compte, des larmes se mettent à couler sur mes joues. Pitié, non, pas mon père ! Pas cet être barbare qui me hante encore. Il a détruit ma vie et, au moment où je commence enfin à me relever, il revient pour m'achever. Je m'imagine revoir son visage, son regard si froid, ses mains qui m'ont si souvent frappée. Non, je ne peux pas ! Ce n'est pas possible, c'est un cauchemar ! Des petits points noirs obstruent mon champ de vision, et je me sens toute faible.

Ça y est, ça recommence.

— Je vais revoir papa, je murmure, avant de sombrer dans le noir complet.

Chapitre 47

(Zachary)

— Mais comment c'est possible ? Comment est-ce qu'on peut lui faire subir ça, c'est inhumain !

— Ça devait arriver, Zac, me dit ma mère. Je ne pensais simplement pas que ce serait si rapide. D'habitude, un procès met du temps à se mettre en route.

Je fais les cent pas dans le salon, essayant de ne pas hausser la voix. Depuis son malaise, Angelia dort à poings fermés dans notre chambre. Les autres sont encore au restaurant. J'espère qu'ils y resteront longtemps.

— Je sais que c'est trop tôt. Elle commençait à peine à se reconstruire, remarque-t-elle avant de s'enfoncer sur le canapé. Mais c'est pour lui rendre justice.

— Il n'y a aucun moyen qu'elle y échappe ? Sa présence est nécessaire ?

— Oui. En revanche, il n'est pas prévu qu'elle intervienne, c'est déjà ça. Son avocate a assez de témoins et de preuves pour enfermer son père pendant un bout de temps.

Je hoche la tête, légèrement rassuré. Au moins, elle n'aura pas à raconter son histoire devant tout le monde, ce qui serait insurmontable pour elle. S'exposer à la pitié des autres, dévoiler ses cicatrices si secrètes, elle ne le supporterait pas. Je m'assois à côté de ma mère et me prends la tête dans les mains.

— Quand va-t-il avoir lieu ?

— Après vos examens de fin d'année.

— C'est une blague ? C'est clair que dans ces conditions elle va bien se concentrer pour les révisions…

Maman hausse les épaules, impuissante. Je réalise à quel point Angelia compte pour elle. Elle n'est pas juste une fille dont ma mère a temporairement la garde, non, elle est devenue bien plus que ça. Et pour moi aussi, d'ailleurs.

— Je suis navrée, Zac, mais je ne peux rien faire. La justice est la seule chose sur laquelle je n'ai aucun contrôle, reconnaît-elle tristement.

J'opine du chef et finis par passer un bras autour de ses épaules. On a beau avoir nos petits tracas, et nos gros aussi, elle reste ma mère. Celle qui m'a mise au monde, et qui m'a sauvé du triste destin que me réservait mon père. Et je l'en aime d'autant plus.

— On va s'en sortir, affirmé-je. Il suffit de lui montrer qu'elle n'est pas seule, qu'il ne lui arrivera rien.

Ma mère me sourit. Pour une fois qu'elle est d'accord avec moi ! On dirait que mon petit ange fait des miracles.

— Je vais aller me coucher et voir comment elle va. Bonne nuit, maman.

— Bonne nuit, chéri. Prends soin d'elle.

Je lui lance un petit clin d'œil pour la rassurer. Elle est tellement pâle qu'elle risque de faire à son tour un malaise. Lorsque j'arrive dans la chambre, j'entends des voitures se garer devant la maison. Ouf, je les ai évités de peu !

Je pose les yeux sur Angelia, occupée à dessiner sur son carnet, au milieu du lit.

— Tu aurais dû me dire que tu étais réveillée, dis-je en souriant.

Elle ne me répond pas et continue son dessin. C'est ce qu'on appelle « un vent ». Je soupire, puis m'installe en face d'elle.

— Tu n'a pas faim ? Tu as dormi tout l'après-midi.

Toujours le silence. Je me penche pour apercevoir son croquis, et ce que je vois me cloue sur place : un homme de dos, face à un escalier, en bas duquel gît un corps mal en point. Celui d'Angelia, sans aucun doute possible.

Elle lève alors la tête vers moi, avec le même regard que le jour où elle est arrivée chez nous. Des yeux qui en disent long, au milieu d'un visage inexpressif. Bon sang, elle a recommencé ! Elle cache à nouveau ses sentiments au fond d'elle. Pourtant, avec moi, elle avait enfin réussi à s'ouvrir. Et à vivre.

— Angelia…

Elle m'interrompt en levant la main. Les traits de son visage se durcissent, et je comprends qu'elle a besoin de silence pour pouvoir s'exprimer. Du bout du doigt, elle effleure le croquis de la jeune fille.

— C'est moi, chuchote-t-elle, la voix nouée.

— Je sais, mon ange.

Elle opine du chef, puis déglutit difficilement.

— C'est moi le dernier jour…

Bien que j'aie des tas de questions à lui poser, je me tais et la laisse continuer. Pour le moment, elle n'a besoin que d'une seule chose : se livrer.

— Il m'avait à nouveau frappée et… quelque chose a changé. Ça a été la gifle de trop, le déclic. Cette fois, je voulais lui échapper à jamais. Partir pour de bon.

Elle s'interrompt quelques secondes pour reprendre son souffle. Mon Dieu, je hais la voir comme ça ! Je déteste être impuissant comme à cet instant, ça me met dans une telle rage. Mais je dois me contrôler, Angelia a besoin de moi.

— Je me suis relevée et je n'ai pas réfléchi. J'ai foncé vers la porte, qui était verrouillée. Papa était soûl, encore… Et ce jour-là c'est ce qui m'a sauvé. Il a mis du temps à m'emboîter le pas. J'ai pu enlever le verrou, me ruer vers l'escalier et le descendre en hurlant de peur. Je l'entendais qui courait derrière moi. Malheureusement, j'étais si faible que, malgré l'alcool, il m'a rattrapée. Il m'a tirée par les cheveux et ramenée vers l'appartement. En comprenant que je n'avais plus aucune chance, je me suis retournée vers lui pour le supplier de me pardonner. C'est là que je l'ai vu.

— Qui ?

— Arthur. Mon voisin de palier. Un jeune homme qui est tombé dans la drogue depuis plusieurs années. Mon immeuble était rempli de toxicomanes, c'était fréquent dans le quartier.

— Il est intervenu ? je demande, de plus en plus impatient.

— Il… il a poussé mon père pour me sauver.

Elle baisse les yeux vers son dessin et, soudain, je comprends.

— Mais c'est toi qui es tombée…

Elle hoche la tête, puis lève son regard vers moi.

— Papa a pu se rééquilibrer grâce à la rambarde. Pour ça, il a dû me lâcher. J'ai dégringolé l'escalier marche après marche, jusqu'à ce que ma tête se heurte à l'une d'elles. À partir de là, je ne me souviens de rien. Seulement du visage de mon père lorsqu'il m'a laissée tomber.

Un silence passe.

— Et qu'est-ce qu'il s'est passé, après ?

Elle secoue la tête, ses cheveux chocolat ondulant autour d'elle.

— Je n'en ai aucune idée. Je me suis réveillée à l'hôpital et on m'a annoncé que mon père était en détention. On ne m'a pas expliqué comment j'avais atterri là-bas et… j'avoue ne pas avoir cherché à savoir.

Je pose mon pouce sous son menton et relève sa tête. Je vois à présent toute la douleur et la tristesse contenues dans ses yeux. Elle ne peut plus se cacher devant moi, j'arriverai toujours à la déchiffrer.

— On va rentrer demain soir, et tu discuteras du procès avec l'avocate, dis-je pour la rassurer. En attendant, tu vas réussir tes examens et continuer à vivre. Ton père t'a déjà volé dix-sept années de ta vie, ne le laisse pas prendre une minute de plus !

Elle opine doucement du chef, et un minuscule sourire apparaît sur ses lèvres. Bon sang, ses lèvres… Si tentantes, si délicieuses.

— Embrasse-moi, chuchote-elle.

Pas besoin de le répéter, mon ange. Ma bouche se presse aussitôt sur ses lèvres entrouvertes. Le baiser devient fougueux, et son goût se distille en moi. Les sens en ébullition, je m'allonge contre elle, ne contrôlant plus rien. Son parfum féminin et délicat m'enivre. Mes mains viennent trouver ses hanches, et je la plaque contre moi. Ma bouche quitte la sienne et va explorer son cou. Elle se tortille sous mes caresses tout en riant. Qu'est-ce que j'aime ce son. Mais, lorsque mes baisers descendent vers sa poitrine, elle m'interrompt tout net.

— Zachary ! s'écrie-t-elle.

Je m'écarte d'elle aussitôt. Elle a le rouge aux joues, les yeux perdus et respire à un rythme saccadé. Bref, elle panique.

— Merde, excuse-moi ! Tout va bien, Angelia. Personne ne va te faire du mal, je te le promets, je m'empresse de dire, navré.

Je me relève pour lui laisser de l'espace, et au bout de quelques secondes elle finit par recouvrer son calme. Sa respiration se stabilise, et son regard bleu retrouve le mien.

— Je suis déso…

— Non, ne t'excuse pas. C'est moi, j'aurais dû me contrôler. On a tout notre temps, mon ange, ne t'en fais pas.

Elle me sourit timidement.

— Allez, viens là, dis-je en m'allongeant à ses côtés.

Elle se blottit contre mon torse, et je l'enlace tendrement. Les prochaines semaines vont être éprouvantes, autant pour elle que pour moi. Mais une chose est sûre…

— Je ne te laisserai jamais tomber, je chuchote contre son oreille.

Pour toute réponse, elle se blottit davantage. Le sommeil nous atteint peu à peu, et j'éteins la lampe de chevet, avant de déposer un long baiser sur son front. Je commence à me faire à ces nuits magiques près d'elle. Il n'est pas question que qui que ce soit m'en prive, encore moins celui qui a détruit la vie d'Angelia. Il me tarde de l'affronter au tribunal, et de le détruire à mon tour.

Chapitre 48

(Angelia)

Je relève la tête, et mon triste reflet m'apparaît dans le miroir. D'horribles cernes, des yeux gonflés de larmes. Quand Zac s'est endormi, je suis partie dans la salle de bains et j'ai pleuré, encore et encore. J'avais besoin d'évacuer tout ce stress et toute cette douleur. Je n'arrive pas à réaliser que je vais le revoir. Après tous ces mois où j'ai enfin pu goûter à un peu de bonheur, il revient me l'arracher sans pitié. Me ramener dans ce monde cruel et violent qui était le mien. Dans le lit, tout à l'heure, je suffoquais, incapable de faire la différence entre songe et réalité. Zac aurait voulu que je le réveille, mais j'en étais incapable. Je ne peux pas lui demander de s'occuper à nouveau de moi, ce serait égoïste de ma part. Depuis le début, je suis égoïste, j'accapare tout son temps. Alors il était hors de question que je le prive de ce sommeil, qui lui fait tant défaut.

À part lui, il n'y avait qu'une personne à qui je pouvais me confier. J'avais l'impression que cette nuit serait la dernière si je n'agissais pas. Alors, je l'ai appelée, ma petite Charley. Même tard dans la nuit, elle me répond toujours. Je lui ai tout raconté, depuis qu'on avait quitté l'hôpital jusqu'à cette nuit. Elle n'a pas dit un seul mot. Elle s'est contentée de m'écouter comme elle sait si bien le faire. Je n'avais jamais parlé autant, mais j'en avais tellement besoin.

— Il t'a embrassée ? s'est-elle écriée, folle de joie.

J'ai souri malgré moi. Cette fille est magique, elle sait me remonter le moral en n'importe quelles circonstances.

— Oui, ai-je répondu, amusée.

— Et comment c'était ?

— C'était… incroyablement doux… divin.

Un petit cri s'est échappé de sa bouche, et j'ai deviné qu'elle sautait sur son lit. Elle avait l'air d'aller mieux, malgré son cancer. Je me sens mal d'être si loin d'elle, j'irai la voir à mon retour. J'ai besoin d'elle, c'est une évidence. Nous avons passé le reste de la nuit à discuter de tout et de rien, et elle a soigneusement évité le sujet de mon père. Grâce à elle, j'ai réussi à penser à autre chose durant quelques heures. C'était le plus beau cadeau qu'elle pouvait me faire.

Elle a dû raccrocher au petit matin pour se reposer. À présent, je culpabilise de l'avoir fatiguée, elle qui est malade. Elle est fragile et peut rechuter à tout moment, il faut être très prudent.

— Angelia ? dit Zac en toquant à la porte de la salle de bains.

Je sursaute, sortant de ma torpeur. Je regarde à nouveau mon reflet… horrible. Mes yeux rougis trahissent mon chagrin, mes cernes ma fatigue. Mes cheveux sont emmêlés et mes traits terriblement marqués. En une nuit, j'ai dû prendre au moins cinq ans. Je m'asperge le visage d'eau froide, avant d'aller ouvrir la porte.

— Salut, murmure-t-il face à moi.

Au premier coup d'œil, il comprend que la nuit a été éprouvante, il comprend tous les sentiments qui ont pu me traverser. Son expression s'adoucit, et d'un bras il m'amène contre son torse et me caresse les cheveux. Je soupire, enfin rassurée. La fatigue me rattrape, et je n'ai qu'une envie, me rendormir à ses côtés.

— Il y a une chose qu'on doit faire avant de rentrer ce soir, mon ange, dit-il.

Je l'interroge du regard, et il part fouiller dans l'armoire. Quand je vois ce qu'il en sort, mes yeux s'écarquillent de peur. Mon maillot de bain !

— Jamais !

— C'est notre dernier jour ici, Angelia ! Je veux que tu passes cette étape.

— Non, je n'en ai pas besoin.

— Si ! répond-il avec une détermination qui me laisse sans voix. Tu vas affronter ton père, Angelia. Il est hors de question que tu restes dans cet état.

Je comprends qu'il parle de ma mine épouvantable.

— Si tu veux tenir jusqu'au procès, il faut que tu gagnes en confiance, que tu dépasses tes peurs, continue-t-il d'une voix plus douce.

Je baisse la tête, ne supportant plus son regard. Il a raison, je le sais, mais c'est si dur à accepter. Je me remémore toutes les choses qu'il a pu me faire subir dans cette foutue baignoire et j'en ai la nausée.

— C'est au-dessus de mes forces…

— Et c'est pour ça que je suis là. Tu peux t'appuyer sur moi, Angelia, c'est mon rôle.

— C'est faux. Je t'ai embarqué dans mon histoire sordide alors que tu as déjà ton lot de problèmes. Je suis tellement égoïste.

Il dépose brusquement les affaires sur le lit et fond sur moi. Je n'ai pas peur, je n'aurai jamais peur de lui. Même lors de ses crises de colère, je sais qu'il ne me fera pas de mal. Il attrape d'une main ferme mon menton et relève ma tête.

— Ne dis pas une chose pareille ! rugit-il. C'est devenu mon rôle à partir du moment où je suis tombé amoureux de toi, que tu l'acceptes ou non.

Puis, il se dirige vers le lit et me lance mon maillot de bain.

— Va te changer, dit-il d'une voix dure. On va aller se baigner, et je ne te lâcherai pas d'une semelle. Si tu ne le sens pas une fois là-bas, je n'insisterai pas, promis.

Je ne l'écoute pas, je reste bloquée sur ses paroles précédentes. « Amoureux » ? De moi ? La fille fragile, bizarre, qui attire la pitié où qu'elle aille ? Je ne sais toujours pas comment c'est possible, mais je ne me lasse pas de l'entendre. Un sourire m'échappe, et je retourne dans la salle de bains sous le regard menaçant de Zac. Il est clair qu'il est dur et intransigeant, mais pour me motiver j'en ai besoin. Si on ne m'encourage pas à dépasser mes limites, jamais je n'irai de l'avant. Je suis toujours aussi terrifiée par la perspective de me baigner, mais avec lui je sais que je ne risque rien. Il me l'a de nombreuses fois fait comprendre.

J'enfile le maillot deux pièces, d'un blanc discret, que m'a donné Rachel, puis m'observe dans le miroir. Bon Dieu. J'ai l'impression d'être mise à nue. Certes, il cache mes parties intimes, mais, la vérité, c'est que mon corps entier est intime. Je ne peux pas afficher toutes mes cicatrices, c'est encore plus difficile que d'affronter l'eau.

— Euh, Zac… Il me faudrait un autre maillot de bain, de préférence un…

— Sors de là, Angelia, m'interrompt-il.

Bon… Son ton ne laisse aucune place à la négociation. En me jetant un dernier coup d'œil, je m'aperçois à quel point j'ai changé depuis mon arrivée, il y a plusieurs mois. J'ai pris du poids, ma poitrine a doublé de volume, ainsi que mes cuisses et mon ventre, mes côtes sont moins visibles. Je devais ressembler à un zombie, auparavant. Mes cheveux sont plus denses et soyeux depuis que je mange correctement et m'arrivent désormais en bas du dos. Mais il y a surtout une chose que je remarque chaque jour, et qui me semble toujours étrange. Je n'ai aucun bleu, aucune égratignure ni coquard. Je n'ai plus de douleurs, comme ça a été le cas chaque matin durant dix-sept ans. Désormais, je sais ce que c'est que d'être en paix, et je ne veux plus retourner en arrière.

Peut-être que Zac a raison. Peut-être qu'il est temps d'accepter mon corps tel qu'il est. Je ne serai jamais à l'aise avec mes cicatrices, c'est un fait. Pour autant, il faut que j'arrête de m'empêcher de vivre à cause d'elles, que j'arrête de me cacher sous des couches de vêtements pour ne pas dégoûter les gens comme je me dégoûte moi-même. Si ça leur fait cet effet, c'est que ce sont des abrutis. Je dois au moins essayer. Peut-être que je vais échouer, mais l'homme que j'aime m'aidera à remonter la pente, j'en suis certaine.

Un grondement sourd me parvient du fond de la pièce. Zac se trouve près de la porte et m'observe, un air féroce sur le visage. Ses yeux, eux, expriment tout autre chose. Un désir fou, à tel point que je sens le rouge me monter aux joues. Il a cette façon de me regarder… ni perverse ou malsaine, comme les amis de mon père le faisaient. Non, elle est simplement… intense. Comme s'il voulait me dévorer sur place ; étonnamment, ça me donne des frissons de plaisir. Avec lui, je me sens désirable, belle, femme, tout simplement. Il serait temps que je l'assume.

— Tu es magnifique, dit-il d'une voix incroyablement rauque. Ce maillot de bain te va à ravir.

Je me retourne vers lui et lui souris timidement, non sans me couvrir de mes bras, par pur réflexe. Il s'approche et les écarte.

— Pourquoi cacher un corps pareil ? Tu es sublime, chuchote-t-il au creux de mon oreille.

Des frissons me parcourent, et il le remarque immédiatement. Un petit sourire se dessine sur ses lèvres, et j'ai l'impression de chavirer. Il me fait un effet terrible, je ne contrôle absolument rien.

— Allons-y avant que je ne réponde plus de rien, dit-il en me prenant la main.

Que veut-il dire par là ? Une image s'infiltre dans mes pensées, et je secoue la tête. Ce n'est pas le moment pour les fantasmes, Angelia, surtout que Zac va me faire affronter l'une de mes plus grandes peurs. Et je dois avouer que son charme simplifie les choses, mon angoisse a diminué d'un cran sans que je m'en aperçoive.

Je sors de la pièce, et il me sourit en me tendant une serviette. Je m'enroule dedans et le suis dans le couloir. Quand une pensée m'arrête net :

— Et James ? je m'écrie.

— Il est sorti, ils sont tous sortis, dit-il avant de se rapprocher de moi. Ma mère a organisé quelque chose en ville pour nous laisser la maison jusqu'à ce soir. On n'est rien que tous les deux, mon ange.

Je hoche la tête et me laisse guider jusqu'à la plage, l'endroit le plus hypnotique et terrifiant que je connaisse. Mais mon regard est fixé sur le jeune homme devant moi, sur son dos musclé qui bouge avec grâce à chacun de ses mouvements.

Je vais réussir. Malgré la peur qui me tiraille l'estomac, je sais que je peux le faire. Tant que Zac est là, avec moi.

Chapitre 49

(Zachary)

Nous nous dirigeons vers la plage, et j'entends sa respiration devenir de plus en en plus brève. Bien sûr, elle tente de le camoufler, mais je ne suis pas dupe.

Je sais bien qu'elle panique, qu'elle n'a pas envie de se baigner, et je suis probablement un monstre de lui faire subir ça. Mais, au fond, elle et moi savons que c'est nécessaire. Et croyez-moi, si elle ne le pensait pas, elle n'aurait jamais enfilé ce maillot de bain. Ce maillot qui lui va comme un gant, d'ailleurs, j'ai bien cru que j'allais lui sauter dessus dans la salle de bains. J'ai de plus en plus de peine à me retenir. Elle ressemble à une apparition. Bon sang, qu'est-ce que je suis chanceux ! Mais je saurai attendre, je saurai la respecter. Je lui dois bien ça, après toutes les conneries que j'ai pu faire.

— Zac, tu sais, je…

— Angelia, ça va aller, dis-je en me retournant vers elle.

Je lui souris pour tenter de la rassurer et, lorsque son visage se détend légèrement, je poursuis ma route.

— Je ne sais pas nager, reprend-elle tout de même.

— Je m'en doutais. Ne t'en fais pas, je serai tout le temps avec toi. Il ne va rien t'arriver.

Elle ne répond rien mais continue de me suivre. Lorsque nous arrivons face à la mer, si belle et majestueuse, j'inspire longuement. L'odeur âcre et salée de l'océan s'infiltre partout dans mon corps. J'enlève mon T-shirt pour me retrouver en short de bain, puis me rapproche d'elle pour lui retirer la serviette qu'elle serre contre elle. Elle inspire alors profondément, le regard rivé sur mon torse.

Un petit rire m'échappe. Qu'est-ce que vous voulez que je vous dise ? Je suis bien gaulé, c'est tout. Comme pour me contredire, elle lève la main et touche timidement la petite cicatrice sur l'un de mes pectoraux. J'aurais dû m'en douter, elle remarque absolument tout. Je me retiens d'attraper sa main pour l'éloigner. Ce n'est pas le moment de lui faire peur.

— Un souvenir de mon père, dis-je, avant de me détourner. On dirait qu'on est deux à en avoir.

J'en ai moi aussi un peu partout, mais ils ont bien cicatrisé. Rien à voir avec ce qu'a dû subir Angelia. Je secoue la tête pour chasser mes pensées négatives puis frappe dans mes mains, ce qui la fait sursauter.

— Tu es prête ? je m'exclame, forçant sur mon sourire.

— Non.

Mon sourire redevient sincère. Même sans le vouloir, elle me fait rire avec son incomparable franchise.

— Ah… Dommage, parce que ça ne t'empêchera pas d'aller à l'eau.

Elle ne bouge toujours pas d'un poil et se contente de me fixer. Est-ce un regard meurtrier ou désespéré ? Un peu des deux, je suppose. Croyez-moi, je prends sur moi pour ne pas tout abandonner. Vouloir l'aider dans sa « guérison » est une mission délicate que je m'impose. Je sais bien qu'à la fin je serai fier et heureux, mais d'ici là… Il est temps de prendre les choses en main.

— Très bien, voilà ce qu'on va faire. Je vais aller dans l'eau, là où on a pied, et tu vas me rejoindre, d'accord ?

Je la vois déglutir, mais aucune expression ne transparaît sur son visage. J'ai l'impression de retrouver la Angelia d'avant. Celle qui parlait très peu, qui ne laissait rien paraître et qui, à mon plus grand malheur, ne m'acceptait pas dans son monde. Quelque chose me dit qu'avec le procès de son père ce n'est pas près de s'arranger.

Je chasse ces pensées et lui souris une dernière fois avant de me diriger vers les vagues qui s'échouent sur le sable mouillé. Je mets un pied dans l'eau, puis un deuxième, et entre petit à petit dans l'océan. Bon sang, ce que j'aime cette sensation ! La mer fait partie des rares choses capables de me calmer. Tout en marchant lentement, je laisse mes doigts frôler la surface de l'eau et je ferme les yeux. Une fois immergé jusqu'à la taille, je me retourne. À quelques mètres se trouve la plus jolie fille que j'ai jamais vue, se tenant prudemment loin des vagues. Ses longs cheveux bruns virevoltent autour d'elle et contrastent avec sa peau blanche comme la neige. Un désir fou me saisit, et je plonge la tête dans l'eau pour me remettre les idées en place.

— C'est à ton tour, mon ange, lancé-je en refaisant surface. Viens me rejoindre !

Au bout de quelques secondes, elle se met à avancer. Je peux sentir d'ici l'angoisse qui la submerge. Progressant à petits pas, elle relève les yeux et fixe l'étendue d'eau, le visage de plus en plus crispé. Elle panique, si je ne fais rien, je vais la voir partir en courant.

— Ne regarde pas l'océan, regarde tes pieds ! je lui crie. Ne les quitte pas des yeux tandis qu'ils avancent, et tu verras que bientôt tu seras à mes côtés.

L'avantage de ce petit coin de paradis, c'est que l'eau est incroyablement transparente. Écoutant mon conseil, elle baisse la tête pour se concentrer.

— C'est ça ! Avance encore un peu, tu verras, c'est magique !

Un de ses pieds s'engage sur le sable mouillé, et je vois son visage se contracter d'appréhension. Puis, lorsque l'eau vient lui lécher les orteils, ses traits se détendent. Au fur et à mesure qu'elle avance, un petit sourire se dessine sur ses lèvres. J'étais sûr qu'elle y arriverait, parce qu'elle est incroyablement forte. Et elle vient encore une fois de me le prouver.

— Tu te débrouilles très bien, continue, tu y es presque, dis-je, fou de joie.

Elle opine du chef mais ne relève pas les yeux, occupés à suivre ses jambes à travers l'eau. Tout allait parfaitement bien, jusqu'à ce qu'une foutue vague vienne tout briser. Une vague si violente qu'elle m'entraîne sous l'eau l'espace de quelques secondes. Lorsque enfin j'arrive à reprendre ma respiration, elle se trouve à moins d'un mètre d'Angelia.

Merde…

— Attention à la vague !

Elle relève la tête juste à temps pour voir le rouleau fondre sur elle, et j'ai l'impression que mon cœur cesse de battre à cet instant. Ses yeux s'écarquillent de peur. La vague s'écrase sur son frêle corps, laissant sa tête hors de l'eau. Mais mon réconfort est de courte durée, car Angelia tombe à la renverse sous la violence du courant. Bordel, non !

Sans attendre, je me rue vers elle, aussi vite que l'eau me le permet. J'ai le sentiment que je n'y arriverai jamais ! Heureusement, le courant finit par la ramener saine et sauve sur le sable. Je m'approche doucement d'elle.

— Angelia ?

Elle se retourne vivement sur le dos, les yeux terrorisés.

— Eh, tout va bien, mon ange ?

Mais, lorsque je tente d'approcher pour l'aider à se relever, elle se met debout toute seule et s'empresse de reculer. Ce n'est pas vrai ! Elle est encore plus traumatisée qu'à son arrivée. Dire que j'avais presque réussi, elle n'était qu'à quelques mètres de moi. Quel imbécile ! J'aurais dû être plus proche, la prendre dans mes bras, et tout se serait bien passé.

Quel con ! J'aurais dû y penser plus tôt. Je m'avance vers elle alors qu'elle tente nerveusement d'enrouler sa serviette en paréo. Au bout d'une énième tentative ratée, celle-ci tombe à ses pieds. Ses gestes sont frénétiques, sa respiration saccadée. Pas de doute, elle est en pleine crise d'angoisse. Délicatement, je me saisis de la serviette, et elle finit par se tourner vers moi.

— Rends-moi ma serviette, Zac, murmure-t-elle en luttant contre les larmes qui lui montent aux yeux. C'était une mauvaise idée.

— Non.

Surprise par mon ton sans appel, elle croise mon regard et se fige soudain sur place. Elle sait ce que je m'apprête à faire. Elle le sait et elle est terrifiée. Je déteste ça, mais je n'ai pas le choix. Je ne suis qu'un putain de monstre.

— Non, Zac, ne fais pas ça…

— Je suis navré, mais il le faut, tu le sais aussi bien que moi, dis-je en tâchant d'adopter un ton aussi doux que possible.

Elle secoue la tête, et je la soulève dans mes bras. Un petit cri sort de sa bouche, et je m'efforce de l'ignorer, pour ne pas flancher. De loin, on doit ressembler à n'importe quels jeunes amoureux s'amusant dans l'eau. Elle passe alors ses bras autour de mon cou, sans essayer de se débattre. Je crois qu'elle sait aussi bien que moi que c'est nécessaire. Elle se contente de cacher sa tête contre mon épaule, et je sens des larmes chaudes couler sur ma peau. Sous le choc, je m'arrête. Je lui avais promis de ne jamais lui faire du mal, et regardez-moi ! Je provoque ses larmes. Je me dégoûte.

— Ne pleure pas, Angelia, je t'en supplie, arrête, dis-je dans son cou, la voix serrée par l'émotion.

Bercée par le son de ma voix, je sens ses sanglots se calmer petit à petit. Une fois au bord de l'eau, je la serre plus fortement contre moi, et elle se niche contre mon torse. Cela me réchauffe le cœur, même s'il est probable qu'elle le fasse surtout pour sa sécurité.

— Je ne vais pas te lâcher, je te le promets.

Comme elle ne répond pas, je penche mon visage vers son oreille.

— Aie confiance en moi, je t'en prie.

Des frissons lui parcourent la peau. Je m'avance dans l'eau tout en continuant à lui parler, calmement. Tout va pour le mieux, mais, quand arrive le moment où l'eau vient frôler son dos, elle se raidit et enfouit son visage contre moi.

— Ça va aller, mon ange, je suis là. Ce n'est que de l'eau, comme lorsque tu prends ta douche, je murmure contre elle.

— C'est faux…, réplique-t-elle d'une voix brisée.

L'entendre et la voir si mal me fend le cœur, il faut qu'on en finisse.

— Si, je t'assure. Ce n'est que de l'eau, rien de plus.

Une fois qu'elle est immergée jusqu'au ventre, je la détache délicatement de moi pour croiser ses jambes autour de mon buste. Je vois alors son visage bouffi par les larmes. Mais dans ses yeux je lis aussi de la surprise.

— Regarde-moi, mon ange. Ne fais pas attention au reste.

Elle s'exécute, et ses mains, jusqu'alors accrochées à ma nuque comme si sa vie en dépendait, se détachent pour venir toucher l'eau. Elle s'amuse un peu avec la surface, puis finit par regarder tout de même autour d'elle. Mais, cette fois, c'est l'émerveillement qui se peint sur les traits de son visage.

— C'est magnifique, murmure-t-elle.

— Ah, enfin ! je m'exclame, incapable de me retenir.

Son regard se plante dans le mien, et elle me sourit. Le plus beau sourire au monde.

— Je me sens si bête, chuchote-t-elle.

Si je n'avais pas eu mes mains sous son fessier pour la maintenir contre moi, je lui aurais relevé le menton, n'aimant pas son air honteux.

— Tu ne devrais pas. Je t'ai forcé la main, c'est à moi de te présenter mes excuses.

Elle me sourit et, dans un élan de passion, j'embrasse ses lèvres. Elle m'encourage en passant à nouveau ses bras autour de mon cou.

Ce moment est tout simplement magique. Je ne mérite pas tout ce bonheur, mais je n'y renoncerais pour rien au monde.

Chapitre 50

(Angelia)

J'éclate de rire lorsque je le vois se démener pour me poursuivre. Cela va faire vingt minutes que nous sommes dans l'eau, et je m'amuse comme une petite folle. Zac sait vraiment y faire, c'est dingue ce qu'il est doué. Et maintenant je crois bien que je suis tombée amoureuse de la baignade, c'est merveilleux ! L'eau est tiède et si belle. J'adore être dedans, sentir les gouttes couler le long de mon corps. Je n'ai plus ces flash-back intrusifs qui me venaient avant rien qu'en pensant à l'eau. Non, désormais je profite purement et simplement de la mer. Je sais que les prochaines semaines vont être dures, et Zac avait raison, je dois réussir à passer à autre chose avant de revoir mon père. D'ailleurs, on dit souvent que la meilleure thérapie pour soigner nos peurs, c'est de les affronter. Il faut que je goûte au bonheur avant cette confrontation, pour ne pas me trouver à nouveau paralysée par mes souvenirs. Mais je crois bien qu'avec Zac j'y goûte tous les jours…

— Je t'ai eue, me dit-il en arrivant derrière moi.

Je sens ses mains s'enrouler autour de mon ventre et je soupire, comblée. J'aime toujours autant le toucher, il m'est devenu indispensable

— Comme toujours, affirmé-je en me retournant vers lui.

Nos nez se frôlent, et je relève les yeux pour les fixer dans les siens. Ses iris noirs ne me lâchent plus et sondent la moindre de mes réactions. Je ne sais pas pourquoi, mais j'ai le sentiment que ce moment est spécial. C'est celui que j'attendais, et que je redoutais en même temps. Pourtant, je suis sereine. J'ai envie de lui dire à mon tour, j'en ai besoin. Alors, timidement, je pose mes lèvres sur les siennes, salées par la mer. Il répond à mon baiser, et je le sens sourire contre moi, heureux.

— Zac, j'ai… J'ai deux choses à te dire…

— Je t'écoute, répond-il en se reculant légèrement pour mieux me regarder.

Je détourne un instant les yeux pour me donner du courage, puis les plantent à nouveau dans les siens. Je le connais, je sais que si je les baisse en prononçant ces mots, il va penser que je ne suis pas sincère. Pourtant, ce n'est pas l'envie qui me manque, croyez-moi. J'inspire un grand bol d'air marin et me lance :

— Je… Je crois que je t'aime aussi…

Quelques secondes de silence s'écoulent, et je sens le rouge me monter aux joues. Un mélange de surprise, de bonheur et de frustration se lit peu à peu sur son visage.

— Tu *crois* ?

Et voilà, je savais que je n'étais pas douée pour ce genre de chose. Je ne crois pas, j'en suis sûre ! Mais je suis tellement nulle pour exprimer mes sentiments… Je me suis contentée de prendre exemple sur lui, sauf que venant de ma part c'est ridicule.

— Euh… Eh bien…

Bon, il va falloir que je sois convaincante si je ne veux pas m'enfoncer davantage. Prenant sur moi, je relève la tête, puise dans la confiance qu'il me reste et affermis mon ton.

— Je t'aime, c'est certifié, dis-je fièrement.

Aussitôt, son regard prend une nuance plus douce, et un sourire à fossettes apparaît sur ses lèvres pleines.

— « Certifié » ? s'exclame-t-il.

Je soupire, soulagée. Lui ouvrir mon cœur était plus compliqué que je ne le pensais. Voilà pourquoi ces petits mots sont si puissants.

— Et la deuxième chose, mon ange ? demande-t-il.

— J'ai envie d'aller aux toilettes.

Cette fois-ci, il éclate d'un rire franc. Qu'ai-je dit de drôle ? Parfois, je trouve ses réactions étranges, mais ça rajoute à son charme.

— Il n'y a que toi pour me faire une telle déclaration, dit-il une fois calmé.

Je hausse les épaules, ne sachant pas si je dois le prendre comme un compliment ou non. Il me sourit et rapproche ses lèvres de mon oreille.

— Alors fil, et dépêche-toi de me rejoindre, me susurre-t-il de sa voix rauque.

Je frissonne et sors de l'eau en essayant de cacher mon trouble. J'entends encore derrière moi ses éclats de rire. Il est impossible ! Je me retourne une dernière fois avant de m'engager sur le petit sentier menant à la maison. J'ai l'impression que ma vessie va exploser, alors je me mets à courir, n'y tenant plus. Dans ma course, ma serviette tombe à terre et je ne m'arrête pas pour la ramasser, préférant me dépêcher. Je la reprendrai en repartant.

Arrivée à la maison, je file à l'étage en moins d'une seconde. Une fois soulagée de mon envie pressante, je me lave les mains au lavabo et lève les yeux vers le miroir… pour constater que je ne suis pas seule ! Je lâche précipitamment la serviette et me rue vers la porte pour la fermer. Trop tard. Il la repousse sans effort et entre dans la salle de bains. Je recule, terrorisée, jusqu'à me retrouver dos au lavabo.

— James, qu'est-ce que tu fais…, dis-je dans un souffle.

Il ignore ma question et s'approche de moi comme un lion

de sa proie. Je me sens tellement exposée dans mon maillot deux pièces, j'aurais dû ramasser cette fichue serviette ! Une peur instinctive me tord l'estomac lorsqu'il me détaille de haut en bas. Ses yeux brillent d'une lueur terrifiante. Voilà sa véritable personnalité. Celle d'un homme fou de désir et dépourvu d'empathie, qui n'hésite pas à faire du mal aux autres pour satisfaire son plaisir personnel. Il approche ses doigts de mon menton, et un gémissement m'échappe lorsqu'il relève ma tête, exactement comme Zac. Mais ce n'est pas Zac, ce ne sont pas ses doigts si chauds et réconfortants. Non, les doigts de James sont glacés et menaçants, sans une once de tendresse. Il me tétanise ! Qu'il arrête, pitié, qu'il ne me touche plus !

Ma respiration s'emballe, et la panique me gagne. La prière silencieuse que Zac vienne me tirer de cet enfer est la seule chose cohérente qui me traverse l'esprit.

— Enfin seuls, ma belle, ricane-t-il en approchant ses lèvres des miennes. J'attendais ce moment avec impatience, si tu savais…

Instinctivement, je recule mon visage en me pinçant les lèvres. Il est hors de question qu'il les touche, seul Zac y est autorisé ! Mais il n'est pas de cet avis car, dans un grondement rageur, il attrape ma mâchoire en y enfonçant douloureusement ses doigts.

— Je sais que t'en as envie, chérie, susurre-t-il en posant son autre main sur ma fesse.

La nausée me saisit. Pourquoi me faire subir ça ? Prend-il vraiment plaisir à me voir souffrir ? Qu'est-ce qui ne va pas chez lui ? Il approche derechef ses lèvres et, avant que je puisse réagir, il les colle sur les miennes. N'y tenant plus, je laisse mes larmes couler le long de mes joues. Une douleur immense explose dans mon cœur. J'en ai assez ! Je ne peux pas me laisser faire à nouveau !

Alors qu'il commence à baisser mon bas de maillot de bain, je rassemble mes forces pour l'arrêter. Ses lèvres se retirent, et il affiche un air sévère, ne supportant pas qu'on lui résiste. En cet instant, je sens une énergie inattendue affluer dans mes veines. L'adrénaline sécrétée par l'instinct de survie. Je ne veux qu'une chose : m'échapper.

Avant qu'il tente quoi que ce soit d'autre, mon genou vient percuter violemment ses parties intimes. Dans un bruit sourd, il s'effondre à mes pieds en gémissant. Je l'enjambe et accours vers la porte. Mais, avant que je puisse la franchir, je sens une poigne ferme retenir ma cheville. Incapable de me rattraper au mur, je tombe et mon genou droit heurte le carrelage froid. Le choc provoque une vive douleur, qui se réverbère dans tout mon corps. J'ai l'impression de me retrouver sous les coups de mon père, c'est insupportable !

Je tente d'avancer, malgré la souffrance que ça me procure, mais ses ongles viennent s'enfoncer dans le bas de mon dos et descendent rapidement pour m'arracher le bas de mon maillot.

— Ne me touche pas ! je sanglote.

— Tu es à moi…, gronde-t-il.

Dans un geste de désespoir, je tente un coup de pied en direction de sa figure. Heureusement, j'atteins son nez, qui émet un craquement sinistre. Le bruit est atroce, tout comme le sang qui coule le long de ma jambe. Il hurle de douleur et se rue sur moi, transfiguré par la rage. Il déchire mon haut de maillot et me plaque au sol, pesant de tout son poids sur moi. Ça y est, c'est la fin ! Ma virginité, la seule chose qui demeurait intacte en moi, va, elle aussi, m'être ôtée. Il va me violer !

Je sens sa main s'approcher de mon intimité et je ferme les yeux, tétanisée par la peur. À quoi bon me débattre ? Je ne peux pas lui échapper, désormais. Je suis condamnée à être un jouet dans les mains des hommes, malgré le bref répit de ces derniers mois. Si James dépasse ce point de non-retour, je sais que je ne pourrai me relever. J'entends James déboutonner à présent son jean… Pitié, non…

Soudain, un bruit me fait rouvrir les yeux. Une serviette a atterri à côté de mon visage. Celle-là même que j'ai abandonnée sur le sentier de la plage. Je lève alors les yeux et aperçois Zac dans toute sa hauteur. Son visage est figé, choqué par ce qu'il voit.

Dieu merci ! Un soulagement intense m'envahit, je suis sauvée ! Mais rapidement son visage change du tout au tout. Ses traits se durcissent à tel point que j'en suis moi-même effrayée. Pas une seule fois il baisse le regard vers moi, non. Il reste fixé sur son cousin et dégage une telle rage que je ne souhaite même pas savoir ce qu'il lui réserve.

Le moment de stupeur passé, il attrape sauvagement James par le cou, le soulève et le plaque contre le mur. Aucun ne prononce un mot, tout passe par le regard. Et ce dialogue muet ne convient visiblement pas à Zac qui lui cogne la tête contre le mur, encore et encore, jusqu'à faire une fissure sur les carreaux déjà effrités. Puis il le laisse tomber comme une vulgaire chaussette avant de se jeter sur lui. De ses poings serrés, il le mitraille de coups, le défigure. Les cris étouffés de James m'atteignent malgré moi, et la scène me ramène à la violence de mon passé. Je revois mon père me frapper exactement comme Zac frappe son cousin. Je me recroqueville en position fœtale, à la fois par pudeur, et pour me couper du monde. Les bruits deviennent de plus en plus lointains, et je n'entends plus qu'un bourdonnement sourd.

Chapitre 51

(Zachary)

Je tremble. Chacun de mes membres s'agite sous l'effet de l'adrénaline et, surtout, sous l'effet de la rage. Je suis devenu fou, je ne contrôle plus rien. Je n'avais qu'une seule chose en tête, le détruire, le punir pour ce qu'il a osé faire à Angelia. Lorsqu'elle a disparu derrière les arbres, je sentais qu'il allait se passer quelque chose. Naïvement, je me suis persuadé que tout allait bien, qu'elle était capable de se débrouiller seule et qu'elle avait besoin d'un peu d'espace. Si vous saviez comme je regrette.

Désormais, elle est totalement traumatisée, tapie dans un coin de la salle de bains. Quant à moi, mes poings saignent d'avoir frappé James. Mais je n'y fais pas attention. Je jette un coup d'œil à l'autre con et ne le reconnais même plus. Je n'ai aucun remords et je n'en aurai jamais.

Je m'approche de mon petit ange en tâchant de me calmer.

— Je suis tellement désolé, dis-je tout bas en drapant la serviette autour d'elle.

Elle ne réagit pas et garde les yeux dans le vague, sans un bruit. Je ne sais même pas si elle m'a entendu. En l'aidant à se relever, je remarque alors le gros bleu sur son genou. À nouveau, je vois rouge. Mais un coup de plus serait fatal à James, déjà inconscient.

Angelia se laisse faire lorsque je la porte dans mes bras pour l'emmener dans la chambre. Je la dépose sur le lit et, avant de l'allonger, je la nettoie du sang qui dégouline sur sa jambe. Il s'agit en partie de celui de James, puisqu'il avait le nez cassé quand je suis arrivé. Savoir qu'elle s'est défendue avec honneur me rend fier d'elle. J'attrape des sous-vêtements et un T-shirt pour l'habiller, remarquant au passage les griffures dans son dos. Puis je l'allonge délicatement en remontant les draps sur elle. J'espère que ça calmera ses tremblements, elle est encore sous le choc. Bon sang, elle n'avait vraiment pas besoin de ça, surtout avant le procès de son père ! Pourquoi la vie s'acharne-t-elle ainsi ?

À présent, je dois appeler ma mère, elle saura quoi faire. Mon esprit brouillé par la colère n'arrive plus à réfléchir de façon responsable. J'attrape mon téléphone et compose son numéro.

— Oui, chéri ?

— Pourquoi James est-il revenu ? dis-je, m'emportant malgré moi.

— Pardon ? James est là ?

— Et comment ! Il a agressé Angelia !

— Quoi ! Mais ils étaient censés le surveiller, marmonne-t-elle. Qu'a-t-il fait à Angelia ?

— Il a tenté de la violer, pardi ! Je suis arrivé juste à temps, mais… Bordel, si tu voyais l'état dans lequel elle est !

— C'est une catastrophe ! Tous ces efforts perdus à cause de ce petit pervers,gronde-t-elle.

Je lève les sourcils. Ma mère n'est jamais vulgaire, elle déteste ça. Elle me répète d'ailleurs, très souvent, que je suis très impoli, mais qu'est-ce que j'en ai à foutre, sérieusement. Si elle emploie ces propos aujourd'hui, c'est qu'elle est très, mais alors très énervée. Tout comme moi.

— Ne t'en fais pas, il ne touchera plus personne.

— Comment ça ? Ne me dis pas que tu l'as…

— Bien sûr que non, dis-je, agacé qu'elle me pense capable de tuer quelqu'un, bien que ce ne soit pas nouveau. Il est seulement inconscient, et c'est bien fait pour sa gueule.

Je l'entends soupirer à l'autre bout du fil et je continue de faire les cent pas, incapable de me calmer.

— Maman, je ne sais pas quoi faire, Angelia est traumatisée, elle ne bouge même plus ! Et James est étendu, à moitié mort, sur le sol de la salle de bains. Qu'est-ce que je dois faire ? Je suis à deux doigts de foutre le camp d'ici avec Angelia !

Je ne panique pas, loin de là. Je ne panique jamais, je suis simplement inquiet pour la santé de mon petit ange. Si jamais elle ne s'en remet pas, je ne sais pas ce que je deviendrai. Elle seule est capable de me rendre heureux. Bon sang, qu'est-ce qu'elle me manquerait, avec ses sourires timides, ses regards hypnotisants, ses cheveux chocolat, sa peau de porcelaine, son odeur…

En la regardant assoupie, si calme et pourtant si perdue, une douleur me comprime la poitrine. Je ne peux pas la perdre, pas après avoir réussi à percer sa carapace, pas après qu'elle m'a enfin accepté dans son cœur. C'est impossible !

— Qu'est-ce que je dois faire, je reprends, perdu.

— Reste calme, chéri ! Il le faut, pour elle, dit ma mère de sa voix douce. Bon, nous sommes à une heure de la maison. Je réunis tout le monde et nous venons dès que possible. En attendant, tu dois appeler la police, Zac !

— Les flics ? Non sûrement pas, dis-je, catégorique.

— Tu n'as pas le choix. Je sais que tu ne les aimes pas, mais cette fois-ci nous devons porter plainte. James s'est attaqué à notre famille !

Un sourire me vient lorsqu'elle prononce le mot « famille ». Je savais qu'elle portait une attention toute particulière à Angelia, mais l'entendre me réchauffe le cœur.

— D'autant que si tu t'en vas en laissant James dans cet état, tu vas avoir des ennuis. Il faut que tu plaides la légitime défense, Zac. Ils comprendront en voyant Angelia, je t'assure.

Merde ! Je hais la police, je n'ai aucune confiance en eux. Non parce qu'ils ont arrêté mon père, mais parce que au contraire les flics de ma ville étaient tous corrompus, et le sont probablement encore. Les *latinos* les soudoyaient en échange de leur silence, et ils feignaient d'ignorer le trafic de drogue et les cadavres défigurés qui atterrissaient à la morgue. Mon enfer aurait pris fin bien plus tôt si ces incapables avaient fait leur putain de boulot. Heureusement qu'une brigade spécialisée s'est mise à enquêter sur lui, sinon je n'imagine même pas ce que je serais devenu…

Mais je n'ai pas d'autre choix, ma mère a raison. Si je me barre maintenant, ça sera pris comme une fuite, donc un aveu.

— Très bien, je réponds après un petit temps d'hésitation. Je vais les appeler, mais dépêche-toi, je t'en supplie.

— Je fais au plus vite. Tiens bon, on arrive.

— Ce n'est pas pour moi, maman, dis-je en regardant le petit bout de femme recroquevillée dans l'immense lit.

— Je sais bien…

Je raccroche et appelle aussitôt les forces de l'ordre. J'explique en quelques mots la situation, et on m'annonce qu'une patrouille est en route. Espérons qu'ils comprendront ce qu'il s'est passé. En les attendant, je m'assois près d'Angelia et caresse délicatement ses cheveux.

— Je t'en prie, Angelia. Peu importe où tu te trouves, reviens-moi vite…

— Mais que s'est-il passé ici ?

La policière me foudroie du regard, comme si j'étais nécessairement coupable. Je sens d'emblée qu'elle ne m'aime pas. Son second, quant à lui, contacte les secours pendant qu'elle teste les signes vitaux de James.

— Je n'ai fait que défendre ma petite amie, dis-je en levant mes mains en signe de défense. Si je n'étais pas intervenu, c'est elle que vous auriez retrouvée là, battue et violée !

L'expression de la femme change du tout au tout.

— C'était une agression sexuelle ?

— Bien sûr ! Je l'ai répété plusieurs fois à vos collègues, au téléphone !

— Cette information ne nous a pas été communiquée, marmonne-t-elle tout en s'éloignant de James. Où se trouve la victime ?

Je lui montre la chambre d'un signe de tête, et elle me suit. Arrivé devant le lit, je constate avec un pincement au cœur qu'Angelia n'a absolument pas bougé. Son attitude et son expression sont exactement les mêmes.

— Je vous préviens, elle a un passé compliqué et est sous le choc. Elle ne répondra à aucune de vos questions.

La policière hoche la tête et s'approche d'elle. À sa mine étonnée, puis triste, je commence à m'inquiéter.

— Quelque chose ne va pas ?

— Je la connais, dit-elle dans un souffle.

C'est une blague ? On est pourtant loin de chez nous.

— Angelia Teissi est une jeune fille tristement connue des services de police, explique-t-elle. Son histoire a fait le tour des postes.

— Deux ambulances sont en chemin, nous interrompt son collègue.

Lorsqu'il pose les yeux sur mon ange, il a la même réaction que sa coéquipière.

— Je vois, dit-il.

— Jim, contacte la psychiatre de garde. On ne va rien pouvoir faire sans elle.

Le dénommé Jim hoche la tête avant de s'éloigner, téléphone en main. Elle a raison, un médecin spécialisé est indispensable.

Je donnerais tout pour qu'Angelia sourie à nouveau, ça me tue de la voir comme ça.

— Monsieur Prims, je vais prendre votre déposition. Celle de votre petite amie ne va pas être évidente à faire, alors commençons par vous.

L'entendre prononcer ces mots, « petite amie », me donne une étrange satisfaction. C'est comme une reconnaissance officielle.

— À moins que vous ne souhaitiez le faire au poste, continue-t-elle.

Je grimace au souvenir de la dernière fois que j'ai mis les pieds dans un commissariat.

— Non, faisons-le maintenant.

Durant près de dix minutes je réponds à ses questions horripilantes et raconte en boucle les événements de mon point de vue. Elle me rassure ensuite en m'informant que, compte tenu du casier judiciaire déjà chargé de James et de l'état d'Angelia, mon intervention passera pour de la légitime défense. Voilà qui me soulage. Avoir des emmerdes judiciaires est la dernière chose dont j'ai besoin.

— Souhaitez-vous porter plainte ? me demande-t-elle ensuite, après que j'ai signé ma déposition.

— Absolument, ce psychopathe doit retourner derrière les barreaux, il n'a rien à faire dehors !

J'entends les ambulances se garer devant la maison et je vois par la fenêtre quelques voisins curieux sortir sur leur palier.

Tout s'enchaîne alors très rapidement. Deux ambulanciers embarquent James aux urgences, un collier cervical autour du cou. Deux autres s'approchent d'Angelia et l'examinent avec délicatesse ; heureusement que j'ai pensé à l'habiller tout à l'heure. Ils ont dû être briefés : c'est à peine s'ils osent l'ausculter.

— Je vais vous aider, dis-je.

Je la relève en position assise, sans cesser de lui murmurer des mots doux. Avant, elle aurait hurlé, il aurait été impossible de l'approcher. Il n'y a pas de doute, elle n'est vraiment pas avec nous, Dieu sait ce qui lui passe par la tête en ce moment même. Les ambulanciers commencent par désinfecter son dos, où les ongles de James ont laissé des marques sanglantes ; j'aimerais les lui arracher pour le punir. Après avoir posé des pansements, ils s'attaquent à son genou, sur lequel un gros bleu s'est formé. Elle a dû se cogner quelque part pendant la bagarre, j'ose à peine imaginer ce qu'elle a vécu. L'un des professionnels le masse doucement avec une pommade, et Angelia réagit en grimaçant. Il teste ensuite l'articulation pour s'assurer qu'elle n'est pas cassée.

— C'est bientôt fini, mon ange, reste calme, je lui chuchote à l'oreille.

Mes paroles semblent avoir de l'effet puisqu'elle le laisse poser des bandages sur ses blessures.

— Nous allons l'emmener à l'hôpital pour la garder en observation, dit-il en se relevant.

— C'est hors de question !

— Mais… il faut qu'elle passe des examens plus approfondis.

— Est-ce que vous avez perçu quoi que ce soit qui puisse être immédiatement dangereux pour elle ?

Il hésite, puis secoue la tête avant de me lancer un regard mauvais. *Oh ! tu peux râler autant que tu le veux, mon gars, Angelia n'ira nulle part.*

— Mais enfin, regardez-la, elle ne peut pas rester ainsi ! proteste-t-il.

Je comprends qu'il parle de son mutisme obstiné. Mais je la connais, elle ne supportera pas de se retrouver à nouveau hospitalisée. Elle déteste tout ce qui la ramène à son passé, et ça ne va sûrement pas l'aider à s'en sortir.

— Bon sang, croyez-moi quand je vous dis que les hôpitaux ne feront qu'aggraver la situation, je m'énerve. Elle y a déjà passé plusieurs semaines cette année, c'est la meilleure façon de la faire replonger pour de bon !

— Je suis navré, ce n'est pas négociable. Nous l'emmenons avec nous, conclut l'ambulancier en sortant de la chambre pour aller chercher le brancard.

Je monte à l'arrière de l'ambulance pour accompagner Angelia, qui est allongée et drapée d'une couverture de survie. Je m'assieds à ses côtés et passe mon bras autour de ses épaules avant de poser mes lèvres sur son front. Elle se laisse faire et semble me reconnaître. Je la sens s'appuyer légèrement sur moi, comme pour trouver du réconfort. Elle commence à se reconnecter à la réalité, elle est déjà plus réactive que tout à l'heure.

— Ça va aller, tout va bien se passer, dis-je à voix basse, autant pour moi que pour elle.

Je la serre dans mes bras, souffrant de me sentir inutile. Je ne peux plus rien faire, il n'y a que le temps qui puisse aider. Il faut attendre, attendre pour qu'elle s'en remette, attendre pour qu'elle retrouve le sourire, attendre pour la voir me désirer à nouveau. Mais pour combien de temps ?

Chapitre 52

(Angelia)

On toque contre la porte de ma chambre d'hôpital. Je n'ai aucune envie d'être ici, je veux juste rentrer à la maison. Mais pas la maison de Marie, la nôtre.

— Bonjour, Angelia, je suis le Dr Fineas, dit la femme en blouse blanche en pénétrant dans la pièce.

Son ton est aimable, et ses quelques rides ajoutent à la douceur de son visage. Elle inspire la confiance, exactement comme le Dr Trempline. Tous les psychiatres ont cet air bienveillant ?

— J'ai eu ton médecin au téléphone, poursuit-elle. Elle m'a raconté des petites choses sur toi, sur ce que tu as traversé. Comment te sens-tu, ma belle ?

« Ma belle. » James m'a appelée ainsi plusieurs fois. Rien que de songer à lui, des frissons me traversent. Lorsque Zac est venu me prendre dans ses bras tout à l'heure, c'est son odeur rassurante qui m'a sortie de ma léthargie. J'étais emmurée dans mon monde, silencieux, calme, serein. J'avais besoin d'y retourner après ce qui s'était passé, car sans cette échappatoire je ne pourrais pas supporter la réalité. Mais il est trop tôt pour reprendre tout à fait pied.

— Je comprends si tu ne veux pas répondre, ne t'en fais pas.

Simplement, peux-tu me faire un signe pour m'assurer que tu es avec moi ?

Suis-je réellement avec elle ? Je l'entends, oui, je la vois également, mais mon esprit est ailleurs. Il divague, trouve toutes sortes d'excuses pour ne pas se fixer dans l'ici et maintenant, pour ne pas se raccorder à mon corps. Je sais qu'au fond c'est moi, ou plutôt mon inconscient, qui est aux commandes de tout ça. Mais à cet instant, même avec la meilleure volonté du monde, je n'arriverai pas à sortir de mon état… Peut-être que c'est le problème, la volonté. Je n'en ai plus. Surtout après James. Il m'a confirmé ce que je savais déjà, que je n'étais qu'un objet, une moins que rien. Papa avait alors raison. D'une façon ou d'une autre, je paie la facture pour le meurtre de ma mère…

— Angelia ? insiste la psychiatre.

Je ne peux rien faire d'autre que trembler. Elle soupire et me sourit tristement. Je me sens tellement idiote de ne pas pouvoir lui répondre !

— Si, à tout hasard, tu m'entends, sache que tu n'es pas seule. Tu es une jeune fille formidable, une survivante. Personne ne t'enlèvera ça.

Une survivante ? J'ai survécu aux coups de mon père, oui. Mais dans quel but ? À quoi bon vivre si je ne suis rien d'autre qu'une charge pour les autres, une bonne à rien ?

Le médecin repart vers l'entrée de la chambre, et je remarque seulement la présence de Zachary, plus beau que jamais, adossé contre la porte.

— Je n'ai rien pu en tirer, dit-elle, dépitée. Cette jeune fille est encore sous le choc des événements, complètement traumatisée. Ramenez-la chez vous, elle doit retrouver ses repères. Elle a besoin de quelques jours de repos avant de faire sa déposition, ajoute-t-elle à l'attention de la policière, qui se tient près de Zac.

Celui-ci hoche la tête et salue les deux femmes. Puis il reste sur le pas de la porte, immobile. Je ne vois pas son visage, seulement ses jambes. Pourquoi ne vient-il pas vers moi ? La curiosité me tenaille. Il est le seul avec qui j'ai envie de d'être, le seul qui arrive à me faire marcher droit. J'ai besoin de lui tout simplement ! Alors, au prix d'un effort immense, je relève peu à peu mon visage vers lui jusqu'à croiser son regard planté dans le mien. Le sien n'est pas empli de pitié, ni de compassion ou de tristesse, comme ceux des autres. Il n'est pas furieux non plus, comme tout à l'heure. Non, son regard est rieur. J'y vois même une note d'espoir. Et ça me réchauffe le cœur.

— Je savais bien que tu étais avec nous, dit-il avec son petit sourire en coin. Tu as bien fait de ne pas leur répondre, ils seraient restés dans nos pattes.

Il s'avance ensuite vers moi et dépose un baiser sur ma joue. Un baiser tendre et doux. Le genre qui réveille en moi des sensations incomparables. Alors, ça me saute aux yeux : il a réussi à me guérir, du moins de ma torpeur. Et je pense qu'il est capable de bien plus, comme de me guérir de mon histoire. D'ailleurs, il a déjà commencé.

— Allez mon ange, il est l'heure de partir, déclare Zac avant de s'avancer vers l'armoire. De prendre un nouveau départ !

Ses paroles tournent en boucle dans mon esprit. Un nouveau départ… C'est une perspective tellement alléchante. Après plusieurs heures passées en observation, on m'a autorisée à quitter l'hôpital. Heureusement, car je commençais à paniquer dans cette maudite chambre blanche. Zac m'a raccompagnée dans la maison de vacances, où nous sommes seuls. Rachel, Quentin et Lily sont rentrés à la maison, et l'autre partie de la famille rend visite à James. Tant mieux, comme ça je n'ai pas à les voir.

À présent, c'est à nous de reprendre la route ; il me tarde de quitter cet endroit. Après avoir descendu nos valises, Zac m'annonce que nous pouvons partir. En passant devant la salle de bains, je ne peux m'empêcher d'y jeter un coup d'œil. Grossière erreur. Il y a du sang partout sur le sol et les murs. Le sang de James, preuve de la force et la violence qui habitent l'homme que j'aime. Cette vision me bouleverse, et je dois m'arrêter, incapable de continuer.

— Ne regarde pas, allons-y, m'encourage Zac en passant son bras autour de ma taille pour me soutenir.

J'obéis, et nous descendons lentement l'escalier. Je n'ai aucune force et cela m'insupporte. S'il me lâchait, je m'effondrerais comme une vulgaire poupée de chiffon.

— Nous allons prendre la voiture de ma grand-mère, avant que les autres s'en aperçoivent. Maman m'a dit qu'on avait carte blanche, alors on ne va pas se gêner !

En arrivant dans le garage, je m'émerveille. Il s'agit d'une vieille Ford Capri d'un rouge éclatant. On dirait que sa propriétaire en a bien pris soin. Zac m'ouvre la portière et m'aide délicatement à m'installer. Puis il disparaît pour charger les valises dans le coffre. En l'attendant, je reste immobile dans l'habitacle, le cœur battant. Dès que je suis seule, le souvenir de James me hante, ses mains sur moi me dégoûtent encore. Heureusement, Zac me rejoint bientôt pour s'installer au volant.

— On se casse, mon ange, dit-il calmement en entamant la marche arrière. Je peux t'assurer qu'on n'y remettra pas les pieds de si tôt.

Je tourne la tête vers lui et le regarde. Ou, plutôt, je le contemple. On dirait que rien ne l'atteint. Comment fait-il pour rester si fort, pour réussir à gérer toutes les situations, si catastrophiques soient-elles ? C'est sûrement l'un des seuls apprentissages utiles que lui a enseigné son père.

— Tu peux dormir, si tu veux, murmure-t-il d'un ton doux. On en a pour la nuit entière.

C'est vrai qu'après le choc la fatigue me pèse. Mais mon esprit ne pourra pas se reposer avant de savoir une chose :

— Que lui est-il arrivé ?

Zac détourne quelques secondes le regard vers moi, avant de le reporter sur la route.

— À qui ? demande-t-il froidement, connaissant déjà la réponse.

— À James.

Lorsque je prononce ce prénom, il serre violemment ses mains sur le volant et pince ses lèvres charnues.

— Pourquoi veux-tu parler de lui ? Bon sang, Angelia, il t'a agressée ! Tu ne devrais même pas…

— Zac ! Nouveau départ, tu t'en souviens ?

Il garde le silence quelques secondes, avant de soupirer. Je devine son mécontentement, mais j'insiste malgré tout :

— Je dois savoir. J'ai besoin de comprendre qui il est, pour passer à autre chose. Je t'en supplie…

À nouveau, le silence. Son expression reste de marbre, et je me détourne, déçue. Il ne comprend pas à quel point c'est important. Il ne saisit pas que le souvenir de la violence de James m'empêchera peut-être d'aller plus loin avec lui. C'est ce que je souhaite éviter à tout prix, car j'ai sincèrement envie de lui. Je sais qu'un jour j'arriverai à dépasser mes traumatismes, pour Zac, parce qu'il le mérite.

— J'ai une famille merdique, dit-il après un moment.

Je tourne ma tête vers lui, pressée d'en entendre davantage. Il se met à mordiller doucement sa lèvre, hésitant à continuer. Pour l'encourager, je le supplie une dernière fois, et il s'y résout :

— On est une famille merdique, avec des histoires merdiques. Tout le monde tente de les camoufler, comme si c'était notre faute, comme si c'était honteux. Mais regarde-nous ! Je suis né dans un gang complètement cliché, mais bien réel. Sa violence et sa cruauté ne s'inventent pas. Quant à David, il a épousé une garce. Une garce qui a enfanté une autre garce, qui elle-même a mis au monde un pervers. Seule ma tante Malia a échappé à une vie triste et sans intérêt, du moins, si on oublie son alcoolisme.

Il s'interrompt un instant pour me jeter un regard. Je lui confirme d'un geste que je suis prête à entendre la suite.

— James est… c'est un sociopathe. Et ce n'est pas qu'une insulte. Il ne ressent pas la moindre émotion, si ce n'est que sa propre satisfaction. Personne n'était au courant, on ne l'a su qu'après son évaluation psychologique, lors de son séjour en prison. Il aurait pu vivre avec, comme des milliers de gens, mais il lui est arrivé quelque chose petit. Un jour, en rentrant de l'école, il a été accosté par un homme, un pédophile, et…

— Il s'est fait violer ?

Il acquiesce sans quitter la route du regard.

— James est rentré chez lui en pleurs et en sang. Il a tout raconté à sa mère, et lorsque la police a interpellé l'homme ils ont découvert qu'il y avait d'autres victimes. Depuis ce jour-là, James a.… changé. Les médecins pensent que ça a déclenché sa pathologie. Il a tout de même réussi à résister à ses pulsions durant de longues années. Son père était le seul qui arrivait à le canaliser, mais il est décédé d'un cancer il y a cinq ans. Après ça, James est devenu un monstre. Il n'avait personne pour l'aider, surtout pas sa mère, qui fait tout pour se persuader que son fils est normal.

— C'est horrible, je murmure, choquée par l'enfer qu'a dû vivre James.

Se faire violer est une chose atroce, surtout si jeune. Mais tenter de se contrôler, devoir cacher sa vraie nature à sa propre famille, a sans doute fait durer le cauchemar.

— Peut-être, mais ça n'excuse pas son comportement. J'ai eu une enfance merdique, ce n'est pas pour autant que je me suis mis à violer des femmes, réplique Zac durement.

Je hoche la tête. Oui, James est responsable, mais maintenant, je comprends pourquoi il agit ainsi, pourquoi il agresse sans remords. Et, s'il m'a choisi comme victime, c'est tout simplement parce que j'étais une proie facile, qui lui permettait en plus d'assouvir sa vengeance envers Zac. Le problème ne venait pas de moi, mais de lui. Ça fait vraiment du bien d'en prendre conscience.

— Merci de m'avoir expliqué, dis-je doucement.

— Est-ce que… ça a servi à quelque chose ?

— Oui, je me sens mieux.

Il acquiesce, l'air sceptique. Il doit craindre que j'aie pitié de James, désormais. Alors que le souvenir que je garde de son cousin m'empêchera à jamais de ressentir la moindre once d'empathie à son égard.

Tandis que je me perds dans mes pensées, la main calleuse de Zac vient se poser affectueusement sur ma cuisse. Je me raidis sous le coup de la surprise, mais une simple caresse de son pouce suffit à me détendre. Je fixe alors celle-ci, gagnée d'un sentiment de sécurité. C'est fou comment je suis à l'aise, avec lui. Ça n'enlève rien à ma certitude d'être de trop dans ce monde, mais, tant que Zac sera à mes côtés, j'arriverai à ignorer ce sentiment.

Ma main rejoint timidement la sienne. À la faveur d'un feu rouge, il se tourne vers moi, et nous nous regardons avec tant d'amour et de désir que des frissons de plaisir parcourent ma colonne. Je ferme alors les yeux pour dormir un peu.

J'aurai toujours cette peur et cette douleur ancrées au fond de moi. Cette rage et cette tristesse qui me compriment chaque jour la poitrine. Et l'incident avec James ne va rien arranger, j'en suis consciente. Mais, à présent, j'ai l'occasion de connaître autre chose. De repartir de zéro.

Chapitre 53

(Zachary)

Je me dirige vers une aire d'autoroute. Une courte pause nous fera du bien, avant de parcourir le reste du trajet. Le soleil est déjà levé depuis deux bonnes heures. Angelia ne s'est pas réveillée depuis la veille, épuisée par les événements. Après m'être garé sur le parking, je la vois ouvrir les paupières et se redresser brusquement.

— Un cauchemar ?

Elle hoche la tête sans me donner plus de détails. Ça me va. Le principal, c'est qu'elle sache qu'elle peut m'en parler à tout moment.

— On va s'arrêter un peu, pour manger et reprendre des forces.

À nouveau, elle hoche la tête. Je connais ce regard. Elle songe à son cauchemar, elle a son expression du matin. Un mélange de tristesse et de gravité, comme si ses souvenirs la bouffaient de l'intérieur. Je déteste la voir comme ça et me sentir inutile face à ses démons intérieurs.

Lorsque nous sortons de la voiture, elle trébuche, à bout de forces, et se rattrape de justesse à la portière.

— Bon sang !

Je me précipite vers elle et la soutiens de mon bras. Serrés l'un contre l'autre, nous nous dirigeons vers le bâtiment de l'aire de service qui, à 7 heures du matin, est déjà bien animée. Des enfants jouent dans des espaces de jeux aménagés entre un restaurant et un magasin, sous le regard prudent de leurs parents. J'accompagne Angelia jusqu'à la partie restauration, où nous prenons une formule petit déjeuner.

Pendant qu'Angelia attaque ses viennoiseries, j'appelle ma mère pour lui annoncer notre arrivée. Elle me confirme qu'ils sont déjà à la maison et attendent notre retour. Puis elle ajoute :

— On a des nouvelles de lui, Zac…

— Je ne veux pas le savoir, rétorqué-je aussitôt.

Mon ton interpelle Angelia qui relève la tête, sondant mon visage. J'adopte l'expression la plus neutre possible pour ne pas l'affoler et me force à lui sourire.

— Zac, il est mal en point, poursuit ma mère au bout du fil. Les médecins ne savent pas s'il va se réveiller. Je n'ai jamais vu Sophie dans cet état…

— Et je le répète, ça m'est égal, dis-je plus doucement.

Angelia ne réagit pas, concentrée sur son repas. J'entends ma mère soupirer et je décide de changer de conversation.

— Comment va Lily ? Elle dort ?

— Oui. Elle est un peu perdue, elle nous pose mille questions, répond la voix de Quentin.

— Vous lui avez expliqué ?

— On essaie. Pour l'instant, il faut simplement la rassurer, et qu'elle passe à autre chose. Lorsqu'elle sera plus grande, on lui racontera la version longue.

— Elle ne devrait pas vivre tout ça.

— Je le sais, Zac, reprend tristement ma mère, mais ce sont des choses qui arrivent. Personne n'aurait pu le prévoir.

— Bien sûr, mais depuis le début elle voit tout, entend tout, subit tout sans rien dire. Elle est si jeune, si innocente. Il faut veiller à ce qu'elle le reste, qu'elle ne soit pas contaminée par les déjantés qui composent notre famille.

— C'est ce qu'on fait, Zac, répond ma mère, toujours bienveillante.

— Bien. Je vous laisse, à tout à l'heure, dis-je avant de raccrocher.

Je reprends une bouchée de mon croissant quand la voix d'Angelia m'interpelle.

— J'y veillerai moi aussi, Zac, déclare-t-elle en levant ses grands yeux vers moi.

— Pour Lily ?

Elle acquiesce et avale un morceau de muffin, avant de poursuivre :

— J'ai perdu mon innocence dès la première fois où mon père a levé la main sur moi. Je ne pourrais même pas te dire quand, j'étais bien trop jeune pour me le rappeler.

Je ne dis rien et me contente de la regarder. Mais je ne peux m'empêcher de sourire discrètement à ses propos suivants :

— J'aime Lily, je me suis attachée à elle, et il est hors de question qu'elle connaisse ne serait-ce que le centième de ce que j'ai pu vivre. Je serai toujours là pour elle, toujours, affirme-t-elle avec une détermination que je ne lui connaissais pas.

Je ne sais pas d'où elle tient cet instinct protecteur, mais je sais que Lily est bien entourée. Entre mes parents, moi, qui n'hésiterais pas à me battre pour elle, et maintenant Angelia, elle peut dormir sur ses deux oreilles. On forme une drôle de petite famille, imparfaite mais unie.

— Tu devrais le lui dire, dis-je, fier d'elle.

— Pourquoi ça ?

J'éclate de rire, j'aimerais qu'elle ne change jamais. Devant ma réaction, son expression reste neutre, quoiqu'un peu perplexe.

— Parce que ça lui fera plaisir, crois-moi ! m'exclamé-je après avoir repris mon souffle.

Elle hoche la tête, avant de mordre à nouveau dans son muffin. J'ai hâte de la voir à l'œuvre. J'imagine déjà la scène, adorable et insolite.

— Il nous reste que deux jours avant la semaine de révisons. Tu as envie de faire quelque chose en particulier ?

Elle réfléchit, puis son visage s'éclaire.

— J'aimerais voir Charley, elle me manque.

— Bien sûr.

— Et Mama aussi, ajoute-t-elle tout en continuant à manger.

Je bloque sur sa réponse. Parle-t-elle de *ma* Mama ?

— D'accord, mais pourquoi ?

Elle relève sa tête, et un petit sourire se dessine sur ses lèvres roses.

— Parce que ça lui fera plaisir, dit-elle en reprenant ma réponse.

Je ris, vaincue par cette fille incroyable. Nous finissons notre petit déjeuner dans une ambiance plus détendue, puis regagnons tranquillement la voiture. Angelia semble aller bien mieux, ce qui me rassure. On dirait que son état de choc est passé, du moins je l'espère. Mais il y a une chose que je crains encore plus qu'avant, ce sont les nuits. Peut-être que son corps s'en est remis, mais son esprit, j'en doute. Je n'ose imaginer les horreurs gravées dans sa mémoire.

Les kilomètres qui nous séparent encore de la maison défilent rapidement, et nous arrivons bientôt à bon port. C'est agréable de rentrer chez soi, mais je songe qu'à présent j'ai plus que jamais hâte de prendre mon indépendance. Je devrais peut-être envisager d'emmener Angelia avec moi. C'est vrai, je ne sais même pas ce qu'elle fera, une fois ses examens en poche.

— Dis-moi, mon ange, quels sont tes projets après l'été ?

Je sors nos valises du coffre, et nous avançons vers l'entrée.

— Rachel pense que je devrais faire une école de dessin,

répond-elle. Nous en avons parlé avec la conseillère d'orientation, et elle nous a donné plusieurs dossiers d'inscription.

Alors comme ça, ma mère était au courant qu'Angelia aimait le dessin. Super. Je suis vraiment à la ramasse, parfois. Une école de dessin, ça lui correspondrait parfaitement. Elle serait entourée de gens passionnés et n'aurait plus de cours soporifiques, comme au lycée. Dessiner c'est sa passion, je l'ai tout de suite compris en voyant ses croquis. Je suis persuadé qu'elle s'épanouira dans cette voie.

La famille nous accueille chaleureusement, sans commenter nos mines fatiguées. Après avoir échangé quelques mots avec ma mère, nous montons à l'étage pour nous reposer du voyage.

— Et toi ? demande-t-elle en me suivant dans ma chambre. Que souhaites-tu faire plus tard ?

Elle s'installe en tailleur sur mon lit, puis me regarde ranger mes affaires, attendant ma réponse.

— J'ai repéré une école de commerce. Les débouchés sont variés, et comme je n'ai vraiment aucune idée…

— Tu veux dire que tu n'as pas d'idée de métier ? s'étonne-t-elle en penchant sa tête sur le côté

— Absolument. Ce n'est pas faute d'y avoir réfléchi, crois-moi. Mais rien ne m'intéresse.

Je m'attaque à mon deuxième sac et la surveille du coin de l'œil.

— Tu n'avais pas un rêve, quand tu étais petit ? Tous les enfants en ont un, normalement.

— Et toi, alors ? je réplique.

Son sourire s'efface aussitôt. *Bien joué, Zac…*

— J'ai dis *normalement*. Je n'ai pas eu une enfance normale, explique-t-elle après avoir récupéré son expression favorite, la neutralité.

— On parle de la mienne ?

Elle rit doucement avec moi, et je m'assois près d'elle.

— Alors, on n'est pas normaux, conclut-elle.

— Ce n'est que maintenant que tu le remarques, dis-je en caressant sa joue. En réalité, mon père m'a toujours répété que je prendrais sa place, une fois adulte. Alors je ne me suis jamais vraiment posé la question. Je crois que c'était plus simple de ne pas y penser.

Elle hoche la tête, compréhensive. Je me perds dans ses yeux clairs, et un silence agréable s'installe. Alors, doucement, je me penche vers elle. J'ai une envie soudaine de sentir ses lèvres contre les miennes. Angelia les entrouvre et vient à ma rencontre.

Bon sang, je suis tellement heureux qu'elle ait retrouvé le sourire. Je sais que son calvaire est loin d'être fini, surtout avec le procès du monstre qui lui sert de géniteur. Mais l'embrasser est la meilleure des consolations. Je ne comprends même pas comment j'ai pu enchaîner les filles avant elle. Tout me semble tellement superflu, désormais.

Angelia m'a changé. Non pas son histoire ou ses traumatismes, mais elle. Son caractère si spécial, ses mimiques, ses réactions, ses sourires, ses rires et tout ce qui fait d'elle la femme extraordinaire que j'aime aujourd'hui. C'est maintenant, en l'embrassant comme si c'était la dernière fois, en sentant le goût sucré de ses fines et délicates lèvres, en mêlant nos langues dans une danse endiablée, que je m'en rends compte, plus que jamais.

Chapitre 54

(Angelia)

— Alors, comment avancent les révisions ? me demande Rachel en portant sa glace à ses lèvres.

Nous sommes assises dans le parc où l'incident avec Greg s'est produit. En ce début du mois de juin, il fait un temps magnifique. Il y a un an, jour pour jour, je me trouvais à la fenêtre du salon de notre appartement, à papa et moi. Je ne pouvais pas sortir, et pourtant l'envie me serrait les tripes quand je regardais les passants, dehors. Et me voilà, aujourd'hui, à la place de ces gens, profitant du soleil et d'une glace. La vie est pleine de surprises, on dirait.

— Bien, je réponds. J'ai hâte que ce soit fini.

— C'est normal. Tu verras, après ça, tu ne feras que du dessin, tu n'auras plus à t'occuper des équations ou je ne sais quoi. Les maths et moi, ça a toujours fait deux, dit-elle en riant.

Je me tourne vers elle et souris devant son air joyeux. Je ne l'ai jamais vue flancher. Elle doit être incroyablement forte. D'après ce que m'a raconté Zac, elle en a bavé, elle aussi. Elle a traversé l'enfer en vivant aux côtés du Diable, et la voilà aujourd'hui, comblée. Mon modèle dans la vie.

Mais son expression laisse bientôt place à de la gêne. Quelque chose ne va pas.

— Il faut que je t'annonce quelque chose, ma puce, commence-t-elle en me regardant avec les mêmes yeux noirs que Zac. Je l'ai appris il y trois jours, mais j'attendais un courrier pour t'en parler.

Je me tais, l'invitant à continuer.

— James s'est réveillé, lâche-t-elle. Il a vite récupéré, au grand étonnement des médecins. À cause de ta plainte et de son casier judiciaire déjà bien rempli, une évaluation psychologique a été ordonnée par le juge. J'ai reçu le bilan ce matin.

— Qu'est-ce que ça dit ? je demande, craignant la réponse.

— Il va être interné. Ses pulsions sont incontrôlables, il est détruit à cause de ce qu'il a vécu étant petit. Sa mère ne l'a jamais fait suivre, comme elle aurait dû, et voilà où on en est. James avait besoin d'aide, et maintenant ça sera terriblement long et compliqué pour lui de remonter la pente. Mais peut-être qu'avec l'aide des médecins il s'en sortira.

Je ne souffle mot. J'ai besoin d'un peu de temps pour digérer l'information ; après tout, ça fait à peine une semaine que nous sommes rentrés. Ce qui est sûr, c'est que je suis soulagée. James va être enfermé, voilà qui épargnera ses victimes potentielles.

— Angelia, ça va aller ?

Je parviens à hocher la tête pour la rassurer. Si ça va aller ? Oui, comme toujours, j'arriverai à surmonter cet épisode. Ce n'est pas ça qui m'angoisse le plus, désormais.

— Zac est au courant ?

— Oui, depuis le début. Mais je lui ai demandé de ne pas t'en avertir, de me laisser faire, dit-elle avec l'affection d'une mère.

Car c'est ce qu'elle représente pour moi, aujourd'hui. Je n'ai jamais eu de mère, mais dans mon esprit Rachel incarne parfaitement ce rôle.

— Et… que risque Zac ?

— Comment ça ? questionne-t-elle, sourcils froncés.

— Lorsque je suis allée faire ma déposition, j'ai entendu

un policier discuter avec lui. Il disait que Zac pouvait avoir des ennuis, pour coups et blessures. Je ne comprends pas ! Il n'a fait que me défendre !

Rachel baisse les yeux d'un air coupable. Pourquoi ne m'informe-t-on pas de ce genre de chose ? J'aimerais qu'ils me fassent confiance, au lieu de chercher à me ménager. Je pense pouvoir gérer les mauvaises nouvelles, j'ai vécu bien pire, après tout.

— En réalité, ce n'était pas vraiment de la légitime défense. Il aurait dû simplement l'empêcher de nuire, pas le défigurer. Ce qu'il a fait s'appelle une vengeance personnelle, et c'est puni par la loi, ma puce, m'explique-t-elle, désolée.

Je repousse ma glace, ayant perdu l'appétit.

— Pourtant, sans lui, je ne serais plus là…

— Pourquoi dis-tu cela, ma chérie ? Bien sûr que tu serais encore là, et tu aurais tout notre soutien, exactement comme aujourd'hui, s'exclame-t-elle, ses longs cheveux ébène virevoltant autour d'elle.

— Non ! riposté-je en relevant la tête. Je ne serais peut-être pas morte sous les coups de James, mais je serais détruite. Et j'aurais peut-être fini le travail moi-même…

— Angelia ! s'écrie-t-elle, choquée.

— C'est la vérité, Rachel, affirmé-je en sentant ma voix trembler, signe que les larmes ne vont pas tarder. James aurait achevé de détruire mon intégrité. Zac n'a pas seulement sauvé ma vertu, il m'a sauvée moi. Il faut que vous me croyiez tous lorsque je dis que je lui dois la vie.

Je vois ses yeux briller, et bientôt une larme coule sur sa joue.

— Tu l'aimes, n'est-ce pas ?

À sa manière de sourire, je sais qu'elle connaît la réponse.

— Oui. Plus que tout.

Elle hoche la tête avant de détourner le regard.

— Zac risque peut-être une condamnation. Grave ou pas, je

n'en ai aucune idée, le juge va délibérer après plusieurs convocations. Si on ne t'a rien dit, c'était pour te protéger, ma puce, car je savais que tu allais t'inquiéter.

— Évidemment ! Si Zac va en prison, je… je ne l'accepterai pas, non. Ce serait trop injuste ! Je ne le supporterai pas.

— Je le sais, ma puce. Le juge est au courant de tout, notamment du rôle que Zac tient dans ta vie et à quel point tu as besoin de lui pour le procès à venir.

— Ça veut dire qu'il va être indulgent ? je demande, pleine d'espoir.

Si ma triste histoire peut avoir ne serait-ce qu'une minuscule utilité, alors autant l'exploiter.

— Ça veut dire qu'il va attendre que le procès de ton père soit passé pour donner son verdict.

Je baisse la tête, sentant les larmes monter.

— C'est tellement injuste…

De ses doigts, elle vient me sécher mes larmes.

— Quoi qu'il se passe, je serai toujours là. Moi, Quentin, Lily, Mme Talier et toutes les personnes que tu as pu rencontrer. On ne va pas t'abandonner, crois-moi.

Je hoche la tête, éperdue de reconnaissance. Je ne sais pas si j'aurais réussi à me reconstruire, sans eux. J'ai eu tellement de chance de tomber sur cette famille incroyable ! Et sur Charley, que je suis passée voir, après ma visite à Mama, il y a quelques jours. Elle semblait bien mieux que la dernière fois. Dès que je l'ai vue, un poids s'est ôté de mes épaules. Elle m'a expliqué que sa chimiothérapie serait bientôt finie, qu'elle vient peu à peu à bout de son cancer. Je suis si heureuse pour elle, elle mérite de vivre une vie magnifique, elle s'est déjà tellement battue.

Quant à Mama, elle était très contente de nous revoir. Ça m'a fait chaud au cœur d'en apprendre un peu plus sur l'enfance de Zachary, du moins sur les moments heureux, les seuls que Mama souhaite raconter. Comme la fois où elle et d'autres femmes du quartier avaient décidé d'apprendre à Zac à faire du vélo. Il avait honte de m'avouer qu'il avait fait une belle gamelle devant toutes ces dames ! Inquiète, Mama avait ensuite interdit à Zac de quitter le canapé, le temps de s'en remettre. Chose qu'il n'avait bien évidemment pas respectée, préférant remonter sur son vélo dès le lendemain.

— Rachel… Zac m'a parlé de son enfance, avant Quentin, dis-je timidement.

Son expression se ferme légèrement. Pour autant, cet air bienveillant qu'elle a en permanence ne part pas.

— Je m'en doutais. Il se confie beaucoup à toi. Je suis même très heureuse qu'il le fasse, car je sais qu'il en souffre encore énormément.

— Il m'a raconté quelques épisodes qui l'ont marqué, oui. Si ça ne t'ennuie pas, j'aimerais connaître ton point de vue de l'histoire. Comment… Comment tout a commencé, je demande, timide.

— Relève la tête ma puce, tu n'as pas à te sentir gênée. Je comprends ta curiosité, dit-elle en souriant.

J'attends patiemment qu'elle se sente prête. Je la vois regarder les enfants qui s'amusent dans l'aire de jeux, puis un couple assis sur une couverture dans l'herbe. C'est alors qu'elle prend la parole.

— J'ai rencontré Pablo lors de mes études. J'étais serveuse dans un bar, pour gagner un peu d'argent, car ma mère pouvait tout juste payer mon logement et mon école. École que j'ai vite abandonnée, d'ailleurs. La première fois que je l'ai vu, il était beau comme un dieu, dit-elle, rêveuse.

D'après les photos, il ressemblait énormément à Zac. Pas étonnant qu'elle soit tombée sous son charme.

— Il est venu m'aborder et m'a dit qu'il attendrait la fin de mon service. Et c'est ce qu'il a fait, jusqu'à 1 heure du matin : il n'a pas bougé de son siège, les yeux fixés sur moi. Il était incroyablement gentil et drôle, je pensais avoir rencontré l'homme de ma vie. Les mois ont passé, et c'était… fabuleux. J'avais l'impression que rien n'aurait pu gâcher mon bonheur.

Elle fait une petite pause avant de tourner son beau visage vers le mien. Un sourire triste se forme sur ses lèvres, et une peine immense transparaît dans ses yeux noirs. Apparemment, elle aussi souffre de son passé. Pas étonnant, comment oublier son premier amour ?

— Mais j'avais tort, reprend-elle. J'étais en mauvais termes avec ma mère, qui m'en voulait d'avoir arrêté mes études pour un garçon. Ce que je comprends parfaitement, aujourd'hui ; si tu savais comme je regrette. Ma mère et moi avions besoin d'argent, sous peine d'être expulsées de notre petit appartement dans le quartier des immigrés *latinos*, là où Pablo avait tous ses amis. Ce sont eux qui l'ont embarqué dans ce fichu trafic de drogue…

Elle plante son regard dans le mien. Il est tellement intense et riche en émotions que je n'ose pas bouger d'un millimètre.

— Ça a été le début de cet enfer. L'argent affluait, oui, mais le pouvoir aussi. Jusque-là, je ne croyais pas qu'il pouvait changer les hommes à ce point. Et le jour où je me suis rendu compte que Pablo n'avait plus rien à voir avec l'homme de qui j'étais tombée amoureuse, j'ai voulu le quitter. C'est à ce moment-là que je me suis aperçue que j'étais enceinte… Je ne regrette absolument pas Zac, sache-le, mais je regrette les conditions dans lesquelles il est né.

— Qu'a fait Pablo lorsqu'il l'a appris ?

— Il était fou de joie. Pour lui, c'était comme un rêve. Son réseau criminel prenait beaucoup d'ampleur, et voilà qu'il allait fonder sa famille. Il aurait son héritier. C'est là que j'ai commis la deuxième grosse erreur de ma vie : j'ai voulu le croire, croire au bonheur qu'il me promettait. J'ai été si naïve. Alors je suis restée, Zachary est né, et à partir de là il n'y avait que lui qui comptait. Lorsque à nouveau Pablo s'est mis à déraper, j'ai refusé de voir la vérité en face. Si je partais, je n'avais nulle part où aller, et puis Zac avait besoin d'un père. J'ai conscience maintenant qu'il se serait mieux porté sans. Bref, je fermais les yeux sur toutes les atrocités que Pablo faisait. S'il n'y avait pas eu cette arrestation, il y a dix ans, je n'aurais peut-être jamais eu le courage de partir, car Pablo avait fini par m'inspirer de la peur. Je n'aurais jamais rencontré Quentin, l'amour de ma vie, Lily ne serait jamais venue au monde, et mon destin aurait été bien triste.

— C'est une magnifique revanche sur la vie, dis-je pour la réconforter.

Ses yeux s'éclaircissent de bonheur. Elle me sourit à son tour, puis se penche pour me chuchoter à l'oreille :

— Entre nous, que penses-tu de Mama ?

J'écarquille les yeux sous la surprise. Je croyais que Zac gardait ses visites secrètes.

— Elle est merveilleuse. Mais comment sais-tu que je l'ai rencontrée ?

— Les mamans savent tout, mon chou, réplique-t-elle en me faisant un clin d'œil.

— Et ça ne te gêne pas que Zac la voie ?

— Non, affirme-t-elle. Personnellement, je ne veux pas y retourner, je n'y ai que des mauvais souvenirs, et ma vie est ici. Mama le comprend. Mais pour Zac, c'est différent. Il n'a pas choisi de partir, de quitter tous ses proches. Je conçois qu'il ressente le besoin d'y aller, je lui fais confiance pour ne pas se mettre en danger.

— Je crois que tu es la meilleure des mamans, dis-je très sincèrement.

Nous nous sourions avant de finir nos glaces. Oui, je me sens réellement bien avec elle. J'ai l'impression de connaître enfin ce qu'est une relation mère-fille. Et je peux dire que c'est absolument formidable !

Chapitre 55

(Zachary)

Sa respiration régulière me berce. Angelia est à moitié allongée sur moi, sa petite tête reposant sur mon torse nu. Quant à moi, j'attends avec appréhension qu'elle se réveille. Aujourd'hui, nous voyons son avocate pour préparer le procès. C'est prévu depuis un bout de temps, mais j'angoisse terriblement. Pas pour le rendez-vous, mais pour la réaction d'Angelia.

Doucement je pose mes lèvres sur ses cheveux. Son odeur m'enivre, et je resserre mes bras autour d'elle. Je ne veux plus la laisser partir. Pourtant, il va peut-être falloir que je l'abandonne pour quelques mois, à cause de ce connard de James… Je sais bien que c'est ma faute, que je me suis laissé emporter et que j'ai failli le tuer. Je m'en veux tellement. Pas pour James, loin de là, il n'a que ce qu'il mérite. Pour l'avoir protégée, je serais prêt à passer des années derrière les barreaux ; mais je sais que ce n'est pas ce qu'elle veut.

D'après ma mère, elle est au courant. Je voulais la préserver, mais Angelia est maligne. Le plus important, pour l'instant c'est de la soutenir. Le procès approche et, bien qu'elle ne dise rien, je sais qu'elle panique. Son comportement change, son expression habituellement neutre laisse place à une mine inquiète. Plutôt contagieuse, je dois dire.

Sa jambe gigote alors contre la mienne. Elle se réveille. Ses grands yeux ensommeillés s'ouvrent lentement.

— Alors, mon ange, bien dormi ? je murmure contre ses cheveux.

Elle hoche la tête. Je sais qu'elle ment. Elle a gesticulé toute la nuit et s'est mise à gémir de peur. Heureusement, quand je suis là, elle ne hurle plus. C'est la seule consolation que j'ai.

— Allez, debout ! On a une journée bien chargée.

Elle se décolle de moi et s'assoit sur le lit. Sa longue chevelure tout emmêlée tombe en cascade dans son dos, et elle se frotte les yeux. Bon sang, ce qu'elle est belle au réveil. Sans pouvoir m'en empêcher, je m'approche et relève délicatement ses cheveux, avant de poser mes lèvres sur sa nuque chaude. Elle se crispe un instant, avant de se tourner vers moi avec un sourire. Mes lèvres glissent sur sa joue pour se rapprocher des siennes.

— Je croyais qu'on avait une journée bien chargée ? lance-t-elle.

— Elle peut attendre quelques minutes, mon ange, dis-je en mordillant son lobe.

Amusée, elle pose ses fines mains sur mes joues. Dans ses yeux, je vois le désir pointer.

— Tu n'es pas croyable, déclare-t-elle en souriant.

— Oui, on me le dit assez souvent.

Elle pouffe de rire, puis lève sa tête vers moi. En l'observant, je me rends compte à quel point elle a changé depuis son arrivée. Jamais je n'aurais imaginé, lorsqu'elle a passé le palier de ma porte pour la première fois, qu'on finirait ensemble, heureux et au lit ! Le miracle du temps qui passe.

— C'est qu'il doit y avoir une raison…

— Serait-ce un message, mademoiselle Teissi ? je susurre en me rapprochant d'elle.

— Peut-être bien, fait-elle en rentrant dans mon jeu.

Incapable de tenir plus longtemps, je parcours le peu de distance qu'il reste entre ses lèvres et les miennes, et pose mes mains sur ses hanches. Je la soulève légèrement pour l'allonger sur moi, et ses doigts caressent mes cheveux avec passion. Pris d'un désir foudroyant, j'approfondis notre baiser tout en remontant très doucement l'une de mes mains. Je ne veux pas la prendre par surprise, non, je veux qu'elle ait le temps de comprendre mes intentions. Je ne remarque même plus ses cicatrices, habitué à leur présence sur son épiderme. Je m'arrête juste à la naissance des seins et mets fin au baiser, pour attendre sa permission. Nous regards sont ancrés l'un dans l'autre, jusqu'à ce qu'enfin elle hoche la tête.

— Je ne t'imposerai jamais rien, tu le sais.

— Je le sais, murmure-t-elle. Tu me guéris, Zac, tu me changes peu à peu. Tout ça, c'est grâce à toi.

En guise de réplique, je la renverse sur le lit et me place au-dessus d'elle, avant de me jeter sur ses lèvres. Elle répond à mon baiser féroce, et je promène mes mains sur sa peau, de ses cuisses à sa poitrine, remontant peu à peu son T-shirt. Au moment même où elle lâche un premier soupir de plaisir et où mon excitation est à son comble, la porte s'ouvre soudainement et Lily débarque dans la chambre.

— Lily ! On toque avant d'entrer ! m'exclamé-je, tout en cachant immédiatement Angelia de mon corps.

Je crois que je n'ai jamais autant haï ma sœur.

— Qu'est-ce que vous faites ? questionne-t-elle en s'avançant vers le lit.

— Rien, rien…, je marmonne, la respiration encore saccadée.

J'attends qu'Angelia ait baissé son T-shirt pour me décaler.

— Vous étiez en train de jouer ? insiste ma sœur.

— C'est ça, on jouait. Qu'est-ce que tu fais là, Lily ?

Je peine à cacher mon agacement et donne un dernier baiser sur la joue d'Angelia avant de la voir enfiler un short. Bon sang, elle était prête à franchir le cap avec moi. Peut-être pas jusqu'au bout, mais elle n'avait plus peur, je l'ai senti.

— Maman m'a demandé de vous réveiller, elle prépare le petit déjeuner, s'écrie Lily en allant saisir les figurines sur mon bureau.

Angelia, qui s'est empressée de se lever, va vers ma sœur et pose le doigt sur le petit nez de Lily en guise de bonjour. Cela fait plusieurs mois qu'elles le font, c'est leur petit rituel du matin. Elles ont construit une relation particulière entre elles, comme deux sœurs. Bien qu'Angelia joue rarement avec elle, elle reste à ses côtés, l'observe et l'écoute raconter ses journées de petite fille. Une fois qu'Angelia a retiré son doigt, Lily fonce vers moi, ses cheveux blonds flottant derrière elle. Je l'attrape au vol et la serre contre moi. Ses petits bras s'enroulent autour de mon cou, et elle me pose un bisou sonore sur la joue. Je respire son odeur enfantine, et ma frustration disparaît aussitôt. Qu'est-ce que je l'aime, ma petite sœur, je ferais tout pour elle.

— Allez, file, on vous rejoint en bas, déclaré-je tout en la reposant au sol.

Elle disparaît aussitôt, et j'entends ses pas précipités dans l'escalier. Je m'approche doucement d'Angelia et lui prends la main.

— Ça va, mon ange ?

Elle hoche la tête pour toute réponse. Légèrement déçu, je m'apprête à me retourner, mais elle serre ma main avec force et lâche un soupir. Comme si elle se retenait depuis le début. Lorsqu'elle relève ses yeux sur moi, j'y vois de l'émerveillement.

— Zac, c'était… Enfin je… j'ai chaud, bredouille-t-elle, ses joues se colorant d'un rouge léger.

Je souris devant son air gêné et me penche vers son oreille, ce qui la trouble encore davantage.

— Je sais, moi aussi, dis-je contre sa peau laiteuse.

Je lui donne un dernier baiser, avant d'aller enfiler un T-shirt. Pendant que je le passe par-dessus ma tête, je la surprends en train de m'observer fixement en se touchant les lèvres. Un sourire en coin m'échappe.

Nous arrivons dans la cuisine alors que Lily et ma mère entament leurs crêpes. J'adore quand ma mère cuisine, c'est toujours délicieux. Elle ne cuisinait jamais lorsque j'étais enfant, Mama s'en occupait. Mon père disait qu'elle n'avait pas à se fatiguer aux fourneaux, que d'autres étaient là pour ça. Quel crétin, il ne voyait pas que ma mère adorait ça.

— Bonjour, mes chéris ! J'espère que Lily ne vous a pas réveillés trop brusquement, lance-t-elle en prenant la confiture.

Nous nous installons, et je regarde la table avec envie. Quentin est parti se coucher. Comme il travaille de nuit, il dort tous les jours jusqu'à 15 heures, puis passe le reste de la journée avec ma mère.

— Non, ça va, affirmé-je, ne voulant pas m'étaler sur le sujet.

— Ils étaient déjà réveillés, maman, s'exclame ma petite sœur. Ils s'amusaient au lit.

Je m'étouffe aussitôt avec ma bouchée. Ma mère lâche son couteau plein de confiture pour me fixer, ébahie, tandis que ma sœur me tape dans le dos pour faire passer la crêpe.

Seule Angelia reste impassible, comme à son habitude. Elle découpe tranquillement sa pomme, inconsciente du malaise qui s'est installé.

— Vraiment ? finit par dire ma mère, un air étrange sur le visage.

Je reprends enfin mon souffle et foudroie ma sœur du regard.

— Ce genre de chose ne se dit pas, Lily !

— Pourquoi ? Vous étiez en train de jouer, c'est toi qui me l'as dit ! se défend-elle.

— Tu n'es pas obligée de répéter tout ce que je te dis !

— Lily, va donc t'amuser dans ta chambre, j'ai à parler à ces jeunes gens, nous interrompt ma mère.

Son expression est sereine, comme si elle s'attendait à devoir en discuter un jour ou l'autre. Pourtant, le léger pli entre ses sourcils n'augure rien de bon. Elle garde le silence jusqu'à ce que la porte de la cuisine se referme.

— À vrai dire, je m'y attendais, commence-t-elle.

— Alors, pourquoi tu n'as pas l'air… heureuse ? je demande, craintif.

— J'ai besoin de m'assurer d'une chose, Zac, répond-elle en rivant son regard dans le mien.

Je jette un coup d'œil à Angelia, qui continue à manger son déjeuner. Mais je ne doute pas un seul instant qu'elle écoute attentivement la conversation.

— Quelle chose ?

Ma mère détourne un instant le regard vers ma belle brune, et je comprends ce qui la préoccupe.

— Angelia, tu es sûre de vouloir rester ? s'enquiert-elle.

L'intéressée répond par un hochement de tête. Simple mais déterminé. Elle ne bougera pas.

— Bien. C'est sérieux entre vous ?

— Évidemment que c'est sérieux, qu'est-ce que tu t'imagines, maman ?

— C'est juste que… On ne parle pas de n'importe qui, Zac. Il s'agit d'Angelia.

— Je le sais bien ! Qu'est-ce que tu veux dire ? dis-je, agacé par ses sous-entendus.

— Je connais ton comportement avec les filles et je veux m'assurer que tu ne le reproduises pas avec Angelia.

Je reste soufflé par son aveu. Il faut dire que je l'ai bien cherché, à force de jouer au séducteur. Mais je ne pensais pas qu'elle avait si peu confiance en moi. La colère me gagne peu à peu malgré mes efforts pour rester calme.

— Tu penses que je la considère comme un jouet ? dis-je, la voix grave.

— Écoute, reprend-elle plus calmement, elle a des sentiments réels pour toi. Je savais que vous sortiez ensemble, mais je pensais avoir un peu de temps avant de t'en parler. Je ne m'imaginais pas que c'était si…

— Si quoi ? Sexuel ? Eh bien, ça ne l'est pas encore, si tu veux tout savoir. Mais à un moment on y viendra sans doute. C'est comme ça, les relations, maman, ça évolue !

Je n'en reviens pas qu'elle insinue que je joue avec Angelia, que je me sers d'elle pour satisfaire mon seul plaisir. Même si je sais que j'y suis pour quelque chose, je ne peux m'empêcher d'être déçu par l'image qu'elle a de moi.

— Je le sais bien, Zac, mais comprends-moi, je m'inquiète pour elle, se défend ma mère d'une voix douce.

— Parce qu'elle est avec moi ?

— Arrêtez ! s'écrie une voix forte.

Je me tourne aussitôt vers Angelia, honteux. La pauvre, elle a dû assister à ça. Lorsque ma mère et moi nous disputons, nous avons une fâcheuse tendance à oublier tout ce qui nous entoure.

— Je serai majeure dans deux semaines, je pense être en mesure de prendre mes décisions toute seule, explique-t-elle calmement.

Je fronce les sourcils.

— Attends, ton anniversaire est dans deux semaines ?

Elle opine du chef avant de croquer dans sa pomme. Dire que je ne connaissais même pas sa date de naissance ! Ma mère tente à nouveau de lui expliquer son point de vue.

— Rachel, la coupe Angelia. Je sais que tu veux prendre soin de moi et je t'en suis infiniment reconnaissante. Mais je me sens capable de faire mes propres choix, je suis une adulte.

— Quant à moi, j'ajoute, je tiens à préciser que je ne joue pas avec Angelia. C'est plus que sérieux entre nous.

Ma mère finit par hocher la tête avec un sourire satisfait. Enfin ! Elle a compris.

— En tout cas, vous avez intérêt à vous protéger, c'est le plus important. Même si vous n'allez pas jusqu'au bout, vous savez…

— On sait ! Merci, maman. Je pense qu'on peut se débrouiller tout seuls, je m'écrie en me levant précipitamment.

— Je ne souhaite que votre bien, ajoute ma mère.

— Oui, eh bien, tu peux le souhaiter sans intervenir, dis-je en faisant signe à Angelia de me suivre. Allez, il faut qu'on se prépare, on te retrouve ici dans une quinzaine de minutes.

Sans attendre la réponse de ma mère, nous nous dirigeons vers l'étage et je soupire. On vient d'échapper à une conversation on ne peut plus gênante !

Mais revenons à l'essentiel. Mon ange va fêter ses dix-huit ans dans deux semaines. Il ne me manque plus qu'à trouver un cadeau digne d'elle.

Chapitre 56

(Angelia)

Je claque ma portière et lève la tête vers le grand bâtiment devant moi. *Burscley&Co*. Le cabinet où travaille mon avocate. Une vague de panique monte en moi à cette pensée. Heureusement, une main chaleureuse et rassurante se glisse dans la mienne. Je souris à Zac, et il m'embrasse le front.

— Il faut y aller, on est déjà en retard, déclare Rachel en se dirigeant vers la porte d'entrée.

Zac lui lance un regard agacé. Depuis que sa mère a laissé entendre que je n'étais qu'un jouet pour lui, il semble sur les nerfs. Qu'il l'ait mal pris, ça me rassure un peu. J'avais déjà confiance en lui, mais désormais je sais qu'il est réellement sérieux avec moi et je suis heureuse qu'on ne se cache plus. Je me sens comme une personne à part entière, responsable, et non plus une victime. Mais, avec le rendez-vous qui m'attend, ça ne va pas durer…

— Oui, il faut y aller, murmuré-je en avançant difficilement.

Nous entrons dans le cabinet, et une secrétaire très élégante nous accueille avec un sourire crispé.

— Mademoiselle Teissi ? Me Schmit va bientôt vous recevoir, annonce-t-elle en nous indiquant des chaises.

Nous nous asseyons et patientons une dizaine de minutes,

aux cours desquelles la secrétaire ne cesse de me jeter des coups d'œil. Elle pense sûrement que je ne remarque pas qu'elle me scrute comme une bête curieuse. Ses yeux se baladent sur tout mon corps, sûrement à la recherche de marques de maltraitance. Ils s'arrêtent sur ma main gauche, barrée par une épaisse cicatrice. Bien droite et profonde, comme un couteau bien aiguisé. Immédiatement je tire sur ma manche pour la couvrir, et le regard de la jeune femme remonte vers le mien. Il est empreint d'une telle compassion que je détourne la tête. Je ne veux pas qu'on ait pitié de moi. La secrétaire se racle la gorge, gênée.

Je dois avoir l'air vraiment pathétique. Même la main de Zac sur ma cuisse n'arrive pas à me calmer. Je rumine jusqu'à ce que l'avocate vienne nous chercher.

— Angelia ! Bonjour, je suis ton avocate, Me Schmit, se présente-t-elle en s'avançant vers moi.

J'observe la femme aux boucles rousses, de la génération de Rachel. Tirée à quatre épingles, son tailleur noir n'a pas un pli et ses bijoux discrets sont parfaitement accordés. Elle inspire confiance et sérieux.

Elle me tend la main, et j'hésite quelques secondes. Si je veux survivre à ce procès, je vais devoir faire des efforts. Alors j'avance ma main à sa rencontre et, rassurée par le bras de Zac dans mon dos, je serre celle de l'avocate.

— Bonjour, je réponds tout doucement.

Ses yeux noisette s'adoucissent, et un sourire sincère se dessine sur ses lèvres.

— Suivez-moi, nous dit-elle.

En allant dans son bureau, nous repassons devant la secrétaire qui m'adresse un nouveau sourire crispé, et je détourne le regard, mal à l'aise. Nous entrons ensuite dans une vaste pièce bien éclairée. L'avocate s'installe derrière son bureau et nous invite à nous asseoir. Comme je l'avais deviné, tout est terriblement bien rangé ; je soupçonne Mme Schmit de faire une inspection chaque soir pour vérifier que tout est à sa place.

— Ton médecin m'avait demandé de te laisser du temps pour te préparer mentalement, avant ce rendez-vous, indique-t-elle en souriant. Nous avons donc à peine deux semaines pour nous préparer. Je n'ignore pas que tes examens commencent dès demain. Cela nous laisse un peu plus d'une semaine.

Je l'écoute attentivement. Une semaine ? Une semaine pour comprendre tout ce qu'il va se passer, pour savoir comment réagir ? Mais, surtout, une semaine pour me faire à l'idée de revoir mon père ?

— Ce n'est pas un peu court ? demande Rachel, inquiète.

Me Schmit lui sourit d'un air rassurant. Je suis plutôt tentée de m'en remettre à elle, elle semble savoir ce qu'elle fait.

— Non, tout ira bien. Cette semaine va simplement consister à te préparer, toi, Angelia, précise-t-elle en se tournant vers moi.

Incapable de prononcer un mot, je me contente d'opiner du chef.

— Avant tout, as-tu des questions ?

Elle penche son visage sur le côté, faisant bouger ses boucles rousses. Après réflexion, je secoue la tête.

— Moi j'en ai une, intervient Zac.

— Oui ?

— Quel comportement nous conseillez-vous d'adopter, lorsque son père sera dans la salle ? Car j'ai une tendance à… m'énerver facilement, dit-il en resserrant les poings.

— Ah oui, très bonne question, renchérit Rachel. Mon fils est très colérique, et j'ai peur qu'il se laisse emporter.

Zac lui lance un regard des plus désagréables et lâche un soupir.

Mme Schmit se tourne vers Zac et remarque notre proximité. Un petit sourire qu'elle tente de camoufler se dessine sur ses lèvres, et elle pose ses mains croisées sur son bureau.

— Il vous faudra avoir une attitude neutre. Ne pas le regarder, ne pas réagir à ses propos. Vous ferez comme si M. Teissi n'existait pas. D'après son évaluation psychologique, il est instable, mais pas au point d'être interné. Il n'est pas fou, loin de là, mais perd très rapidement son sang-froid et n'arrive pas à contrôler sa colère. Du coup, se sentir ignoré alors que, toute sa vie, il a eu le dessus, va l'énerver et le décrédibiliser devant les juges et le jury. C'est exactement ce que nous cherchons à provoquer.

L'entendre parler de mon père ainsi me fait froid dans le dos. « Toute sa vie, il a eu le dessus », elle parle de moi évidemment. Moi qui n'ai pas réussi à me défendre devant lui, moi qui le faisais sortir de ses gonds. Au fond, c'est moi qui suis coupable.

— Ça va être difficile…, grogne Zac.

Me Schmit qui jusque-là n'avait pas détaché ses yeux des miens les tournent vers mon petit ami.

— Je le sais bien, mais ça va nous donner l'avantage, répond-elle.

Il hoche la tête, et je pose ma main sur la sienne en lui adressant un petit sourire. Avec lui, je me sens en sécurité. Je vois bien qu'il veut me venger, qu'il en meurt d'envie, mais il ne doit pas se faire remarquer, d'autant plus qu'il fait déjà l'objet d'une enquête.

— Je vais vous expliquer un peu le déroulement du procès, commence-t-elle en s'enfonçant dans son grand fauteuil. Il s'agit d'une cour d'assise, il y aura donc trois juges et neuf jurés. Ce sont eux qu'il va falloir convaincre. En fait, convaincre n'est pas le terme exact, puisque nous savons tous ce qu'il t'a fait vivre, Angelia. Il faudra plutôt les orienter vers la peine maximale.

— Quelle est-elle ? demande Rachel.

— La détention à perpétuité. Il faut savoir que peu de criminels y sont condamnés, et, qu'une fois leur période de sûreté effectuée, ils demandent que leur peine soit réexaminée pour la diminuer. Ce qui est souvent le cas.

— Pourquoi veut-on la perpétuité ? j'interviens.

Zac se tourne vers moi, une lueur d'interrogation dans les yeux. Puis ses sourcils se froncent, et je comprends qu'il est sur les nerfs.

— Parce que ce qu'il t'a fait est atroce, Angelia ! explose-t-il. Il faut que tu le comprennes une bonne fois pour toutes. Ce n'est ni ta faute, ni celle des autres, c'est la sienne. Il est entièrement coupable de tes dix-sept années d'enfer. Alors, je t'en supplie, dis-moi que tu préfères le savoir enfermé jusqu'à la fin de ses jours.

Je baisse les yeux, incapable de soutenir son regard. En réalité, je ne veux pas que mon père aille si longtemps derrière les barreaux. Il m'a fait du mal, je le sais bien, mais il est le seul parent qu'il me reste. Ma seule famille biologique. Peut-être qu'après un certain temps en prison il saura mieux gérer sa colère. Peut-être même qu'il s'excusera.

— Réponds-moi, Angelia, bon sang ! insiste Zac.

Je me mure dans le silence, incapable de réagir. J'aimerais lui assurer que oui, je souhaite comme lui que mon père meure entre quatre murs. Mais ça serait mentir.

— Zachary, intervient Rachel en posant la main sur le bras de son fils.

— Non ! rugit-il en se levant précipitamment.

Je l'entends faire les cent pas derrière moi, mais je garde la tête baissée. J'ai bien trop honte pour la relever. C'est vrai, quel genre de victime suis-je, pour vouloir que mon père aille bien et soit heureux après ce qu'il m'a fait subir. Évidemment que je suis toujours en colère contre lui, que je le serai toujours. Mais, quand on tient à une personne un tant soit peu, on ne lui souhaite pas la prison à vie. Et je sais que je ne changerai pas. Je n'arriverai jamais à arrêter de me soucier maladivement des autres.

— Il faut que je t'explique, Angelia, dit Mme Schmit en se levant de son siège pour venir s'agenouiller à côté de moi.

Son parfum fleuri me parvient, et je relève légèrement la tête, curieuse de ce qu'elle a à dire. Ses yeux noisette se fendent, et un sourire rassurant apparaît sur ses lèvres roses.

— Il y a plusieurs chefs d'accusation qui pèsent sur ton père, de très graves accusations. Un seul suffirait à l'envoyer trente ans en réclusion, me confie-t-elle en repoussant une de mes mèches tombée devant mes yeux.

— Quels sont ces chefs d'accusation ? je demande doucement, tout en entendant Zac s'arrêter dans mon dos pour écouter la réponse.

L'avocate pince légèrement les lèvres avant de se relever. Je comprends que c'est grave et que mon père risque beaucoup.

— Séquestration avec circonstances aggravantes, puisque tu étais une mineure de moins de quinze ans. Maltraitance physique et psychologique ainsi que… torture, dit-elle, avant de déglutir.

— La torture ? Mais non… Non, ce n'était…

— Ce n'était pas rien, ma belle, me coupe-t-elle. Loin de là. Lorsqu'on te plonge la tête dans l'eau jusqu'à frôler la noyade, c'est de la torture. Lorsqu'on t'étrangle jusqu'à ta suffocation, c'en est également. Lorsqu'on te brûle la peau par cruauté, ce n'est pas que de la maltraitance, c'est bien plus. Et j'en passe.

À ces mots, je me tourne vers Zac, lui seul connaissant tous ces détails. Il ne m'aurait pas trahie, il n'aurait pas osé raconter toutes mes souffrances à une inconnue ! Debout derrière sa chaise, il garde les bras croisés contre sa poitrine, faisant ressortir ses muscles. Lorsque ses yeux rencontrent les miens, j'y vois autant de surprise que moi. Il lève ses deux mains en signe d'innocence :

— Je n'ai rien dit ! s'exclame-t-il.

— Inutile, son corps l'a fait pour elle, répond Me Schmit.

Je me retourne vers elle et la scrute, attendant une explication. Elle repart s'asseoir dans son fauteuil, ses cheveux roux ressortant sur le cuir noir.

— J'ai été en contact avec des experts, Angelia. Des médecins, qui viendront témoigner à la barre. Ils ont tous été catégoriques devant les photos et les radios. Tes poumons contenaient de l'eau, ton cou était bleu, des brûlures un peu partout sur ton corps, des coupures nettes et profondes, tes os mal guéris après de nombreuses fractures. Il n'y a pas trente-six mille conclusions. Je suis désolée de te l'annoncer, mais c'est bien de la torture ce que t'a fait subir ton père…

Mes larmes jaillissent malgré mes efforts pour les contenir. Tout ce qu'elle a énoncé est la stricte vérité, et ce n'est que la partie visible de l'iceberg. En dix-sept ans, j'ai engrangé des milliers de souvenirs de douleur, de pures souffrances. Et peu importe ce que je ferai pour les camoufler, ils resteront ancrés en moi. Je peux seulement apprendre à vivre avec.

Je sens les lèvres chaudes de Zac se coller à mon front, et ses bras musclés m'entourer comme un rempart. Quel soulagement de le sentir à nouveau contre moi. Je me laisse aller, oubliant tout le reste. Nous seuls comptons, en cet instant. Il se met à me murmurer des mots doux que moi seule peux entendre et me berce légèrement. Au bout de quelques minutes, la douleur s'est calmée, camouflée par mes souvenirs lumineux avec Zac, Charley, Rachel, Lily… Ce sont eux qui me permettent de respirer à nouveau.

Lorsque je relève la tête, laissant une belle trace de mon passage sur le T-shirt bleu marine de Zac, je remarque que Rachel s'est rapprochée de moi pour poser sa main sur mon bras en signe de réconfort. Même Mme Schmit s'est levée pour me tendre un mouchoir. Elle me rappelle Mme Trempline.

— Je suis navrée, mais il va falloir que tu te laisses aller comme cela plus souvent. La cour doit voir les dégâts qu'ont causés ces dix-sept ans.

Je hoche la tête et essuie mon visage trempé. Je dois avoir l'air horrible, je sens déjà que mes yeux ont gonflé et que mes joues sont rouges. Mais Zac n'a pas l'air de le remarquer puisqu'il me chuchote à l'oreille à quel point il me trouve magnifique.

— C'est beaucoup d'émotion, reprend l'avocate en souriant, nous poursuivrons la semaine prochaine, qu'en pensez-vous ?

— Excellente idée, approuve Rachel en frottant sa main contre mon bras.

En repassant devant le bureau de la secrétaire sur le chemin du retour, je tente de cacher mon visage contre le torse de Zachary. Mais, à son air compatissant, je comprends que j'ai échoué. Je l'ignore et continue d'avancer.

— J'ai hâte de te revoir, Angelia, dit Me Schmit en me tendant la main. Bonne chance pour tes examens !

Je la lui serre timidement, puis me tourne contre le torse rassurant de Zac. Dehors, l'air frais sèche rapidement mes larmes, et je respire l'odeur de mon petit ami. Avant de monter dans la voiture, je jette un dernier coup d'œil au cabinet et aperçois l'avocate près de la porte, me souriant chaleureusement. Rachel et Quentin n'auraient pas pu mieux choisir. Elle est parfaite pour me défendre, mais surtout pour me comprendre.

— Viens là, mon ange, murmure Zac en me prenant dans ses bras.

Je réponds volontiers à son étreinte, ayant tant besoin de réconfort. Alors que nous démarrons, je regarde par la fenêtre et me perds dans mes pensées. Une seule s'impose clairement.

Mon père est coupable. Et il doit payer pour ce qu'il m'a fait subir.

Chapitre 57

(Zachary)

Les examens sont finis, je viens tout juste de terminer la dernière épreuve. Bon sang, ça fait du bien de se sentir libéré ! À présent, nous allons pouvoir nous concentrer entièrement sur le procès.

J'attends devant le portail du lycée qu'Angelia me rejoigne. Elle n'avait pas fini quand je suis parti. Je me suis beaucoup inquiété pour elle, cette semaine. Elle a eu énormément de difficultés à rattraper son retard, malgré tous les cours de soutien. Le principal, c'est qu'elle décroche son examen, même sans mention, pour avoir son diplôme. Je ne sais pas si j'ai été d'un grand secours. La seule chose que je pouvais faire, c'était de l'aider pour certains cours et lui fournir un soutien moral. J'ai ma manière à moi de la soutenir dans ses études : ça implique un lit et beaucoup de câlins. Elle n'a pas eu l'air de s'en plaindre, du moment que je respecte la limite des sous-vêtements. De ce côté-là, je fais preuve de patience. Je lui en ai fait la promesse et je compte bien la tenir.

— Salut, dit une voix dans mon dos.

Je me retourne, arraché à mes pensées. Plus belle que jamais, Angelia se tient devant moi, un petit sourire sur le visage.

— Salut, toi, je réponds en me penchant pour l'embrasser.

Ses lèvres si douces s'accordent parfaitement aux miennes, et j'inspire profondément, heureux. J'ignore les regards indiscrets de nos camarades, surtout ceux de mes anciens *potes* qui bavardent dans mon dos. Comment j'ai pu être ami avec ces abrutis ? Peut-être parce que j'en étais un ? Après tout, qui aurait pu deviner que je me serais posé et casé avec une fille aussi extraordinaire ? Sûrement pas moi, surtout quand je repense à la façon dont je la traitais il y a quelques mois à peine, quand elle m'effrayait autant qu'elle m'intriguait. Il faut croire que la curiosité a pris le dessus.

— Comment ça s'est passé ? je lui demande en attrapant son sac à dos.

La mine fatiguée, elle me sourit en guise de remerciement et s'accroche à mon bras pour aller vers le parking. À son ventre qui gargouille bruyamment, je devine qu'elle a fourni un grand effort. Elle avait pourtant pris un petit déjeuner consistant, ce matin ; je m'en étais assuré.

— J'ai fait mon possible, indique-t-elle en haussant les épaules, mais je n'ai pas grand espoir.

— Ne dis pas ça, je suis sûr que t'as géré !

— Et toi ?

— Disons que ma note en sciences ne va pas être incroyable. La reproduction des homards n'est pas mon point fort, déclaré-je en plaisantant.

Je déverrouille la voiture, et Angelia, riant elle aussi, s'installe côté passager. Avant de monter, je me retourne pour apercevoir une dernière fois mon lycée. Ma nostalgie me surprend, mais elle est compréhensible. J'y ai passé trois années de ma vie, j'ai adoré et détesté cet endroit, j'ai rêvé de le quitter de nombreuses fois. Et ce jour est arrivé. Suis-je heureux, ou triste ? Je n'en ai pas la moindre idée. Ce que je sais, c'est que depuis le premier jour de cours, je me suis toujours imaginé quitter le lycée seul, faire des études au rabais, et construire une vie maussade. Heureusement, il y a eu un imprévu.

— Zac ? On y va ? demande Angelia.

On y va, cher imprévu. Je vais partir, oui, mais je ne suis plus seul. Ma vie ne sera pas maussade, loin de là, puisque Angelia sera à mes côtés. Avant de démarrer, je me tourne vers elle et l'admire en souriant. Ce que je peux être chanceux, bordel ! Au bout de quelques secondes, un timide sourire se dessine sur ses lèvres, et ses joues se colorent. Elle détourne les yeux, gênée.

— Arrête de me regarder comme ça, Zac, lance-t-elle en riant nerveusement.

— Te regarder comment ?

— Comme si…

— Comme si…, je poursuis, me rapprochant de son visage, j'allais… (je pose mes lèvres sur son cou délicieux) te dévorer !

Je mordille sa fine peau, et elle se débat en se tortillant.

— Absolument ! s'exclame-t-elle, son rire cristallin résonnant dans l'habitacle.

Après quelques baisers volés, je finis par démarrer, satisfait d'avoir remonté le moral de mon petit ange.

— On rejoint Kayn et Carla pour le déjeuner ? s'enquiert-elle.

— Tout à fait. D'ailleurs, je soupçonne qu'il se passe quelque chose entre eux, dis-je en lui jetant un coup d'œil.

Comme elle ne réagit pas, je finis par me tourner vers elle. Son expression est mitigée. Au bout de quelques secondes, elle prend enfin la parole.

— Je le savais.

— Comment ?

— Carla me l'a dit.

Sous l'effet de la surprise, je manque de louper l'entrée du parking.

— Attends… Carla t'a dit qu'elle voyait Kayn ? je lâche, interloqué.

Elle acquiesce, prenant soin d'éviter mon regard. Elle a promis de garder le secret et maintenant elle culpabilise de ne pas avoir pu m'en parler. Je comprends. Moi non plus, je n'aime pas avoir de secrets pour elle.

— Ce n'est pas grave, tu sais…

— Si ! s'exclame-t-elle. Je… Je déteste mentir ! Ça n'apporte que de la souffrance et des punitions !

— Angelia…

— Je suis désolée, excuse-moi, m'interrompt-elle à nouveau. Je n'ai jamais voulu te cacher des choses, mais Carla m'a demandé de ne surtout pas t'en parler. Je ne voulais pas la trahir, mais en…

La voiture garée, je fais taire d'un baiser ma cachottière. Je sens dès qu'elle commence à m'échapper, lorsque la panique la gagne. Ma technique s'avère efficace, si j'en crois son regard ravi.

— Je m'en fiche, Angelia. C'est normal que tu ne m'aies rien dit, ton amie te l'a demandé. Jamais je ne t'en voudrai pour si peu, je te le promets, dis-je contre ses lèvres, tenant son visage entre mes mains.

Je sens sa respiration se calmer, et elle finit par hocher la tête.

— Je suis déso…

— Il n'y a pas de raison. Je te le répète, c'est normal. En revanche, ce que je ne comprends pas, c'est que Kayn ne m'ait rien dit, ajouté-je en fronçant les sourcils.

— Peut-être qu'il avait peur de ta réaction.

— Oui, mais… Je suis son meilleur ami tout de même ! Je pensais qu'il me parlerait de ce genre de choses.

Elle hausse les épaules, ne sachant pas quoi répondre. Tant pis pour le soutien ! Plus sérieusement, j'avoue me sentir légèrement trahi par mon ami. Même Carla a éprouvé le besoin de se confier, alors qu'elle et Angelia ne se parlent que depuis quelques mois. Cela fait des années pour Kayn et moi, et je n'étais au courant de rien. Depuis l'incident « je vends de la drogue, et Greg, mon fournisseur, veut ma peau », nous nous sommes légèrement éloignés. Plus que légèrement, pour être honnête. Mais, en vérité, c'est en grande partie de ma faute, puisque je passe toutes mes journées avec Angelia. Et je dois dire que Kayn… me manque.

Je sors de mes pensées et prends la main d'Angelia pour franchir l'entrée du fast-food. L'odeur de pain grillé et de hamburgers me saisit à la seconde même où nous entrons. Affamé, je cherche la petite tête blonde de mon meilleur ami.

Mes yeux passent d'une famille à un couple, puis du couple à une table de collègues. Au moment où je songe qu'ils ne sont pas encore arrivés, mes yeux reviennent se poser sur un couple.

Kayn et Carla ! Bordel de merde. Ils ne nous ont pas aperçus, trop occupés à explorer la bouche de l'autre. Surpris et en colère, mon poing se serre de lui-même, et je broie malgré moi la frêle main d'Angelia.

— Es-tu jaloux ? me murmure-t-elle en retirant prudemment sa main.

Il n'y a aucune rancœur dans sa voix, juste une simple curiosité. Voilà ce que j'aime chez elle. Son innocence.

— Ça ne risque pas, je suis simplement en colère, répliqué-je sur les nerfs.

C'est peu de le dire. Comment osent-ils se rouler des pelles devant tout le monde, alors qu'ils ne m'ont rien dit ! Je ne le supporte pas. Alors que je m'apprête à aller les séparer, Angelia s'interpose.

— Ne fais pas ça, Zac, m'interpelle-t-elle.

— Laisse-moi passer, il n'a rien à faire avec cette nana ! grondé-je, les dents serrées.

—« Cette nana », comme tu dis, est mon amie, reprend-elle d'un ton froid.

Je baisse mon regard vers elle, interloqué. Au moment où mes yeux croisent les siens, je comprends que je l'ai blessée.

— Angelia, je soupire, elle a été horrible avec toi, une vraie garce. Je ne veux pas laisser Kayn faire la même erreur que moi. Je ne peux pas.

— Justement Zac, elle n'est plus comme ça ! Quand vas-tu l'accepter ? Elle a changé.

Je garde le silence. Depuis que je la connais, je vois Carla se comporter en garce avec les autres. À l'époque, je n'en avais rien à foutre ! Je pensais que j'étais comme elle, que je n'avais aucune valeur, aucun principe ; mon enfance m'a vacciné contre ça. Mais, depuis, j'ai compris que c'était faux. Je ne suis pas comme elle, et il est hors de question que je laisse Kayn subir l'influence de Carla, toute « changée » qu'elle soit.

— Laisse-moi passer, dis-je en plongeant mes yeux sur les siens.

— Non, répond-elle avec une détermination sans faille.

— « Non » ?

Sa main repousse brusquement mon torse, et je recule, déséquilibré. Nous nous éloignons ainsi pour revenir à l'entrée.

— Qu'est-ce que tu fous ? je demande, perdu.

— Écoute-moi bien, Zachary, je ne m'énerve pas souvent, mais là, c'est nécessaire. Carla est mon amie, et je veux son bonheur.

— Et donc ?

— Laisse-moi finir ! s'exclame-t-elle, ses petites pommettes rouges d'agacement. Tu sais ce qui la rend heureuse, en ce moment ? Kayn. Et je suis sûre que c'est réciproque. Enfin, regarde-les ! Tu trouves qu'ils ont besoin de toi ?

Je jette un coup d'œil aux concernés. En effet, la main de Kayn est sur celle de Carla, et leurs regards sont absorbés dans un dialogue amoureux. Comment ça a pu déraper sans que je m'en rende compte ? Je me tourne à nouveau vers Angelia, qui décidément m'impressionne. Que faire devant elle alors que je suis en tort ? Je soupire et sens ma colère s'apaiser. Je tente une diversion :

— Tu sais que t'es mignonne quand tu t'énerves ?

Elle soupire discrètement et se retient pour ne pas sourire.

— Et toi, t'es un vrai con, conclut-elle.

Je la contemple, cloué sur place.

— Est-ce que tu viendrais de dire un gros mot ?

— Et alors ? dit-elle en rougissant, mal à l'aise.

Je vois bien que c'est nouveau pour elle, de se lâcher comme ça. Il faut croire que j'ai vraiment une mauvaise influence ! Mais il était temps qu'elle se laisse aller, qu'elle arrête de vivre constamment dans la crainte. Enfin, dans les limites du raisonnable.

Nous finissons par nous diriger vers la table de nos amis, Angelia serrant ma main pour m'inciter à rester calme. Ils lèvent alors les yeux vers nous, et leurs mains se séparent précipitamment. Ils se redressent d'un même mouvement, et l'effet est plutôt comique. Comme si on ne les avait pas remarqués.

— C'est bon, on sait que vous couchez ensemble ! lancé-je malgré moi.

Aussitôt, une pression m'écrase la main. Je fais une grimace. C'est qu'il a de la force, mon petit ange. Je me glisse à côté de Kayn, et Angelia de Carla. Les pauvres, ils sont tellement mal à l'aise qu'ils n'osent prononcer une parole.

— Bon, depuis combien de temps ça dure ? je demande, pour briser la glace.

— Zac !

J'ignore Angelia et interroge Carla du regard. Je la connais, c'est elle qui va craquer la première. Au bout de quelques secondes, elle lève ses mains en signe d'abandon.

— Si tu veux tout savoir, on se… fréquente depuis deux mois environ, soupire-t-elle.

Deux mois ! Deux fichus mois durant lesquels Kayn et moi nous nous sommes éloignés.

— Écoute, Zac, reprend-elle en me regardant droit dans les yeux. Je sais que tu ne vois peut-être pas cette relation d'un bon œil. Mais j'aime Kayn, et je suis sincère. C'est la première fois que j'ai une relation non toxique et… qui me rend heureuse. D'ailleurs demande à ton ami, il te répondra la même chose.

Le concerné hoche la tête, terriblement sérieux. Je ne sais plus quoi dire. Carla vient de me prouver… sa maturité. Angelia a raison, elle a changé. Et, en y réfléchissant, Kayn aussi. Depuis l'histoire avec Greg, il a mûri. Je me redresse et inspire longuement. Je commence à m'y faire. Je regarde Angelia, et son doux visage m'adresse un sourire, l'air de dire « je te l'avais bien dit ». Comme toujours. Voilà pourquoi j'ai tant besoin d'elle.

— OK. Après tout, ça vous regarde. J'espère que vous serez heureux.

Carla a l'air soulagée, comme si elle avait craint un scandale. Si elle savait. Nous commandons rapidement, et l'ambiance se détend, comme au bon vieux temps. Mais en tellement mieux.

— Au fait, j'espère que vous venez au bal de fin d'année ! s'exclame Kayn.

— Un bal ? s'étonne Angelia.

— Merde, je l'avais oublié, celui-là, marmonné-je.

— Vous voulez dire, un bal comme dans… les films ? poursuit Angelia, des étoiles plein les yeux.

— Absolument. L'association des élèves le prépare depuis des mois, j'ai hâte de voir le résultat ! s'écrie Carla, tout excitée. On fera du shopping pour trouver de belles robes, ma chérie !

— Avant toute chose, dis-je en me tournant ma petite amie. Acceptes-tu d'être ma cavalière, mon ange ?

Ses yeux bleus s'écarquillent de surprise et de bonheur.

— Oui, répond-elle avec un immense sourire, j'en serais ravie !

J'oublie tout ce qui m'entoure. Il n'y a plus qu'elle qui compte. C'est le cas depuis qu'elle a franchi le pas de ma porte, ce fameux jour avant la rentrée, et ça le restera. Bordel, qu'est-ce que je l'aime.

Chapitre 58

(Angelia)

Je me regarde une dernière fois dans le miroir et tente un sourire. Seulement, mon reflet ne me renvoie que l'image d'une fille perdue, et apeurée. C'est le grand jour. Celui où je vais devoir, à mon grand malheur, affronter mon père. C'est la première fois, depuis mon arrivée ici, que je ressens une telle terreur ; si ce n'est l'incident avec James. On ne peut pas faire marche arrière, et le seul moyen d'en finir c'est de passer cette épreuve du feu.

Lors de nos rendez-vous, Me Schmit m'a donné tous les conseils possibles pour aborder les trois jours éprouvants qui m'attendent. Mais, en réalité, aucun rendez-vous, aucun entraînement quel qu'il soit, ne peut me préparer à ce que je m'apprête à vivre. Rien ne saurait atténuer la douleur, la haine et la peur que je vais ressentir. Personne ne saura, personne ne comprendra. Pas même Zac. Lors de ce procès je serai seule. Horriblement seule.

— Mon ange ? Tu es prête ? demande Zac en toquant contre la porte de la salle de bains.

J'essuie rapidement les larmes qui ont coulé sans même que je m'en aperçoive et inspire profondément. Malgré le maquillage que m'a prêté Rachel, on peut voir que j'ai passé une nuit blanche. Tant pis. J'ouvre la porte, et Zac, appuyé contre le chambranle de la porte comme un apollon, me sourit gentiment. Je sais qu'il tente de me faire garder le sourire, mais pour une fois il ne pourra pas m'aider.

— Tu es magnifique, tu le sais ça ? dit-il en m'attrapant par les hanches.

— Menteur…

Je sens son souffle chaud me caresser le front, puis ma joue. Je me hausse sur la pointe des pieds pour que nos lèvres se frôlent, et il m'embrasse tendrement. Mais, alors que le baiser s'approfondit, des larmes m'échappent à nouveau. Je ne peux pas me contrôler, il y a une telle angoisse en moi qu'elle se manifeste à la première occasion. Lorsque Zac s'en rend compte, il fronce les sourcils, mais ne dit rien. Il n'y a rien à dire. Il se contente de resserrer son étreinte, comme pour recoller les morceaux cassés en moi.

— Viens, il y a une surprise pour toi, en bas, murmure-t-il en essuyant mes larmes.

Une surprise ? J'acquiesce et le suis au rez-de-chaussée. Arrivée au salon, je reste clouée sur place. Avant de pouvoir me retenir, j'éclate à nouveau en sanglots. Des sanglots de joie, cette fois-ci… Devant moi sont réunis Rachel, Quentin, Kayn, Carla, Mme Talier et Lily, tenant un petit ballon rose, un immense sourire sur le visage.

— Joyeux anniversaire ! s'écrient-ils tous en chœur.

Je n'en reviens pas. Ils m'ont fait une surprise, une magnifique surprise ! Qu'ai-je fait pour mériter des amis aussi formidables ? Ma voix est paralysée au fond de ma gorge, je suis incapable de faire quoi que se soit de plus. Je suis comblée, tout simplement.

— Tu ne pensais pas qu'on oublierait tes dix-huit ans, ma puce ? me dit Rachel.

Je me retourne vers Zac, resté en arrière, et aperçois son petit sourire complice. Je suis d'autant plus émue que cette joie sera de courte durée.

— Tu n'es pas heureuse ? s'enquiert Mme Talier, inquiète.

— Oh si ! je réponds en me tournant vers elle. Au contraire, ça me touche énormément. C'est juste que… c'est la première fois qu'on me souhaite mon anniversaire. Pour mon père, c'est un jour de deuil. Ma mère est morte il y a dix-huit ans, ça n'a rien de joyeux pour lui.

Un silence de mort accueille ma confession, et je regrette d'avoir parlé. Cela revenait à ternir l'ambiance. Et encore, ils ne savent pas tout. Petite, j'ai été une fois été invitée à l'anniversaire d'un camarade d'école. C'était en primaire, quand j'étais encore assez présente en cours. Ce garçon avait invité toute la classe. Je revois sa mère me tendre une jolie invitation sous le préau. Bien sûr, une fois à la maison, papa me l'a fait mettre au feu, disant que c'était une erreur, que personne ne pouvait inviter une meurtrière à son anniversaire. Je ne me suis jamais sentie aussi rejetée que ce jour-là.

— Oh ! ma puce, dit doucement Rachel en passant la main dans mes cheveux. Je t'assure qu'à partir d'aujourd'hui ça va changer !

— Absolument, nous allons fêter ça comme il se doit, renchérit Quentin.

Peu à peu, les bavardages reprennent, et une joyeuse ambiance s'installe dans la maison. Mais, alors que tout le monde se régale avec le délicieux gâteau qu'a préparé Quentin, je ne peux m'empêcher de glisser dans de sombres pensées. Il y a à peine un an, je me trouvais assise par terre, mon père m'obligeant à fixer la photo de ma mère durant des heures. Il me traitait de tous les noms, répétant à quel point j'avais gâché leur vie, à quel point j'étais inutile, le tout ponctué de claques, de coups et de griffures. Chaque année, c'était le même rituel. Il me disait qu'ainsi je n'oublierais jamais. *Ne t'en fais pas, papa, je n'ai rien oublié…*

— Hé, murmure Zac tout près de moi, ça va ?

Je ferme les yeux et ne les rouvre qu'après avoir laissé ce

souvenir derrière moi. J'opine doucement de la tête et sens sa main étreindre tendrement ma taille.

— Ça va aller, mon ange. Je serai là.

Je le regarde dans les yeux et me surprends à le croire, l'espace d'une seconde. Si seulement il avait raison ! Si seulement ça pouvait être aussi simple. Mais la réalité me rattrape. Non, ça n'ira pas. Dans ce genre de situation, ça ne peut pas aller bien.

— Les cadeaux ! s'écrie Lily, tout excitée.

— Comment ? lancé-je, interloquée.

— Oui ! s'exclame Carla. Vas-y, ouvre !

J'attrape le joli paquet qu'elle me tend, peu habituée à tant d'attention. Je n'ai jamais eu de cadeau, si ce n'est le bonnet noir que m'a offert mon père. Ce bonnet qui contient la chose la plus précieuse à mes yeux.

Je déballe son cadeau et trouve une adorable jupe beige.

— Elle est magnifique, merci beaucoup Carla, chuchoté-je, émue en prenant sa main dans la mienne.

Désormais, j'arrive à me montrer un peu tactile. Évidemment, je ne serai jamais la fille la plus expressive au monde, mais pour mes proches je fais un effort. Ils méritent au moins cela.

— Je me suis dit qu'il était temps que tu troques tes jeans contre des vêtements un peu plus… féminin, dit-elle, fidèle à elle-même.

Je plaque un sourire un peu forcé sur mon visage, mais apprécie l'attention. Les uns après les autres, les invités m'offrent leur cadeau, et plus je les déballe, plus je suis émue. J'ai droit à des livres, à du matériel pour mon école d'art. Tout ce que j'aime. Vient le tour de Zachary. Je sais qu'il a attendu que les autres passent, pour être le dernier. Il s'approche de moi, un sourire énigmatique sur le visage.

— J'ai pensé à toi lorsque je l'ai vu, confie-t-il en me tendant une petite boîte en velours rouge. Et j'y ai ajouté ma touche personnelle.

Je l'attrape délicatement, admirant le logo. Une bijouterie, c'est sûr. Quelle folie a-t-il commise ? Je l'ouvre en retenant mon souffle et je reste en apnée, saisie par l'émotion. Sur un petit coussin en soie est disposé un pendentif magnifique, retenu par une fine chaîne dorée.

— Un ange en or, pour mon petit ange à moi, murmure-t-il.

Il me l'accroche autour du cou. Puis ses mains chaudes se posent sur mes épaules dénudées alors que j'attrape le magnifique pendentif qui repose sur ma poitrine.

— Regarde de plus près, me susurre Zac.

J'ignore les frissons que me procure sa voix rauque et me concentre sur le bijou. Sa fameuse touche personnelle m'apparaît alors. À l'emplacement du cœur sont gravées les initiales *Z* et *A*, entremêlées.

— C'est… magnifique, dis-je, la voix serrée.

Il sourit, ravi de son effet. S'il savait à quel point il m'obsède. Je le porterai jour et nuit, jamais je ne m'en séparerai. Il fait désormais partie de moi. C'est la plus belle chose qu'il aurait pu m'offrir.

— Merci infiniment, Zac.

— C'est ton anniversaire, c'est normal.

— Non, tu ne comprends pas, c'est… bien plus que ça, à mes yeux, j'explique, en sentant des larmes couler sur mes joues.

Un rire doux lui échappe, et il me prend dans ses bras. Je me laisse aller contre lui, tenant toujours dans ma main son merveilleux cadeau.

— Ça représente énormément pour moi, je lui chuchote à l'oreille.

— Je sais.

— Je t'aime, Zac. Je t'aime tellement, dis-je en laissant mes larmes de bonheur couler sans m'en préoccuper.

Un soupir de satisfaction sort de sa gorge, et il resserre son étreinte, à mon plus grand plaisir.

— Moi aussi, mon ange, si tu savais, répond-il, la voix plus rauque.

Nous nous séparons, sentant le regard des invités sur nous.

— Il faut immortaliser ce moment ! s'écrie Rachel en prenant l'appareil-photo.

J'essuie mes yeux humides et me lève pour me coller contre Zac, face à l'objectif. Après un premier portrait de couple, tout le monde se place à nos côtés pour la photo de groupe. La fête dure encore une heure, puis Quentin se lève, mal à l'aise :

— Je suis navré d'interrompre ce moment, mais… c'est l'heure d'y aller, prévient-il en me regardant.

Je ne réagis pas. À ce moment-là, toute ma volonté, ma pointe de bonheur et d'espoir s'envolent comme une feuille sous le vent. Mon mutisme resurgit, plus tenace que jamais. Je n'avais jamais observé le phénomène si clairement.

Évidemment, les choses ont changé. Zac fait partie intégrante de ma vie, et je m'ouvre volontiers à lui, mais parfois, c'est plus fort que moi, j'ai besoin de me renfermer. Dans le calme et la solitude. En plus de ce procès éprouvant, je vais devoir me battre contre moi-même. Le silence est ma manière de me protéger, mais, bon sang, ce que je la hais dans ces moments-là !

— Je suis là, Angelia, je ne te laisserai pas, m'assure Zac alors que nous montons en voiture.

Incapable de lui répondre, je hoche brièvement la tête. J'espère qu'il saura pardonner mon attitude lors des trois jours compliqués qui s'annoncent. Arrivés devant le tribunal, Zac coupe le moteur avant de se tourner vers moi.

— Prête ?

Je fixe le mur qui nous fait face à travers le pare-brise. Je ne peux pas le regarder, j'ai trop peur d'éclater en sanglots. Je risquerais de ne pas m'arrêter avant un bout de temps.

— Allons-y, dis-je simplement.

Nous descendons de sa voiture, et je trouve toutes les personnes présentes à mon anniversaire, m'attendant tout naturellement devant le tribunal. Carla, remarquant ma mine étonnée, me lance :

— Tu ne pensais quand même pas qu'on allait te laisser toute seule ? déclare-t-elle en souriant, avant de disparaître à l'intérieur du bâtiment.

Zac arrive près de moi et prend tendrement ma main. Je monte l'escalier avec le sentiment d'aller au-devant de ma propre exécution. Dans les couloirs du tribunal, nos pas résonnent de façon sinistre. Je suis persuadée que dans d'autres circonstances tout me paraîtrait parfaitement normal. Aujourd'hui, tout me semble horrible. Nous arrivons devant la porte indiquée par la réceptionniste, et Zac s'apprête à l'ouvrir. Mais je le tire violemment en arrière.

— Non, non, je ne peux pas, je ne peux pas, Zac ! S'il te plaît, ramène-moi à la maison, je veux partir ! je m'écrie, au bord du malaise.

— Hé, calme-toi, mon ange, tout va bien, dit-il en passant ses bras autour de ma taille.

— Je ne veux pas le voir, pitié, arrête ça, je n'en peux déjà plus, je sanglote, incapable de me contrôler.

Ne sachant pas quoi dire, il se contente de me serrer fort. Peu à peu, ma crise de larmes se calme et je retrouve mon sang-froid. Il me relâche, l'air coupable, comme s'il s'en voulait de rien pouvoir faire pour moi. Mais ce n'est pas sa faute. Mon père est le seul responsable. Je regrette de lui faire subir tout ça, mais je n'ai pas le choix.

— Prends ton temps, Angelia, dit-il en me fixant intensément. Personne ne va te le reprocher.

J'inspire profondément et me laisse quelques secondes de répit. Si je m'en accorde une de plus, je ne suis pas sûre de pouvoir y arriver. Je finis par défroisser ma robe noire, avant de pousser doucement la porte. Si doucement que Zac doit me prêter main-forte.

Je m'avance alors dans la grande salle d'audience et m'efforce d'adopter un air déterminé. Camoufler mes émotions, voilà la seule chose pour laquelle je suis douée. Mes amis sont installés aux premiers rangs, et les autres sont occupés par de parfaits inconnus. J'avais oublié que tout le monde pouvait y assister. J'aperçois enfin Rachel, qui me désigne une place devant elle. Je la rejoins en m'interrogeant sur mes émotions. Savoir ce que je ressens actuellement m'aide à contrôler mon expression. En cet instant, je ne suis ni angoissée ni confiante. Simplement terrifiée. Mais ça, il est hors de question qu'on le remarque.

— Bonjour, Angelia ! Comment vas-tu ? me demande Me Schmit avec entrain, lorsqu'elle nous rejoint.

— Ça va.

Elle m'adresse un petit sourire forcé, comme si elle savait que je mentais, mais ne dit rien. Je regarde autour de moi, complètement perdue. En face se trouvent des tables en arc de cercle, au centre desquelles se dresse un pupitre. C'est ici que les témoins parleront. C'est encore plus intimidant que je l'imaginais.

— Les jurés ont déjà été choisis, dit mon avocate en désignant les neuf personnes assises autour de la table centrale.

Parmi eux se trouvent trois juges, avec leur robe de circonstance, discutant discrètement entre eux. À ma droite, le bureau de Mme Schmit, et à ma gauche un petit espace isolé par une vitre. Le box de l'accusé.

— Nous avons de la chance, les jurés ont l'air sensibles, c'est un bon point pour nous, poursuit-elle en mettant de l'ordre dans les papiers qu'elle tient entre ses mains.

Je ne réponds pas et souris à Zac, qui prend place à côté de moi, juste devant Rachel et Quentin. Il me sourit tendrement, tentant de me rassurer jusqu'à la dernière minute.

Au bout de quelques instants, l'agitation de la salle se mue en silence. Me Schmit rejoint son collègue derrière le bureau des avocats. Le juge, la cinquantaine et le crâne dégarni, relève la tête et croise mon regard. Je le baisse aussitôt, impressionnée par l'autorité qui émane de lui.

— Faites entrer l'accusé, dit-il solennellement.

Une lourde porte s'ouvre, et tout le monde retient son souffle. Moi compris. Bien que je garde la tête baissée, refusant de le voir, j'entends ses pas traînants le conduire jusqu'à son box. Ma main serre violemment celle de Zac. Je sais bien que je l'écrase, mais je suis tout à fait incapable de me contrôler. Mon père est là, dans la même pièce que moi. Après des mois à tenter de me reconstruire, je dois l'affronter à nouveau. Je ne sais pas si j'en aurai la force.

Je sens les lèvres de Zac se poser sur mon front, et il me chuchote une dernière fois à quel point il m'aime. Peut-être est-ce cela qui me donne le courage de lever le regard, ce qui s'avère une grossière erreur.

Ses yeux bleus, plus froids que la glace, croisent les miens, et aussitôt un sourire malsain – ou plutôt une grimace – se dessine sur ses lèvres. Soudain, je me revois des mois plus tôt, soumise à lui comme une misérable fille.

— Papa…, je murmure, sentant ma carapace se fendre.

Voilà le talent dont il est le plus fier. Me briser. Et il va pouvoir le démonter.

Chapitre 59

(Zachary)

Une ambiance lourde et électrique s'empare de la salle d'audience. Je crois que c'est surtout mon humeur, qui pèse tant. À l'instant même où ce salopard est entré dans sa cage, une haine indescriptible m'a pris aux tripes. Et elle ne compte pas partir de sitôt, je le crains. Je n'arrive pas à le quitter du regard, et une envie de le buter germe dans mon esprit.

— Bonjour à tous, nous allons commencer ce procès qui porte accusation contre Dan Teissi, commence le président de séance.

J'ignore la douleur qu'Angelia m'inflige en écrasant ma main et me concentre sur son visage pour surmonter le flot d'émotions qui me parcourt. Ses yeux bleus sont ancrés dans ceux de son père, et la terreur les habite. Je ne suis pas surpris que même à dix mètres d'elle il parvienne à l'écraser de son ascendant. La voilà tremblante et voûtée, alors que lui bombe le torse, fier pour on ne sait quelle raison. C'est pas vrai ! Ça fait deux secondes qu'il est entré et il a déjà fait d'elle une victime. Sa victime. Il n'est plus question qu'elle se laisse intimider, pas tant que je serai en vie.

— Angelia, regarde-moi, je lui murmure, plaçant mes mains autour de son visage.

Elle tourne la tête vers moi, complètement abattue. Non, elle ne peut pas rendre les armes aussi vite, il n'a pas le droit d'abuser d'elle une nouvelle fois !

— Tu ne le regarde plus, c'est compris ? Peu importe ce qu'il se passe, ce qu'il fait ou dit, tu ne poses plus les yeux sur lui, continué-je durement.

Elle lève ses beaux yeux sur moi et finit par hocher la tête. À moitié rassuré, je passe mon bras autour de ses épaules et la cale tendrement contre moi. Mais, contrairement à elle, je compte bien fixer son père tout au long de ces trois jours. Celui-ci n'a rien loupé de la scène et me fusille désormais du regard. S'il savait comme je me moque de ses tentatives d'intimidation. La froideur et la cruauté qui émanent de lui sont déconcertantes, mais à côté de mon père il n'est rien. Pour le faire rager et lui montrer que, désormais, ce n'est plus lui l'homme de sa vie, je pose mes lèvres sur les cheveux d'Angelia, qui se blottit davantage contre moi. Je l'entends grogner comme un animal enragé, et il serre les poings, prêt à frapper tout ce qui se mettra devant lui. C'est ça, Dan, continue, montre à tous quel monstre tu es. Prouve-leur que tu mérites de rester en prison jusqu'à la fin de tes jours.

Le juge lui jette un regard d'avertissement, l'air de dire « n'aggravez pas votre cas », avant de déclarer :

— Monsieur Teissi, vous êtes accusé de maltraitance, de séquestration avec circonstances aggravantes et de torture sur votre fille, Angelia Teissi, alors qu'elle était mineure.

— Conneries, réagit le concerné.

— Vous avez le droit de garder le silence durant l'audience, reprend le juge.

Il énumère ses droits, mais Dan ne l'écoute plus, il est complètement obsédé par Angelia. Quant à moi, je persiste à cacher son visage contre mon torse pour la préserver de son regard de fou.

— Nous allons commencer ce procès par l'audition de l'accusé. Monsieur Teissi, veuillez vous lever.

Dan obéit, et je le vois enfin de pied en cap. Un homme massif, le ventre rond débordant de son jean, des cheveux blonds cendrés tirant sur le gris et une barbe de trois jours, mal entretenue. Voilà donc l'ordure qui a détruit mon petit ange. Pas fameux.

— Bien, commencez par nous raconter la naissance de votre fille, demande le juge en rouge.

— Sa naissance, hein ? Vous vous foutez de moi ! Vous voulez que je vous raconte le jour où cette petite traînée a tué ma femme ? s'écrie-t-il en pointant sauvagement son doigt sur Angelia.

— Surveillez vos propos, monsieur Teissi !

Celui-ci se contente de marmonner dans sa barbe, jetant des regards assassins à la foule. Il lui manque une case, c'est évident.

— Très bien, alors passons directement à la première fois où vous avez levé la main sur elle, poursuit le juge.

Le silence s'installe, et un sourire mauvais se forme sur ses lèvres. Putain ! il y prend du plaisir, ce salop ! Je le jure, il ne ressortira pas d'ici vivant. Comment peut-on infliger ça à sa fille ? Il faut être taré, ce n'est pas possible.

— Bien sûr. Elle devait avoir dans les deux ans, commence-t-il en ignorant son avocat qui lui fait signe de se taire. Cette peste courait partout et a fini par casser une de mes bouteilles, empotée comme elle était.

Je sens Angelia se tendre contre moi face aux insultes de son père. Si elle n'a entendu que cela pendant dix-sept ans, pas étonnant qu'elle n'ait aucune confiance en elle.

— Alors, je me suis énervé. Je lui ai foutu une gifle et je peux vous dire que ça l'a calmée sur-le-champ, ricane-t-il presque.

Son avocat, qui a abandonné l'idée de le faire taire, secoue la tête, sachant que pour son client le procès est perdu d'avance. Les jurés, profondément choqués, ne tentent plus de cacher leur mépris.

— Ce qu'on vous reproche, monsieur Teissi, c'est justement

de l'avoir frappée, de l'avoir brûlée, coupée, entre autres choses, j'ose à peine tout énumérer. Vous l'avez privée de son enfance, la gardant enfermée chez vous. Vous comprenez les accusations qui sont portées contre vous ?

— Non, pas vraiment. C'est ma fille, je ne vois pas en quoi ça vous regarde ! répond Dan en haussant la voix. Vous faites comme s'il s'agissait d'une gamine innocente, vous ne savez pas qui elle est. Tout ce que j'ai fait, elle le méritait !

— Et pourquoi pensez-vous une telle chose ? s'enquiert l'un des assesseurs, à côté du président.

— Mais parce qu'elle a tué ma femme, bon Dieu ! hurle Dan, fou de rage. Tout le monde la plaint sans voir que c'est une meurtrière !

Angelia sursaute dans mes bras et enfouit sa tête dans ma veste, probablement pour cacher ses larmes. Et je ne vais pas l'en empêcher. Plus elle se sentira à l'abri, mieux ce sera pour elle. Je ne sais pas comment elle a fait pour survivre avec ce malade. Moi, je me serais foutu en l'air. Elle est la fille la plus courageuse et la plus admirable que je connaisse.

— C'était un bébé, reprend le président en tentant de le calmer. Ce qui est arrivé à votre femme est tragique, mais personne n'est fautif.

— Au contraire, rétorque Dan. Peut-être qu'elle n'était pas consciente de son crime, mais elle n'a jamais rien fait pour se faire pardonner.

À mon grand étonnement, Angelia ne réagit pas. Je pensais qu'elle craquerait, qu'elle finirait par exploser devant son père. Mais non, elle encaisse, sans un mot. Je sais désormais d'où vient sa patience sans faille. C'était réagir ou vivre, et elle a choisi la vie.

— Assumez-vous les accusations portées contre vous ?

— Bien sûr que non ! Torture, vous plaisantez ? Je ne suis pas un monstre. Je n'ai fait que l'éduquer à la dure. Il fallait bien qu'elle comprenne le crime qu'elle avait commis, explique-t-il avec calme, sa main frottant compulsivement son jean.

Je ne suis pas spécialiste, mais je dirais qu'il est nerveux. Il tente de garder une apparence froide, mais ses émotions le trahissent. Du moins, si on exclut la pitié et la compassion, que sa folie a emportées.

— Monsieur Teissi, vous avez séquestré votre fille durant plus de dix-sept ans, vous en êtes conscient ? insiste le juge.

— J'ai simplement fait en sorte que le monde ne voie pas l'horreur qu'est ma… fille, dit-il avec dégoût.

— Vous reconnaissez l'avoir battue, n'est-ce pas ? Parce qu'il y a des preuves, intervient une jeune femme blonde dans le jury, après avoir demandé la permission au président.

Le silence se fait, et je crains un instant qu'il ne réponde pas.

— Oui…, dit-il à contrecœur, j'avoue avoir parfois été un peu… brutal.

— *Parfois* ? souffle Angelia.

Malgré sa petite voix, tout le monde l'a entendue. Et personne n'ose relever son commentaire. Celui-ci veut tout dire. Je me mets à caresser ses cheveux pour la réconforter ; maigre réconfort, mais c'est tout ce que je peux faire. Je me sens terriblement inutile.

— Vous savez que c'est puni par la loi ? C'est pour cette raison que vous êtes ici, monsieur Teissi.

— J'ai toujours pensé que la loi était trop sévère, dit-il simplement.

Des cris d'indignation retentissent dans la salle. Critiquer la loi dans un tribunal est un sacré faux pas. En tournant la tête, j'aperçois les journalistes qui n'en perdent pas une miette. Sont-ils indignés par ce qu'ils entendent, ou seulement contents de faire les gros titres ? C'est une question que je me suis déjà posée lorsque mon père est allé en prison. L'arrestation d'un des plus gros trafiquants de drogue du pays n'est pas passée inaperçue.

Avec ma mère, nous avons eu du mal à chasser ces fouines qui voulaient à tout prix une interview. Angelia doit souffrir le martyre de voir sa vie exposée ainsi. Mais on ne peut rien y faire, c'est un mauvais moment à passer.

— Poursuivons, reprend le juge. Pour que nous puissions comprendre ce qu'il s'est passé, essayez de nous raconter quel était votre ressenti, les raisons qui vous poussaient à agir.

— C'est ridicule, souffle Dan en faisant mine de se rasseoir.

— Vous préférez garder le silence ?

— Non ! Je veux vous montrer que ce n'est pas moi, le méchant, dans l'histoire ! C'est cette petite pétasse !

— Arrête-le, Zac, je t'en supplie, sanglote Angelia en relevant ses yeux humides vers moi.

Mon cœur se serre tant ça me fait mal de la voir ainsi.

— Je ne peux pas, mon ange, si tu savais comme je suis désolé, je réponds en embrassant son front.

Son doigt se met bientôt à battre au rythme de mes battements de cœur. C'est une habitude qui la calme, je ne sais pas pourquoi, mais c'est une très bonne chose à cet instant. Ça ne va pas durer très longtemps.

— Expliquez-nous votre point de vue, dit le juge président, rentrant dans son jeu.

— Mon ressenti ? C'est très simple : dès que je la vois, que je l'entends, j'ai des envies de meurtre, s'écrie Dan avant de se tourner vers le public. Je vous le jure, j'ai essayé de l'aimer, de la voir comme mon enfant miraculé. Mais tout que je ressens, quand je pose les yeux sur elle, c'est cette haine féroce. Je lui en veux tellement de m'avoir pris Louise. J'aurais préféré que ce soit elle qui meure, ce jour-là, pas ma femme adorée…

Comment peut-on tenir un tel discours ! C'est monstrueux. J'avais bien compris qu'il n'aimait pas sa fille, mais au point de souhaiter sa mort… Je serre Angelia contre moi, la sentant bouleversée.

— Je n'y peux rien, je ne suis pas responsable de ce que je ressens, poursuit-il d'un ton sincère. Je sais qu'elle est aussi la fille de Louise, mais je n'ai jamais réussi à la voir ainsi… Depuis qu'elle est née, je ne parviens plus à me contrôler. J'ai toujours été très impulsif et colérique, et autrefois c'était Louise qui parvenait à me canaliser. J'ai grandi dans la violence, auprès de parents qui considéraient que c'était la solution à tout. Lorsque j'ai rencontré ma femme, tous mes tourments intérieurs se sont enfin apaisés. C'était comme un nouveau départ, aux côtés de mon âme sœur. Sans elle j'étais perdu… Je suis perdu, conclut-il les yeux dans le vague.

Un silence accueille son discours. Ne me dites pas qu'il a réussi à les embobiner ! Il les manipule, c'est évident !

Dan s'assoit et fait un signe de tête à son avocat. Celui-ci a repris des couleurs et semble déjà plus confiant. Avec son petit tour de « je me la joue sentimentale », Dan a réussi à gagner des points en montrant une autre face. Mais qu'il ne se fasse pas trop d'espoir. Les témoins sont là pour rétablir la vérité.

Sentant Angelia nerveuse, je décide de changer de place avec elle, pour la cacher à son père. Je ne la laisserai pas à la merci de ses tentatives d'intimidation tant que je ne serai pas sûr qu'elle puisse tenir le coup. Celui-ci m'assassine du regard lorsqu'il comprend mon petit stratagème. Eh oui, Dan. Avant, tu t'en prenais à elle parce que personne n'était pour là protéger. Aujourd'hui, ça a changé. Si tu veux t'en prendre à elle, tu vas d'abord devoir me passer sur le corps. Je te souhaite bonne chance.

Chapitre 60

(Angelia)

— Mesdames et messieurs les jurés, j'aimerais appeler à témoigner Pamela Tully, annonce mon avocate en souriant à quelqu'un dans le public.

Par peur de croiser le regard de mon père, je ne me retourne pas et attends de voir de qui il s'agit. Une femme s'approche, et je n'aperçois que ses cheveux noirs mi-longs et son chemisier fleuri. Elle tourne alors la tête vers moi et m'adresse un petit sourire gêné. Je la reconnais aussitôt.

— Présentez-vous, madame, je vous prie, demande l'un des assesseurs.

— Je me nomme Pamela Tully, je suis enseignante à l'école primaire. J'étais l'institutrice d'Angelia lors de sa dernière année, précise-t-elle en me jetant un bref regard.

En me penchant discrètement, j'aperçois mon père. Il la scrute comme s'il tentait de la reconnaître. Mais comment le pourrait-il, alors qu'il était toujours soûl lorsqu'il venait me chercher à la sortie des cours ? Sans compter les fois où il m'oubliait, et celles où je n'y allais tout simplement pas.

— Je tenais seulement à raconter certains événements du temps où Angelia était mon élève.

D'un signe de tête, le juge lui fait comprendre qu'elle peut prendre la parole.

— Tout d'abord, elle n'était pas très présente en cours, peut-être une ou deux semaines par mois. En me renseignant, j'ai appris qu'elle était encore moins présente les autres années, dit-elle en remettant une mèche derrière son oreille.

Une habitude qu'elle avait déjà lorsque je l'ai rencontrée. Mes souvenirs d'elle me reviennent à mesure qu'elle parle. Il s'agissait d'une classe où je m'étais beaucoup investie, du moins à mon échelle. Papa voulait que j'aille au collège ; pour ne pas attirer les soupçons ; il avait donc fait des efforts pour me laisser aller plus souvent à l'école.

— Au début, je ne voyais jamais son père aux réunions parents-élèves, ni à la sortie, mais je ne m'étais pas plus inquiétée que ça ; il y a tant de pères très occupés. Puis, en apprenant à connaître Angelia, je remarquais qu'elle était très particulière. Elle n'était pas sociable, d'un calme et d'une timidité inimaginables. Elle était également très phobique. Le moindre contact physique ou bruit soudain pouvait la faire sursauter.

Ça me fait tout drôle d'avoir un point de vue extérieur sur mon enfance. Un autre que celui de mon père, qui n'était pas très positif, vous vous en doutez. Savoir que mon enseignante m'a observée et a cherché à comprendre qui j'étais… c'est si étrange, pour moi qui me pensais invisible.

— Je me rappelle d'un jour en particulier, poursuit Mme Tully. J'avais donné un travail à la classe : dessiner ce que représentait pour eux la famille. Tous les enfants avaient dessiné des cœurs, une maison, des choses très positives, Angelia, qui dessinait déjà merveilleusement bien, avait tracé un être difforme, tout noir, d'où s'échappaient des nuées grises, comme s'il était le mal incarné. Il avait du sang sur les mains, des torrents de sang qui coulaient. Lorsqu'une petite fille de dix ans vous tend ce dessin, ça vous marque.

Les larmes me montent aux yeux. Je me souviens de ce dessin. J'avais voulu être honnête, puiser au plus profond de moi ce que m'inspirait la famille. Lorsque je dessine, je ne peux pas mentir. Par la suite, je m'en suis mordu les doigts…

— Et, quand je l'ai prise à part pour lui demander ce qu'il représentait, elle m'a paru… terrifiée. Elle a prétendu avoir mal compris la consigne. Ce soir-là, j'ai décidé d'aller voir son père. Quand il est venu la chercher, assez en retard, il était très pressé et s'est contenté de dire qu'Angelia souffrait de troubles mineurs et était suivie par une psychologue. Après quoi, elle n'est pas venue en classe pendant une semaine. Je m'en veux tellement, aujourd'hui… Il avait toujours des excuses pour expliquer ses absences. Des excuses douteuses, mais qui passaient quand même. J'aurais dû comprendre que la forme, sur le dessin, c'était vous, conclut-elle en se tournant vers mon père. Vous êtes un monstre !

Loin de se laisser impressionner, il lui sourit d'un air insolent. Il est fier de ne pas s'être fait attraper pendant toutes ces années, et c'est en grande partie ma faute. Pas une fois, en dix-sept ans, je n'ai osé demander de l'aide. Parce que j'avais peur et parce que j'attendais la personne qui allait me sortir de cet enfer.

— Je vous remercie, madame Tully, pour votre témoignage. Le jury va en tenir compte, affirme le juge.

Mon ancienne enseignante se retourne pour reprendre place dans le public. Sur le chemin, elle s'approche de moi.

— Je suis désolée, Angelia. Tu es devenue une magnifique jeune femme, me chuchote-t-elle en souriant avant de retourner s'asseoir.

Incapable de répondre à son sourire, je me contente de la regarder s'éloigner.

— J'appelle désormais à témoigner Julie Beaumont, dit le juge en levant ses petits yeux ridés vers le public.

Une femme brune, d'âge moyen, s'avance alors du public. Ni son nom, ni son apparence ne m'évoque quoi que ce soit. Elle me jette un bref regard dénué de sentiments, si ce n'est d'un peu de pitié, ce qui me confirme que nous ne nous connaissons pas. Le président lui fait signe, et elle se redresse.

— Bonjour, je suis Julie Beaumont et j'étais le médecin de garde aux urgences lorsque Angelia est arrivée à l'hôpital, il y a quelques mois.

— Pouvez-vous nous raconter ce soir-là ?

— Bien sûr, répond-elle en se concentrant sur le jury, ignorant mon père. À 20 h 44, les ambulanciers nous ont amené un brancard portant une jeune fille. Elle était tellement mal en point et amochée qu'un proche aurait sans doute eu du mal à la reconnaître.

Je déglutis. Son récit objectif me glace. C'est vrai que je ne devais pas ressembler à grand-chose.

— Des bandages recouvraient une bonne partie de son corps, et son crâne était abîmé par une chute dans les escaliers. Vu la gravité de son état, nous avons rapidement procédé à des examens qui nous ont révélé que, suite au choc, elle avait contracté un œdème sous-dural. Autrement dit, son cerveau avait gonflé dans sa boîte crânienne. Nous l'avons donc plongée dans un coma artificiel pour que son cerveau puisse diminuer de volume.

— Combien de temps est-elle restée dans le coma ? demande l'un des assesseurs.

— Quatre jours, le temps que son corps récupère assez d'énergie.

Je suis restée si longtemps inconsciente ! Je savais qu'il y avait un moment de flou, pendant cette période, mais certainement pas que j'avais été plongée dans le coma. Je suis abasourdie de n'apprendre cela que maintenant. Peut-être n'étais-je pas prête à l'entendre avant.

— Avait-elle d'autres blessures ? intervient un homme dans le jury.

— Oh oui ! Des anciennes, mal guéries, que nous nous sommes empressés de soigner au maximum, afin qu'elles puissent cicatriser plus sainement. Mais également d'autres plus récentes, certaines qui dataient du jour même, sur son visage tuméfié, et plusieurs entailles situées sur son avant-bras droit.

Une envie irrépressible de poser ma main sur ces cicatrices, que je connais par cœur, me prend. Mais je me retiens, ne voulant pas attirer davantage l'attention.

— J'ai rarement vu un corps dans cet état. En interrogeant le policier qui veillait sur elle, en attendant qu'une assistante sociale arrive, j'ai appris qu'il s'agissait d'une jeune fille battue par son père. Ça m'a brisé le cœur, dit-elle en trahissant pour la première fois son émotion.

Elle prend un temps de silence, que le jury respecte, puis poursuit :

— Je n'étais pas censée la revoir, une fois qu'elle est partie de mon service, mais je me suis tout de même renseignée. C'est le genre de patiente qu'on n'oublie jamais.

Elle finit par se tourner rapidement vers moi, mais, à la seconde où nos yeux se croisent, elle détourne le regard. Elle ne recherche visiblement pas le contact, ce que je comprends. Elle est venue pour livrer sa version des faits, pas pour m'aider personnellement.

— Madame Beaumont, demande le juge en consultant ses papiers. En tant que médecin, pouvez-vous nous énumérer les blessures pouvant être considérées comme de la torture ?

— Il y en a plusieurs, reprend-elle avec sang-froid.

Tandis qu'elle dresse la liste de mes séquelles, je sens les larmes monter à nouveau. Tout le monde connaît désormais l'enfer que j'ai vécu pendant toutes ces années. La seule chose qui me faisait garder la face, c'était que personne ne savait à quel point j'avais été misérable, rabaissée. Désormais exposée aux yeux de tous, j'éprouve une honte indicible. Ce qui est insupportable, car seul mon père devrait avoir honte !

Je pose mes doigts sur ma poitrine, où repose l'ange. Le contact du pendentif m'apaise, et je rouvre les yeux, prête à endurer la suite.

— J'appelle le dernier témoin de la partie plaignante, Arthur Belington, annonce alors le juge d'une voix forte.

Mon cœur saute un battement. Ce n'est pas possible… Arthur ?

Chapitre 61

(Zachary)

Un jeune homme aux cheveux châtains et à la peau pâle s'avance vers les jurés. Grand et filiforme, il dépasse Dan d'une tête, dans son box, et lui jette un œil sévère.

Le voilà donc, le « sauveur ».

Arrivé au pupitre des témoins, il se tourne vers Angelia. Aussitôt, son visage se tort dans une grimace coupable, à mi-chemin entre l'excuse et la gêne. Il détourne alors son regard vers le jury.

— Monsieur Belington, poursuit le juge. Vous étiez donc le voisin de Mlle Teissi depuis quelques années ?

— C'est exact, oui, durant cinq ans. La première fois que je l'ai rencontrée, elle n'avait que douze ans.

Cinq ans. Cinq putain de longues années qu'elle vivait un calvaire à côté de chez lui. Qu'est-ce qu'il foutait pendant tout ce temps ?

— Dans quelles circonstances avez-vous emménagé dans cet immeuble ?

— Je… Je suis tombé dans la drogue il y a six ans. J'ai rapidement perdu mon job, mon appart, et tout lien social. Dans ce quartier pourri, les loyers valent une bouchée de pain, explique-t-il en baissant les yeux.

— Êtes-vous toujours consommateur de drogue ? demande le juge.

— Non, plus depuis… l'accident, répond-il en tentant un regard furtif vers Angelia. J'ai décidé de me reprendre en main. Je suis devenu clean, puis j'ai déménagé. Le sevrage n'est pas… facile.

Voilà pourquoi ses mains tremblent ainsi. Il n'est pas nerveux, il est simplement en manque. J'en ai vu des gars en manque, dans mon enfance, ce n'est pas beau à voir, je lui souhaite bien du courage

— Je suis fière de toi, Arthur, intervient une voix.

Je me tourne vers Angelia. Est-ce elle qui a parlé ainsi ? Son expression déterminée m'indique que oui. Pour une fois, elle semble sincèrement ignorer son père.

Les jurés se tournent tous vers elle, ce qui la plonge dans un malaise évident. Mais elle ne quitte pas pour autant son ancien voisin des yeux. Une pointe de jalousie me gagne, mais elle disparaît dès que je sens sa main serrer affectueusement la mienne. Elle me connaît si bien, mon petit ange.

— Il ne faut pas, ma louloute, réplique-t-il tristement. C'est ma faute si tu en es là, aujourd'hui. Je suis tellement désolé.

Angelia déglutit, mais ne répond rien. Elle est trop indulgente. Je ne peux pas juger ce type, je ne le connais pas. Mais ça me rend dingue de savoir qu'il a été son voisin durant des années, et qu'il n'a jamais agi ! Au moins, il reconnaît publiquement sa part de responsabilité.

— Quand avez-vous rencontré Mlle Teissi pour la première fois ? demande le juge.

— Je revenais de chez mon dealer, déclare-t-il en pinçant les lèvres. Sur le palier, j'ai vu un homme tirer sa fille par les cheveux vers son appartement. C'était Angelia. Elle gémissait de douleur, si fort que je suis intervenu. J'ai attrapé son père par le bras pour le faire lâcher prise, et elle s'est immédiatement réfugiée chez elle. Dan, dit-il avec dégoût en regardant le concerné, m'a traité de tous les noms et a menacé de me tuer si je ne les laissais pas tranquilles.

— Et c'est ce que vous avez fait ?

— En partie, oui, admet Arthur. S'il la maltraitait devant moi, j'intervenais. Mais je n'ai jamais, et je le regrette terriblement, fait quoi que ce soit pour alerter les services sociaux.

— Pourquoi cela ?

— Je... je n'avais pas envie d'avoir des ennuis. Je craignais que la parole d'un drogué ne vaille rien, que les charges retombent sur moi. J'étais dans le déni, je minimisais la situation, c'était bien triste à supporter. La drogue a aidé, ajoute-t-il en tournant la tête vers le jury.

— N'avez-vous jamais pensé à appeler la police ? reprend le juge.

— Si, à chaque fois que j'entendais des cris. Mais toutes sortes de drogues, de pilules et d'herbes traînaient chez moi. J'ai honte, mais... j'ai fait passer mon intérêt avant le sien.

— Vous n'avez donc rien fait en cinq ans ?

— Si, une nuit où son père dormait, je lui ai écrit une lettre et l'ai passée sous la porte. Je me suis dit qu'elle se sentirait peut-être moins seule. Le lendemain matin, j'ai retrouvé la même feuille sur son palier, écrite au verso. Elle m'avait répondu, dit-il en souriant à Angelia.

Celle-ci lui renvoie un sourire triste. Avec ses yeux clairs, ce type a dû en charmer plus d'une. Du moins lorsqu'il était clean.

— À partir de ce moment, nous avons commencé à discuter, échangeant des lettres plusieurs fois par semaine. Je sentais que ça lui faisait du bien. Puis, un soir, ce n'était plus une lettre, mais sa petite voix à travers la porte. Tous les soirs, je m'asseyais alors contre sa porte et lui parlais. Elle me disait qu'elle n'avait pas le droit de l'ouvrir, car son père la punirait. Je la croyais sur parole.

Choqué par ces révélations, Dan se lève et tape contre la vitre en insultant le jeune homme, jusqu'à ce que le juge le reprenne sévèrement. Mais Angelia ne semble pas faire attention à lui. Elle garde ses yeux fixés sur Arthur et laisse ses larmes couler. Je comprends mieux pourquoi. Pour elle, il devait être ce qui se rapprochait le plus d'un ami, au cours des dernières années. Si elle a pu survivre le jour, c'est parce qu'elle se confiait à lui la nuit.

Étrangement je ne suis pas jaloux. Simplement intrigué. Certes, il l'a soutenue en lui offrant une oreille attentive. Mais pourquoi n'a-t-il pas fait plus ? Comme la sortir de ce trou à rat. Je ne l'excuserai jamais pour ça, même si je connais mieux que personne les ravages que peut causer la drogue.

— Vous dites qu'il y avait souvent des cris, des hurlements, poursuit le juge. Pourtant, personne n'a jamais réagi dans l'immeuble. Comment l'expliquez-vous ?

Arthur laisse un rire nerveux lui échapper, tout en passant une main dans ses cheveux châtains.

— Parce que tout le monde s'en foutait, lâche-t-il avec fatalisme. Dans ce quartier craignos, soit tu t'occupes de tes affaires et tu fermes ton clapet, soit on s'occupe de toi. Lorsque la police est venue, la semaine où Angelia était à l'hôpital, tout le monde a nié avoir entendu quoi que ce soit. J'étais le seul à accepter de témoigner, en échange d'une immunité. Et puis, je déménageais à ce moment-là. Mais, même sans cette assurance, j'aurais témoigné. Cette pourriture mérite de crever sous les barreaux, dit-il en montrant Dan avec dégoût. Et Angelia, qu'on se batte pour elle.

Je suis on ne peut plus d'accord, et resserre sa petite main dans la mienne. Le regard qu'Arthur pose sur elle n'est pas seulement désolé, il est aimant. Mais je n'ai rien à craindre. La lueur dans ses yeux est l'expression d'un amour fraternel, il la considère comme une petite sœur à protéger. Sans lui, qui sait si Angelia serait encore en vie ?

— L'immunité pour non-assistance à personne en danger ? demande le juge plutôt froidement.

— Oui, répond Arthur, et pour possession de drogue. Si vous saviez comme j'ai honte…

Au fond, ce gars se voit offrir une deuxième chance. J'espère qu'il en tirera le meilleur. Le président poursuit en prenant une grande inspiration.

— Passons au soir de l'incident, monsieur Belington, dit-il en se raclant la gorge. Pouvez-vous nous décrire ce soir-là ?

— Bien sûr. Il devait être 20 heures. J'ai entendu des cris venant de la cage d'escalier, et j'ai reconnu la voix d'Angelia. Alors, je suis sorti en vitesse de mon appartement, et c'est là que je l'ai vu. Dan lui tirait les cheveux et avait le poing reculé, prêt à la frapper. Je ne pouvais pas laisser passer ça. Sous le coup de l'impulsion, je l'ai poussé de toutes mes forces dans l'escalier. Je pensais qu'Angelia était accrochée à la rambarde…

Il ferme les yeux à ce souvenir douloureux, et une main vient rejoindre ses yeux humides.

— Ce n'était pas le cas. Et elle a dégringolé les marches, tandis qu'il est resté agrippé à la rampe.

Je tourne la tête vers Angelia, et son attention me surprend. Elle attend la suite, comme les autres. Cela fait sans doute des mois qu'elle cherche à recomposer les événements de cette soirée.

— Mais Dan était tellement alcoolisé qu'il n'a pas été difficile à neutraliser, reprend Arthur. Cette fois, je n'ai pas pensé aux conséquences qui pèseraient sur moi, je n'ai pensé qu'à Angelia. Ce que j'aurais dû faire bien plus tôt. Quelques minutes après, les secours sont arrivés, ainsi qu'une patrouille de police pour interpeller Dan.

— J'aurais ta peau, petit connard ! hurle soudain le prisonnier.

Angelia sursaute violemment et se colle contre moi, terrorisée.

— Ne fais pas attention à lui, mon ange, lui dis-je à voix basse, mes lèvres contre son front.

— Monsieur Teissi, encore une remarque de ce genre, et je vous renvoie dans votre cellule. Vous êtes prévenu, gronde sévèrement le juge.

Celui-ci grogne dans sa barbe, mais se rassoit.

— Que s'est-il passé ensuite, monsieur Belington ? s'enquiert le juge, reportant son attention sur Arthur.

— Angelia a été transportée à l'hôpital, mais je n'ai pas pu partir avec elle. La police m'a emmené pour m'interroger sur l'incident. Ils avaient trouvé un sachet de drogue sur moi et avaient fouillé mon appartement. Bien sûr, ils n'ont pas tardé à en découvrir d'autres. Quelques jours après, je me suis retrouvé en prison. Au bout de deux semaines, le procureur est venu me voir pour me proposer cet arrangement : ma liberté contre mon témoignage. J'ai immédiatement accepté.

— Avez-vous été en contact avec Mlle Teissi, après votre sortie de prison ?

— Non. J'aurais bien voulu, pour m'assurer qu'elle allait bien, mais, lorsque je me suis renseigné auprès de la police, on m'a dit qu'elle était désormais placée dans une famille d'accueil et qu'il valait mieux qu'elle coupe totalement avec son ancienne vie, pour avoir une chance de se reconstruire. Je vois qu'elle a réussi…

Il m'adresse alors un petit hochement de tête, attestant pour la première fois de ma présence.

— Bien. La cour n'a pas d'autres questions, je vous remercie de votre témoignage et de votre coopération, monsieur Belington.

— Puis-je seulement rajouter quelques mots ? demande Arthur, obtenant l'accord du juge. Je tenais à dire que ce n'est pas moi qui ai sauvé Angelia. C'est elle qui m'a sauvé. Sans elle, je serais sûrement mort d'une overdose, à l'heure qu'il est. Malgré toute la violence qu'elle a subie, elle a su rester elle-même, une jeune fille sensible, gentille et talentueuse. Son père ne lui a témoigné aucune clémence, il ne mérite pas la vôtre. Merci d'avoir pris le temps de m'écouter, conclut-il en retournant vers le public dans un silence de plomb.

Je souris, heureux qu'il ait eu le courage de dire le fond de sa pensée. Il a mis des mots sur cette sensation de rage et d'injustice qui sévit en moi. Le coup d'œil qu'il jette à Dan me confirme qu'Arthur et moi ressentons la même chose. De la haine à l'état pur.

Chapitre 62

(Zachary)

— Tu as été fantastique, mon ange. Et très courageuse. Si tu savais comme je suis fier de toi, dis-je en l'embrassant tendrement.

J'attire ma douce et tendre contre moi, avant de presser le pas. Autant sortir au plus vite de cet endroit. Tout en marchant je plonge ma tête dans son cou et arrive à lui arracher un timide sourire. Ma mission, ce soir, va être de lui changer les idées.

— Angelia ?

Arthur arrive vers nous, le visage anxieux. Après une brève hésitation, il finit par prendre Angelia dans ses bras. Comme à son habitude, elle n'y répond pas, mais se laisse faire. Je crois même apercevoir une expression de soulagement.

— Tu m'as tellement manqué, ma louloute, affirme-t-il en se reculant doucement. J'ai eu tellement peur pour toi !

— Je vais bien, Arthur. Zac prend soin de moi, déclare-t-elle en levant nos mains jointes.

Arthur pose alors son regard sur moi et me scrute un instant avant de me tendre la main. Je la serre et lui adresse un sourire amical.

— Zachary Prims, enchanté.

— Je ne l'avais jamais vue aussi proche de quelqu'un, assure-t-il. Prends soin d'elle, Zachary, elle compte énormément pour moi.

Comme une personne de sa famille. C'est l'impression qui me vient en l'entendant parler d'elle.

— Tu peux compter sur moi, dis-je simplement, laissant mon regard exprimer le reste.

— Angelia, encore une fois, je suis désolé pour tout. J'ai été un piètre voisin, et un piètre ami. Mais je te promets de me rattraper.

— Ne sois pas désolé, Arthur. C'était très difficile pour toi aussi, j'en ai conscience. Désormais, je veux simplement reconstruire ma vie, avec Zac. Et j'espère que tu souhaites en faire partie, ajoute-t-elle timidement.

Je la fixe avec de grands yeux. Vient-elle de dire qu'elle voulait faire sa vie avec moi ? Je n'en reviens pas, je suis tellement heureux ! Bon sang, c'est tout ce que je souhaite !

— Bien sûr ! s'écrie-t-il avec enthousiasme. Ça serait un honneur, ma louloute.

— Je vais aller la rejoindre. Je ne veux pas la laisser seule, dis-je à mes parents, en me levant de table.

Depuis que nous sommes rentrés, je n'ai pas eu l'occasion de parler à Angelia. Elle est montée directement se coucher, préférant sauter le dîner pour se reposer. Personne n'a eu le cœur de protester. Il est normal qu'elle cherche un peu de solitude, après la journée éprouvante qu'elle vient de passer. Mais je ne veux pas qu'elle se sente abandonnée non plus…

J'entre avec précaution dans ma chambre, qui est également la sienne depuis quelques jours. À la lueur de la veilleuse posée sur la table de nuit, j'aperçois la silhouette d'Angelia, assise sur le lit, regardant par la fenêtre.

— Mon ange, tu as besoin de quelque chose ?

Elle ne me répond pas et se contente d'observer le ciel, aussi sombre qu'un corbeau. Je m'assois à son côté et contemple la nuit avec elle. Ce moment de silence a quelque chose d'intense et de pesant à la fois. Au bout de quelques secondes, Angelia éclate en sanglots et se réfugie dans mes bras.

— Ça va aller, calme-toi, je chuchote contre son oreille.

Tout en la rassurant, je l'entraîne doucement dans le lit. À quoi bon veiller, alors qu'elle est épuisée tant physiquement que psychologiquement ? Et en effet, deux minutes plus tard, elle dort dans mes bras, la tête sur mon torse. Je l'enlace avec délicatesse. Dors, mon ange, tu n'es pas seule. Tu as peut-être l'impression d'être détruite de l'intérieur, mais je suis là pour recoller les morceaux. Peu importe combien de temps ça prendra.

Chapitre 63

(Angelia)

— Nous ouvrons le deuxième jour de procès qui oppose l'accusé Dan Teissi, à sa fille Angelia Teissi, annonce le juge avant de s'asseoir.

Le deuxième jour. Demain soir, ce sera fini. Pour calmer la peur qui me reprend en apercevant mon père dans son box, je tente d'imaginer la liberté et le soulagement que je ressentirai à ce moment-là. Mais ça ne suffit pas, car quelque chose me tracasse.

Depuis tout à l'heure, je tente sans succès d'accrocher le regard de Me Schmit, qui m'évite. Son comportement fuyant, mélange de culpabilité et de détermination, me met la puce à l'oreille. Quelque chose ne va pas.

— Hier, nous avons procédé à l'audition de l'accusé, puis de trois témoins de la partie plaignante, reprend le juge. Aujourd'hui, nous auditionnerons la victime.

La victime ? Il veut parler de moi ? Ce n'est pas possible… mais, lorsque tous les regards de la salle se portent sur moi, je comprends que c'est bien le cas.

— Qu'est-ce que c'est que cette histoire ? s'écrie Zac, abasourdi. Je croyais qu'Angelia n'avait pas besoin d'intervenir !

Des conversations bruissent tout autour de moi, mais je

n'écoute plus rien. Je vais devoir parler. Expliquer ce qu'il m'a fait subir devant tout le monde. Déjà qu'avec Zac, la personne en qui j'ai le plus confiance, j'ai du mal à m'ouvrir, alors devant une cinquantaine de personnes !

— Angelia ? m'appelle Mme Schmit, me sortant de mes pensées.

Je lève les yeux vers elle, un goût amer de trahison dans la bouche. A-t-elle voulu me prendre en traître ?

— Approche-toi, que je puisse te parler, continue-t-elle en me couvant d'un regard bienveillant.

Avant de me lever, je jette un œil à Zac, qui hoche la tête et m'embrasse furtivement. Comme s'il savait que je ne reviendrais pas avant d'avoir parlé. Je me dirige rapidement vers mon avocate, tâchant d'ignorer les regards qui pèsent sur moi. Elle me sourit avec conviction, comme pour me persuader que tout se passe comme prévu.

— Il va falloir que tu me fasses confiance, chuchote-t-elle pour que la salle ne nous entende pas. Je sais que tu es surprise et bouleversée, mais cela fait partie de ma stratégie.

— Je ne comprends pas…

— J'ai appris à te connaître, Angelia. Je sais que tu as la capacité de dissimuler tes émotions sous une carapace, et de présenter aux autres un visage inexpressif. Or c'est exactement ce que tu ne dois pas faire aujourd'hui, m'explique-t-elle.

Je fixe ses yeux noisette et commence à voir où elle veut en venir. Elle m'a bel et bien caché mon audition.

— Le jury a besoin d'avoir accès à tes émotions, pour comprendre à quel point cet homme t'a détruite. Et pour ça tu vas devoir briser ta carapace, continue-t-elle à voix basse.

— Mais… vous ne saisissez pas, je proteste, en panique. Je n'arrive pas à le contrôler, c'est… un réflexe,

— Tu peux le faire, j'en suis convaincue. C'est pour ça que je ne t'ai pas prévenue, pour ne pas que tu te prépares à tout camoufler.

Je suis désolée, je sais que c'est brutal comme méthode, mais c'est pour mettre toutes les chances de notre côté !

— Je ne sais pas si j'y arriverai, dis-je avec honnêteté.

— Angelia, murmure-t-elle en posant la main sur mon épaule. Reste naturelle, n'ai pas honte de tes réactions, ni de ton récit. Tu seras parfaite. Crois-moi.

Elle me sourit à nouveau, et je comprends que je n'y échapperai pas. Il faut croire que Mme Schmit me connaît bien car je sens déjà que mes défenses sont fragiles. Bientôt, je vais me retrouver à nue, mes blessures exposées aux yeux de tous. J'espère qu'elle sait ce qu'elle fait.

— Mademoiselle Teissi, vous êtes prête ? demande le juge, réduisant la salle au silence.

Je déglutis avant de hocher la tête, puis de me diriger vers le pupitre qu'il m'indique. Je grimpe la petite marche et prends place à l'endroit même où trois personnes ont pris ma défense, hier. Maintenant, c'est à moi de me défendre.

— Avant tout, sachez que nous vous trouvons très courageuse de venir raconter publiquement votre calvaire, ajoute le juge en me faisant un signe de tête.

Je réponds timidement à celui-ci, tâchant d'ignorer les provocations de mon père. Je surplombe à présent la salle d'audience. Face à moi, le public, à ma droite, les jurés. Je me concentre sur eux et lis la curiosité dans leur regard. J'ai pris soin de me couvrir de la tête aux pieds pour qu'aucune trace ni séquelle ne soit visible ; si ce n'est sur mes mains. Je serre mon long gilet brun, prise d'un frisson en sentant le regard de mon père sur moi.

Ne craque, Angelia. Ne craque pas. Ne le laisse pas avoir le dessus sur toi, une fois de plus. Tu n'es plus la même, aujourd'hui.

— Bien, pouvez-vous vous présenter au jury ?

— Je m'appelle Angelia Teissi, j'ai dix-huit ans et jusqu'il y a quelques mois j'étais considérée comme maltraitée par mon père, j'annonce d'une voix que j'espère forte.

Me Schmit m'a demandé de montrer mes émotions et, pour l'instant, j'en suis incapable. Je préfère rester dans le contrôle, je n'y peux rien. Si j'ouvre les vannes, je crains d'exploser et de gâcher toutes mes chances.

— Pour commencer, vous considérez-vous comme une enfant battue ? me questionne le juge.

— Je…

Je ne m'attendais pas à cette question, qui me pose d'emblée en victime. Ma voix se perd dans ma gorge, et je sens mon ventre se tordre. Les larmes me montent aux yeux, et je fais tout pour les retenir. Le rire mesquin de mon père n'arrange rien. Ça y est. Ma carapace cède déjà, et me voilà sans défense, incapable de prononcer un mot. Une pauvre fille perdue.

Instinctivement, je me tourne vers la seule personne capable de m'apaiser. Zac. Il m'adresse un sourire ravageur et me fait un clin d'œil, tapotant du doigt son torse musclé. Je porte alors ma main à mon cœur et saisis le petit ange qu'il m'a offert. Sentir sa forme sous mes doigts me rassure. Ce n'est qu'un mauvais moment à passer. Ensuite, je retrouverai Zac et tout ira pour le mieux.

— Je ne sais pas vraiment, avoué-je en toute sincérité. Ce terme est nouveau, pour moi. J'ai mis longtemps à comprendre que ce que je vivais n'était pas normal… Que c'était illégal, monstrueux. J'ai encore du mal à me considérer comme une enfant battue.

Je devine au sourire de mon avocate que j'ai bien répondu. Finalement, mes émotions peuvent s'exprimer sans me submerger. Pourvu que ça dure.

— Mademoiselle Teissi, confirmez-vous avoir subi les maltraitances constatées par le Dr Beaumont ? Ainsi que celles relevées par les témoins, tout au long de ces dernières années ?

Je porte discrètement ma main à mon abdomen, touchant la cicatrice de ma brûlure.

— Oui, affirmé-je avec conviction. Tout est vrai.

Je croise alors le regard assassin de mon père et détourne aussitôt les yeux, par réflexe. C'est pourtant à lui d'avoir honte.

— Je pense que les séquelles physiques ne laissent aucun doute, poursuit le juge avec gravité. Quel type de violence psychologique avez-vous subi ? Comment votre père s'y prenait-il pour vous rabaisser ?

— Il disait que j'étais une meurtrière, déclaré-je sans hésitation. Il me l'a répété chaque jour. Lorsque l'envie lui prenait, il m'obligeait à le proclamer haut et fort, et à le répéter jusqu'à ce qu'il soit satisfait. Aujourd'hui encore, j'ai du mal à me défaire de cette croyance. Ensuite, il y avait les insultes habituelles, les menaces, le chantage, tout était bon pour me faire craquer. Car c'était son but. Me détruire.

Je sens des larmes couler, formant un petit sillon sur mes joues. Je les essuie rapidement et baisse la tête pour ne pas voir l'expression satisfaite de mon père.

— Aujourd'hui, quel ressenti avez-vous vis-à-vis de votre père ?

Je garde le silence quelques secondes. Ce n'est pas une question facile, mes sentiments sont tellement emmêlés. Comme Mme Schmit me l'a conseillé, j'inspire un grand coup et laisse mes émotions m'envahir. Je pose alors les yeux sur mon père, portée par un courage que je ne me savais pas posséder.

— De la haine, dis-je simplement en le regardant dans le fond des yeux. Une colère qui me consume de l'intérieur. Parfois, j'aimerais lui faire subir tout ce qu'il m'a fait endurer et, parfois, ce sont d'autres sentiments qui prennent le dessus. Je ressens de la tristesse quand je songe que je n'ai qu'un seul parent, qui est incapable d'amour et de bienveillance. Il y a la douleur de savoir qu'il ne m'aime pas, qu'il ne me supporte que par respect envers… ma mère.

Il est furieux, je le vois. Il rêve de me bastonner, comme il en avait l'habitude. Mais je garde la tête haute, tant bien que mal, et passe à la question suivante. Pendant près de trente minutes je raconte mon quotidien, ma journée type, les mensonges de mon père pour manipuler son entourage, l'isolement dans lequel il nous a plongés. C'est difficile, mais j'y parviens. Je sens que mon intervention va faire la différence et achever de convaincre les jurés.

— Je n'ai plus qu'une question à vous poser, et vous serez tranquille, dit le juge en croisant ses doigts sur la table.

J'opine du chef, impatiente d'en finir et de rejoindre ma place auprès de Zac.

— Avez-vous déjà subi une agression sexuelle de la part de votre père ?

Ma respiration se bloque. Mon corps se pétrifie. Non, pas ça… C'est la seule et unique chose sur laquelle je m'étais promis de ne pas répondre. Et j'étais à deux doigts d'y réussir.

Je jette un coup d'œil à mon père et le vois honteux pour la première fois, la tête baissée. Cela n'échappe pas au jury. Les larmes coulent à nouveau, et je ferme les yeux. Mes souvenirs refont surface, des souvenirs que j'avais décidé d'occulter à tout jamais. Je me fais violence et réponds, la gorge serrée.

— Oui.

Chapitre 64

(Angelia)

Le silence s'installe. Personne n'ose dire un mot. Je savais que cette révélation allait provoquer une onde de choc, mais je ne pouvais pas mentir. C'est peut-être l'unique chance qui me sera donnée de me rendre justice.

Au fond, une seule réaction m'intéresse : celle de Zac. Je sais à quel point il a fait des efforts pour ne pas perdre son calme, jusqu'à aujourd'hui. Mais, après cette révélation, parviendra-t-il à garder son sang-froid ? Je croise son regard et, aussitôt, regrette d'avoir parlé. Il me fixe, totalement abasourdi. Peu à peu, ses yeux s'assombrissent et son visage se crispe de fureur. Lentement, il tourne la tête vers mon père. Je sens la crise monter, plus terrible que jamais. Dans ses yeux noirs, je vois danser les flammes de l'enfer, cette lueur de rage qui flambe quand il sort de ses gonds. C'est le signe qu'il ne maîtrise plus rien. Et, dans ces moments-là, il est capable de tout.

— Zac…

— Je vais te buter ! s'écrie-t-il en se levant d'un coup, le doigt pointé sur mon père.

Il se rue sur le box des accusés, sous les cris de sa mère. Paralysée, j'observe la scène en spectatrice, aussi inutile que les vitres qui isolent mon père. Mais, avant que celui-ci ait le temps de les emboutir, un policier intervient. Ils doivent bientôt s'y prendre à deux pour maîtriser Zac, qui se répand en insultes.

— Lâchez-moi ! Il mérite de crever, ce chien ! hurle-t-il, plus enragé que jamais.

— Jeune homme, calmez-vous immédiatement ou je vous fais expulser ! s'exclame le juge en se levant, indigné.

— Il est hors de question que je la laisse seule ! réplique Zac.

— Alors, restez tranquille !

Zac repousse rageusement les deux policiers en les gratifiant d'un regard mauvais. Le voir ainsi me mortifie. Je n'aime pas quand il est comme ça, et toute démonstration de violence me laisse pétrifiée.

Mon père semble sous le choc. Il change de position, mal à l'aise. C'est la première fois que je le vois ainsi. Nerveux. Il a peur. Il a peur de Zac, bon sang, je n'arrive pas à le croire ! Je l'ai toujours perçu comme invincible, ayant pouvoir et autorité sur tout. En réalité, il n'avait autorité que sur moi. J'ai été la victime d'un homme amer, qui s'est retrouvé en bas de l'échelle sociale et qui, au fond, ressent lui aussi de la peur et de l'angoisse ; simplement pas envers moi. Je dois me reprendre, je dois intervenir. Il ne faut surtout pas laisser la situation déraper.

— Zac, je l'appelle, en sentant une larme couler.

Bon Dieu, mais quand est-ce que j'arrêterai de pleurer ! J'en ai assez de me montrer si fragile, même si ça semble toucher le jury. Heureusement, l'expression de Zac s'adoucit. Je lis une réelle douleur dans son regard, et ça me fend le cœur. Il souffre par ma faute, il souffre pour moi. Il ne devrait pas.

— Ne t'en fais pas pour moi, tout va bien, dis-je en lui adressant un sourire forcé.

— Il t'a… Il t'a…, répète-t-il sans finir sa phrase, la voix rauque.

— Je sais, mais j'ai besoin de toi. Du Zac calme et rassurant, pas du Zac colérique. Sinon, je n'y arriverai pas. Je t'en prie…

Rachel se lève et va poser la main sur l'épaule de son fils, mais celui-ci met du temps à détacher son regard du mien. Il secoue la tête, puis cède enfin, à mon grand soulagement, et retourne s'asseoir à sa place. Mais ses poings ne se desserrent pas.

Je ferme les yeux, le temps de respirer profondément, puis me tourne à nouveau vers la cour. Je cherche la seule personne qui peut m'aider, Me Schmit. Elle me sourit en hochant la tête, pour m'encourager à poursuivre .

— Bien, reprenons cette audition, annonce le juge. Vous disiez donc avoir subi une agression sexuelle de la part de votre père.

J'opine du chef.

— Combien de fois cela s'est produit ?

— Une seule fois, dis-je en baissant les yeux. Dieu merci.

J'entends mon père remuer sur son siège. Il faut croire que nous sommes deux à avoir honte.

— Pouvez-vous nous raconter ce qu'il s'est passé ?

Non. Voilà ce que j'aimerais répondre. Mais je suis ici pour parler, je n'ai pas le choix. Je dois ressortir cet atroce souvenir, quoi qu'il en coûte. Je déglutis, avant de prendre timidement la parole.

— J'avais quinze ans. Un soir, alors que papa s'était endormi, j'ai voulu prendre une douche. Je suis allée dans la salle de bains en secret, car ça m'était interdit sans son autorisation. Mais je pensais qu'il ne se réveillerait pas avant le lendemain, car il venait de descendre une bouteille. Je me suis trompée…

Mes larmes coulent les unes après les autres. Je n'ai même plus la force de les essuyer, je veux juste en finir au plus vite.

— Quand je suis sortie de la douche et que j'étais… nue, il est entré dans la salle de bains. Toujours ivre, je précise, avant de m'interrompre sous l'effet de l'émotion.

— Prenez votre temps, mademoiselle Teissi, me dit gentiment un des assesseurs.

J'opine puis renifle discrètement tout en m'essuyant le visage. Peu importe ce qu'en dit Mme Schmit. Si je veux arriver au bout de mon récit, je vais devoir remettre mon masque. Alors, je m'efforce d'arrêter de pleurer et de verrouiller mes affects. Enfin, j'arrive à retrouver un peu de sang-froid. Mais la barrière est fragile, elle ne va pas tenir longtemps.

— J'étais pétrifiée, j'attendais qu'il me hurle dessus, qu'il me frappe. Mais ce n'est pas ce qu'il s'est passé. Il… Il n'a rien fait. Il s'est contenté de me regarder de haut en bas. Et dans ses yeux j'ai vu un désir sauvage… pour moi, je murmure, tentant de résister aux larmes.

Je me tourne vers mon père. Il a le dos courbé, la tête baissée, mais ses yeux restent fixés sur moi. Et j'y lis de la culpabilité. C'est tellement rare de le voir ainsi. Je ne suis ni touchée, comme j'aurais pu l'être, ni neutre, comme je tente de le paraître. Non, je suis simplement en colère. Pour la première fois de ma vie, ma colère est si forte que je ne la réprime plus. Je lui montre enfin toute la haine qu'il m'inspire. Il relève la tête, intrigué, n'ayant pas l'habitude de me voir ainsi.

Je finis par détourner le regard, et la rage qui gronde à l'intérieur de moi se calme aussitôt. Je prends une profonde respiration et continue :

— Alors, il s'est approché. Je n'ai jamais eu aussi peur de toute ma vie. Il n'était pas comme d'habitude, ce qu'il s'apprêtait à faire était différent. Voilà ce qui était terrifiant.

Je relève le regard, plus fragile que jamais, et fixe un par un les jurés.

— Il a posé sa main sur ma joue. Et il l'a fait descendre. Il a approché ses lèvres de mon cou et, c'est là qu'il m'a appelée… Louise. J'ai compris qu'il me prenait pour ma mère, mais j'étais incapable de lui rappeler que j'étais sa fille. J'avais peur de sa réaction et, surtout, j'étais paralysée d'angoisse.

J'entends Zac fulminer sur son siège et je serre l'ange que j'ai au bout de mon collier. J'ai besoin de lui, plus que tout. J'ai besoin de Zac.

— À ce moment-là, il a perdu toute raison. Tout en m'embrassant dans le cou, avec ses mains, il me… il me…

— Il vous a fait des attouchements ? devine le juge.

— Oui, dis-je en explosant en sanglots.

Incapable de me contrôler, je pleure à n'en plus finir, au point d'en avoir des spasmes. Tout me revient. Ses mains sales sur moi, me tripotant comme si je n'étais qu'un objet. À bout de forces, je finis par tomber à genoux. Au bout de quelques secondes, je sens les bras forts et rassurants de Zac m'enlacer et me serrer tendrement contre lui. Mes sanglots se calment peu à peu, dans un silence pesant.

— Pensez-vous pouvoir finir votre récit, mademoiselle Teissi ? questionne gentiment le président.

— Non, elle ne peut pas, répond durement Zac en me relevant. Ça suffit, on lui en a assez demandé !

Mais, une fois debout, je lève mes yeux baignés de larmes vers lui et lui fais signe que je vais continuer. Non seulement que je peux, mais que je dois le faire. J'ai besoin de laisser partir ce souvenir, de montrer à tous jusqu'où est allé mon père.

— Tu en es sûre, mon ange ? me chuchote-t-il.

— Oui.

Il s'écarte légèrement et me laisse faire face à la cour, se tenant prêt à me soutenir si nécessaire.

— Où vous a-t-il touchée ? reprend le juge.

— À la poitrine et au… et au pubis, dis-je avec difficulté.

— A-t-il été violent ?

— Oui. J'étais en larmes, je n'en pouvais plus de sentir ses mains baladeuses sur moi. Alors j'ai commencé à me débattre, et ça ne lui a pas plu. Il a resserré son emprise. Quand je me suis débattue plus fortement, il m'a giflée, furieux que je ne le laisse pas profiter… de moi, dis-je en évitant le regard de mon père.

— Est-il allé plus loin ?

— Non, Dieu merci. Après m'avoir giflée, il s'est reculé, comme s'il venait de se réveiller. Il m'a scrutée et, en comprenant ce qu'il venait de faire, il a paniqué. Il m'a dit que ça ne se reproduirait plus, que je devais oublier ça et n'en parler à personne. Sinon, je savais ce qui m'attendait…

— Et vous avez donc gardé le silence jusqu'à aujourd'hui, conclut le juge. J'ai une dernière question, pour laquelle je m'excuse d'avance, mais nous avons besoin de l'entendre. Étiez-vous consentante ?

— Absolument pas, non.

Soulagée d'avoir terminé mon récit, je retourne à ma place, suivie de Zac.

— Monsieur Teissi, reprend le juge, avec froideur. Niez-vous les faits rapportés par votre fille ?

Je tourne mon regard vers mon père, attendant sa réponse avec appréhension. Nos yeux se croisent un instant, et pour une fois les siens sont dénués de colère. Tout en me fixant, il soupire et finit par répondre au juge :

— Non.

Les gouttes tombent dans un son régulier, apaisant. Je reste immobile, dans l'eau chaude de la baignoire. La mélancolie me dévore petit à petit, je crains qu'elle ne s'arrête pas avant d'avoir englouti mon âme.

Ça a été une des journées les plus difficiles à vivre. Subir les événements est une chose, les raconter en est une autre. Ça m'a obligée à les faire resurgir de ma mémoire alors que je les avais enfouis, alors que j'avais mis du temps à les oublier… Un soupir saccadé s'échappe de ma bouche, et je continue d'écouter le clapotis du robinet qui fuit. J'ai dit à Zac que j'avais besoin de me détendre et d'être seule, et il n'a pas fait d'objection. Je sais qu'il me comprend.

J'aperçois mes vêtements de la journée, posés à même le sol. Mon gilet brun, dont les manches sont encore trempées de larmes. Me Schmit voulait que je me lâche, elle a été servie.

Ne supportant plus le bruit du robinet, je plonge lentement la tête sous l'eau. Je retiens ma respiration et vois des images défiler dans ma tête. Tout allait mieux depuis ces derniers mois, je commençais enfin à être… heureuse. Puis, il a fallu que mon père revienne dans ma vie, qu'il piétine le peu de confiance en moi que j'avais acquis.

Le silence s'installe dans chacune de mes cellules. Un silence apaisant. Je ne suis pas suicidaire, non. Je suis juste épuisée. Je ne sais pas si j'aurai la force de sortir de ce bain.

— Bon sang, Angelia !

Je me sens soudain tirée hors de l'eau et posée sur le carrelage froid de la salle de bains. J'ouvre difficilement les yeux et crache l'eau que j'avais avalée. Mes poumons me brûlent, et je comprends que je suis passée à deux doigts de la mort. Rachel enroule précipitamment une serviette autour de moi.

— Tu m'as fait tellement peur, sanglote-t-elle en me prenant dans ses bras.

Encore sous le choc, je réponds à son câlin et continue à tousser, mon corps ayant besoin d'oxygène.

— Je suis désolée, je murmure.

— Ce n'est pas ta faute, ma puce, me déclare-t-elle sans me lâcher. Tu n'as à te punir pour tout ça.

— Je ne recommencerai plus, pardon.

— J'espère bien ! Qu'est-ce qu'on ferait sans toi ? Tu es devenue ma fille, Angelia, dès l'instant où tu as posé le pied chez moi !

Des larmes s'échappent de mes yeux. J'ai toujours rêvé d'entendre quelqu'un me dire ces mots. Et dire que j'ai failli passer à côté.

Des pas précipités retentissent dans le couloir, et les chaussures de Zac apparaissent sous mes yeux.

— Dis-moi que tu n'as pas essayé de faire ce que je pense ! s'écrie-t-il, paniqué.

— Ne lui crie pas dessus, Zac ! le réprimande sa mère.

Je ferme les yeux, ne voulant pas croiser les siens après l'énorme bêtise que je m'apprêtais à faire. Je l'entends soupirer puis s'accroupir près de moi.

— Je prends le relais, maman, dit-il en me soulevant dans ses bras.

Il me porte jusqu'à notre chambre et ferme la porte d'un coup de pied. Tendrement, il me dépose sur le lit et s'assoit à côté de moi. Je croise son regard, prête à devoir me justifier, mais au lieu de ça il me serre contre lui et émet des reniflements.

— Tu pleures ? demandé-je d'un voix encore faible.

Il se détache de moi, et je lis une immense douleur sur son visage.

— Si tu savais comme j'ai eu peur, lorsque j'ai entendu ma mère crier dans la salle de bains. J'ai pensé que… c'était la fin, que je t'avais perdue pour toujours, me dit-il en posant son front contre le mien.

Émue, je ferme les yeux à mon tour, profitant de sa chaleur qui me réchauffe à travers ma serviette.

— Ne me refais plus jamais un coup pareil, Angelia. Promets-le-moi.

— Je te le promets, je réponds, regrettant déjà ce qu'il vient de se produire.

Au fond, je pense que j'avais besoin de cette frayeur pour me reconstruire. J'avais besoin d'une preuve que la vie voulait de moi. Et je l'ai, puisque la mort elle-même me refuse.

Chapitre 65

(Zachary)

Je fixe mon verre de jus de fruits, plongé dans de sombres pensées. Mon petit ange a voulu mourir. Certes, elle l'a regretté aussitôt, mais, l'espace d'une minute, ça lui a paru une solution. Et ça, j'ai du mal à l'encaisser. A-t-elle douté, en sachant qu'elle ne me reverrait plus ?

Je ferme les yeux en serrant les poings. Si ma mère n'était pas intervenue, elle ne serait peut-être plus là aujourd'hui. Rien que d'y songer, ça me retourne l'estomac.

Hier soir, Angelia a dû m'étreindre longuement contre elle pour me calmer, pour arrêter les larmes qui ne cessaient de couler sur mes joues. J'avais cette image d'elle, à moitié morte dans les bras de ma mère. C'était insupportable.

Des bras m'entourent, m'arrachant à mes pensées glauques. Je respire l'odeur douce et fruitée de mon ange.

— Je vois bien que ça ne va pas, et c'est ma faute, souffle-t-elle contre mon cou. Je suis tellement désolée…

— Arrête de t'excuser, chérie. Le principal, c'est que tu n'y penses plus, et que ce soit sincère, dis-je en l'amenant face à moi.

— Crois-moi, je n'y pense plus !

Je l'attire près de moi, assis sur une des chaises hautes de la cuisine.

— Il ne reste qu'une journée, mon ange, et après tu seras enfin libre d'oublier ton père.

Elle m'embrasse, avant de me piquer une tartine en souriant. Oui, plus qu'une journée…

Angelia traverse la salle d'audience d'un pas déterminé. Elle s'installe au premier rang et se tient bien droite, le menton levé, attendant le début de la séance. Je m'assois à côté d'elle, impressionné. Je ne sais pas ce que lui a chuchoté la mort lorsqu'elle l'a frôlée, mais ça a dû être très efficace. Elle a l'air différente. Et c'est très positif.

— Bonjour à toutes et à tous, nous voici au troisième et dernier jour du procès de M. Teissi, annonce le juge pour entamer la séance. Nous allons écouter les plaidoiries de Me Gautier, de Me Schmit, puis de l'avocat général. Les jurés se retireront ensuite pour délibérer de la peine adéquate.

Je sens Angelia se raidir contre moi. Je me demande si elle a toujours du mal à accepter que son père aille en prison. J'espère que non, j'espère que durant ce procès elle a pu se rendre compte à quel point il méritait de crever. De moins, c'est ce que je pense, au plus profond de mon être.

Tout s'enchaîne très vite. L'avocat de Dan prend la parole et tente, malgré le discrédit unanime de son client, de nous convaincre qu'il ne s'agit pas d'une personne cruelle et sans pitié, seulement d'un homme rongé par la misère et rendu fou par le deuil. Mais quelle connerie ! Il ne faut pas avoir une conscience trop scrupuleuse pour défendre une pourriture pareille. Puis Me Schmit se lève, digne, et prononce un discours éloquent et poignant. Un discours qui m'a à nouveau fait monter les larmes aux yeux. Et pourtant, Dieu sait que je pleure rarement. Il faut toucher mon point sensible, comme Angelia l'a fait hier. Car mon point sensible, c'est elle.

Puis vient le tour de l'avocat général, celui qui propose la peine qui lui semble la plus juste selon lui, à l'attention des jurés.

— Nous avons tous pu constater à quel point M. Teissi est un être déséquilibré, commence le vieil homme en dépoussiérant sa robe. Il aura besoin d'un suivi tout le long de sa vie. Si la liberté lui est accordée trop rapidement, je crains qu'il ne puisse ni se stabiliser, ni même prendre conscience des actes monstrueux qu'il a commis. Voilà pourquoi je conseille une peine de quarante ans de prison, avec une peine de sûreté de trente ans.

Un silence accueille la proposition. Puis Dan retourne dans sa cellule, et le juré finit par se lever pour se diriger dans une petite salle servant à délibérer. Dès que la porte se ferme, le brouhaha s'installe et nous nous éclipsons.

Au bout de quatre heures, le jury revient. L'heure du jugement a sonné. J'espère de tout cœur qu'ils n'ont pas été plus bas que la suggestion de l'avocat général ; quarante ans, c'est le minimum, à mon humble avis. De retour dans la salle, la main d'Angelia se glisse dans la mienne, et je la sens moite. Elle stresse, elle est complètement paniquée.

— Je veux que tu saches que, peu importe la peine qu'ils ont choisie, je serai là, avec toi, lui dis-je avant de poser mes lèvres sur les siennes.

Nous restons ainsi plusieurs secondes, ni elle ni moi ne voulant nous séparer. Mais, lorsque la salle se réduit au silence, je m'écarte légèrement et elle pose sa tête sur mon épaule. Dan est revenu lui aussi et nous observe. On dirait de la jalousie sur son visage, et il n'arrête pas de jouer avec quelque chose, à son doigt. Sa bague de mariage ! Il n'est pas jaloux, il est malheureux de ne pas avoir sa femme auprès de lui.

— Les jurés sont parvenus à un accord. Monsieur l'accusé, veuillez vous lever, annonce le juge en s'adressant à Dan.

Celui-ci se lève. Son visage est impassible, mais derrière cette carapace, qui n'est pas sans évoquer celle d'Angelia, je perçois une angoisse immense.

— Monsieur Teissi, pour les accusations de séquestration avec circonstances aggravées, de torture, de maltraitances et d'agression sexuelle, énonce le juge d'une voie forte, vous êtes reconnu… coupable. Vous êtes condamné à cinquante ans de réclusion criminelle, avec une période de sûreté de trente ans.

Aussitôt, des exclamations se font entendre dans la salle. Je suis soulagé. Si ça ne tenait qu'à moi, il aurait pris pour perpète, mais cinquante ans, c'est déjà pas mal. Avec un peu de chance, il restera en prison jusqu'au bout de sa peine. Je me tourne vers Angelia pour connaître sa réaction. Mais elle n'est plus là. Je l'aperçois alors s'avançant vers le juge et je déglutis à l'idée de ce qu'elle s'apprête à faire. Je sais qu'elle est capable de tout.

Je la vois parlementer avec l'homme de loi, qui finit par hocher la tête et se lever. Elle se tourne vers moi et me fait signe de la suivre. Ce que je fais, bien qu'intrigué. Je les rejoins jusqu'à un petit couloir, où le juge s'est engagé. Nous arrivons bientôt devant une porte.

— Vous êtes sûre de vous ? demande celui-ci en la sondant de ses yeux noirs.

— Oui, il le faut, dit-elle sans ciller.

L'homme finit par ouvrir la porte, et nous parvenons devant une cellule où Dan est détenu. Assis sur un matelas, il fixe le plafond. J'espère qu'il pense à ces cinquante années à venir, parce que moi, je ne fais que ça.

— Monsieur Teissi, votre fille aimerait vous dire quelques mots avant votre départ.

— Salut… papa, commence-t-elle avec difficulté.

Celui-ci se lève, l'air grave. Comprenant qu'elle veut lui faire ses adieux, je m'approche pour lui montrer qu'elle n'est pas seule. Dan le remarque et fronce les sourcils. Qu'il se rassure, je n'apprécie pas sa présence non plus. Mais je ne partirai pas sans Angelia.

— Qu'est-ce que tu veux ? crache-t-il.

— Je... J'ai quelque chose à te lire, bredouille-t-elle en fouillant dans son sac.

Elle en ressort son bonnet noir, celui que j'ai retrouvé sous les casiers du lycée. Dan le reconnaît, puisqu'il l'observe avec émotion. Ce monstre est donc capable de ressentir quelque chose ? Angelia déchire alors les coutures et plonge sa main à l'intérieur. Elle en ressort une vieille feuille pliée en quatre, qu'elle ouvre avec précaution.

— Il s'agit d'une lettre de maman, dit-elle en évitant le regard de son père. Je l'ai retrouvée dans la petite table de nuit du cagibi, celle que vous aviez achetée ensemble, avant ma naissance.

Dan reste sans voix. Et moi aussi, j'ignorais tout de ce qu'elle cachait dans ce bonnet.

— Je vais te la lire parce que tu... tu dois l'entendre, murmure-t-elle, gênée.

Une larme coule de ses yeux alors qu'elle prend une grande inspiration.

— « Ma fille adorée, commence-t-elle la voix serrée par l'émotion, si tu lis cette lettre c'est que je ne suis plus de ce monde. Je ne sais pas si tu es au courant de la raison pour laquelle je suis morte, alors je vais te l'expliquer. Dès le début de ma grossesse, j'ai été prévenue des risques que je courais, puisque j'ai eu énormément de mal à t'avoir, sache-le. Tu es mon petit enfant miracle, mon amour. Ton père aussi savait qu'il y avait des risques, mais j'avoue lui en avoir caché la gravité. Mon corps est très faible, et on m'a dit que l'accouchement serait périlleux. Si je ne suis plus là pour te le dire, j'espère de tout cœur que tu te portes bien et que tu es entourée d'amour. Je veux ton bonheur avant tout. »

Elle fait une petite pause, le temps d'essuyer les quelques larmes qui lui ont échappé.

— « Tu n'es pas seule, mon amour. Ton père est là et, même s'il peut parfois être un peu caractériel, il t'aime… »

Elle n'ose relever la tête pour regarder son père, mais je sens le message qu'elle tente de lui faire passer. Celui-ci nous tourne désormais le dos, immobile, écoutant la lettre de sa femme.

— « Je t'ai écrit cette lettre pour te prouver à quel point je t'aime, mon amour, mais surtout pour t'expliquer que tu n'es pour rien dans ma disparition. Si je m'en suis allée, c'est la vie. Mourir en te mettant au monde est un sacrifice que je suis prête à faire, s'il le faut. J'espère que tu n'y penses plus trop, parce que tu métrites d'avoir une vie merveilleuse, remplie d'amour et de bonheur. Je ne suis peut-être pas à tes côtés, mais je veille sur toi, mon amour. Je t'aime, ma fille, ne l'oublie jamais. Louise, ta maman », finit-elle en pleurs.

J'avoue être moi-même… ému. Je comprends pourquoi elle y tenait tant à ce bonnet. Ni le juge ni moi n'osons intervenir. C'est un moment entre elle et son salaud de père.

— Je… Je voulais te la lire depuis longtemps, mais je n'ai jamais eu le courage.

Dan ne bouge pas, toujours tourné en direction de la petite fenêtre. Angelia semble perturbée par son manque de réaction, et s'approche d'un pas de la cellule.

— Pa…

— Tu mens ! hurle-t-il soudain, en se retournant violemment.

Angelia sursaute de peur, et ses pleurs redoublent d'intensité. Dan se colle aux barreaux pour tenter de l'attraper à la gorge, mais je m'interpose immédiatement et tords la main de son père.

— Ne la touche pas, ordure ! je m'écrie en tenant toujours sa main.

Il hurle de douleur et de dépit, et le juge emmène rapidement mon petit ange vers la sortie.

— T'es qu'une sale traînée ! Jamais ta mère ne t'aurait aimée ! Jamais ! Je te déteste, je te hais ! Tu mérites de crever ! braille-t-il jusqu'à en perdre son souffle.

Avec la complicité du policier, qui détourne opportunément le regard, j'attrape Dan à la gorge, exactement comme il a voulu le faire avec sa fille, et le réduis au silence.

— Tu vas le regretter, sale type !

— Mais t'es qui, toi ? bafouille-t-il en se débattant.

— Celui qui la protégera quoi qu'il arrive, désormais. Exactement ce que tu n'as pas été capable de faire.

Je resserre ma prise, laissant ma rage l'emporter, jusqu'à ce que le policier toussote légèrement, me prévenant qu'il est temps de le lâcher. C'est ce que je fais, à regret.

— Prépare-toi, la prison va être dure, je lui lance avant de me diriger vers la sortie. Tu n'as pas fini d'entendre parler de moi !

Car j'ai pris ma décision. Même si elle m'expose au pire, je m'y tiendrai. Angelia le mérite. À mon tour de renouer avec mon passé…

Chapitre 66

(Zachary)

Je me précipite vers la sortie, plus énervé que jamais. Ce sale con l'a humiliée une fois de plus, alors qu'elle avait décidé de se confier à lui. Il peut être sûr que je ne vais pas m'en tenir là.

En apercevant mon petit ange, assise sur les marches du tribunal, le dos courbé, je m'oblige à me calmer pour lui apporter le réconfort dont elle a besoin. Je m'assois à ses côtés et passe mon bras autour de ses épaules.

— Qu'est-ce qui m'a pris de penser que, cette fois-ci, ce serait différent ? Je ne suis qu'une idiote, sanglote-t-elle.

— Je t'interdis de dire ça, Angelia, le seul, fautif c'est ton père, dis-je durement en levant son visage vers le mien.

Ses yeux rouges font ressortir le bleu perçant de ses iris, et je me plonge dedans, hypnotisé.

— Je ne sais pas, il fallait bien que je lui lise cette lettre. Mais j'aurais dû me douter de sa réaction.

— C'est un monstre, Angelia, peu importe ce que tu peux lui dire, il ne changera pas, affirmé-je en rivant mon regard sur la place qui nous fait face.

— Je ne comprends pas pourquoi ça m'atteint tant aujourd'hui.

J'ai entendu bien pire, durant dix-sept ans, et voilà que je m'effondre à nouveau, soupire-t-elle en s'essuyant les yeux.

— Parce que cette fois tu t'es ouverte à lui, tu lui as confié les seuls mots que ta mère t'ait jamais écrits, alors c'est plus douloureux. Mais tu peux être sûre qu'il va le regretter…

— Comment ça ? demande-t-elle en tournant son visage vers le mien.

Ça y est, il est temps de lui annoncer. Quelle que soit sa réaction, je ne reculerai pas. C'est la seule manière pour calmer la haine qui me ronge. J'ai une telle envie de vengeance que je suis prêt à affronter le seul homme que je crains depuis toujours. Je prends une grande inspiration avant de la regarder.

— Je vais aller voir mon père pour lui demander un service, révélé-je.

— Quel genre de service ?

— Le genre qui ne va pas plaire au tien…

Elle lâche une exclamation et détourne le regard vers la place. Puis, elle garde le silence quelques secondes, impénétrable.

— Veux-tu le faire tuer ? finit-elle par demander en baissant les yeux.

— Si tu savais à quel point ! Mais je ne suis pas un assassin, c'est toi-même qui me l'as dit. Mon père, en revanche, oui. Mais je ne veux en aucun cas être responsable de la mort d'un homme. Non, j'aimerais simplement qu'il reçoive une bonne leçon, pour s'être mal comporté avec toi.

Elle réfléchit en silence.

— D'accord, dit-elle simplement.

— Tu en es sûre ?

— Ai-je le choix ? questionne-t-elle en souriant tristement.

— Pas vraiment… Il le mérite, Angelia, et ce ne sera qu'une bagarre entre prisonniers, comme il y en a des dizaines chaque semaine.

— Quand vas-tu le voir ?

— Cet après-midi.

— Alors, je t'accompagne, réplique-t-elle, déterminée.

— Non, certainement pas, il est hors de question que tu affrontes toi aussi mon père. Tu en as déjà assez bavé pour aujourd'hui. D'autant que Carla a prévu une sortie pour aller vous trouver vos robes pour le bal, non ?

— Je ne suis pas obligée d'y aller…

— Vas-y, tu as besoin de te changer les idées. Et puis, j'ai hâte de te voir dans cette magnifique robe !

Je me penche vers elle et l'embrasse dans le cou. Étant chatouilleuse, elle rit, puis me lance un regard amoureux.

— Ça va aller ? s'enquiert-elle.

— Bien sûr que ça va aller, je suis un grand garçon.

— Même les adultes peuvent s'effondrer, chuchote-t-elle en me donnant un petit coup d'épaule.

Je souris. Elle a très bien compris que cette petite visite m'atteint bien plus que je ne le laisse paraître.

— Allez, profite de ton après-midi, dis-je en l'embrassant avant de me lever. À tout à l'heure, mon ange.

Alors que j'arrive au bas de l'escalier, elle m'interpelle. Je me retourne, et mon cœur bat d'émotion. Ses poings sont serrés par la détermination et elle lève son menton. Elle renvoie l'image d'une femme si forte, à cet instant.

— Dis-lui de ne pas le ménager, tu as raison… Il le mérite. J'en ai assez de prendre sa défense, me déclare-t-elle avec sérieux.

Je remonte les marches deux par deux et plaque mes lèvres sur les siennes. Dans un baiser passionné, je mordille sa lèvre inférieure. Je la désire tellement…

— Ohé, les amoureux !

Je lâche ma belle et aperçois au loin une Carla survoltée. Angelia, tout essoufflée, m'adresse un adorable sourire et me murmure « je t'aime » avant de rejoindre son amie. Je la regarde s'éloigner, admirant son incontestable beauté. Ses cheveux bruns, lui arrivant au bas des reins, se secouent à chacun de ses pas et sa fine silhouette avance avec grâce.

Je me rends au parking et m'installe au volant de ma voiture. Lorsque soudain la portière s'ouvre et quelqu'un tombe sur le siège passager.

— Tu ne comptais quand même pas y aller sans moi ? me lance Kayn en souriant.

— Qu'est-ce que tu fous là ?

— Angelia m'a expliqué ton plan, et il est hors de question que tu partes seul, mon pote, s'exclame-t-il.

— C'est elle qui t'a demandé de m'accompagner ?

— Non, c'est moi. Tu m'as aidé alors que j'étais dans la merde, c'est à mon tour, maintenant, me répond-il en attachant sa ceinture, avant de taper sur le tableau de bord. Allez, démarre ! Allons rendre visite à ton paternel.

— Abîme pas ma bagnole, dis-je en mettant le contact.

Malgré tout, je ne peux m'empêcher de sourire, heureux qu'il soit là. J'avais besoin de mon meilleur ami dans cette épreuve et le voici, toujours aussi déjanté. Ce qu'il m'a manqué, bordel.

Arrivés devant la prison, nous sortons de la voiture et, avant de m'avancer vers le grand portail en fer, je contemple l'immense bâtisse. Voilà donc où réside mon père depuis tout ce temps, enfermé entre ces murs.

— T'es prêt, mon pote ? me demande Kayn en se postant à mes côtés.

— Non, mais je dois le faire.

Nous passons tous les contrôles, sous les regards pesants des policiers. Puis, nous entrons dans la salle des visites, aux murs gris terriblement glauques.

— Il arrive, nous annonce un policier.

Mon cœur n'a jamais battu aussi vite. Je déglutis, et l'envie de me barrer vite fait d'ici me prend. Je n'étais pas censé le revoir, ce n'était pas prévu. Il devait moisir en prison, se retrouver sans famille au moment de sa sortie. Mais il restera le chef de ce stupide gang, ce qui lui garantit d'être respecté de tous. Ça me dégoûte, je n'ai pas d'autres mots. Comment peut-on respecter un tueur ?

Un grincement de porte retentit, et je sens la main de Kayn me serrer l'épaule. En entendant des pas traînants s'avancer vers notre cabine, je pose un masque sur mon visage. Je veux à tout prix cacher mon angoisse et ne laisser paraître que ma haine. Et, lorsqu'il surgit en face de moi, je n'ai même plus besoin de simuler. C'est à cause de lui. Toutes ces crises de colère, cette rage incontrôlable, ces cauchemars… voici l'héritage qu'il m'a laissé. Et le voilà désormais sous mes yeux, séparé de moi par une simple vitre.

Étrangement, il ne s'assoit pas tout de suite. Il reste un instant à m'observer, jetant à peine un coup d'œil à Kayn. Je vois un léger choc passer sur son visage et je relève le menton, tentant de contrôler ma colère.

— Bon sang, tu as tellement grandi ! dit-il de cette voix grave, qui hante encore mes rêves.

Je ferme les yeux une seconde, le temps d'inspirer pour me calmer. Lorsque je les rouvre, je remarque les signes de vieillesse. Ses cheveux grisonnants, les rides qui parsèment son visage. Même le pire des êtres n'est pas immortel. Cette pensée me réconforte.

— Regarde-toi, continue-t-il, des étoiles dans les yeux. Tu es devenu un homme, un vrai, robuste et séduisant. Je suis tellement fier de…

— Arrête, je l'interromps.

Il affiche une mine triste, mais je n'en ai que faire. En le regardant, je ne cesse de penser à tous ces coups qu'il m'a portés. Pour me rendre fort, disait-il. Ce qui est sûr, c'est que ça m'a rendu assez fort pour le détruire.

— Qui est le jeune homme qui t'accompagne ? demande-t-il.

— Je suis Kayn, le meilleur ami de Zac, répond celui-ci en faisant un petit signe de tête.

Un silence s'installe, et je continue de le fixer.

— Comment va ta mère ?

— Très bien depuis qu'elle te considère comme mort, dis-je d'une voix remplie d'amertume.

Il baisse les yeux, plus atteint que je ne l'aurais cru. C'est étrange, il se laisse totalement faire. Autrefois, il m'aurait hurlé dessus pour avoir osé lui répondre ainsi. Alors c'est vrai ce qu'on dit de la prison ? Qu'elle change les hommes ? L'aurait-elle changé lui aussi ?

— Pourquoi es-tu venu ? lâche-t-il en déglutissant.

Je me tourne vers Kayn, ayant besoin d'un soutien. Ses yeux croisent les miens, et il hoche la tête, m'encourageant à parler.

— Il est l'heure que tu paies la dette que tu as envers moi, je lance en rivant à nouveau mes yeux sur lui.

— Quelle dette ? s'enquiert-il intrigué.

— Celle que tu as contractée en détruisant mon enfance. J'ai besoin d'un service, qui va te plaire.

Il me scrute quelques secondes. Il faisait souvent ça auparavant. Dès que j'ouvrais la bouche, il se sentait obligé de réfléchir à chacun de mes mots. Ce qu'il pouvait m'énerver ! Soudain, il pose les mains sur la petite table et plisse ses yeux noirs.

— Dis-m'en plus.

Je relève la tête et me rends alors compte que je le dépasse. C'est peut-être un détail, mais pas pour moi. Cela me prouve aujourd'hui ma supériorité sur lui, tout comme cette prison, car je suis du côté de la liberté. Les rôles s'inversent enfin. J'inspire profondément, me sentant plus confiant.

— Tu as commis des monstruosités pour punir les autres, mais il y a une chose qui te répugnait plus encore que la trahison.

Il fronce ses sourcils gris.

— La violence envers les femmes, dis-je.

Son visage se contracte, et je comprends qu'il n'a pas changé de position. Voilà la seule chose que je respecterai chez lui : il n'a jamais toléré qu'on frappe une femme.

— On frappe ta mère ? s'écrie-t-il.

— Non, non, ce n'est pas elle.

— Alors s'agit-il de Mama ?

— Non plus. J'ai rencontré une fille, je tiens énormément à elle. Aujourd'hui, le juge a prononcé une sentence contre son père.

— Qu'a-t-il fait ? demande-t-il en s'avançant un peu plus.

— Il l'a torturée durant dix-sept ans.

Je vois son visage se tordre de colère, comme lorsqu'il apprenait l'erreur d'un de ses gars. Il faut croire qu'en dix ans ça n'a pas changé.

— Laisse-moi deviner. Ce petit con vient dans cette prison ?

J'opine du chef. À l'instant où le juge a donné le nom de la prison dans laquelle il allait être enfermé, j'ai compris que j'allais devoir revoir mon père. Et que Dan recevrait la punition qu'il mérite.

— Parle-moi de cette fille, dit-il en s'enfonçant dans sa chaise.

À nouveau je jette un œil à mon meilleur ami, qui me sourit, sachant très bien ce qu'elle représente pour moi.

— Elle s'appelle Angelia, elle a dix-huit ans. Nous l'avons accueillie il y a quelques mois dans la famille. Si tu l'avais vue, elle était détruite. Aujourd'hui, elle se reconstruit petit à petit, mais elle portera pour toujours les cicatrices de ces années d'enfer. Il l'a tellement meurtrie que la vue de ses blessures peut être difficile à supporter, raconté-je, me souvenant de la première fois que je l'avais vue en tenue légère.

— Comment peut-on faire subir ça à sa propre petite fille ? Ça me désole, s'exclame-t-il.

Je me retiens de lui dire qu'il m'en a fait baver aussi, pendant mon enfance. J'ai besoin de son aide, ce n'est pas le moment de le contrarier. Surtout que, à mon grand étonnement, l'entretien se passe plutôt bien. Ma colère est même redescendue de quelques degrés depuis que j'ai remarqué un changement chez lui.

— Je m'en occuperai, Zac, tu peux compter sur moi, m'annonce-t-il, solennel.

J'acquiesce, soulagé. Je fais confiance à mon père pour ce qui est de traumatiser quelqu'un, c'est son domaine.

— J'ai une question pour toi, mon fils, dit-il avec un sourire tendre sur le visage. Cette fille, tu l'aimes ?

Je laisse un silence passer. Non pas que j'hésite sur la réponse, mais j'hésite à lui donner. Je n'ai pas l'habitude de me confier à lui, et en même temps il semble… assagi. Devant son sourire, qui semble sincère, je me dis que je n'ai rien à perdre.

— C'est la femme de ma vie, papa. Elle est sublime, intéressante, et forte. Depuis que je l'ai rencontrée, ma vie a trouvé un sens.

Il me sourit d'un air bienveillant et se rapproche de la vitre pour me parler plus près.

— Zachary, c'est exactement ce que je ressentais pour ta mère, ce que je ressens toujours. Elle est la femme de ma vie. Mais, parfois, ce n'est pas réciproque. Je sais que ton beau-père la rend heureuse. Et c'est tout ce que je souhaite à Rachel, parce que je l'aime, m'avoue-t-il en baissant les yeux. Un conseil, mon fils, ne la laisse jamais partir, ne fais pas la même erreur que moi.

— Je ne ferai jamais les mêmes erreurs que toi, assuré-je, ému.

— C'est bien. Tu dois réussir ta vie, faire des études et fonder ta petite famille. Ne laisse rien l'empoisonner de l'intérieur. La famille, c'est ce qu'on a de plus précieux, c'est la seule chose qui nous reste, au final.

Je le regarde, ébahi par ce que j'entends. Où est passé mon père ? Cet être ignoble, qui nous a tant fait souffrir ?

— J'y veillerai…

Kayn me fait alors un petit signe. Le quart d'heure de visite est écoulé, il est temps de partir.

— Je… Je dois y aller, dis-je en me raclant la gorge.

Il opine du chef, et la déception transparaît sur son visage. J'aurais presque pitié de lui. Avant de me lever, je m'adresse une dernière fois à lui.

— Tu as changé, papa. En bien.

— Je n'ai pas changé ma manière d'être, Zac. J'ai changé ma manière de voir les choses, me répond-il avec l'air du vieux sage ayant appris de ses erreurs, ce qui est probablement le cas, après dix ans enfermé ici. Et c'est pour cette raison que je souhaite te présenter mes excuses, pour tout ce que je t'ai fait subir. Penses-tu… revenir ?

Le choc des mots se propage dans tout mon corps. Je me lève et enfile ma veste, pour me donner le temps de réfléchir. Finalement, je décide de suivre mon instinct et l'élan d'humanité qu'Angelia a ranimé en moi. Je ne sais pas si c'est dû au soulagement de la clôture du procès, ou à celui d'entendre pour la première fois des excuses de mon père, mais je décide de lui offrir une seconde chance.

— Peut-être bien, oui.

Un immense sourire illumine son visage, et je rejoins Kayn, qui m'attend hors de la pièce. Il me donne une tape amicale dans le dos. Son enthousiasme est tellement contagieux.

Je n'en reviens pas. Il y a quinze minutes, j'ai passé cette porte avec la conviction de le détester jusqu'à la fin de mes jours. Et voilà que je ressors apaisé. Un énorme poids a été ôté de ma conscience, et de mon cœur. Celui de la colère. Pendant des années, toute cette haine inutile était finalement dirigée vers mon père. Le voir aujourd'hui, entendre ses excuses, savoir qu'il reconnaît ses torts m'a fait un bien fou. Je peux enfin me défaire de cette émotion toxique sans avoir à frapper contre un mur.

Arrivé à la voiture, je reçois un appel.

— Maman ?

— Zac, rentre tout de suite, dit-elle, affolée. Nous avons reçu la lettre du juge annonçant ta peine !

Chapitre 67

(Angelia)

Du bout des doigts, j'effleure le tissu bleu nuit de ma magnifique robe en velours. Une coupe droite, moulant le buste, avec de fines bretelles et une fente le long de la jambe. Un décolleté dévoile la naissance de ma poitrine, je ne l'aurais autrefois jamais assumé.

Lorsque Carla me l'a tendue avec détermination hier, dans la boutique, mon premier réflexe a été de refuser. Mais vous connaissez Carla et sa capacité de persuasion. En la passant sur moi, dans la cabine, je craignais de voir à quel point elle était dénudée sur les épaules, les bras et la jambe, exposant ainsi mes cicatrices. Mais, dès le premier coup d'œil dans le miroir, j'en suis tombée amoureuse. J'ai senti naître en moi le courage de me montrer telle que je suis. Une fille ayant vécu des choses très dures, mais qui, désormais, se reconstruit petit à petit. Je suis ressortie de cette cabine avec une force nouvelle. Celle de l'acceptation. De mon passé, et de celle que je suis, tout simplement. Mon reflet n'est plus celui d'une femme brisée, mais d'une femme forte, qui est capable d'accueillir le bonheur.

— Ta coach en relooking est arrivée, ma chérie ! déclare Carla en rentrant dans ma chambre avec une petite valise rose. On va être magnifiques, tu peux me croire !

Elle dépose sa valise sur mon lit et l'ouvre sous mes yeux ébahis. Je crois n'avoir jamais vu autant de maquillage, vernis à ongles, laque et fer à boucler, réunis.

— Merci, Carla… Mais je ne sais pas si nous aurons besoin de tout ça, répliqué-je en attrapant un appareil étrange.

— Peut-être pas de tout, mais au moins nous aurons le choix, glousse-t-elle en se jetant sur le matelas.

Pendant près d'une heure, Carla s'occupe de moi d'une main d'experte, alternant soins et lotions hydratantes. Pas étonnant qu'elle souhaite s'orienter vers le milieu de la mode, elle est faite pour ça. Elle m'applique un fard à paupières de la couleur de ma robe, afin de faire ressortir le turquoise de mes yeux. Après un trait d'eye-liner, elle colore ma bouche d'un rose naturel. Enfin, elle me brosse les cheveux et se lance dans une coiffure compliquée, dont il me tarde de voir le résultat.

— Va t'admirer, ma chérie, dit-elle, triomphale, au bout de quelques minutes.

Je m'approche du grand miroir caché dans un coin de ma chambre. Je me rappelle l'avoir déplacé la première fois que je suis venue dans cette chambre. Il se trouvait juste en face de la porte, collé au mur, mais je ne supportais pas de m'apercevoir à chaque passage. Aujourd'hui, il est temps de changer ça. Je le traîne jusqu'à sa place initiale.

— Mets ta robe avant de te regarder, s'exclame mon amie en allant chercher mon habit sur son cintre.

Je suis son conseil et enfile la robe en veillant à ne pas abîmer ma coiffure.

— Wouah ! Tu es magnifique, Angelia, s'écrie-t-elle, visiblement satisfaite de son travail.

Je lui souris pour la remercier et inspire un grand coup avant de me regarder dans le miroir.

— C'est moi… ? soufflé-je, sous le choc.

Bon sang ! C'est la première fois de ma vie que je me trouve... jolie. Ce sentiment est merveilleux. Je ne vois même plus mes cicatrices, mon attention étant portée sur ma tenue et mon chignon à la fois lâche et élégant, d'où s'échappent quelques mèches bouclées.

— Merci ! je m'exclame en sautant dans les bras de Carla.

Elle éclate de rire, un rire sincère et adorable. Très loin du rire hypocrite qu'elle avait quand je l'ai rencontrée. Ça lui va tellement mieux.

— Ce n'est rien, ma chérie ! Ce n'est qu'une minuscule démonstration de ma gratitude, m'assure-t-elle en remettant une mèche derrière mon oreille.

— Gratitude pour quoi ?

— Pour m'avoir mise sur le bon chemin. Si je ne t'avais pas connue, qui sait ce que je serais devenue ? Sûrement une peste arrogante, ironise-t-elle.

Elle fait mine de plaisanter, mais je sais qu'elle est sérieuse. Ces derniers mois je l'ai vue se transformer petit à petit. En apprenant son histoire, j'ai mieux compris pourquoi elle s'était forgé ce masque de fille superficielle, et pourquoi elle avait désormais besoin de s'éloigner de ses parents.

Elle vient d'une famille très exigeante. Sa mère ne lui témoigne aucune affection et attend d'elle qu'elle soit parfaite. Ou plutôt, qu'elle renvoie une image irréprochable. Et Carla en a plus qu'assez des faux-semblants. Elle passe désormais le plus de temps possible chez Kayn et sa mère. Celle-ci l'a en quelque sorte « adoptée », la considérant comme sa propre fille, comme Rachel avec moi. Ça me rend tellement heureuse pour elle. Elle le mérite, surtout après le gros travail qu'elle a accompli sur elle-même.

— Je souhaite simplement que tu sois heureuse, confié-je timidement.

— Oh ! je le suis. J'ai l'impression de revivre depuis que je sors avec Kayn. Si tu savais comme il est formidable ! dit-elle avec des yeux rêveurs.

Oui, c'est confirmé, elle est amoureuse.

— Allez, à mon tour de te préparer ! lancé-je en allant chercher sa robe.

Après m'avoir expliqué la coiffure qu'elle désirait, je m'attelle à la tâche pendant qu'elle se maquille. Malgré mon inexpérience en la matière, ses cheveux finissent par ressembler à quelque chose. Je suis plutôt fière de mon travail.

— Les filles ? Vous êtes prêtes ? demande Zac en toquant à la porte.

— Presque ! crie Carla en se débattant pour faire passer sa robe par-dessus sa tête. N'entrez surtout pas !

Nous nous dépêchons d'accessoiriser nos tenues. J'opte évidemment pour l'ange que m'a offert Zac, avec des boucles d'oreilles longilignes, tombant presque sur mes épaules. Quant aux chaussures, je tente à nouveau des talons noirs très élégants, malgré ma mauvaise expérience chez la grand-mère de Zac. Sur celles-ci, les talons sont plus bas.

— Tu es magnifique, ma chérie ! chuchote Carla en me prenant dans ses bras.

Je lui souris et la serre tendrement en retour. C'est fou ce que je tiens à elle, désormais ! Nous sommes de vraies amies et, vu les difficultés que nous avons eues pour le devenir, nous comptons bien le rester longtemps.

Nous sortons enfin de la chambre et, avant de descendre l'escalier, j'ai une petite pensée pour Charley. Je l'ai appelée hier et elle m'a souhaité une excellente soirée. Je compte lui rendre visite dès demain. Elle m'a d'ailleurs dit qu'elle avait une nouvelle à m'annoncer, j'ai hâte de savoir ! Elle me manque terriblement, et j'espère qu'un jour elle aussi connaîtra tout ça.

Je descends lentement les marches pour ne pas risquer de

me torde la cheville. J'entends les voix des garçons qui discutent dans le salon, et je m'avance timidement vers eux. Derrière moi, Carla me pousse légèrement pour m'encourager. Lorsque Kayn m'aperçoit, il a une expression de surprise et me sourit de toutes ses dents. Zac, de dos, suit son regard et se retourne. Je reste bouche bée devant sa beauté. Dans son smoking à nœud papillon, sur lequel sa peau mate ressort, il semble plus mûr. Ses cheveux, comme toujours décoiffés, et ses yeux s'accordent parfaitement avec le noir de sa tenue.

Lentement, un petit sourire se dessine sur ses lèvres, mais ses yeux restent fixes. Il est comme… figé. Carla et Kayn se retirent dans la cuisine pour nous laisser un peu d'intimité, ce dont je les remercie intérieurement.

— Alors ? je demande en tournant sur moi-même.

— Tu es… littéralement la plus belle femme que je n'ai jamais vue, déclare-t-il en s'avançant d'un pas.

Je souris et lâche un soupir, soulagée d'entendre son avis. Je m'approche à mon tour et pose les mains sur sa veste.

— Tu l'es aussi, dis-je avant de tendre les lèvres vers lui.

— Une femme magnifique ?

— Absolument !

J'enfouis mes mains dans ses cheveux en riant et l'embrasse avec fougue. Au bout de quelques secondes, il se recule, le visage contrarié.

— Il faut que je t'avoue quelque chose, mon ange, commence-t-il alors que je fronce les sourcils.

— Que se passe-t-il ?

— Le jour où je suis allé voir mon père, je ne suis pas allé voir que lui.

Que veut-il dire ? Je me rappelle parfaitement le soir où il est rentré. Je venais d'acheter ma robe, j'étais de bonne humeur. Je pensais qu'il avait passé l'après-midi avec Kayn, à la suite de sa visite à la prison, sachant que son ami lui manquait beaucoup. Le soir même, il m'avait simplement dit que son père avait consenti, et qu'il avait bien changé. Il était serein, et même souriant, signe que la visite avait dû bien se passer. Mais apparemment je ne savais pas tout.

— Qui es-tu allé voir d'autre ?

— Ma mère m'avait appelé pour me prévenir que la lettre du juge était arrivée, dit-il en passant la main dans ses cheveux.

Geste qu'il fait lorsqu'il est nerveux. Il redoute de me faire son annonce, ou du moins, il appréhende ma réaction.

— Concernant James ? je demande d'une petite voix.

Il acquiesce en silence. Oh non ! Ne me dites pas qu'il va devoir me quitter ! Pitié, j'ai besoin de lui ici, avec moi. Pas derrière des barreaux, comme son père et le mien. Ce serait trop injuste !

Voyant mon inquiétude, il m'installe sur le canapé alors que je commence à hyperventiler. Assise contre lui, je tente de réguler ma respiration.

— C'est le juge que je suis allé voir, l'autre jour. Pour que nous puissions aménager ma peine et…

— Vas-tu aller en prison ?

Il sourit devant mon impatience et me caresse la joue de ses doigts rugueux. Lorsqu'il s'apprête à me répondre, je bloque ma respiration, craignant ce que je vais entendre…

— Non, mon ange, me rassure-t-il. Bien sûr que non, ça aurait été cruel de t'abandonner.

— Bon sang ! Tu ne pouvais pas me le dire dès le début ? je m'écrie, tout en lui assénant une petite tape sur le torse.

Il rit doucement avant de s'arrêter net, voyant que je suis sérieuse. Car ça ne me fait absolument pas rire. J'ai réellement eu peur de le perdre.

— Je suis désolé, Angelia, se rattrape-t-il, je voulais te l'annoncer avec tact, pour que tu le prennes le mieux possible.

— Du moment que tu ne vas pas en prison, c'est tout ce qui compte pour moi. Alors, quelle est ta peine ?

— Je m'en tire avec une amende colossale, ainsi qu'à de nombreuses heures de travaux d'intérêt général. Mais je ne me plains pas, je suis chanceux. Le juge a été clément avec moi, compte tenu des circonstances de l'agression, m'explique-t-il en caressant la partie de ma cuisse révélée par la robe.

J'inspire profondément, rassurée d'avoir évité le pire. Car ça aurait été la goutte de trop, pour moi. Au fond, nous sommes tous les deux chanceux.

— Pourquoi tu ne me l'as pas dit plus tôt ?

— Je ne voulais pas t'infliger cette discussion après l'épreuve que tu venais de traverser. J'estimais que tu avais le droit de respirer un peu, avant de savoir que j'aurais un petit supplément dans mon casier judiciaire.

— Attends, tu as déjà un casier ?

— Rien de grave, disons que j'ai été un adolescent un peu rebelle, rétorque-t-il tout sourire en se grattant l'arrière du crâne, gêné.

Malgré ma désapprobation, je ne peux m'empêcher de sourire à mon tour, charmée par sa sincérité. Lorsqu'il est gêné ainsi, il est à croquer !

— Vous êtes prêts ? nous demande Kayn en revenant dans le salon, veste à la main.

Je suis heureuse de partir à cette soirée le cœur léger. Je me sens bien mieux, maintenant que la menace qui pesait sur Zac a disparu.

— Attendez ! s'écrie Rachel en descendant l'escalier, munie d'un appareil-photo. Et ma photo de bal, alors ?

— Maman…, râle Zac.

Nous improvisons un petit *shooting* devant la maison, sur fond de jardin fleuri. Satisfaite, Rachel nous embrasse les uns après les autres, et nous souhaite une merveilleuse soirée.

Dans la voiture, je ne peux m'empêcher de sentir de l'appréhension. Ça va être la première fois que j'expose ainsi mon corps, donc mon passé, aux autres. Et c'est effrayant. Même si je m'efforce de me raisonner, leur jugement me fait peur.

Nous arrivons, un peu trop rapidement à mon goût, sur le parking de la salle louée par le lycée. Alors que je descends, encore à l'abri sous ma veste, Zac vient se poster à mes côtés.

— Pouvons-nous y aller, mademoiselle ?

— Avec plaisir, dis-je en souriant, oubliant un instant ma peur.

Nous avançons bras dessus, bras dessous jusqu'au vestiaire, à l'entrée de la grande salle d'où retentit la musique. Je tente de refréner au maximum la vague de panique qui monte en moi. *Ce n'est pas le moment, Angelia, tu es là avant tout pour t'amuser, pour passer un bon moment avec tes amis.*

— Bienvenue au bal de fin d'année ! nous déclare le jeune homme derrière le comptoir. Je peux prendre vos manteaux ?

Je le reconnais aussitôt. Il se nomme Jeremy, et il est du genre discret. Au moment où je fais glisser mes manches le long de mes bras, je suis son regard, qui se braque sur ma peau. Ou plutôt sur mes cicatrices. Je savais que j'allais attirer l'attention, mais j'avais vainement espéré passer entre les gouttes, au moins pour ce soir.

— Y a-t-il un problème ? intervient Zac en me serrant contre lui.

— Non, non, aucun, bredouille Jeremy en attrapant ma veste. Excuse-moi.

Je lui lance un timide sourire, pour lui montrer qu'il est pardonné. C'est un bon garçon, et je suis consciente que mes cicatrices intriguent. Au fond, ce n'est pas sa faute. Ni la mienne, voilà une chose que j'ai comprise. Alors que nous entrons dans la grande salle, où la fête bat son plein, Zac se penche vers moi, provoquant un million de frissons, et me chuchote à l'oreille :

— Ne fais attention à eux, mon ange. Tu es magnifique à mes yeux. C'est tout ce qui compte.

Il me serre dans ses bras, et je soupire de bonheur. Voilà exactement ce pourquoi j'ai besoin de lui. Il sait trouver les mots justes, les gestes adéquats. Désormais, j'appréhende moins cette soirée, je veux simplement m'amuser, ne plus être réduite au statut de fille traumatisée. Ce soir, je veux juste être une jeune fille normale.

Et, à mon grand étonnement, j'y parviens ! Je profite au maximum du bal, je danse et rigole comme une folle avec Carla, qui fait une excellente compagne de soirée. Parfois, Zac va nous chercher des boissons, ou bien part discuter avec d'anciens camarades qui partiront chacun suivre leur chemin, une fois le diplôme en poche. Mais je sais qu'il garde toujours un œil sur moi. C'est son regard bienveillant qui me fait assumer mes cicatrices en public. Certes, les autres commencent par me dévisager, mais lorsqu'ils comprennent que je suis à l'aise avec mon corps, que je m'amuse malgré tout, ils finissent par trouver ça normal.

Une fois rentrée à la maison, je fais le bilan et conclue qu'il s'agit de la meilleure soirée de ma vie ! Du moins jusqu'à ce jour, car je ne sais pas ce que l'avenir me réserve, avec Zac à mes côtés.

— Tu t'es bien amusée, mon ange ? me murmure Zac alors que je retire mes boucles d'oreilles pour les poser sur son bureau.

— Oh oui, c'était formidable !

Tandis qu'il se couche en consultant son portable, je commence à sentir une appréhension nouvelle, autrement plus agréable que celle du début de soirée. Le cœur battant, je m'avance timidement vers le lit, en me demandant si l'idée de Carla était si bonne.

Car, ce soir, je ne porte plus mon éternel T-shirt large en guise de pyjama, mais une jolie nuisette que mon amie m'a fait acheter. Sur le coup, j'étais ravie de cet achat, mais à présent je n'en suis plus si sûre.

Lorsque j'arrive au pied du lit, Zac lève les yeux pour les poser sur moi. À cet instant, son regard suffit à faire disparaître mes doutes. Il est plus intense que jamais, rempli de désir…

Chapitre 68

(Zachary)

Je n'arrive pas à détacher mes yeux de son corps sublime, mis en valeur par cette nuisette. Qu'elle ait décidé de la porter ce soir, ça fait de moi l'homme le plus heureux de la terre.

Je la vois se dandiner devant le lit, gênée, signe qu'il est temps que je prenne les choses en main. Je me lève du lit, vêtu d'un simple caleçon, comme à mon habitude. Lentement, sans la quitter des yeux, je pose une main sur le tissu satiné et la promène sur sa cuisse, ses hanches, sa taille, jusqu'à sa poitrine, plus belle que jamais dans cette dentelle noire.

— Tu me rends fou, je souffle en posant mes lèvres sur son cou, bientôt parcouru de frissons.

Elle laisse échapper un petit gémissement, et je souris, ravi de l'effet que j'ai sur elle. Le même qu'elle produit sur moi. C'est terriblement excitant.

— Je voulais te faire plaisir, chuchote-t-elle en passant les mains dans mes cheveux.

Frémissant sous sa caresse, je l'embrasse avec passion pour lui montrer que son but est atteint.

— Mais aussi, te faire comprendre une chose, ajoute-t-elle près de mes lèvres.

Je me recule pour mieux lire dans ses yeux.

— Quoi donc ? je demande, intrigué.

Elle se soulève sur la pointe des pieds afin d'atteindre ma bouche et m'embrasse avec toute la passion dont elle est capable. Une passion qui annonce la suite.

— Je veux le faire, dit-elle, un désir brûlant dans le regard. Je veux perdre ma virginité avec toi, Zac. Ce soir.

Je reste bouche bée. Bordel ! Depuis le temps que j'attendais qu'elle me dise ces mots ! Pour moi qui avais l'habitude de coucher à droite à gauche, ces mois d'abstinence m'ont fait tout drôle. Mais je ne le regrette absolument pas. Angelia en vaut la peine. Et l'expérience sera d'autant plus magique aujourd'hui.

— Tu en es sûre ?

Elle hoche la tête, le regard déterminé. Je crois n'avoir jamais vu ses pupilles aussi dilatées. L'amour agit comme une drogue. On est en manque, l'autre personne nous met dans un état de transe, qui nous rend addict. Sans attendre davantage, je prends possession de ses lèvres. Ses mains tirent à présent mes cheveux, signe de la tension qui la dévore. Son désir me stimule à un point incroyable.

Nous basculons sur le lit, et mes mains s'insèrent sous sa nuisette, parcourant sa peau douce et chaude. Je me positionne au-dessus d'elle et l'embrasse tout en descendant lentement ma main. Je veux être sûr qu'elle est réellement prête, qu'elle se sent libre de m'arrêter à tout moment. Tout en goûtant à ses lèvres sucrées, je fais glisser sa culotte pour atteindre son intimité.

Aussitôt, elle répond à mes caresses en gémissant de plaisir et se cambre contre mon torse brûlant.

— Zac, murmure-t-elle en rouvrant les yeux.

Je comprends alors qu'elle veut passer à l'étape suivante. Sa main descend à son tour pour venir enlever mon caleçon. Ce n'est pas la première fois qu'elle me voit nu, puisque les dernières fois nous étions allés assez loin, mais je ne peux m'empêcher de me sentir… anxieux. Comme si c'était la première fois pour moi aussi. Au fond, c'est bien une première, car j'éprouve à présent des sentiments réels et partagés, au-delà du désir physique. La différence, c'est que j'aime Angelia. Lui faire l'amour sera la chose la plus intense que j'aurai jamais éprouvée. Toutes ces émotions tourbillonnent dans mon esprit et mon corps, l'amour, le désir, la passion… Un mélange explosif.

Je l'aide à retirer sa nuisette si sexy, et nous nous retrouvonscorps contre corps. Nos lèvres ne se quittent plus, tandis qu'un feu ardent naît sur nos peaux qui se touchent, se frottent et se consument. Nos langues s'emmêlent, et nos souffles se font plus courts, saccadés. Alors que l'excitation est à son comble, je tends mon bras vers ma table de nuit.

— Tu as bien fermé la porte ? je demande en déchirant l'emballage du préservatif.

Elle sourit timidement en m'observant l'enfiler d'une main d'expert et finit par acquiescer, mais je remarque sa gêne. Ce qui est normal, tout est nouveau pour elle. C'est une étape très importante, qui marque un nouveau départ. Je veux qu'elle en garde un souvenir merveilleux.

Je me positionne sur elle, prenant garde de ne pas l'écraser, rassuré par son sourire complice. Bon sang, on y est. C'était la dernière chose qui nous manquait pour être tout à fait fusionnels. Je me penche pour l'embrasser et me prépare à entrer en elle avec douceur. Mais, alors que je m'apprête à donner mon premier coup de reins, je la sens se crisper. Ses yeux sont fermés, et ses traits tendus.

— Angelia ?

Sentant son corps se raidir davantage, je me retire, inquiet. Ai-je été brutal ?

— Tout va bien ? je demande. Eh, regarde-moi.

Je m'écarte d'elle pour lui laisser de l'espace. J'ai terriblement envie d'elle, mais je prendrai mon mal en patience.

— Je… je suis désolée, marmonne-t-elle avant de se lever précipitamment.

Elle attrape sa nuisette et l'enfile en vitesse, en s'éloignant du lit.

— J'arrive, j'ai besoin de… de respirer, poursuit-elle en fermant la porte, si vite que je n'ai pas le temps de répondre.

Je me retrouve là, comme un con, à me demander ce que j'ai fait de mal. Alors, je passe un jogging avant de me sortir dans le couloir. Tout le monde dort, il est presque 4 heures du matin. Mais la lumière qui filtre sous la porte de la salle de bains m'indique où se trouve mon ange. Je m'approche et l'entends soudainement parler, ce qui m'arrête immédiatement.

— Je pensais que j'y arriverais, mais je n'ai pas réussi à contrôler mes souvenirs, chuchote-t-elle.

Une petite voix, venant d'un téléphone, lui répond en grésillant.

— Oui, ça n'a duré qu'une seconde, mais ça a suffi à me refroidir. Ou plutôt, à me glacer sur place.

Bon sang, à qui peut-elle bien parler ?

— Je sais qu'il faut que je passe à autre chose, soupire-t-elle, et j'ai conscience que coucher avec Zac me permettra de franchir un pas immense. Mais je n'ai pas pu m'empêcher de revoir les mains de mon père sur moi, et celles de James. Malgré tous mes efforts, ça tournait en boucle dans ma tête. Je n'arrivais pas à m'en défaire.

Voilà pourquoi elle est partie soudainement. Désormais, ıl faut que je lui laisse l'intimité dont elle a besoin. Elle a besoin de vider ce qui pèse sur son cœur auprès d'une amie, que je soupçonne être Charley.

Je retourne dans la chambre et me glisse dans le lit. Il est hors de question que je lui mette la pression. J'ai su attendre jusque-là, j'attendrai encore. Dix minutes après, alors que je traîne sur les réseaux sociaux, elle revient dans la chambre, toujours aussi sexy dans sa nuisette.

— Zac, je suis tellement…

— Ne t'excuse surtout pas, mon ange. Il n'y a aucune urgence. Promets-moi de ne jamais te forcer, jamais.

Elle opine du chef avant de grimper sur le lit. Puis elle me regarde en silence, avec intensité.

— Qu'y a-t-il ?

— J'allais te dire que j'étais prête à réessayer. J'avais besoin d'une pause, mais j'ai envie de le faire.

— Non, pas question, objecté-je catégorique. Je sais que tu dis ça pour me faire plaisir, et je ne peux pas l'admettre.

— Non ! Je t'assure que j'en ai envie, se défend-elle. J'ai eu des flash-back, tout à l'heure, mais sans eux rien n'aurait pu m'arrêter.

— Justement, s'ils sont apparus ce n'est pas pour rien, je réponds en posant mon téléphone sur ma table de nuit. C'est non, j'aurais l'impression de te forcer la main, et tu n'imagines même pas dans quel état ça me met.

Alors que je m'allonge dans le lit, ferme sur ma décision, je l'entends soupirer à côté de moi. Je suis triste de la décevoir, mais je préfère encore ça plutôt que de douter de son consentement.

— Très bien, alors laisse-moi te le prouver, murmure-t-elle en se rapprochant de moi.

Avant que je puisse répliquer, elle grimpe à califourchon sur moi et pose les mains sur mon torse.

— Angelia, s'il te plaît, dis-je en me retenant d'afficher le plaisir qu'elle me procure.

Elle se penche vers mon visage et m'embrasse plus farouchement que jamais.

— Je veux le faire, Zac. Maintenant, susurre-t-elle en déviant sa bouche vers mon oreille.

Je la scrute et remarque une chose différente chez elle. Son envie. Son désir. Décuplés par rapport à tout à l'heure. Je ne sais pas ce que lui a dit Charley, mais ça a dû la débloquer.

— Et si, à nouveau, tu ne te sens pas bien ?

— Ça ne se produira pas, il faut que je passe à autre chose, et je compte bien le faire cette nuit, avec toi, Zac, répond-elle, le regard empli d'un feu ardent.

Quand je finis par hocher la tête, elle ne perd pas une seconde et se jette sur mes lèvres. J'y réponds avec fougue tout en me redressant en position assise. Mes mains entourent sa taille et la caressent avec une tendresse que je n'avais encore jamais témoignée à d'autres.

Après quelques minutes, c'est elle qui se penche vers la table de nuit et attrape un préservatif. Elle me le tend, un sourire énigmatique sur le visage, attendant patiemment que je l'enfile. Quand c'est chose faite, je laisse libre cours à mon désir, encore plus fort que tout à l'heure. Je la renverse sur le lit et me positionne sur elle.

— Garde les yeux ouverts, Angelia, je veux te sentir présente, ici, avec moi. Pas dans te pensées, dis-je en mordillant son sein.

Elle se cambre légèrement en gémissant de plaisir et acquiesce. Alors que je me place à l'entrée de son intimité, je m'interromps une dernière fois :

— Tu en es certaine ?

— Certaine, me répond-elle en mordillant sa lèvre.

C'est le signal que j'attendais. Avec douceur et délicatesse, je commence à m'enfoncer en elle. Une vague de plaisir afflue en moi, et je laisse échapper un grognement avant de la regarder. Elle grimace, luttant pour garder les yeux ouverts. Je vois bien qu'elle ressent de la douleur, et je ne peux m'empêcher de m'en vouloir.

— Ça va ?

Elle hoche la tête, et une adorable rougeur colore alors ses joues. Ses yeux brillent bientôt de la lueur du plaisir, et je comprends qu'elle est bien avec moi cette fois-ci.

— Continue, dit-elle en passant les bras autour de mon cou.

Je donne alors un second coup de reins, un peu plus rapide. Un gémissement terriblement excitant sort de sa bouche, et je poursuis mes mouvements réguliers, guidé par un plaisir sans nom. Ses mains s'agrippent à mes cheveux, comme pour me signifier son plaisir.

— Vas-y, Zac, souffle-t-elle dans mon cou.

Sans attendre, j'accélère mes mouvements et recueille ses gémissements dans mes lèvres.

Absorbés dans l'instant, nous nous perdons l'un dans l'autre, mêlant nos corps et nos âmes, qui se lient entre elles, pour toujours.

Chapitre 69

(Angelia)

— Je n'en reviens pas que tu l'aies fait ! Je suis tellement heureuse pour vous, déclare Charley en prenant une cuillerée de sa compote.

— J'ai du mal à le réaliser, confié-je, encore bercée par le souvenir des caresses de Zac sur ma peau.

— Tu as bien fait de m'appeler.

Elle déchire sa serviette pour en garder une moitié pour le prochain repas. Un réflexe qu'elle a depuis qu'elle a vu un reportage sur le gaspillage des ressources naturelles, il y a des années.

— Je crois que j'avais juste besoin de parler, ça m'a fait un bien fou, dis-je en me déplaçant sur le siège à roulettes.

J'adore ces fauteuils. Quand j'étais hospitalisée, je passais mes journées assise dedans.

— J'ai bien remarqué. Quand tu as raccroché, tu semblais déterminée.

Je ne peux m'empêcher de me mordre la lèvre en me rappelant l'intensité de la nuit dernière. Je crois que nous ne pouvons pas être plus fusionnels que nous sommes, désormais. C'est vraiment magique.

— As-tu eu mal ? me demande-t-elle en sautant sur son lit.

Je m'amuse de sa vivacité, heureuse de la voir en forme. Ses joues ont repris des couleurs, son corps quelques kilos, qui lui vont à merveille, et son crâne, coiffé d'un bonnet rose, est aujourd'hui recouvert d'un duvet blond. Elle était tellement soulagée qu'ils repoussent, c'est la première chose qu'elle m'a montrée lorsque je suis arrivée.

— Un peu, oui. Au début, j'avais l'impression qu'on me déchirait de l'intérieur. Mais Zac a été très doux, et la douleur a fini par passer. Tu aurais vu sa tête, il s'en voulait tellement, le pauvre !

Elle sourit, ses yeux noisette remplis d'étoiles, puis secoue sa petite tête en fermant les yeux, comme si elle se concentrait pour se remémorer quelque chose. J'attends qu'elle rouvre les yeux, impatiente de savoir quelle info insolite elle va puiser de sa culture sans limites. Grâce à elle, j'en aurai appris des choses. Sa mère m'a dit avec fierté qu'elle avait un QI de cent quarante-trois, vraiment au-dessus de la norme. Je m'en doutais déjà, Charley est extraordinaire.

Soudain, ses paupières se soulèvent sur des yeux pétillants.

— Savais-tu que dans les années 1950 les femmes s'aspergeaient avec du Coca-Cola après avoir fait l'amour, car cette boisson avait la réputation d'être un spermicide. Drôle de moyen de contraception ! Certaines femmes continuent à le faire aujourd'hui, bien qu'on ait prouvé que c'était faux, annonce-t-elle avec une expression ébahie, comme si c'était l'info du siècle.

Ce qui est drôle, puisqu'elle m'en donne toutes les dix minutes environ.

— Non, je l'ignorais ! Sois certaine que le Coca est resté dans le frigo, hier.

Elle éclate de rire, et nous discutons encore quelques minutes, avec légèreté et bonne humeur. Je me souviens alors qu'elle devait m'annoncer quelque chose d'important.

— Que voulais-tu me dire ? dis-je en attrapant l'un des petits bonbons dont son père l'approvisionne régulièrement.

Elle me regarde en pinçant ses jolies lèvres, puis finit par me faire un immense sourire.

— Je rentre chez moi ce soir ! s'exclame-t-elle en se jetant dans mes bras. Ma chimio a marché, je suis désormais en rémission !

— Mon Dieu, Charley ! C'est formidable !

Je la serre fort dans mes bras. Ni l'une ni l'autre ne pouvons nous séparer avant plusieurs secondes, tant notre joie est intense. Quelques larmes finissent même par couler sur ses joues.

— Je suis tellement fière de toi ! Tu t'es battue comme une guerrière, mon cœur.

Elle me regarde, ses yeux noisette brillant de larmes.

— Alors nous sommes toutes les deux des guerrières, chuchote-t-elle en posant sa tête sur mon épaule.

Nous éclatons en sanglots et pleurons sans pouvoir nous arrêter. Mais, cette fois, ce sont des larmes de joie, en écho à nos combats respectifs. Fières et fortes, voilà ce que nous sommes désormais. Des jeunes filles heureuses, souriantes. En vie. Parce que la vie n'a pas de prix, et qu'il faut lui ouvrir les bras. J'ai mis du temps à le comprendre et, aujourd'hui, personne ne pourra m'enlever le bonheur que j'ai su conquérir.

— Ça va, les filles ?

Je me retourne, pour trouver la mère de Charley, inquiète devant notre démonstration de bonheur. Ses cheveux blonds et frisés frôlent ses épaules, et je me demande si sa fille aura les mêmes.

— Ça ne pourrait pas aller mieux ! répond Charley en se collant à moi.

— Tant mieux, vous m'avez fait peur, explique-t-elle en déposant une valise sur le lit. Je t'ai amené de quoi ranger tes affaires, ma chérie. Angelia, tu es au courant de la bonne nouvelle ?

J'acquiesce, le sourire aux lèvres. Je lis dans ses yeux bleus, dont Charley n'a pas hérité, un soulagement mêlé de fierté. Sa fille s'est battue contre le cancer, à seulement quinze ans.

— J'ai… J'ai prévenu Daniel de ta sortie, poursuit sa mère, légèrement craintive. Il aimerait te revoir, tu lui as manqué.

Charley se fige, un T-shirt à la main. Pour une fois, je n'arrive pas à déterminer son expression : elle est sous le choc, c'est sûr, mais que ressent-elle ? Daniel a cessé de venir la voir alors qu'elle luttait de toutes ses forces contre la maladie. Il n'a même pas pris la peine de se justifier, il a simplement disparu du jour au lendemain. Plus de visite, plus de nouvelle. Évidemment, je peux comprendre qu'il est difficile pour l'entourage de soutenir un proche pendant cette période. Mais, personnellement, je ne pourrais pas lui pardonner.

— Pourquoi as-tu fait ça ? lance-t-elle en gardant son calme, le visage impassible.

Une réaction de défense que je connais bien. Elle camoufle ses sentiments pour se protéger. Ce qui me prouve qu'elle est guérie de sa maladie, mais pas de son cœur brisé. Je ne supporte pas de la voir mal, elle mérite tant d'être heureuse.

— Il me demandait de tes nouvelles toutes les semaines, ma chérie. Il t'aime encore, tu sais, assure-t-elle en caressant sa joue.

— Il n'avait qu'à venir me voir, ou au moins me téléphoner, mais il ne l'a pas fait. Pour moi, ce n'est pas de l'amour, conclut Charley en pliant son T-shirt.

— Chérie…

— Le sujet est clos, maman. Daniel est sorti de ma vie, ça a été son choix. À lui de l'assumer.

— L'amour est imprévisible, lui dis-je au coin de l'oreille, en attrapant un de ses jeans.

Elle me regarde, perplexe, avant de hausser les épaules. Elle s'en rendra compte un jour. Malgré notre volonté de contrôle, l'amour est indépendant. Pour certains, il fait des va-et-vient, pour d'autres, il est constamment présent. Mais ce qui est sûr, c'est qu'aucun homme ne vit sans amour. Autrement, il est déjà condamné.

Après des adieux déchirants à tout le service, qui avait adopté cette boule d'énergie et d'amour depuis des mois, j'aide sa mère à porter ses valises jusqu'au parking.

— Mademoiselle Teissi ?

Je me retourne, sourire aux lèvres. J'ai immédiatement reconnu cette voix. Zac m'attend, adossé au capot de sa voiture, comme un mannequin sexy dans une publicité. Et c'est mon homme. Oui, Zac est l'homme de ma vie.

— Monsieur Prims, je réponds en me mordillant malgré moi la lèvre inférieure.

Je vois son regard se river sur ma bouche et ses paupières s'alourdir de désir. Mon ventre se serre, et je me remémore cette nuit, si tendre et sauvage à la fois, un paradoxe à elle seule. Je ne suis pas près de l'oublier.

La mère de Charley me sourit et me dit de le rejoindre en m'ôtant la valise que je tiens. Je me précipite dans ses bras, impatiente de sentir à nouveau son odeur boisée et masculine. Un long baiser s'ensuit, et mon désir renaît. J'ai hâte de revivre ces sensations nouvelles et enivrantes, de les laisser m'envahir et de profiter de l'instant présent.

— Vous êtes sublime, aujourd'hui, souffle-t-il en posant son front contre le mien.

— Je le dois à une personne, dis-je en levant mon regard vers le sien, noir ébène.

— Ah oui ? Qui ça ?

— Un beau jeune homme, un peu prétentieux mais charmant !

Je lui souris en posant une main sur son torse, et il m'attire plus près de lui, jusqu'à ce que ses lèvres frôlent mon oreille.

— Faites attention, je pourrais devenir jaloux, murmure-t-il d'une voix rauque.

Voyant l'effet que me procurent ses mots, cet être diabolique en profite pour poser ses lèvres dans mon cou. Chatouilleuse, je me débats en riant comme jamais je ne l'avais fait. Zac adore me provoquer ce rire, voilà pourquoi il ne cesse de me taquiner.

— Zac !

Je me détache légèrement de lui pour apercevoir ma petite Charley courir dans notre direction. Mon petit ami la prend dans ses bras et la soulève légèrement. Je suis tellement heureuse qu'ils s'entendent ainsi. Je me rends compte à quel point je suis bien entourée, et ça me réchauffe le cœur.

— Alors comme ça, c'est le grand jour ? s'exclame-t-il en la posant au sol.

Charley opine gaiement du chef en enlevant son bonnet pour lui montrer ses cheveux courts. J'ai prévenu Zac par SMS lorsqu'elle saluait les infirmières, je me doutais qu'il viendrait l'accueillir ainsi.

— Je vais pouvoir retourner en cours, revoir mes amis, et faire plein de choses !

— Je suis super fier de toi, répond Zac en l'aidant à remettre son bonnet.

Elle ferme alors les yeux et penche la tête vers la droite, avant de lancer innocemment :

— Tu sais, il y a plus de six mille cent rapports sexuels dans le monde à chaque seconde. Hier soir, vous en faisiez partie !

Je retiens un fou rire en voyant le visage de Zac se figer. La mine crispée, il acquiesce lentement, gêné. Monsieur le tombeur n'en mène pas large devant une jeune fille de quinze ans !

— Te moque pas, me prévient-il en saluant de loin Charley et sa mère, qui quittent le parking après un dernier au revoir.

Peu rancunier, il ouvre ma portière comme un gentleman.

— Tu aurais dû voir ta tête, dis-je sans pouvoir m'arrêter de rire.

Nous arrivons rapidement chez nous, et tandis que nous passons la porte Zac m'expose gaiement ses plans pour la semaine à venir.

— Kayn aimerait nous emmener faire du camping, annonce-t-il avec un sourire moqueur. Tous les quatre…

— Oh… Carla ne va pas apprécier !

— N'est-ce pas ! Je ne sais pas ce qui lui est passé par la tête…

Il s'interrompt brusquement, et je lève les yeux vers lui, avant de suivre son regard méfiant. Lorsque j'aperçois dans la salon Rachel en compagnie de Me Schmit, je comprends qu'il s'est passé quelque chose. Quelque chose de grave.

— Qu'est-ce que vous faites là ? lance Zac d'une voix assez agressive.

— Calme-toi, Zachary, lui enjoint Rachel, elle est venue nous informer d'une nouvelle importante. Viens t'asseoir, ma puce, on doit te parler.

Après avoir attrapé la main de Zac, je m'installe sur la canapé, les jambes tremblantes.

— Bonjour, Angelia, me dit tristement mon avocate, ses cheveux roux attachés en queue-de-cheval.

— Que se passe-t-il ?

Elle se dandine, mal à l'aide. À ses cotés, Rachel tortille ses longs cheveux noirs dans sa main, en silence. Oui, ça a l'air grave.

— Ce matin, j'ai reçu un coup de fil de la part de la prison, celle où ton père était enfermé, commence-t-elle en croisant les jambes.

J'y suis. Elle veut me parler de la bagarre provoquée par le père de Zac. Je me prépare à avoir l'air surprise. Après tout, seuls Zac et moi sommes au courant de sa petite visite. Je serre la main de Zac contre ma cuisse.

— Ton… Ton père est…, bégaye-t-elle sans pouvoir finir.

— Il est blessé ?

— Non. Il est mort, m'annonce Rachel.

Chapitre 70

(Angelia)

Mort ? Ce n'est pas possible ! Il y a erreur, il est simplement censé être blessé, bien amoché, au pire, mais sûrement pas mort.

Pour le coup, je n'ai pas à feindre la surprise, je suis simplement… paralysée par l'incompréhension. Il y a un tel tourbillon d'émotions en moi que je suis incapable d'y voir clair. Je me tourne doucement vers Zac, tout en craignant ce que je pourrais lire dans son regard. Il n'aurait pas demandé à son père de pousser la vengeance jusque-là ? Il ne m'aurait pas caché une chose pareille ? Mais, en le voyant aussi surpris et perdu que moi, je comprends que non. Il n'était au courant de rien.

— Comment ? je demande à mon avocate.

— Il s'est bagarré avec d'autres prisonniers, m'explique Me Schmit en s'humectant ses lèvres teintées de pourpre. Il a fini à l'infirmerie, et en revenant dans sa cellule il s'est… suicidé.

Le père de Zac n'y est donc pour rien. Il a juste… mis fin à ses jours. Bon sang, je trouve ça presque trop facile ! Il venait à peine d'être incarcéré, et voilà qu'il trouve à nouveau un moyen d'y échapper. Un moyen irrémédiable.

— Comment ?

— Je ne suis pas sûre que…

— Comment ? j'insiste d'un ton sans appel.

Je suis navrée de me montrer sèche, mais j'ai besoin de savoir. J'en ai besoin pour déterminer ce que m'inspire cette nouvelle aussi destructrice que libératrice. Je sens la main de Zac se crisper. On dirait que lui n'a pas trop hésité, il ressent visiblement de la colère. Il est sûrement furieux qu'il ait pu échapper à ses responsabilités.

— Il a volé un scalpel à l'infirmerie et s'est tranché les veines, indique-t-elle en baissant les yeux.

Mes paupières se ferment alors toutes seules, et j'inspire profondément. Je sais que c'est le choc qui me rend aussi insensible, mais c'est difficile à assumer.

— Ce n'est pas tout, ma puce, il a laissé un mot à ton attention, ajoute Rachel.

Un mot ? Ce n'est pas son genre. Une curiosité dévorante me saisit, et je fixe Rachel, attendant la suite.

Elle se pince les lèvres avant de lire un document qu'elle tient dans la main.

— « Je suis parti rejoindre ta mère. En réfléchissant à mes actes, j'ai pris conscience d'une chose : tu es peut-être un petit démon, mais tu restes ma fille, Angelia. Pardonne-moi. »

Un silence accueille les paroles de Rachel. Tous ont les yeux braqués sur moi. Tandis que je ferme le miens, une explosion résonne dans mon corps, et je laisse enfin l'émotion m'envahir. La meilleure d'entre toutes.

Le soulagement.

Les larmes jaillissent, je me recroqueville, en cachant mon visage de mes mains. Les autres doivent penser que je suis terriblement triste, mais ce n'est pas le cas. C'est la puissance du sentiment qui me fait pleurer. Je suis soulagée qu'il soit enfin parti, soulagée qu'il ne puisse plus jamais me faire souffrir, et, surtout, soulagée de ses derniers mots. Sans le savoir, c'était exactement ce que j'attendais de sa part. Des excuses.

La tristesse et la colère sourde qui résonnaient en moi depuis tout ce temps s'évacuent peu à peu à travers mes larmes. Au bout de quelques secondes, je me redresse, plus légère. Zac m'entoure de ses bras et me berce contre lui.

— Tu vas bien, mon ange ? demande-t-il d'une voix empreinte de tendresse.

Je lève les yeux pour les planter dans les siens. Tout en admirant le noir de ses iris, je lui souris avec sincérité.

— C'est la première fois que je me sens aussi bien de toute ma vie.

Épilogue

(Angelia)
Sept ans plus tard.

Je me penche pour déposer les fleurs sur la tombe. De belles roses pour la personne exceptionnelle qu'elle a été.

Lusiana Navaro

C'est le nom inscrit sur la stèle de marbre. Mais je la connaissais sous un autre nom : Mama. Celle que Zac considérait comme sa grand-mère est décédée il y a plus de trois ans déjà, emportée dans son sommeil. Nous ne sommes pas amers, nous avons pu profiter d'elle durant ses dernières années. Elle était tellement heureuse de nous savoir ensemble qu'elle nous réclamait très souvent. Et personne n'osait désobéir à Mama.

Zac passe le bras autour de mes épaules, et je viens me coller contre son torse. Même si nous venons toutes les semaines entretenir sa tombe, ça reste encore une étape difficile.

— Elle me manque tellement, souffle-t-il.

— À moi aussi.

Après quelques minutes de recueillement, alors que le soleil est presque couché, nous sortons lentement du cimetière.

— Nous lui parlerons de Mama, dis-je en caressant mon ventre rond.

Je me rappelle le jour où j'ai annoncé ma grossesse à Zac. Je crois ne l'avoir jamais vu aussi ému. Il était fou de joie. Dans la minute qui suivait, tout le monde était au courant. Rachel et Quentin n'en revenaient pas, ils sont tellement heureux à la perspective de devenir grands-parents. Lily, du haut de ses quatorze ans, nous a promis d'être une tante merveilleuse. Nous n'en doutions pas un seul instant. Elle est devenue une magnifique jeune fille aux long cheveux blonds, déjà plongée dans les tumultes de l'adolescence.

Ces sept dernières années ont été un pur bonheur. Après mon école d'art, j'ai pu exposer mes toiles et dessins dans une petite galerie, puis dans plusieurs. Zac, a abandonné son école de commerce, qui ne lui convenait absolument pas. Les études ce n'était pas pour lui, et il l'a vite compris. Aujourd'hui, il gère un club sportif pour enfants défavorisés dans le quartier où il a grandi. Et je crois ne l'avoir jamais vu aussi épanoui.

Son père l'a aidé à s'établir, à sa sortie de prison. Depuis ce jour, il s'est beaucoup rapproché de Zac. Je voyais cette relation d'un mauvais œil, au départ, mais je dois avouer que Zac a l'air plus apaisé avec son père dans sa vie. Même si celui-ci n'a pas abandonné ses activités illicites.

— J'aimerais t'inviter au resto, me dit Zac en déverrouillant ma portière.

— Oh oui ! Je meurs de faim !

— Normal. Tu manges pour deux, désormais, répond-il en posant une main sur mon ventre, notre petite fille a déjà un grand appétit.

Je lui souris. En vérité, je n'aurais jamais pensé qu'on pourrait avoir si faim en étant enceinte. Je n'arrête pas de manger !

Il démarre la voiture et m'emmène dans un petit restaurant charmant, dans la ville voisine. C'est exactement ce dont j'avais besoin : nourriture et tranquillité, le tout dans une ambiance romantique.

— Tu sais, je réfléchissais aux prénoms, m'annonce Zac en portant un bout de viande à sa bouche. On hésitait entre Nina et Anna, mais j'ai eu une autre idée, et je pense qu'elle va te plaire.

— Je t'écoute, lui dis-je en me concentrant sur ses yeux.

— Que penses-tu de Louise, comme ta mère, souffle-t-il, guettant ma réaction.

Louise. C'est un magnifique prénom. Lorsque mon père est décédé et qu'on m'a communiqué l'emplacement où il allait être enterré, j'ai découvert par la même occasion la tombe de ma mère. Je ne l'avais jamais vue, mon père devant penser que je n'avais aucun droit d'aller m'y recueillir. J'ai donc commencé à aller sur sa tombe, emportant toujours sa dernière lettre avec moi. La relire, bien que je la connaisse par cœur, me fait un bien fou. Je lui raconte mes journées, mes soucis et mes joies. Dieu sait si elle peut m'entendre. Une chose est sûre, c'est qu'elle est dans mon cœur, et qu'elle le restera à jamais.

— C'est parfait, dis-je en attrapant sa main.

Il me sourit, faisant ressortir ses fossettes dont je ne me lasserai jamais. Nous finissons notre repas dans une ambiance romantique, avant d'aller nous promener dehors, près du lac, main dans la main. L'air frais du mois d'octobre est parfait pour s'aérer l'esprit. J'adore cette période, entre l'hiver et l'automne, où les feuilles sont colorées et se détachent les unes après les autres, pour laisser la place aux nouvelles qui pousseront au printemps. C'est ce qu'on appelle le cycle de la vie, et il n'y a rien de plus magnifique que cette renaissance perpétuelle. J'aimerais transmettre cet émerveillement à ma fille, plus tard.

— Tu sais, mon ange, il m'arrive parfois de penser à ce que je serais devenu si tu n'étais pas entrée dans ma vie.

— Pourquoi penses-tu à cela ? Aujourd'hui, nous sommes ensemble, et c'est tout ce qui compte.

— Je sais, dit-il en souriant, simplement, penser à tout ça m'aide à prendre une décision.

J'arrête de marcher, soudain anxieuse. Que veut-il m'annoncer ? Mon regard se fixe vers le lac, car je ne veux pas que Zac perçoive mes inquiétudes.

— Quelle décision, chéri ?

— Celle-ci.

Je me retourne pour le trouver au sol, un genou à terre.

— Oh ! mon Dieu.

Je porte aussitôt ma main sur le petit ange qui pend toujours à mon cou.

— Au lendemain du jour où je t'ai dévoilé qui j'étais, se lance-t-il en souriant comme un enfant, quel était mon passé, tu m'as demandé si tu étais ma petite amie. Te rappelles-tu de ce que je t'ai répondu ?

Laissant quelques larmes s'échapper de mes paupières, j'acquiesce, incapable de parler.

— Je t'ai dit que je ne voudrais pas que tu sois ma petite amie, au même titre que les filles sans importance qui ont traversé ma vie. Tu étais déjà bien plus, à mes yeux. Il est temps que je te le prouve, explique-t-il la voix serrée par l'émotion.

Mon regard tombe sur la petite boîte qu'il a sortie de sa veste, et je retiens un sanglot de joie. Je suis tellement heureuse et sous le choc que je me sens toute tremblante. Croyez-moi, j'en ai rêvé de ce jour, mais c'est encore mieux que ce que je m'imaginais. Comptez sur Zac pour faire de vos rêves une réalité.

— Angelia, acceptes-tu d'être ma femme ?

— Oui, oui ! Mille fois oui ! je m'écrie en sautillant de bonheur.

Il se relève et me passe la plus belle bague que j'aie jamais vue. Comme deux âmes, les deux extrémités de l'anneau d'argent s'entrelacent autour d'un diamant étincelant.

— Je t'aime, murmure-t-il en posant ses lèvres sur les miennes.

Et malgré le froid mon corps entier se réchauffe à son contact. Mon cœur, lui, ne s'est jamais refroidi depuis que je le connais. Parce que c'est lui qui le fait battre.

Trois mois plus tard

Je grimace de douleur. Les contractions sont de plus en plus fortes et rapprochés, et je me tiens le ventre, priant pour que Zac se dépêche.

J'étais en train de peindre tranquillement dans notre maison, lorsque j'ai perdu les eaux. En panique, j'ai aussitôt appelé Zac qui était à son club. Il m'a dit d'attendre devant la maison, qu'il arrivait rapidement et m'emmenait sans attendre à l'hôpital. Mais chaque seconde paraît une heure ! Heureusement que nous avions déjà préparé mon sac pour la maternité, sachant que la date de mon accouchement approchait. Notre petite fille est pressée puisqu'elle arrive avec une semaine d'avance.

Une voiture se gare devant notre résidence, et je reconnais celle de mon fiancé.

— Vite, grimpe ! lance-t-il en prenant mon sac des mains pour le mettre dans le coffre.

Je lui obéis sans attendre, impatiente d'arriver à la maternité. Je ne parviens toujours pas à réaliser que ça y est, nous allons être parents. Je me rappelle encore ma première fois avec Zac, et voilà que je vais accoucher de notre fille. Le temps passe si vite, voilà pourquoi il faut en profiter sans jamais hésiter, la vie est précieuse.

— Tu es bien installée ? Tu as besoin d'eau ? J'espère que tu n'as pas trop mal ? Si tu veux j'ai…

— Zac, je vais bien ! je m'exclame en riant, malgré la douleur qui commence à se décupler dans mon ventre. Détends-toi, tu es encore plus nerveux que moi.

— Excuse-moi, mais je déteste te voir souffrir ainsi, ça me fait sentir impuissant, grogne-t-il tout en conduisant.

Nous arrivons bientôt à la maternité, et Zac descend précipitamment de la voiture pour prendre mon sac qu'il jette sur son dos et m'aider à marcher jusqu'à l'entrée. J'ai l'impression d'être une baleine, avec mon ventre énorme, et désormais je marche avec une lenteur insupportable.

— Appuie-toi sur moi, mon ange, souffle-t-il en passant un de ses bras autour de ma taille.

À partir du moment où nous entrons, nous sommes pris en charge par le personnel soignant qui me connaît bien, et tout s'enchaîne très rapidement. Des sages-femmes m'installent dans un fauteuil roulant et me conduisent jusqu'en salle d'accouchement, puisque mon travail a déjà bien commencé. Zac, toujours aussi stressé, fait les cent pas devant moi. Le médecin m'ordonne très vite de pousser, car il est trop tard pour une péridurale, le bébé est déjà engagé.

— Ça va aller, mon ange, murmure Zac à mon oreille alors que je m'épuise à pousser de toutes mes forces.

Je m'efforce d'ignorer la douleur, trop concentrée et galvanisée par l'arrivée de notre petite princesse. Zac prend ma main dans la sienne et je la serre, rivant mes yeux aux siens. Et c'est ainsi qu'enfin, après une heure et demie de travail, une sage-femme me dépose ma fille sur la poitrine, avec ses félicitations.

— Quel amour ! Mon petit bébé à moi, je sanglote en la tenant fort contre moi.

Son petit cri me serre le cœur d'une joie intense, et j'en oublie toutes les douleurs et les angoisses que j'ai pu ressentir durant cette grossesse. La seule chose qui compte, c'est ma petite famille. Je comprends alors ce que ma mère voulait dire, dans sa lettre.

Parce qu'à cet instant je ressens exactement la même chose pour ma fille, je serais prête à donner ma vie pour elle, sans hésitation.

Je tourne la tête vers Zac, et il m'embrasse passionnément avant de déposer un baiser sur le front de notre enfant. J'ai toujours du mal à réaliser ce qu'il se passe, et pourtant la voilà, dans mes bras.

— Notre petite Louise, dit-il en reniflant.

Je remarque alors des larmes briller dans ses yeux et je souris, émue. Il regarde notre princesse avec tellement d'amour que je suis certaine qu'il sera un papa poule. Oui, c'est sûr, notre fille sera bien entourée, avec notre famille et nos amis, elle ne manquera pas d'amour comme nous, jamais. J'en fais la promesse.

— Tu es tellement forte, je suis fière de toi, murmure l'homme de ma vie en caressant ma joue avec délicatesse.

Louise se manifeste en lançant un petit cri et ouvre enfin les yeux, nous regardant nous, ses parents.

— Mon Dieu. Elle a tes yeux, dit Zac, hypnotisé par son regard azur.

Mes yeux, et ceux de sa grand-mère. C'est le plus bel héritage que ma mère pouvait nous transmettre. Nous voilà tous les trois, heureux et bouleversés, prêts pour la nouvelle vie qui nous attend. Oui, la boucle est bouclée, mais elle renaît sans cesse. Voilà ce qu'est l'amour.

Remerciements

J'aimerais remercier, avant tout, toutes les personnes travaillant chez HaperCollins France, particulièrement Sophie, qui m'a invitée dans le monde de l'édition, et Pauline, ma formidable éditrice. Toutes deux m'ont aidée à réaliser mon rêve le plus fou (et ont supporté tous mes petits caprices d'auteure). Merci à vous, vous faîtes un travail formidable !

Un grand merci, bien-sûr, à toute ma famille, qui me suit et me soutient depuis le jour où j'ai annoncé que j'écrirais des romans (même si ça semblait un simple rêve, tout droit sorti de l'imagination d'une petite fille infernale). A mon adorable grand frère, Julian, que j'aime de tout mon cœur mais que jamais je n'arrêterai de taquiner (prépare-toi, mon grand !). A mon robuste papa, Olivier, pour son humour parfois un peu dérisoire, mais sans lequel je ne pourrais vivre. A ma meilleure amie et merveilleuse maman, Christelle, qui m'a transmis cette passion pour les livres, et à ma fabuleuse grand-mère, Marie-Josée. Elles ont suivi les aventures d'Angelia et de Zachary depuis le début et me réclamaient la suite chaque semaine (mes petites impatientes). A mon oncle Didier, qui a pris le temps de répondre à mes questions (parfois un peu répétitives, désolée !) sur son incroyable métier de policier. Et à mes superbes grands-parents, oncles et tantes, cousins et cousines... Je vous aime fort !

Merci du fond du cœur à tous mes amis, qui ne m'ont jamais abandonnée, qui me font rire à en pleurer chaque jour, et qui m'aiment pour ce que je suis (une petite boule d'énergie parfois insupportable). Vous êtes les meilleurs, Léa, Clémentine, Célia, Anne-Claire (pour ton soutien et enthousiasme non réprimés !), Salma, Antoine (pour ton aide et tes conseils !), Cindy (de m'écouter parler depuis tant d'années !), Alice, Anne... (les autres, je ne vous oublie pas, promis, mais j'ai une pensée pour mes pauvres lecteurs qui sont en train de lire ce monologue), vous êtes tous dans mon cœur !

Je remercie particulièrement quatre de mes meilleurs amis qui me soutiennent dans ce projet alors qu'il venait à peine de naître dans mon petit esprit farfelu. Toi, Emma, ma sœur de cœur, ma jumelle, je me rappelle encore de ce matin en primaire où je t'ai demandé d'être mon amie. Ça a été la plus belle décision de toute ma vie puisque tu es toujours à mes côtés, aujourd'hui ; merci de me répéter chaque jour à quel point tu es fière de moi, sache que c'est plus que réciproque ! Toi, Mathilde, mon pilier, qui m'as maintes fois conseillée sur mon histoire comme sur ma vie, tu es exceptionnelle, ne l'oublie surtout pas ! A toi, Julie, la plus charmante de toutes les filles, pour tous ces repas partagés chaque lundi durant lesquels tu m'écoutais attentivement parler de ce roman. Je crois bien que tu as été la première au courant, lorsque Take Me Away est apparu dans mon imagination. Enfin, merci à mon meilleur ami depuis le collège, Heddy, qui m'a inspiré pour notre protagoniste préféré, Zachary. On ne se le dit pas souvent, mais je t'aime fort.

Et bien sûr, mille mercis à tous mes lecteurs ! A ceux de Wattpad (#teamguimauves) et à vous, qui venez de lire mon roman. A toi, Lina, ma lectrice wattpadienne la plus fidèle, merci pour tous tes conseils et tes commentaires hilarants. C'est grâce à vous que j'ai pu écrire cette histoire jusqu'au bout. Vous m'avez fait sourire, rire, pleurer et bien plus avec vos petits messages plus que parfaits… Je rectifie, vous êtes parfaits.

Pour ceux qui ont eu la foi d'arriver jusqu'à la fin de ces remerciements, je n'ai qu'un mot pour vous (et je ne cesserai de le dire).

Merci !

Composé et édité par HarperCollins France.

Achevé d'imprimer en avril 2019.

FIRMIN-DIDOT

à Mesnil-sur-l'Estrée (Eure)

Dépôt légal : mai 2019.

Pour limiter l'empreinte environnementale de ses livres, HarperCollins France s'engage à n'utiliser que du papier fabriqué à partir de bois provenant de forêts gérées durablement et de manière responsable.

Imprimé en France